TÓQUIO

MO HAYDER

TÓQUIO

tradução de MARCOS MAFFEI

EDITORA RECORD
RIO DE JANEIRO • SÃO PAULO
2012

CIP-Brasil. Catalogação na fonte
Sindicato Nacional dos Editores de Livros, RJ.

H33t Hayder, Mo
Tóquio / Mo Hayder; tradução de Marcos Maffei.
– Rio de Janeiro: Record, 2012.

Tradução de: Tokyo
ISBN 978-85-01-08515-3

1. Ficção inglesa. I. Maffei, Marcos. II. Título.

12-0871 CDD: 823
CDU: 821.111-3

TÍTULO ORIGINAL EM INGLÊS:
Tokyo

Texto revisado segundo o novo Acordo Ortográfico da Língua Portuguesa.

Editoração eletrônica: Abreu's System

Direitos exclusivos de publicação em língua portuguesa somente para o Brasil adquiridos pela
EDITORA RECORD LTDA.
Rua Argentina 171 – Rio de Janeiro, RJ – 20921-380 – Tel.: 2585-2000
que se reserva a propriedade literária desta tradução.

Impresso no Brasil

ISBN 978-85-01-08515-3

Prólogo

Nanquim, China: 21 de dezembro de 1937

Para aqueles que lutam e se enfurecem contra as superstições, só tenho uma coisa a dizer: por quê? Por que admitir com tanto orgulho e vaidade que você negligentemente desconsidera anos de tradição? Quando o camponês lhe diz que as grandes montanhas da China antiga foram devastadas pela ira dos deuses, que há milhares de anos os céus foram destruídos, o país posto fora do prumo, por que não acreditar? Você é assim tão mais inteligente que esse camponês? Você é mais inteligente que todas as gerações que o antecederam?

Eu acredito nele. Agora, finalmente, acredito. Tremo ao escrever isto, mas de fato acredito em tudo que a superstição nos diz. E por quê? Porque não há mais nada que possa explicar os caprichos deste mundo, nenhuma outra ferramenta para traduzir este desastre. Então eu recorro ao folclore para meu consolo, e confio no camponês quando ele diz que a ira dos deuses fez com que a terra caísse para o leste. Sim, confio nele quando me diz que tudo — rio, lama e cidades — acabará deslizando para o mar. Nanquim também. Um dia Nanquim também vai deslizar para o mar. Talvez com Nanquim isso se dê de forma mais lenta, pois ela não é mais como as outras cidades. Os últimos dias a mudaram a ponto de torná-la irreconhecível, e quando ela começar a se mover será lentamente, pois ela está acorrentada à terra pelos seus cidadãos não enterrados e pelos fantasmas que a perseguirão até a costa.

Talvez eu deva me considerar privilegiado por vê-la como está agora. Desta janela minúscula posso espiar pela treliça e ver como os japoneses a deixaram: as construções enegrecidas, as ruas vazias, os cadáveres se empilhando nos canais e rios. Então baixo os olhos para minhas mãos trêmulas e me pergunto por que sobrevivi. O sangue está seco agora. Se esfrego as mãos ele descasca, as crostas pretas se espalham pelo papel, mais escuras que as palavras que escrevo porque minha tinta é aguada: o bastão de tinta, feita de fuligem de pinho, terminou e eu não tenho energia ou coragem ou vontade de sair para buscar mais.

Se eu largasse minha pena e me encostasse de lado na parede, numa posição esquisita com o nariz espremido contra a janela, eu poderia ver a Montanha Púrpura, coberta de neve, se elevando por cima dos tetos destruídos. Mas não farei isso. Não há necessidade de forçar meu corpo para uma posição ruim porque eu nunca mais olharei para a Montanha Púrpura. Quando terminar de escrever isto em meu diário não terei nenhum desejo de me lembrar de mim, naquelas encostas, uma figura maltrapilha e incerta, desesperadamente no encalço do soldado japonês, perseguindo-o como um lobo, através de rios congelados e da neve...

Faz menos de duas horas. Duas horas desde que o alcancei. Estávamos num pequeno bosque perto dos portões do mausoléu. Ele estava parado de costas para mim junto a uma árvore, a neve que se derretia nos galhos pingando em seus ombros. Sua cabeça estava inclinada um pouco para a frente a fim de observar a floresta adiante, porque as encostas das montanhas ainda são um lugar perigoso. A filmadora pendia ao lado do seu corpo.

Eu o vinha seguindo fazia tanto tempo que estava machucado e mancando, os pulmões ardendo com o ar frio. Avancei lentamente. Não sei, agora, como consegui me manter tão controlado, porque eu tremia dos pés à cabeça. Quando me ouviu, ele se virou de súbito, agachando-se instintivamente. Mas não sou um homem capaz de intimidar, não sou forte, além de mais baixo do que ele uma cabeça inteira, e, quando ele viu que era eu, relaxou um pouco. Endireitou-se devagar, me observando chegar alguns passos mais perto, até ficarmos a 1 ou 2 metros de distância um do outro, e ele podia ver as lágrimas em meu rosto.

— Não significará nada para você — disse ele, e havia algo semelhante à pena em sua voz —, mas gostaria que soubesse que eu sinto muito. Sinto muito mesmo. Você entende o meu japonês?

— Sim.

Ele suspirou e esfregou a testa com sua luva enrugada de pele de porco.

— Não foi como eu gostaria. Nunca é. Por favor, acredite nisso. — Ele ergueu a mão vagamente na direção do Templo Linggu. — É verdade que... que *ele* gostou. Ele sempre gosta. Mas eu não. Eu os observo. Eu produzo filmes com o que eles fazem, mas não me dá prazer nenhum. Por favor, acredite em mim quanto a isso, *não me dá prazer nenhum.*

Enxuguei o rosto com a manga da camisa, secando as lágrimas. Me aproximei dele e coloquei a mão trêmula em seu ombro. Ele não recuou — manteve sua posição, examinando meu rosto, perplexo. Não havia medo em sua expressão: ele me considerava um civil indefeso. Nada sabia sobre a pequena faca de cozinha em minha mão.

— Me dê a câmera — ordenei.

— Não posso. Não pense que faço esses filmes para a recreação deles, para os soldados. Tenho intenções bem mais dignas do que essa.

— Me dê a câmera.

Ele balançou a cabeça.

— De jeito nenhum.

Com aquelas palavras o mundo à nossa volta me pareceu ficar mais lento abruptamente. Em algum lugar nas distantes encostas lá embaixo, a artilharia *sampohei* japonesa estava disparando fogo pesado de morteiro, forçando unidades nacionalistas rebeldes a sair das montanhas, cercando-as e as fazendo voltar à cidade. Mas ali, no alto das encostas, eu estava consciente de não haver som algum, exceto o pulsar de nossos corações, o gelo derretendo nas árvores à nossa volta.

— Eu disse para me dar a câmera.

— E eu repito que não. De jeito nenhum.

Então abri a boca, inclinei-me para a frente um pouco e soltei um uivo diretamente em sua boca. Vinha crescendo em mim o tempo todo em que eu o perseguira na neve, e agora eu uivava, como um animal ferido. Investi contra ele, enfiando a pequena faca através do uniforme cáqui, através do cinto da sorte *sennin-bari*. Ele não emitiu som algum. Seu rosto se moveu, sua cabeça se movimentou tão rápida e abruptamente que seu quepe militar caiu, e ambos tropeçamos um passo para trás ante a surpresa, os olhos fixos no que eu fizera. Gotas de sangue caíram na neve e o interior do estômago dele se desdobrou para fora como a polpa de uma fruta carnuda através do rasgo em seu uniforme. Ele ficou olhando aquilo por um instante, como que sem entender. Então a dor o atingiu. Largando o rifle, ele agarrou a barriga, tentando empurrar suas tripas de volta para dentro.

— *Kuso!* — disse ele. — O que foi que você fez?

Eu cambaleei para trás, deixando a faca cair na neve, buscando cegamente uma árvore em que me apoiar. O soldado me deu as costas, avançando para a floresta. Uma das mãos apertando a barriga, a outra ainda segurando a câmera, ele seguiu trôpego, a cabeça erguida com uma peculiar dignidade, como se estivesse indo para algum lugar importante, como se houvesse um mundo melhor, mais seguro, ali em algum lugar entre as árvores. Fui atrás dele, tropeçando na neve, minha respiração rápida e quente. Após uns 10 metros ele tropeçou, quase perdeu o equilíbrio e gritou alguma coisa: um nome de mulher em japonês, talvez o de sua mãe, ou de sua esposa. Ele ergueu o braço, e o movimento deve ter soltado algo dentro de seu corpo, porque algo escuro e comprido deslizou para fora do ferimento, caindo na neve. Ele escorregou naquilo e depois tentou recuperar o equilíbrio, mas agora estava muito fraco e só conseguiu cambalear, num círculo confuso, um comprido cordão vermelho o seguindo como seu rastro, como se aquilo fosse um nascimento e não uma morte.

— Me dê. Me dê a câmera.

Ele não conseguiu responder. Perdera toda a capacidade de raciocinar: não mais sabia o que estava acontecendo. Caiu de joelhos, os braços ligeiramente erguidos, e rolou suavemente para a frente, caindo de lado. Em um segundo eu estava perto dele. Seus lábios estavam azuis e havia sangue cobrindo-lhe os dentes.

— Não — murmurou ele, enquanto eu soltava da câmera seus dedos enluvados. Seus olhos já estavam cegos, mas ele podia sentir onde eu me encontrava. Tentou apalpar meu rosto. — Não leve. Se você a levar, quem irá contar ao mundo?

Se você a levar, quem irá contar ao mundo?

Essas palavras ficaram comigo. Ficarão comigo para o resto da minha vida. Quem irá contar? Fico olhando por um longo tempo para o céu acima da casa, para a fumaça negra cruzando a face da lua. Quem irá contar? A resposta é: ninguém. Ninguém irá contar. Está tudo acabado. Esta será a última coisa que escreverei em meu diário. Jamais tornarei a escrever. O resto da minha história ficará guardado no filme que está dentro da câmera, e o que aconteceu hoje permanecerá um segredo.

1

Tóquio, verão de 1990

Às vezes é preciso realmente fazer um esforço. Mesmo quando você está cansada e com fome e se vê em um lugar que lhe é completamente estranho. Essa era eu em Tóquio naquele verão, parada em frente à porta do professor Shi Chongming e tremendo de nervosismo. Eu tinha feito escova no cabelo para que ficasse o mais arrumado possível e gastado um bom tempo tentando dar um jeito na minha saia velha da Oxfam, batendo a poeira e alisando os amassados da viagem com as mãos. Chutei a bolsa de viagem surrada que eu trouxera comigo no avião para trás dos meus pés, a fim de evitar que fosse a primeira coisa que ele visse, porque era muito importante parecer normal. Tive que contar até 25 e respirar fundo, bem fundo, me concentrando, até ter coragem de falar.

— Olá? — falei, hesitante, com o rosto perto da porta. — O senhor está aí?

Aguardei um momento, os ouvidos atentos. Eu podia escutar vagos movimentos lá dentro, mas ninguém veio à porta. Aguardei mais alguns instantes, meu coração soando cada vez mais forte em meus ouvidos, e então bati na porta.

— Está me ouvindo?

A porta se abriu e eu dei um passo para trás, surpresa. Shi Chongming estava ali, muito elegante e correto, olhando para mim em silêncio, as mãos ao longo do corpo como se esperasse ser revistado. Ele era incrivelmente minúsculo, como uma boneca, e em volta do delicado triângulo da face os cabelos iam até o ombro, perfeitamente brancos, como se ele estivesse com um xale de neve sobre os ombros. Fiquei ali parada, muda, a boca entreaberta.

Ele pôs as mãos nas coxas e fez uma mesura para mim.

— Boa tarde — disse num inglês suave, quase sem sotaque. — Sou o professor Shi Chongming. Quem é a senhorita?

— S-sou... — Engoli em seco. — Sou estudante. Algo assim. — Arregacei um pouco a manga do meu cardigã e estendi a mão. Torci para que ele não notasse as unhas roídas. — Da Universidade de Londres.

Ele me olhou pensativo, examinando meu rosto branco, meu cabelo sem graça, o cardigã e a grande bolsa disforme. Todo mundo faz isso da primeira vez que me vê, e a verdade é que, não importa o quanto você finja, nunca realmente se acostuma a ser analisada assim.

— Passei quase a metade da minha vida precisando conhecê-lo — disse. — Venho esperando por isso há nove anos, sete meses e dezoito dias.

— Nove anos, sete meses e dezoito dias? — Ele ergueu uma sobrancelha, achando engraçado. — Tanto tempo assim? Nesse caso, é melhor entrar logo.

Não sou muito boa em saber o que os outros estão pensando, mas sei que é possível ver tragédia, tragédia de verdade, bem dentro do olhar de alguém. Quase sempre podemos perceber aquilo pelo que uma pessoa passou se a olharmos com bastante atenção. Eu tinha levado muito tempo para localizar Shi Chongming. Ele tinha 70 e tantos anos, e para mim era surpreendente que, apesar de sua idade e apesar do que devia sentir em relação aos japoneses, ele estivesse ali, como professor visitante na Todai, a mais importante universidade do Japão. Sua sala tinha vista para o pavilhão de arco e flecha da universidade, onde árvores escuras cercavam os complexos telhados, onde o único som era o de corvos crocitando ao pular entre os galhos dos carvalhos perenes. A sala estava quente e sufocante, o ar poeirento movimentado por três ventiladores que zumbiam em seus eixos. Entrei meio insegura, assombrada por enfim estar ali.

Shi Chongming tirou pilhas de papel de uma cadeira.

— Sente-se. Sente-se. Vou fazer chá.

Sentei-me com brusquidão, meus sapatos rigidamente colados, os pés pressionados com força um contra o outro,.minha bolsa de viagem no colo, bem apertada contra a barriga. Shi Chongming cruzou a sala mancando e encheu uma Thermos elétrica na pia, ignorando a água que espirrava e escurecia a sua túnica em estilo mandarim. O ventilador movia suavemente os montes de papéis e os decrépitos volumes empilhados nas estantes, que iam do chão ao teto. Assim que entrei eu vi, num canto da sala, um projetor. Um empoeirado projetor 16mm, quase escondido no canto, em meio às enormes pilhas de papéis. Eu queria me virar e o olhar diretamente, mas sabia que não deveria. Mordi o lábio e fixei os olhos em Shi Chongming. Ele estava fazendo um longo monólogo sobre sua pesquisa.

— Pouca gente tem ideia de quando a medicina chinesa foi introduzida no Japão, mas mesmo ao pensar na era Tang é possível ver provas de sua existência. Sabia disso? — Ele preparou o chá para mim e desencavou um pacote de biscoitos de algum lugar. — O sacerdote Jian Zhen a pregava bem aqui no século VIII. Agora há lojas *kampo* em todo lugar. Basta sair do campus e você as verá. Fascinante, não?

Fiquei surpresa.

— Pensei que o senhor fosse linguista.

— Linguista? Não, não. Antigamente, talvez, mas tudo mudou. Quer saber o que eu sou? Vou lhe dizer: se a senhorita pegar um microscópio e cuidadosamente analisar o ponto em que o biotecnólogo e o sociólogo se encontram... — Ele sorriu, fazendo-me entrever grandes dentes amarelos. — É onde irá me encontrar: Shi Chongming, um homem muito pequeno com uma titulação muito grandiosa. A universidade me diz que sou um trunfo e tanto. Estou interessado apenas no quanto disso tudo... — ele fez um gesto englobando a sala e os livros, imagens coloridas de animais mumificados, um diagrama pendurado na parede com o título *Entomologia de Hunan* — ... quanto disso tudo veio com Jian Zhen, e quanto foi trazido de volta ao Japão pelas tropas em 1945. Por exemplo, deixe-me ver... — Ele passou as mãos sobre textos familiares, catou um empoeirado volume antigo e o colocou na minha frente, abrindo-o num desconcertante diagrama de um urso, dissecado de forma a mostrar os órgãos internos, coloridos em tons pastel de cor-de-rosa e verde-menta. — Por exemplo, o urso negro asiático. Foi depois da guerra no Pacífico que eles decidiram usar a vesícula biliar do urso Karuizawa deles para problemas do estômago? — Ele pôs as mãos na mesa e me olhou. — Imagino que seja aqui que a senhorita entra, não? O urso negro é um dos meus interesses. É o assunto que traz a maioria das pessoas à minha porta. A senhorita é uma conservacionista?

— Não — falei, surpresa com a firmeza da minha própria voz. — Na verdade, não. Não é aí que eu entro. Nunca ouvi falar no... urso Karuizawa. — E então não consegui evitar; me virei e olhei de relance para o projetor no canto. — Eu... — Forcei meus olhos a voltar para Shi Chongming. — Enfim, a medicina chinesa não é o assunto sobre o qual quero falar.

— Não? — Ele baixou os óculos e me olhou com grande curiosidade. — Não é?

— Não. — Balancei a cabeça, decidida. — Não. De forma alguma.

— Então... — Ele fez uma pausa. — Você está aqui por causa de...?

— Por causa de Nanquim.

Ele sentou-se à mesa franzindo o rosto.

— Desculpe. Quem você disse que era?

— Eu estudo na Universidade de Londres. Pelo menos estudava. Mas eu não estudava medicina chinesa, e sim atrocidades de guerra.

— Pare. — Ele ergueu a mão. — Você veio atrás da pessoa errada. Não há nada em que eu possa lhe ser útil.

Ele fez menção de se levantar, mas eu abri a bolsa apressadamente e tirei a pilha surrada de notas presas com um elástico, deixando cair algumas em meu nervosismo. Catei-as e coloquei todas de qualquer jeito na mesa entre nós.

— Passei metade da minha vida pesquisando a guerra na China. — Tirei o elástico e espalhei minhas anotações. Havia páginas de traduções em minha caligrafia minúscula, fotocópias de depoimentos encontrados em livros de bibliotecas, esboços de desenhos que eu fizera para me ajudar a visualizar o que acontecera. — Em especial Nanquim. Veja — mostrei-lhe um papel amarfanhado coberto com caracteres bem pequenos —, isto aqui é sobre a invasão. É um gráfico da cadeia de comando japonesa, tudo em japonês, está vendo? Eu fiz isso quando tinha 16 anos. Sei escrever um pouco em japonês e chinês.

Shi Chongming olhou aquilo tudo em silêncio, afundando lentamente em sua cadeira, uma expressão estranha no rosto. Meus desenhos e diagramas não são muito bons, mas não me importo mais quando as pessoas riem deles; cada um significa alguma coisa importante para mim, cada um me ajuda a ordenar meus pensamentos, cada um me lembra que a cada dia que passa estou chegando mais perto da verdade sobre algo que aconteceu em Nanquim em 1937.

— E isso... — desdobrei um desenho e o mostrei. Estava numa folha A3, e, com os anos, linhas transparentes tinham aparecido nas dobras que o marcavam quando guardado — ... isso era para ser a cidade no fim da invasão. Levei um mês inteiro para fazer. Isto aqui é uma pilha de corpos. Está vendo? — Olhei para ele com ansiedade. — Se o senhor olhar com cuidado vai ver que eu fiz certinho. Pode conferir se quiser. Há exatamente *300 mil cadáveres* nesse desenho e...

Shi Chongming levantou-se abruptamente e saiu de trás da mesa. Fechou a porta, foi até a janela com vista para o pavilhão de arco e flecha e baixou as persianas. Ele andava com uma leve inclinação para a esquerda e seu cabelo era tão ralo que a parte detrás de sua cabeça parecia quase careca, a pele enrugada, como se não houvesse crânio ali e fossem visíveis as dobras e fissuras de seu cérebro.

— Você sabe como é delicada para este país qualquer menção a Nanquim? — Ele voltou à mesa e se sentou com uma lentidão artrítica, inclinando-se na minha direção e falando em sussurros: — Sabe o quanto é poderosa a direita no Japão? Soube das pessoas que foram atacadas por falar no assunto? Os americanos... — ele apontou um dedo trêmulo para mim, como se eu fosse o representante mais próximo dos Estados Unidos — ... os americanos, *MacArthur,* fizeram com que a direita se tornasse os fomentadores de medo que são hoje. É bastante simples: não se fala sobre isso.

Baixei minha voz também para um sussurro:

— Mas eu vim até aqui para falar com o senhor.

— Então terá que dar meia-volta — respondeu ele. — É sobre o meu passado que você está falando. E não estou aqui, justo no *Japão*, para discutir os erros do passado.

— O senhor não compreende. Precisa me ajudar.

— Preciso?

— É sobre uma coisa específica que os japoneses fizeram. Sei sobre a maioria das atrocidades, as competições de assassinatos, os estupros. Mas estou falando sobre algo mais específico, algo que o senhor testemunhou. Ninguém acredita que realmente aconteceu, todo mundo acha que eu inventei.

Shi Chongming sentou-se mais para a frente na cadeira e me encarou. Em geral, quando eu conto o que estou tentando descobrir, as pessoas me lançam um olhar incomodado, cheio de pena, um olhar que diz: "Você deve ter inventado isso. E por quê? Por que inventou uma coisa tão horrorosa?". Mas aquele olhar era diferente. Aquele olhar era duro e furioso Quando ele falou novamente, sua voz tinha mudado para um tom mais grave, amargo

— O *que* você disse?

— Há um depoimento sobre o assunto. Eu o li anos atrás, mas nunca consegui achar o livro de novo, e todo mundo diz que eu inventei isso também, que o livro na realidade jamais existiu. Mas isso não é problema, porque parece que há também um filme, feito em Nanquim em 1937. Descobri isso faz uns seis meses. F *o senhor* sabe tudo sobre esse filme.

— Ridículo. Não há filme nenhum.

— Mas... Mas o seu nome estava numa publicação acadêmica. Estava, é sério, eu vi. Dizia que o senhor esteve em Nanquim. Dizia que o senhor viu o massacre, que o senhor viu esse tipo de tortura. Dizia que quando o senhor estava na Universidade de Jiangsu em 1957 houve boatos de que o senhor tinha um filme que registrava o que aconteceu. E é por isso que eu estou aqui. Preciso que o senhor me fale sobre... preciso que o senhor me fale sobre o que os soldados fizeram. Apenas *um detalhe* do que eles fizeram, para eu saber que não o imaginei. Preciso saber se de fato, quando eles pegaram as mulheres e...

— Por favor! — Shi Chongming bateu com as mãos na mesa e se levantou. — Você não tem compaixão? Isto não é um *kaffeeklatsch*! — Ele tirou uma bengala do encosto da cadeira e saiu mancando pela sala. Destrancou a porta e tirou dos ganchos a placa com seu nome. — Está vendo? — disse, usando a bengala para fechar a porta. Ele me mostrou a placa, batendo nela com o dedo para dar ênfase. — Professor de sociologia. *Sociologia*. Minha área é medicina chinesa. Não sou mais definido por Nanquim. Não há filme nenhum. Acabou. Agora, se me der licença, estou muito ocupado e...

— Por favor. — Eu agarrei as bordas da mesa, meu rosto afogueado. — Por favor. *Existe* um filme. *Existe*. Estava no periódico, eu vi. O filme de Magee não mostra, mas o seu sim. É o *único* filme *em todo o mundo* e...

— Sssh — fez ele, brandindo a bengala em minha direção. — Chega. — Seus dentes eram compridos e descoloridos, como velhos fósseis coletados no Gobi; amarelo polido por palha de arroz e carne de cabra. — Ouça, eu tenho total respeito pela senhorita. Tenho respeito pela senhorita e pelo seu singular instituto. Muito singular. Mas deixe-me colocar isso da forma mais simples: *não existe filme nenhum*.

Quando você assumiu a tarefa de provar que não é louca, pessoas como Shi Chongming realmente não ajudam. Ler alguma coisa, preto no branco, apenas para ouvir no minuto seguinte que você a imaginou — bem, esse é o tipo de coisa que pode deixá-lo tão louco quanto dizem que você está. Era mais uma vez a mesma história, exatamente o que acontecera com meus pais e o hospital quando eu tinha 13 anos. Todo mundo lá dizia que aquela tortura estava toda na minha imaginação, era tudo fruto da minha loucura — que jamais poderia ter havido tão terrível crueldade. Que os soldados japoneses eram bárbaros e impiedosos, mas que eles não poderiam ter feito algo como *aquilo*, algo tão inominável que mesmo os médicos e as enfermeiras, que admitiam ter visto de tudo na vida, baixavam a voz quando mencionavam.

— Tenho certeza de que você *acredita* que leu isso. Tenho certeza de que é muito real para você.

— É real sim — eu dizia, olhando para o chão, meu rosto ardendo de constrangimento. — Eu li isso de verdade. Num livro. — Era um livro com uma capa laranja e uma fotografia de corpos empilhados no porto de Meitan. Estava repleto de histórias do que acontecera em Nanquim. Até ler o livro eu nem tinha ouvido falar nessa cidade. — Eu achei na casa dos meus pais.

Uma das enfermeiras, que realmente não gostava nem um pouco de mim, costumava ir até a minha cama depois que apagavam as luzes, quando ela achava que ninguém estava escutando. Eu ficava dura, imóvel, e fingia estar dormindo, mas ela mesmo assim se abaixava junto à minha cama e sussurrava em meu ouvido, seu hálito quente e azedo:

— Vou lhe dizer uma coisa — murmurava ela, noite após noite, quando as sombras dos desenhos de flores das cortinas estavam imóveis no teto da enfermaria. — Você tem a imaginação mais doentia que eu já vi em dez anos nesse emprego fodido. Você é realmente maluca. E não só maluca, mas também má.

Mas eu não inventei isso...

Eu tinha medo dos meus pais, principalmente da minha mãe, mas como ninguém no hospital acreditava que o livro existia, comecei a temer que talvez eles tivessem razão, que eu *tivesse mesmo* imaginado aquilo, que eu *estava mesmo* louca, mas ainda assim me enchi de coragem e escrevi para meus pais, pedindo a eles que procurassem em meio às pilhas de livros um de capa laranja, chamado — eu tinha quase certeza — *O massacre de Nanquim*.

Recebi uma carta em resposta quase que imediatamente: "*Tenho certeza de que você acredita que este livro exista, mas lhe garanto que você não leu uma porcaria dessas na minha casa.*"

Minha mãe sempre teve absoluta certeza de que possuía o controle sobre o que eu sabia e pensava. Ela não podia confiar numa escola, achava que iriam encher minha cabeça com as coisas erradas, de modo que por anos fui educada em casa. Mas, se você vai assumir uma responsabilidade como essa, se você tem tanto medo (por qualquer razão íntima e angustiada) que seus filhos aprendam sobre a vida que você examina meticulosamente todo e qualquer livro que entra pela sua porta, às vezes arrancando páginas ofensivas de romances, bem, uma coisa é certa: você tem que ser meticulosa. Ao menos um pouco mais meticulosa do que minha mãe era. Ela não viu a complacência se insinuando para dentro de sua casa, entrando através das janelas sufocadas de trepadeiras, se imiscuindo em meio às pilhas de livros mofados. De algum modo aquela obra sobre Nanquim lhe passou despercebida.

"*Nós procuramos por toda parte, com a maior das intenções de ajudá-la, nossa única filha, mas, sinto muito ter que lhe dizer, quanto a isso você está enganada. Escrevemos para o seu médico para informá-lo.*"

Eu me lembro de ter deixado cair a carta no chão da enfermaria, uma ideia terrível me ocorrendo. E se eles estivessem certos, pensei? E se o livro não existisse? E se eu realmente tivesse inventado tudo em minha cabeça? Isso, pensei, uma surda dor latejante começando em minha barriga, seria a pior coisa que poderia acontecer.

Às vezes é preciso ir muito longe para provar uma coisa. Mesmo se você acaba descobrindo que está apenas tentando prová-la para si mesma.

Quando enfim tive alta do hospital, eu sabia exatamente o que precisava fazer em seguida. No hospital, fiz todas as provas por meio da unidade educacional (tirei a nota máxima na maioria, e isso surpreendeu a todos, que agiam como se pensassem que ignorância equivalia a burrice), e lá fora, no mundo real, havia instituições para ajudar pessoas como eu a entrar na faculdade. Acompanharam-me em tudo que para mim era difícil — ligações telefônicas e percursos de ônibus. Estudei chinês e japonês por conta própria, com a ajuda de livros da biblioteca, e logo consegui uma vaga em estudos asiáticos na Universidade de Londres. Subitamente, no exterior ao menos, eu parecia quase normal: tinha alugado um quarto, arranjara um emprego de meio período distribuindo folhetos, um passe ferroviário estudantil e um orientador que colecionava esculturas iorubá e cartões postais pré-rafaelitas ("Tenho um fetiche por mulheres pálidas", disse ele uma vez, olhando-me pensativo. Então acrescentou, num tom baixo: "Desde que elas não sejam loucas, claro"). Mas enquanto os outros alunos tinham em vista se formar, talvez fazer uma pós-graduação, eu pensava sobre Nanquim. Se eu quisesse ter paz na minha vida, eu precisava saber se me lembrava corretamente dos detalhes que havia no livro de capa laranja.

Passava horas na biblioteca, percorrendo livros e diários, tentando achar outro exemplar do livro ou, caso não conseguisse, outra publicação do depoimento da mesma testemunha. Havia uma obra chamada *O horror de Nanquim,* publicada em 1980, mas estava fora de catálogo. Nenhuma biblioteca, nem mesmo a do Congresso, tinha um exemplar, e, de qualquer forma, eu não tinha certeza se era o mesmo livro. Mas isso não importava, porque eu tinha achado outra coisa. Para meu espanto, descobri que o massacre havia sido filmado.

No total eram dois filmes. O primeiro, do reverendo Magee, que fora um missionário na China na década de 1930. Seu filme tinha sido contrabandeado do país por um colega, que ficara tão aterrorizado com o que vira que o costurara dentro do forro de seu casaco de pelo de camelo em sua viagem para Xanghai. De lá o filme ficou esquecido num quente porão na Califórnia por vários anos, se desintegrando, tornando-se pegajoso e distorcido, até ser redescoberto e doado para o acervo audiovisual da Biblioteca do Congresso. Assisti à cópia em vídeo da biblioteca da Universidade de Londres. Assisti-a inúmeras vezes, esquadrinhei-a, estudei cada quadro. Mostrava o horror de Nanquim — mostrava coisas que não me agradavam pensar nem à luz do dia —, mas não mostrava a tortura sobre a qual eu lera anos antes.

O segundo filme, ou melhor, a menção a ele, era de Shi Chongming. E no instante que soube disso esqueci todo o resto.

Eu estava no segundo ano da universidade. Numa manhã de primavera, quando a Russel Square estava cheia de turistas e narcisos, eu me encontrava na biblioteca, sentada numa mesa mal-iluminada atrás de pilhas de resumos de artigos do setor Ciências Humanas, debruçada sobre um periódico obscuro. Meu coração batia disparado — por fim eu tinha encontrado uma referência à tortura. Era uma referência oblíqua, vaga, na realidade, e sem o detalhe crucial, mas uma frase me deixou completamente rígida na cadeira: "Com certeza houve, em Jiangsu, no final da década de 1950, menção à existência de um filme em 16mm que registrava essa tortura. Ao contrário do de Magee, esse filme até hoje não veio à tona fora da China."

Eu agarrei o periódico e puxei a luminária de mesa bem sobre a página, mal conseguindo acreditar no que estava vendo. Era incrível pensar que havia um registro visual daquilo — imagine só! Eles podiam dizer que eu estava louca, podiam dizer que eu não sabia o que dizia, mas ninguém podia me acusar de ter inventado tudo aquilo — não se estivesse ali, em preto e branco.

"Diz-se que esse filme pertencia a um certo Shi Chongming, um jovem pesquisador-assistente da Universidade de Jiangsu que vivia em Nanquim na época do grande massacre de 1937..."

Reli o parágrafo inúmeras vezes. Eu sentia crescer em mim algo que nunca sentira antes, uma sensação que fora embrulhada firme e solidamente pelos anos de descrença da equipe do hospital. Foi só quando o estudante na mesa ao lado suspirou com impaciência que eu me dei conta de que estava de pé, abrindo e fechando as mãos e resmungando comigo mesma. Os pelos de meus braços estavam completamente arrepiados. *Até hoje não veio à tona fora da China...*

Eu deveria ter roubado aquele periódico. Se tivesse realmente aprendido a lição no hospital, eu o teria enfiado no meu cardigã e caminhado para a saída da biblioteca com ele. Então teria algo para mostrar a Shi Chongming, uma prova de que eu não tinha inventado coisas com a minha imaginação doentia. E ele não poderia ter negado, não teria feito com que eu questionasse minha sanidade mais uma vez.

2

Em frente ao enorme portão Akamon, laqueado de vermelho, na entrada da Universidade Todai, havia um pequeno café chamado Bambi. Quando Shi Chongming pediu que eu saísse de sua sala eu o fiz, obedientemente recolhendo minhas anotações e colocando-as de volta na minha bolsa de viagem. Mas eu não tinha desistido. Ainda não. Entrei no café e escolhi uma mesa junto à janela, pela qual dava para ficar de olho no portão, para que eu pudesse ver todo mundo entrando e saindo.

Acima de mim, tão longe quanto os olhos alcançavam, os arranha-céus de Tóquio se erguiam reluzentes no céu, refletindo de volta o sol em 1 milhão de janelas. Sentei-me inclinada para a frente, os olhos fixos naquela vista inacreditável. Eu sabia muita coisa sobre aquela cidade-fênix, sobre como Tóquio se erguera a partir das cinzas da guerra, mas ali, ao vivo, não me parecia efetivamente real. Onde, pensei, está toda a Tóquio da época da guerra? Onde está a cidade da qual aqueles soldados vieram? Está tudo enterrado debaixo *disto*? Era tão diferente das imagens sombrias que eu tivera todos aqueles anos, de uma velha relíquia manchada de carvão, ruas bombardeadas e riquixás — decidi que iria considerar o aço e o concreto como uma encarnação de Tóquio, algo sobreposto à verdadeira cidade, o real coração pulsante do Japão.

A garçonete estava me encarando. Peguei o cardápio e fingi considerar as opções, enrubescendo. Eu não tinha dinheiro nenhum, realmente não tinha pensado nisso. Para a passagem de avião eu trabalhara numa fábrica embalando ervilhas congeladas, gastando a pele dos meus dedos. Quando informei à universidade que eu queria ir a Tóquio encontrar Shi Chongming eles responderam que isso era a gota d'água. Que eu podia ficar em Londres e terminar as disciplinas em que não passara ou simplesmente sair da universidade. Aparentemente eu estava "destrutivamente preocupada com certos eventos em Nanquim"; citaram os módulos que eu não terminara, as disciplinas de direito que eram obrigatórias mas em que eu nem tinha aparecido, as vezes em que tinha sido pega na sala de aula fazendo esboços de Nanquim em vez de tomar notas sobre a dinâmica econômica da região Ásia-Pacífico. Estava fora de questão pedir verba de pesquisa para viajar, então vendi as minhas coisas, alguns CDs, uma mesa de centro, a velha bicicleta preta que eu usara para circular por Londres durante anos. Depois de pagar a passagem de avião não sobrou muito — só um punhado amarfanhado de ienes, enfiado num dos bolsos laterais da minha bolsa.

Fiquei olhando de relance para a garçonete, me perguntando quanto tempo eu teria antes de precisar pedir alguma coisa. Ela estava começando a parecer incomodada, de modo que eu escolhi o item mais barato do cardápio — um pão doce de melão coberto com grãos de açúcar meio úmidos. Quinhentos ienes. Quando meu pedido chegou eu contei o dinheiro cuidadosamente e o coloquei no pequeno pires, da maneira que eu vira todos os clientes fazendo.

Eu tinha um pouco de comida na minha bolsa. Talvez ninguém notasse se eu pegasse um pouco. Eu trazia comigo oito pacotes de biscoitos Rich Tea. Havia também uma saia de lã, duas blusas, dois pares de meias-calças, um par de sapatos de couro, três livros de língua japonesa, sete livros sobre a guerra no Pacífico, um dicionário e três pincéis. Eu tinha pensado de maneira vaga no que aconteceria depois que conseguisse o filme de Shi Chongming, e realmente não havia considerado os aspectos práticos. Lá vai você, Cinza, pensei. O que os médicos sempre lhe diziam? *Você precisa descobrir formas de pensar no que vem depois — há regras na sociedade que você sempre terá que levar em conta.*

Cinza.

Obviamente não é o meu nome verdadeiro. Mesmo meus pais, aninhados lá longe em sua casinha de campo caindo aos pedaços, por onde não passava nenhuma estrada nem carro algum, mesmo eles não seriam assim tão esquisitos de me batizar assim. Não. Foi no hospital que eu ganhei esse nome.

Veio de uma menina que estava no leito ao lado do meu, uma menina pálida com argola no nariz e um cabelo encaracolado que ela passava o dia inteiro enrolando mais: "Tentando fazer uns dreads, só queria uns dreads." Ela tinha crostas na boca, nas partes em que cheirara cola demais, e uma vez ela desdobrou um cabide de arame, trancou-se no banheiro e o enfiou pelo lado mais pontiagudo sob a pele do pulso, subindo pelo braço até a axila. (O hospital tentava manter gente como nós duas juntas, nunca vou saber por quê. Éramos a ala da "automutilação".) A menina com os dreads parecia ter sempre um sorriso confiante e desdenhoso no rosto, e eu nunca imaginei que ela fosse falar justo comigo. Então, um dia estávamos na fila do café da manhã e ela notou minha presença atrás dela. Ela se virou, me olhou e deu uma súbita risada de reconhecimento.

— Ah, entendi. Já sei com o quê você parece.

— Hein?

— Um cinza. Você me lembra um cinza.

— Um *o quê?*

— É. Quando você chegou aqui, ainda estava viva. Mas... — ela sorriu e apontou o dedo para meu rosto — ... agora não está mais, não é? Você é um fantasma, Cinza, igual a todos nós.

Um cinza. No fim ela teve que achar um desenho para me explicar do que estava falando: era um extraterrestre com uma cabeça enorme, olhos vidrados que pareciam de inseto, no alto da cabeça e simétricos, e uma pele estranha, desbotada. Eu me lembro de estar sentada em minha cama olhando a revista, minhas mãos ficando cada vez mais geladas, minha circulação diminuindo de velocidade até parecer se arrastar. Eu era um cinza. Magra e branca e um pouco transparente. Absolutamente nada vivo restava em mim. Um fantasma.

Eu sabia por quê. Era porque eu não sabia mais no que acreditar. Meus pais não me apoiavam, e havia outras coisas que faziam os profissionais acharem que eu era maluca — toda a coisa do sexo, para começar. Além da minha estranha ignorância quanto ao mundo.

A maior parte dos médicos e enfermeiros no fundo pensava que minha história era um pouco ultrajante: criada com livros, mas sem rádio ou TV. Riam quando eu pulava de susto quando um aspirador era ligado, ou um ônibus barulhento passava na rua. Eu não sabia usar um walkman ou um controle remoto, e às vezes me encontravam perdida em lugares estranhos, olhando em volta sem entender, sem saber como havia chegado lá. Não acreditavam que era porque eu crescera em isolamento, separada do mundo real. Em vez disso, concluíram que era tudo parte da minha loucura.

— Eu imagino que você ache que a ignorância é uma espécie de desculpa. — A enfermeira que costumava vir no meio da noite sibilar todas as suas opiniões em meu ouvido achava que esse era o maior dos meus pecados. — Não é uma desculpa, sabia? Não é uma desculpa. Não. Na verdade, para mim a ignorância não é nem um pouco diferente da pura e simples maldade. E o que você fez foi só isso: pura e simples maldade.

Quando a garçonete foi embora, abri a minha bolsa e peguei meu dicionário de japonês. Existem três alfabetos no Japão. Dois são fonéticos e fáceis de entender. Mas há um terceiro, que evoluiu há séculos e séculos a partir dos caracteres pictográficos usados na China e é bem mais complexo, mas também muito, muitíssimo mais bonito. *Kanji* é como se chama. Venho estudando-o há anos, mas às vezes ver caracteres *kanji* ainda me faz pensar na insignificância da minha vida. Quando você para e pensa no longo tempo de história e intrigas oculto numa única imagem caligráfica menor do que uma formiga, como não se sentir um desperdício de ar? O *kanji* tinha uma bela lógica para mim. Eu compreendia por que o símbolo para "orelha" posto junto com o símbolo para "portão" significava "escutar". Compreendia por que três mulheres agrupadas queriam dizer "barulhento" e por que acrescentar linhas respingadas à esquerda de qualquer caractere muda o seu sentido para incluir água. Um campo a que se acrescente o símbolo de água significa mar.

O dicionário era meu companheiro constante. Era pequeno e macio e branco e familiar, encadernado em algo que poderia ser couro, e cabia direitinho dentro da minha mão como se tivesse sido moldado nela. A menina dos dreadlocks o roubara de uma biblioteca depois que saíra do hospital. Ela me mandou pelo correio como um presente assim que se ficou sabendo entre os pacientes que eu enfim ia sair. Ela colocou um cartão entre as páginas que dizia: "*Eu acredito em você. Esfregue a verdade na cara deles. Vá em frente e PROVE, garota.*" Mesmo depois de todos aqueles anos o cartão ainda me emocionava em segredo.

Abri o dicionário na primeira página, aquela com o carimbo da biblioteca. Os caracteres para o nome chinês Shi Chongming significavam algo como "Aquele que vê claramente tanto a história quanto o futuro". Com uma caneta hidrográfica tirada do fundo da bolsa, comecei a esboçar o *kanji*, entrelaçando-o, virando de cabeça para baixo, de lado, até a página ficar coberta de vermelho. Então, nos espaços, usando letras bem pequenas, escrevi Shi Chongming com o alfabeto ocidental, repetidas vezes. Quando não sobrava mais espaço virei a página e esbocei um mapa do campus, acrescentando alguns arbustos e árvores de memória. O campus era muito bonito. Eu só vira o local por alguns minutos, mas me parecera um país das maravilhas no meio da cidade: gingkos frondosos em volta dos caminhos de cascalho branco, telhados ornamentados e os sons de um lago escuro na floresta. Desenhei o pavilhão de arco e flecha e acrescentei mais algumas lanternas da minha imaginação. Por fim, na sala de Shi Chongming desenhei cuidadosamente a mim mesma, de pé na frente dele. Estávamos apertando as mãos. Na outra mão ele segurava um filme numa caixa, pronto para me entregar. Na minha imagem, eu estava tremendo. Após nove anos, sete meses e dezoito dias, eu finalmente teria uma resposta.

Às 18h30 o sol ainda estava quente, mas as grandes portas de carvalho do Instituto de Ciências Sociais estavam trancadas, e ao encostar o ouvido nelas não consegui ouvir nada lá dentro. Eu me virei e olhei em volta, me perguntando o que fazer em seguida. Tinha ficado seis horas no café Bambi esperando por Shi Chongming e, embora ninguém tivesse dito nada, eu me sentira na obrigação de ficar pedindo cafés gelados. Tomei quatro. E mais quatro pães doces de melão. Eu lambia as pontas dos dedos e catava os grãos de açúcar do prato, e sempre que a garçonete não estava olhando botava a mão sub-repticiamente sob a mesa e catava na minha bolsa biscoitos Rich Tea. Tinha que quebrar pedaços sob a mesa mesmo e levar a mão casualmente à boca, fingindo que estava bocejando. O punhado de notas de iene encolheu. Agora eu percebia que tinha sido uma perda de tempo. Shi Chongming devia ter ido embora fazia muito tempo, por uma outra entrada. Talvez imaginasse que eu o estaria esperando.

Saí para a rua e tirei várias páginas dobradas da minha bolsa. Uma das últimas coisas que eu havia feito em Londres fora tirar cópia de um mapa de Tóquio. Era numa escala bem grande: tomava várias páginas. Fiquei parada no sol do fim da tarde com a multidão passando à minha volta e examinei o mapa. Olhei em ambas as direções da longa via em que estava. Parecia um canyon, porque os prédios eram muito juntos e íngremes, a multidão e as propagandas luminosas e os prédios repletos de lojas e empresas e ruídos. O que eu deveria fazer agora? Eu abandonara tudo para ir até ali e falar com Shi Chongming, e agora não havia lugar nenhum para ir, nada mais a fazer.

Por fim, depois de estudar as páginas por dez minutos e ainda assim não ter decidido o que fazer, enfiei-as de volta na bolsa, pus a alça no ombro, fechei os olhos e girei várias vezes no mesmo lugar, contando em voz alta. Quando cheguei a 25 abri os olhos e, ignorando os olhares perplexos dos outros pedestres, saí andando na direção para a qual ficara voltada.

3

Caminhei por Tóquio durante horas, fascinada pelos arranha-céus que pareciam precipícios de vidro, os anúncios de cigarro e bebidas, as vozes mecânicas e metálicas que surgiam de cima em todo lugar a que eu ia, me fazendo imaginar hospícios lá no céu. Dei voltas e mais voltas, tão sem direção quanto uma minhoca, desviando-me de gente que voltava do trabalho, de ciclistas, solitárias e minúsculas crianças, imaculadas em seus uniformes de marinheiro, suas mochilas de couro polidas como asas de besouros. Não faço ideia de quanto andei, ou de para onde fui. Quando a luz já havia deixado a cidade, o suor ensopara minhas roupas, a alça da bolsa fizera um sulco em meu ombro e bolhas se formaram em meus pés, eu parei. Estava no terreno de um templo, cercado por bordos e ciprestes, camélias murchas se destacando na sombra. Estava fresco ali, e silencioso, a não ser, quando passava uma brisa, pelo ocasional farfalhar dos milhares de orações budistas amarrados aos galhos. Então eu vi, alinhados num silêncio fantasmagórico sob as árvores, fileiras e mais fileiras de efígies de crianças de pedra. Centenas delas, todas usando um gorro vermelho tricotado à mão.

Joquei-me num banco, sobressaltada, e fiquei olhando para elas. Ficavam em filas alinhadas, algumas segurando um cata-vento ou um ursinho, outras, pequenos babadores. Fileiras e fileiras de faces vazias e tristes olhavam para mim. Davam vontade de chorar, aquelas crianças e suas expressões, de modo que me levantei e fui para outro banco onde não tivesse que vê-las. Tirei os sapatos e as meias. Foi uma sensação agradável estar com os pés descalços no frio; estiquei as pernas e flexionei os dedos. Na entrada do santuário havia uma tigela de água. Era para os devotos purificarem as mãos, mas eu fui até ela e usei a concha de bambu para molhar meus pés. Estava fria e cristalina, e em seguida levei um pouco à boca com as mãos em concha. Quando acabei e me voltei, as crianças de pedra pareciam ter se movido. Pareciam ter dado um passo coletivo para trás, como se estivessem chocadas com o meu comportamento naquele lugar sagrado. Eu as encarei por um tempo. Então voltei ao banco, peguei um pacote de biscoitos na bolsa e comecei a comer.

Eu não tinha nenhum lugar para ir. A noite estava cálida e o parque, tranquilo, com a grande Tokyo Tower, vermelha e branca, toda iluminada acima de mim. Quando o sol se pôs, uma lanterna apareceu entre as árvores, e não demorou muito para que os moradores de rua se juntassem a mim nos bancos em volta. Não importando suas condições, pareciam todos ter pequenas refeições, inclusive os pauzinhos, alguns em caixas laqueadas de almoço bento. Fiquei sentada em meu banco comendo meus biscoitos e olhando para eles. Eles comiam seu arroz e me olhavam de volta.

Um dos homens levara consigo uma pilha de papelão, que ele ajeitou perto do portão de entrada, coberto por um pequeno telhado, e ali se empoleirou, nu exceto por um calção de corrida imundo e manchado, com a barriga redonda suja. Ele passou um bom tempo olhando para mim e rindo — um minúsculo Buda frenético que tinha rolado na fuligem. Eu não ri. Fiquei sentada em meu banco observando-o em silêncio. Ele me lembrava uma fotografia de um dos meus livros, que mostrava um homem faminto em Tóquio, após a guerra. Naquele primeiro ano, quando MacArthur instalou seu quartel-general, os japoneses viveram de serragem e bolotas, cascas de amendoim e folhas de chá, sementes e cascas de abóbora. Pessoas morriam de fome nas ruas. O homem em meu livro tinha um pano estendido a sua frente, e, sobre ele, duas colheres toscas. Quando adolescente, eu ficava infinitamente perturbada por aquelas colheres. Não havia nada de especial nelas, não eram de prata ou trabalhadas, eram apenas colheres comuns de todo dia. Provavelmente tudo o que sobrara àquele homem, e, como ele precisava comer, devia estar tentando vendê-las para alguém a quem nada mais faltasse no mundo a não ser duas colherezinhas banais.

Denominaram isso de "existência broto de bambu", a vida cebola, cada camada que se descascava fazendo chorar mais, e mesmo quando se conseguia encontrar comida não era possível levá-la para casa, porque a disenteria estava proliferando na lama da rua e haveria o risco de contaminar a família. Crianças apareciam nas docas, recém-chegadas da independente Manchúria, com as cinzas de suas famílias em caixas brancas de glicínia penduradas no pescoço.

Talvez esse fosse o preço da ignorância, pensei, olhando para o vagabundo seminu. Talvez o Japão tivesse que pagar pelas coisas ignorantes que cometeu em Nanquim. Porque a ignorância, como eu cansei de ouvir, não é desculpa para a maldade.

Os moradores de rua tinham ido embora quando acordei na manhã seguinte. No lugar deles, observando-me do banco em frente, os pés bem distantes um do outro no chão, os cotovelos nos joelhos, estava um homem ocidental mais ou menos da minha idade. Usava uma camiseta desbotada com as palavras *Big Daddy Blake/ Killtime Mix*, e um cordão de couro, preso pelo que parecia ser um dente de tubarão. Seus tornozelos estavam sem meia e bronzeados, e ele sorria como se eu fosse a coisa mais engraçada que ele já vira.

— Ei — disse ele. — Você parecia tão confortável. O sono dos anjos.

Eu me sentei precipitadamente, a bolsa de viagem caindo no chão. Agarrei meu cardigã e me embrulhei nele, ajeitando o cabelo, lambendo os dedos e passando-os rapidamente em volta da boca e dos olhos. Eu sabia que ele estava sorrindo para mim, dando-me aquele olhar, aquela expressão meio intrigada que as pessoas sempre usam comigo.

— Ei, você me ouviu? — Ele veio e ficou parado perto de mim, sua sombra projetando-se sobre a minha bolsa. — Eu perguntei, você me ouviu? Você fala inglês? — Ele tinha um sotaque estranho. Podia ser da Inglaterra ou dos Estados Unidos ou da Austrália. Ou todos os três. Era um jeito de falar que fazia parecer que ele vinha de alguma praia. — Você... fala... inglês?

Eu assenti.

— Ah, você fala?

Assenti de novo.

Ele sentou ao meu lado e estendeu a mão; veio com ela bem debaixo dos meus olhos de modo que eu não podia deixar de vê-la.

— Bom, oi, então. Meu nome é Jason.

Eu olhava fixo para a mão dele.

— Eu disse oi. Disse que me chamo Jason.

Apertei apressadamente a mão dele e então me inclinei para o lado de modo a evitar contato físico, e tateei debaixo do banco atrás da minha bolsa de viagem. Era sempre assim na universidade, os rapazes todos me provocando porque eu era tão defensiva, sempre me fazendo sentir que eu deveria simplesmente achar um buraco para sumir lá dentro. Achei meus sapatos dentro da bolsa e comecei a calçá-los.

— Esses são os seus sapatos? — disse ele. — Você vai realmente calçar isso?

Eu não respondi. Eram sapatos bem antiquados. Pretos, de amarrar, com uma aparência um tanto severa, imagino, e de solas grossas. Eram bastante inadequados para um dia quente em Tóquio.

— Você é sempre assim grosseira?

Coloquei os sapatos e comecei a amarrar os cadarços, apertando-os mais do que precisava, meus dedos um pouco brancos de fazer tanta pressão. Em meus tornozelos as bolhas se esfregaram no couro duro.

— Legal — continuou ele. — Você é realmente esquisita.

Alguma coisa no jeito como ele falou me fez parar e me virar para fitá-lo. O sol estava vindo através das árvores por trás dele e eu tive uma rápida impressão dos cabelos escuros, cortados bem curtos, com pontas macias na nuca e em volta das orelhas. Às vezes, embora ninguém jamais pudesse adivinhar e eu nunca fosse admitir, às vezes eu só conseguia pensar em sexo.

— Bom, você é — disse ele. — Não é? Esquisita, quero dizer. De um jeito legal. De um jeito meio inglês. Você é inglesa?

— Eu... — Atrás dele, as fantasmagóricas crianças de pedra estavam em suas filas, as pontas do sol tocavam os galhos que havia sobre elas, o orvalho caindo em seus ombros e seus bonés. A distância, os calmos arranha-céus exibiam um reflexo de Tóquio tão claro e nítido como o de um lago numa caverna. — Eu não... — falei debilmente — ... eu não sabia onde dormir.

— Você não está num hotel?

— Não.

— Acabou de chegar?

— Sim.

Ele riu.

— Tem um quarto onde eu moro. Aliás, tem *dezenas* de quartos onde eu moro.

— Na sua casa?

— É. Minha casa. Você pode alugar um quarto lá.

— Eu não tenho dinheiro algum.

— Alô! Estamos em Tóquio. Não dê ouvido aos economistas, ainda tem um montão de dinheiro para se ganhar aqui. É só ficar de olho aberto. Ainda existem *hostess clubs* em cada esquina.

As meninas na universidade costumavam fantasiar sobre trabalhar num dos *hostess clubs* de Tóquio. Falavam horas sobre quanto dinheiro iam ganhar, os montes de presentes que receberiam. Eu ficava sentada no canto em silêncio, pensando que seria ótimo ser assim confiante.

— Eu trabalho num *host club* — disse ele. — Posso apresentar você à mama-san, se quiser.

Corei. Ele não podia imaginar como eu me sentia ao pensar em trabalhar num *hostess club*. Me virei e acabei de amarrar os sapatos. Levantei-me e alisei minhas roupas.

— Sério. É um bom dinheiro. Os clubes ainda não foram afetados pela recessão. E ela gosta de gente esquisita, a mama-san.

Não respondi. Fechei meu cardigã e passei a alça da bolsa pela cabeça, de forma que ficasse atravessada pelo meu peito.

— Me desculpe — falei, desajeitada. — Preciso ir.

Cruzei os braços e saí andando para longe de Jason, através do parque. Uma brisa passou e moveu todos os cata-ventos das crianças. Lá em cima, o sol refletia nos arranha-céus.

Ele me alcançou na saída do parque.

— Ei — disse ele. Como eu não parei, ele se pôs a andar ao meu lado, sorrindo. — Ei, esquisita. Tome meu endereço. — Ele estendeu a mão e eu parei para olhar o que ele segurava: um pedaço de embalagem de cigarro com um endereço e um telefone rabiscados com uma esferográfica. — Anda, toma. Seria divertido ter você na nossa casa.

Eu só fiquei olhando.

— Pega, vai.

Hesitei, e então agarrei o pedaço de papel, cruzei novamente os braços, apontei a cabeça para a frente e segui meu caminho. Atrás de mim eu o ouvi rir e me saudar.

— Você é ótima, esquisitinha. *Gostei* de você.

Naquela manhã, quando a garçonete do Bambi trouxe meu café gelado e meu pão doce, ela também pôs na mesa uma enorme tigela de arroz, alguns bolinhos de peixe frito, dois pratinhos com picles e uma tigela de sopa missô.

— Não — falei em japonês. — Não. Eu não pedi isso.

Ela olhou de esguelha o gerente, que estava conferindo contas no caixa, depois se virou de volta para mim, fitou o teto e pôs um dedo nos lábios. Mais tarde, quando ela me trouxe a conta vi que ela cobrara apenas o pão doce. Fiquei ali parada por um instante, sem saber o que dizer, vendo-a atender as outras mesas, tirando o bloquinho do bolso do avental todo sujo de massa de torta, coçando a cabeça com uma caneta Maruko Chan cor-de-rosa. Não se encontra generosidade assim todos os dias, ao menos não que eu saiba. Subitamente me perguntei quem seria o pai dela. O avô dela. Perguntei-me se ele alguma vez lhe falara sobre o que acontecera em Nanquim. Por muitos anos as escolas não mencionaram o massacre. Toda referência à guerra foi eliminada dos livros didáticos. A maioria dos adultos japoneses tinha apenas uma noção muito vaga do que acontecera na China em 1937. Será que aquela garçonete ao menos conhecia o nome Nanquim?

É preciso estudar algo por muito tempo antes de chegar a compreendê-lo. Nove anos, sete meses e dezenove dias. E mesmo isso, acaba-se descobrindo, não é tempo bastante para certas coisas. Apesar de tudo que eu li sobre os anos em que o Japão ocupou a China, eu realmente ainda não sei por que o massacre aconteceu. Os especialistas — sociólogos, psicólogos, historiadores — todos parecem compreender. Dizem que se tratava de medo. Dizem que os soldados japoneses estavam com medo, cansados e famintos, que tinham lutado com unhas e dentes por Xangai, enfrentado a cólera e a disenteria, marchado por quase toda a China, e estavam à beira de um colapso quando chegaram à capital. Alguns deles dizem que os soldados japoneses eram apenas o produto de uma sociedade sedenta de poder, que tinham sido submetidos a uma lavagem cerebral para passarem a ver os chineses como uma espécie inferior. Alguns dizem que um exército como aquele, entrando em Nanquim e se deparando com centenas de milhares de cidadãos indefesos se escondendo nas construções bombardeadas... Bom, algumas pessoas dizem, talvez o que tenha acontecido em seguida não seja lá muito surpreendente.

Não foi preciso muito tempo para o Exército Imperial Japonês. Em apenas algumas semanas eles mataram cerca de 300 mil civis. Quando terminaram, segundo se conta, não mais eram precisos barcos para ir de uma margem à outra do rio Yang-tsé. Bastava caminhar sobre os cadáveres. Foram muito inventivos nas maneiras de matar que descobriram. Enterraram jovens até o pescoço na areia e passaram com tanques sobre suas cabeças. Estupraram velhinhas, crianças e animais. Decapitaram, desmembraram e torturaram; usaram bebês como alvos para treino de baioneta. Não se esperaria de alguém que tivesse sobrevivido àquele holocausto que alguma vez voltasse a confiar nos japoneses.

Havia um projetor 16mm na sala de Shi Chongming. Fiquei pensando sobre isso a noite inteira. Toda vez que eu começava a cogitar se imaginara a referência ao filme no periódico, eu sussurrava para mim mesma: "Para que um professor de sociologia precisa de um projetor de filmes?"

Ele chegou à universidade um pouco antes das 10 horas. Eu o vi de muito longe, minúsculo como uma criança, andando com dificuldade. Sua túnica azul-marinho estava presa com nós de um lado, de uma maneira muito pouco japonesa, e ele mancava apoiado em sua bengala, avançando na metade da velocidade dos outros, um chapéu de pescador de plástico preto afundado sobre seus longos cabelos brancos. Quando ele enfim chegou ao portão laqueado de vermelho eu o estava aguardando, observando-o descer a rua na minha direção.

— Olá?

Dei um passo adiante, e Shi Chongming parou de súbito.

Ele me olhou com irritação.

— Não fale comigo — murmurou. — Não quero falar com a senhorita. — Ele continuou mancando na direção do instituto. Eu o segui, ombro a ombro. De certa forma, deve ter parecido bastante polido, um pequeno acadêmico melancólico mancando e fingindo que não havia uma garota estrangeira desengonçada com roupas estranhas o acompanhando. — Não gosto do que você está trazendo.

— Mas o senhor precisa falar comigo. É a coisa mais importante do mundo.

— Não. Você veio à pessoa errada.

— Não. É o senhor. Shi Chongming. O que há naquele filme é o que estou procurando há quase dez anos. Nove anos, sete meses e...

— E 18 dias. Eu sei. Eu sei. Eu sei. — Ele se deteve e me olhou. A raiva destacara manchinhas laranja em suas íris. Ele me fitou por um longo tempo, e me lembro de ter pensado vagamente que eu devia lembrar algo a ele, dada sua expressão tão concentrada e pensativa. Por fim ele suspirou e balançou a cabeça. — Onde está hospedada?

— Aqui, em Tóquio. E agora são sete meses e *19* dias.

— Diga-me, então, onde posso entrar em contato com você. Talvez daqui a uma ou duas semanas, quando não estiver tão ocupado, talvez eu possa lhe dar uma entrevista sobre a minha época em Nanquim.

— Uma *semana*? Ah, não, não posso esperar uma semana. Eu não tenho nenhum...

Ele fez um som impaciente com a garganta.

— Diga-me uma coisa. A senhorita sabe o que alguns homens ricos de Pequim são capazes de fazer para que seus filhos aprendam inglês?

— Perdão?

— A senhorita sabe a que ponto eles chegam? — Ele ergueu a língua e apontou o tecido conjuntivo embaixo dela. — Eles gostam de cortar as línguas de seus filhos, aqui, aqui embaixo, quando os meninos têm apenas 3 ou 4 anos. Só para que a criança consiga pronunciar o *r* inglês. — Ele balançou a cabeça. — Então. Diga-me, o que acha do meu inglês?

— É perfeito.

— Mesmo sem pais ricos, sem mutilação?

— Sim.

— Foi resultado de trabalho duro. Apenas isso. Vinte anos de trabalho duro. E sabe de uma coisa? Eu não passei vinte anos apreendendo inglês só para poder desperdiçar minhas palavras. Pois bem: eu disse uma semana. Ou mesmo duas. E foi isso o que eu quis dizer.

Ele começou a se afastar, mancando. Fui atrás dele.

— Olhe, me desculpe. Uma semana. Está ótimo, ótimo. — Eu passei na frente dele, me voltei, estendendo a mão para que ele se detivesse. — Sim. Uma semana. Eu... eu... eu virei procurá-lo. Daqui a uma semana voltarei para falar com o senhor.

— Eu não vou ficar sujeito aos seus horários. Entrarei em contato quando estiver na hora.

— Eu telefono para o senhor. Daqui a uma semana.

— Acho que não. — Shi Chongming moveu-se para o lado a fim de desviar de mim.

— Espere. — Minha cabeça estava à toda. — Tudo bem. — Apalpei minhas roupas desesperadamente, tentando descobrir o que fazer. Hesitei, com a mão sobre o bolso do cardigã. Havia algo ali. O pedaço de embalagem de cigarro que Jason me dera. Respirei fundo. — Certo — falei, tirando-o do bolso. — Meu endereço. É este. Apenas me dê um instante para eu anotá-lo para o senhor.

4

Alguém surgiu em minha vida. Do nada, parece. Ela não poderia ser menos bem-vinda. Duas vezes me deixei pegar desprevenido por ela, zumbindo em minha volta, como um marimbondo insistente. Duas vezes! Ela brada e proclama, ela agita os braços no ar e me dá olhares funestos, como se eu sozinho fosse responsável por todos os males do mundo. Ela diz que quer discutir coisas que aconteceram em Nanquim.

"Quer"? Não, na verdade "quer" não é nem de longe a palavra certa. É muito mais do que isso, bem mais do que "quer". É uma doença. Ela está ensandecida pelo desejo de saber sobre Nanquim. Como eu me arrependo daquelas poucas vezes em Jiangsu, naquela época distante, pré-revolução cultural, quando eu me sentia tão confortável com a minha situação na universidade que acabei relaxando e falando! Como me recrimino agora pelas poucas e vagas alusões que fiz aos eventos do inverno de 1937. Acreditei que não iriam passar dali. Mesmo. Confiei que ninguém fosse falar. Como eu iria saber que meus resmungos acabariam algum dia chegando a um periódico ocidental, para serem achados e adulados obsessivamente por esta estrangeira? Estou um pouco desesperado por causa disso. Eu disse a ela duas vezes para me deixar em paz, mas ela se recusa a me escutar, e hoje fui implacavelmente encurralado por ela até que, apenas para fazê-la desistir, me vi concordando com um encontro futuro.

Mas (ah, e eis aqui o cerne da questão) o que realmente me inferniza é algo mais profundo que a simples teimosia dela. Porque algo em sua insistência tirou as coisas do lugar para mim. Sinto uma nova inquietação, mais sombria, e não posso deixar de me perguntar se ela é um arauto, se seu aparecimento aqui, sua súbita e intensa determinação de rastelar as cinzas de Nanquim, não quer dizer que o capítulo final está ainda mais próximo do que eu pensava.

Isso é uma insanidade! Em todos esses anos eu mantive minha promessa de nunca revisitar aquele inverno, de nunca ler as palavras que escrevi naquele ano. Mantive a promessa rigidamente, e no entanto hoje, por uma razão que está inteiramente além da minha compreensão, quando voltei a minha sala depois de falar com ela, instintivamente abri a gaveta da escrivaninha para pegar o velho diário surrado e o coloquei sobre a mesa, onde agora posso vê-lo mas não tocá-lo. Por que, me pergunto, por que, depois de todos esses anos, desejo tanto abrir a primeira página? Mal consigo me conter para não pegá-lo e devorá-lo. Que anseio fatal ela desencadeou? Esta é a resposta — vou enterrá-lo. Sim. Em algum lugar — talvez aqui, sob as pilhas de livros e anotações. Ou talvez trancá-lo num desses armários, onde eu possa esquecê-lo, onde ele nunca mais vai me perturbar.

Ou (e neste ponto minha voz precisa se tornar um sussurro), ou eu o lerei. Eu o abrirei e lerei. Só uma frase. Só um parágrafo. Afinal, se pararmos para pensar bem nisso, qual é o propósito de carregar por aí essas 40 mil palavras, 40 mil palavras sobre o massacre, se nunca forem lidas? Que mal palavras podem fazer a mim? Podem perfurar minha carne? E quem irá se importar se eu quebrar a minha promessa e ficar gordo de tanto devorar essas palavras? Talvez as promessas sejam feitas para serem quebradas...

Será que irei me reconhecer? Será que vou me importar?

Nanquim, 28 de fevereiro de 1937 (18º dia do primeiro mês do calendário lunar de Shujin)

O que aconteceu com o sol? Algo deve estar fora de equilíbrio na natureza para o sol nascer com essa aparência. Sento a esta janela familiar, a única da casa que dá para a parte leste da cidade, e sou tomado por um desconforto avassalador. Minha mão treme enquanto escrevo. O sol está vermelho. E pior — algum truque, alguma conspiração da atmosfera e da paisagem fez com que seus raios se distribuíssem simetricamente no céu, de forma a se espalhar como sólidas faixas vermelhas. Parece igualzinho ao... igualzinho ao...

Céus! Qual é o problema? Nem ouso escrever as palavras. Que espécie de loucura é essa? Vendo sinais no céu! Preciso impedir que meus pensamentos vagueiem desse jeito. Estou correndo o risco de falar como Shujin, de me tornar igual a ela — lidando sem o menor remorso com superstições. Realmente, todos os dias eu me pergunto sobre Shujin. Se estivesse acordada agora, ela inclinaria a cabeça para o lado, olharia pensativa para o horizonte e imediatamente lembraria a antiga sabedoria de sua aldeia: o folclore de que dez sóis se alternam, nascendo no leste, nadando em fila através do mundo subterrâneo para dar a volta e surgindo novamente no leste. Ela daria uma olhada neste sol por um tempo e declararia que algo de errado aconteceu enquanto ele nadava pelo mundo subterrâneo, diria que sofreu um ferimento — um presságio de que algo terrível vai acontecer. Porque se há alguma coisa em que ela insiste é isto: a crença de que o tempo se move em volta de nós como um barril — rolando na frente de nossos olhos, dando a volta por trás. Ela diz, e nunca se cansa de dizer, que pode ver o futuro pela simples razão de que o futuro é nosso passado.

Eu não discuto com as superstições dela, fico impotente ante sua veemência. "Jamais tente mudá-la", minha mãe disse antes de morrer. "Jamais crescerão presas de elefante na boca de um cachorro. Você sabe disso."

Porém, por mais maleável que eu tenha me tornado, não sou um completo tolo. Embora seja verdade que não há necessidade de mudá-la, tampouco há algum motivo para encorajar sua natureza histérica. Nenhuma necessidade, por exemplo, de acordá-la agora e trazê-la até aqui, onde estou sentado em minha cama do dia olhando amedrontado para o sol.

Está ali pairando até agora, como um gigante olhando de cima a cidade, terrível e vermelho. Shujin diria que é um presságio. Ela iria fazer algo ridículo se o visse, talvez saísse correndo e gritando pela casa. Portanto, vou manter segredo. Não direi a ninguém que hoje testemunhei o sol chinês nascendo com a forma e a cor do *Hi No Maru* — o disco vermelho que há na bandeira do Exército Imperial Japonês.

Pronto! Está feito! Eu deveria atirar longe o diário e cobrir meu rosto de tanta vergonha. Quebrei minha promessa. Que estranho, após todos esses anos, ter desistido tão súbita e inesperadamente, numa indistinta manhã de verão tão igual a qualquer outra, que estranho ter sucumbido. Agora, ao passar os dedos pelas páginas do diário, me pergunto se aprendi alguma coisa. O papel está velho, a tinta, desbotada, e minha caligrafia *kaishu* parece um tanto antiquada. Mas — e como é curioso descobrir que as coisas importantes permanecem as mesmas — o horror não é diferente. O horror que senti naquela manhã há mais de cinquenta anos é algo que reconheço bem. É o mesmo sentimento que tenho agora, quando abro as persianas e olho pela janela o sol batendo em Tóquio.

5

O dia estava tão absurdamente quente que o calçamento parecia pegajoso sob os pés. Dos aparelhos de ar-condicionado caíam pingos condensados nos pedestres lá embaixo, e Tóquio parecia pronta para escorregar da plataforma continental e deslizar efervescente para dentro do oceano. Achei uma banca de revistas e comprei uma latinha de chá verde gelado e um chocolate com coco Lotte que derreteu na minha língua. Comi e bebi enquanto me arrastava pela rua, e logo estava me sentindo um pouco melhor. Peguei o metrô e viajei imprensada com as pessoas imaculadamente asseadas que voltavam do trabalho, meu cardigã sujo roçando em suas camisas limpas. Percebi que o povo de Tóquio não tinha cheiro. Era curioso. Eu não conseguia sentir o cheiro das pessoas, e elas não falavam muito: os trens estavam lotados, mas ao mesmo tempo bastante silencioso; era como estar apertado num vagão com mil manequins de vitrine.

A casa de Jason ficava numa região chamada Takadanobaba, "o pasto de cavalos lá do alto". Quando o trem parou na estação em que eu deveria sair, desci com muita cautela, pisando na plataforma e olhando com curiosidade para os dois lados, para as máquinas de venda e os anúncios de bebidas energéticas. Alguém colidiu comigo, e houve um momento de confusão, o resto da multidão se detendo e desviando, tentando não cair. *Lembre-se: há regras na sociedade que você sempre terá que levar em conta.*

Fora da estação as calçadas estavam apinhadas de estudantes da Universidade Waseda. No final da rua, junto a um Citibank, virei a esquina, e subitamente tudo mudou: me descobri num fragmento da antiga Tóquio. Longe do tumulto eletrônico do comércio havia vielas silenciosas e frescas: um labirinto de desconjuntadas ruazinhas apertadas nas fissuras atrás dos arranha-céus, um pedaço sombreado e perspirante como uma selva. Prendi a respiração e olhei em volta maravilhada: era exatamente como as imagens que eu vira nos livros! Casas de madeira empenadas encostadas umas nas outras, podres e caindo aos pedaços — sobreviventes exaustas de décadas de terremotos, incêndios, bombardeios. Nas frestas entre as casas, havia aglomerações de plantas exuberantes que pareciam carnívoras.

A casa de Jason era a maior, mais velha e decrépita que eu já vira em Tóquio até então. Ficava na esquina de duas ruazinhas, e todas as janelas do térreo estavam fechadas com tábuas. Trepadeiras tropicais tinham irrompido através da calçada, enrodilhando-se como os espinhos da *Bela Adormecida*. Ao lado da casa, protegida por um telhado de plástico corrugado, uma escada levava ao andar de cima, cuja entrada era guardada por um portãozinho de madeira e uma campainha velha e enferrujada.

Lembro exatamente o que Jason vestia quando abriu a porta. Uma camisa verde-oliva, um short e um par de botas de deserto velhas, o cadarço desamarrado, com os pés apenas enfiados nelas, amassando a parte de trás. Em seu pulso havia um bracelete de tecido e ele segurava uma latinha prateada de cerveja — na lateral, em que estava escrito "Asahi", e escorriam gotas d'água. Tive a oportunidade de examiná-lo por um breve momento à luz do sol — ele tinha uma pele lisa, sem rugas, como se passasse muito tempo ao ar livre. As palavras "Ele é bonito" se iluminaram por um instante em minha mente.

— Ei — disse ele, surpreso por me ver. — Oi, esquisita. Mudou de ideia quanto ao quarto?

Ergui os olhos para a casa.

— Quem mais mora aqui?

Ele deu de ombros.

— Eu. Duas das garotas do clube. Alguns fantasmas. Não sei quantos deles, para falar a verdade.

— Fantasmas?

— É o que todo mundo diz.

Fiquei quieta por um instante, olhando os telhados, os beirais virados para cima com dragões e golfinhos entalhados. A casa de fato parecia maior e mais sombria que as vizinhas.

— Ok — falei por fim, pegando minha bolsa. — Eu não me importo com os fantasmas. Quero morar aqui.

Ele não se ofereceu para carregar minha bolsa, e, mesmo se o tivesse, eu não saberia o que dizer. Segui-o escada acima, nossos passos ecoando no ferro fundido.

— O andar térreo está fechado — falou, apontando a lata de cerveja na direção das janelas com tábuas. — Não tem como entrar. Moramos no andar de cima, e você vai ter que vir por aqui.

Paramos no alto da escada. Estávamos numa galeria escura com venezianas que saía em ângulo reto para a esquerda e a direita. Eu podia ver uns 5 metros em ambas as direções, e então os longos corredores empoeirados pareciam diminuir, como se terminassem muito longe, em partes de Tóquio frescas e cheias de sombras, que eu mal poderia imaginar. Passava do meio-dia, e a casa estava em silêncio.

— A maior parte da casa está fechada. Os negócios imobiliários em Tóquio afundaram depois que a bolha estourou, mas o proprietário ainda está tentando fechar negócio com uma empreiteira. Se der certo eles vão botar abaixo e construir outro arranha-céu, de modo que o aluguel é quase *niente*. — Jason chutou as botas para longe. — Claro, você tem que aguentar o lugar caindo aos pedaços à sua volta. — Ele fez um gesto vago na direção do corredor à direita. — As meninas dormem para lá, ali naquele ala. Passam o dia todo na cama. São russas. Você vai perceber isso por aqui: agora que alguém deixou a porta do canil aberta os russos estão fugindo para todo canto do planeta. Ainda não chegou até eles a notícia de que o Japão está mal, na recessão. Tome. — Ele empurrou um par de sandálias para mim e ficou olhando enquanto eu as colocava, tirando meus rígidos sapatinhos e enfiando nas sandálias meus pés com meia. — Eles não machucam? — Apontou para os sapatos. — Parecem desconfortáveis.

— Sim. Estou com bolhas.

— Você não tem nenhum outro?

— Não.

— O que você tem nessa bolsa? Parece pesada.

— Livros — falei.

— Livros?

— Isso.

— Que tipo de livros?

— Livros com figuras.

Jason riu. Acendeu um cigarro e observou enquanto eu calçava as sandálias, divertindo-se com a cena. Ajeitei meu cardigã, passei as mãos pelo cabelo e fiquei de pé na frente dele, e isso o fez rir de novo.

— Então — disse ele —, como você se chama?

— Cinza.

— Cinza? Que espécie de nome é esse?

Hesitei. Era muito estranho estar num lugar em que ninguém me conhecia. Respirei fundo e tentei parecer casual:

— É o meu sobrenome. Todo mundo sempre me chama pelo meu sobrenome.

Jason me levou pelo corredor direito, parando para indicar algumas coisas no caminho. A casa era curiosamente macia e dava uma sensação orgânica: o chão era coberto com tatames de palha e cada movimento liberava o cheiro secreto de casulos de insetos. As portas para os quartos eram todas de um lado do corredor; no outro, treliças surradas de madeira ocultavam a parede da altura da cintura para cima.

— O banheiro é tradicional, você tem que agachar. Acha que consegue? — Ele me olhou de cima a baixo. — Ficar agachada? Tomar banho de balde? Você sabe, é para isso que se vive no Japão: para fazer as coisas de um jeito diferente. — Antes que eu pudesse responder ele se virou e abriu uma veneziana do outro lado do corredor. A luz do sol entrou ofuscante através do vidro encardido. — O ar-condicionado está fodido, então no verão tem que deixar as persianas fechadas o dia inteiro.

Paramos na janela e olhamos o jardim lá embaixo. Era denso e rico como uma selva, as árvores crescidas até bem acima das janelas do térreo, repleto de caquizeiros escuros e folhas pesadas que rachavam as paredes e roubavam a luz do sol. Apoiei as mãos na vidraça, o nariz para cima, e observei lá fora. O jardim dava para os fundos de um arranha-céu branco.

— O Prédio de Sal — disse Jason. — Não sei por que tem esse nome, foi apenas passado adiante, assim como os quartos, de um *host* para outro.

Eu estava para me virar quando percebi, quase uns 30 metros além das copas das árvores, telhas vermelhas esturricando no sol.

— O que é aquilo?

— Aquilo? — Ele encostou o nariz no vidro. — Aquela é a terceira ala. Fechada, também.

— Parte desta casa?

— É, eu sei. Ocupa o bairro inteiro praticamente. O Palácio Proibido. Tem uns vinte quartos neste lugar que eu sei com certeza que existem, e mais vinte de que só ouvi boatos.

Agora eu podia ver a extensão do terreno que a casa ocupava. Abrangia a maior parte do quarteirão e era disposta em torno do jardim, nos três lados de um quadrado. De cima, parecia uma ponte, com o Prédio de Sal bloqueando o quarto ao lado. A construção estava desmoronando; a ala mais distante começara a apodrecer, e Jason disse que não queria nem imaginar o que haveria nos quartos fechados do térreo.

— É lá que ficam os fantasmas — comentou, revirando os olhos. — Segundo as gêmeas *baba yaga*.

Passamos por inúmeras portas de correr *shoji*, algumas trancadas, outras abertas. Vi de relance pertences na penumbra, móveis empilhados, empoeirados e esquecidos — um *butsudan* de teca, um santuário aos ancestrais, vazio a não ser por uma pilha de frascos de vidro cheios de poeira. Minhas sandálias ressoavam no silêncio. Em meio à penumbra a nossa frente apareceu a porta da ala fechada, com um cadeado e uma barra de ferro lacrando-a. Jason parou junto à porta.

— Daqui não se passa. — Ele aproximou o nariz e farejou. — E quando o tempo está quente... *meu Deus*, que *fedor*! — Passou a mão no rosto e se virou, batendo na última porta do corredor. — Não se preocupe, você vai ficar bem por aqui; esse seria o seu.

Ele deslizou a porta. A luz do sol atravessava os tecidos encardidos pregados nos cantos de duas janelas. As paredes outrora tinham sido revestidas com uma seda em tom castanho-claro, e o que restava ainda pendia, se desintegrando em longas tiras verticais, como se um enorme animal com garras tivesse ficado preso dentro daquele quarto. Os tatames estavam se esgarçando, e havia moscas mortas no parapeito da janela e teias de aranhas na luminária.

— O que acha?

Entrei e fiquei parada no centro do quarto, me virando lentamente para olhar em volta. Na parede mais próxima havia uma alcova *tokonoma*, com uma velha cadeira de balanço de ratã encostada na parede, no ponto em que o pergaminho sazonal devia estar pendurado.

— Você pode fazer o que bem entender com o quarto. O proprietário não está nem aí. Na maioria das vezes até se esquece de cobrar o aluguel.

Fechei os olhos e estendi as mãos, sentindo a suavidade do ar, os raios de sol que deixavam ver a poeira suspensa às minhas costas. Tinha o dobro do tamanho do meu quarto em Londres e me pareceu muito acolhedor. Havia um cheiro suave, de seda e palha apodrecendo.

— E aí?

— É... — comecei, abrindo os olhos e passando os dedos na seda das paredes — ...é lindo.

Jason puxou o pano que cobria a janela e a abriu, deixando entrar um pouco do ar quente no quarto.

— E eis... — disse ele, apontando para fora da janela — o parquinho do Godzilla.

Ao ir até lá, com todos os arranha-céus me fazendo minúscula, eu não tinha percebido o quanto Takadanobaba ficava no alto. Foi só então que vi que a terra descia abruptamente daquele ponto. O topo dos prédios ficava na mesma altura da janela, e de todos os lados havia rostos falando em telas de vídeos instaladas bem alto. Um vasto outdoor, a apenas 15 metros de distância, dominava boa parte da vista. Era uma enorme fotografia em tom sépia de um astro de cinema com um sorriso torto, empunhando um copo como se fizesse um brinde a toda a Takadanobaba. No copo estava escrito "Suntory Reserve".

— Mickey Rourke — disse Jason. — Galã, evidentemente.

— Mickey Rourke — ecoei. Nunca tinha ouvido falar, mas gostei da cara dele. Gostei do jeito como ele sorria para nós. Segurei a moldura da janela e me debrucei para fora um pouco. — Para que lado fica Hongo?

— Hongo? Não sei. Acho que é... naquela direção, talvez.

Fiquei na ponta dos pés, olhando para o lado, por cima dos telhados distantes e dos luminosos e das antenas de TV pintadas de dourado pelo sol. Devíamos estar a quilômetros de distância. Eu jamais conseguiria ver a sala de Shi Chongming em meio a todos os outros prédios. Mas me fez sentir melhor saber que estava lá, em algum lugar lá longe. Apoiei os calcanhares no chão novamente.

— Quanto é o aluguel?

— Duzentos dólares por mês.

— Só preciso por uma semana.

— Cinquenta dólares, então. Uma pechincha.

— Não tenho como pagar isso.

— Você não tem como pagar 50 dólares? Quanto você acha que custa viver em Tóquio? Cinquenta dólares é ridiculamente *pouco*.

— Eu não tenho dinheiro nenhum.

Jason suspirou. Ele terminou o cigarro, atirou-o na rua e apontou a silhueta dos prédios.

— Olhe — disse ele, debruçando-se. — Olhe ali, para sudeste. Esses prédios altos são o Kabuki Cho. E está vendo além deles?

Ao longe, negro contra o céu, um monstro de vidro fumê suportado por oito enormes colunas pretas se projetava acima de todos os outros arranha-céus. No topo havia quatro gigantescas gárgulas de mármore de cócoras, uma em cada canto, e jatos de gás lançados de suas bocas que cuspiam fogo por 15 metros no ar faziam parecer que o céu estava em chamas.

— O prédio é particular. É um dos edifícios dos irmãos Mori. Mas está vendo aquilo, na cobertura?

Apertei os olhos para enxergar melhor. Presa por um braço mecânico ao topo do arranha-céu havia a enorme figura de uma mulher sentada num balanço.

— Sei quem é aquela — falei. — Estou reconhecendo-a.

— É a Marilyn Monroe.

Marilyn Monroe. Ela devia ter uns 9 metros de seus sapatos de salto alto brancos até o cabelo tingido de louro, e ela balançava para a frente e para trás em arcos de 15 metros, o néon piscando e alternando duas imagens do seu vestido de verão branco, de modo que ele parecia estar sendo erguido acima da cintura pelo vento.

— É o Some Like It Hot. O clube em que a gente trabalha; eu e as *baba yagas*. Vou levar você lá hoje à noite. Você vai ter o dinheiro do aluguel da semana em poucas horas.

— Ah — falei, recuando da janela. — Ah. Não; você já falou sobre isso. É um *hostess club*.

— É legal, descontraído. Com certeza a Strawberry vai ir com a sua cara.

— Não — insisti, repentinamente pouco à vontade e desajeitada de novo. — Não. Não diga isso, porque ela não vai gostar de mim.

— Por que não?

— Porque... — Fiquei sem ter como continuar. Não podia explicar para alguém como Jason. — Não. Ela definitivamente não me contrataria.

— Eu acho que você está enganada. Além do quê, me parece que você não tem muita escolha.

6

As hostesses que moravam nos quartos da ala norte, as *baba yagas*, eram gêmeas de Vladivostok. Svetlana e Irina. Jason me levou para conhecê-las quando o sol estava baixo e o calor cedera um pouco. Elas estavam no quarto de Irina, aprontando-se para o trabalho no clube, quase idênticas em suas meias pretas e seus tops de lycra: altas como estivadores, e fortes, com braços grossos e pernas musculosas. Elas tinham a aparência de quem passa muito tempo tomando sol, e ambas exibiam uma cabeleira comprida, cacheada, com permanente. A única diferença era que o cabelo de Irina era loiro, e o de Svetlana, preto. Eu tinha visto a tintura, Preto Napolitano, numa caixa cor-de-rosa desbotada na prateleira da cozinha.

Elas me fizeram sentar num banco em frente a uma penteadeira pequena e começaram a disparar perguntas:

— Você conhecia o Jason? Antes de vir para cá?

— Não. Conheci ele hoje de manhã.

— Hoje *de manhã*?

— No parque.

As garotas trocaram um olhar.

— Ele é rápido, hein? — Svetlana fez um "clique" com a língua e piscou para mim. — Rápido no gatilho.

Elas me ofereceram um cigarro. Eu gostava de fumar. No hospital, a menina do leito vizinho ao meu me ensinara como, e o cigarro fazia com que eu me sentisse muito adulta, mas eu raramente tinha dinheiro para manter o hábito. Olhei para o maço na ponta dos dedos com unhas pintadas de Irina.

— Não tenho nenhum para lhe dar depois.

Irina fechou um pouco os olhos e contraiu os lábios como se estivesse beijando o ar.

— Sem problema. — Ela agitou o maço na minha direção de novo. — Sem problema. Pega um.

Ficamos fumando por um tempo, olhando umas para as outras. Se o cabelo delas não fosse tão diferente, Svetlana e Irina seriam quase indistinguíveis: ambas tinham uma espécie de brilho confiante nos olhos que eu tinha visto em algumas meninas da faculdade. Eu devo ter parecido muito esquisita para as duas, toda amarfanhada como uma trouxa de roupa suja ali no banquinho delas.

— Você vai trabalhar no clube?

— Não — disse eu. — Não vão me querer.

Svetlana estalou a língua.

— Não seja boba. É fácil fácil fácil. Fácil como chupar bala.

— É sexo?

— Não! — Elas riram. — Sexo não! Você faz sexo, faz fora. Mama não quer saber disso.

— Então o que vocês fazem?

— Fazer? Você não *faz* nada. Você fala com o cliente. Acende o cigarro. Diz que ele é o máximo. Põe gelo de merda no drinque de merda dele.

— Sobre o que vocês conversam?

Elas trocaram um olhar e deram de ombros.

— É só o fazer feliz, fazê-lo gostar de você. Fazê-lo rir. Ele gostar de você é fácil, porque você é uma garota inglesa.

Olhei para a pesada saia preta que eu estava usando, de segunda mão. A antiga proprietária da peça devia se lembrar até da Guerra da Coreia. Minha blusa preta de botão tinha me custado 50 pences na loja da Oxfam na Harrow Road, e minha meia-calça era grossa e sem brilho.

— Aqui.

Ergui os olhos. Svetlana estava me dando uma bolsinha dourada de maquiagem.

— O quê?

— Pinte o rosto. Temos que ir em 20 minutos.

As gêmeas eram versadas na arte de manter duas conversas ao mesmo tempo. Elas conseguiam fazer tudo com o telefone grudado na orelha e um cigarro entre os dentes. Estavam agora ligando para os clientes.

— Você vai lá hoje de noite, não vai? Você não vai, fico muito *sabishi*. — Enquanto falavam, pintavam as sobrancelhas, colavam cílios postiços, se espremiam dentro de calças brancas brilhantes com sandálias prateadas de saltos impossivelmente altos. Eu as observava em silêncio. Svetlana, que passou um bom tempo parada em frente ao espelho só de sutiã, os braços sobre a cabeça, examinando se as axilas estavam bem depiladas, achou que eu deveria usar algo dourado para me dar mais brilho.

— Você precisa parecer sofisticada. Quer usar meu cinto, quer? Meu cinto é dourado. Preto e dourado chique!

— Eu ficaria ridícula.

— Prateado, então — sugeriu Irina. Eu estava tentando não olhar tanto para ela. Irina tirara o sutiã e estava perto da janela puxando com as unhas compridas a ponta de um rolo de fita adesiva, cortando pedaços com os dentes. — Você usa preto, você parece viúva.

— Eu sempre uso preto.

— É mesmo? Luto por alguém?

— Não — respondi, sem emoção na voz. — Claro que não. Por quem eu estaria de luto?

Ela me observou por um instante.

— Ah tá — falou. — Se fica feliz. Mas você vai para o clube assim, provavelmente faz os homens chorar. — Ela pôs uma ponta da fita adesiva na boca, espremeu juntos os seios o mais apertado que pôde e passou a fita sob eles da axila esquerda para a direita e de volta. Quando soltou os seios, eles permaneceram onde ela os erguera, precariamente apoiados na fita adesiva. Ela pôs uma blusa tomara que caia e se olhou no espelho, alisando-a e conferindo suas formas sob o tecido fino. Mordi os dedos, desejando ter a coragem de pedir mais um cigarro.

Svetlana tinha acabado de se maquiar; seus lábios estavam delineados com lápis escuro. Ela se ajoelhou, remexeu numa das gavetas e catou um grampeador.

— Vem cá — disse ela, fazendo um gesto para mim. — Vem.

— Não.

— Sim. Vem cá.

Ela veio na minha direção de joelhos, segurando o grampeador. Pegou a bainha da minha saia, dobrou para cima por dentro e, com o grampeador, prendeu-a ao forro.

— Não — falei, tentando afastar a mão dela. — Não.

— Quequetem? Pernas bonitas, melhor mostrar. Agora fique quieta.

— *Por favor!*

— Não quer emprego, quer?

Levei as mãos ao rosto, meus olhos irrequietos sob os dedos, e respirei fundo enquanto Svetlana se movia em torno de mim, grampeando a bainha da minha saia para cima. Podia sentir, pelo ar que me atingia, que ela deixara meus joelhos expostos. Ficava imaginando como ficariam minhas pernas. Ficava imaginando as coisas que as pessoas iriam pensar ao me ver.

— Não...

— Quieta! — Svetlana pôs as mãos em meus ombros. — Deixa a gente terminar.

Fechei os olhos e inspirei e expirei pelo nariz. Irina estava tentando traçar uma linha no contorno dos meus lábios. Dei um pulo.

— Por favor, *não*...

Irina deu um passo para trás, surpresa.

— Que foi? Não quer ficar bonita?

Catei um lenço de papel e tirei o batom do rosto. Estava trêmula.

— Eu fico esquisita. Fico esquisita assim.

— São só velhos japoneses. Velhos de olho comprido. Eles não vão tocar em você.

— Vocês não entenderiam.

Svetlana ergueu uma sobrancelha.

— A gente não entende? Ei, Irina, querida, a gente não entende.
— É sério. Vocês *realmente* não entendem.

Não é preciso entender o sexo para querer fazê-lo. É o que nos mostram as abelhas e os pássaros. Eu era a pior combinação que se pode imaginar: ignorante completa de como funcionava e inteiramente fascinada. Talvez não seja nenhuma surpresa que tenha me metido em encrenca.

Primeiro os médicos tentaram me fazer dizer que tinha sido um estupro. Por qual outra razão uma menina de 13 anos iria deixar cinco meninos adolescentes fazer algo assim com ela? A menos que ela fosse louca, claro. Eu ouvi isso com uma espécie de perplexidade em meio a um enevoado de confusão. Por que eles estavam se concentrando *naquela* parte do que acontecera? Aquela parte também era errada? No fim das contas, eu teria me poupado de um monte de problemas se tivesse concordado com eles e dito que tinha sido estupro. Talvez assim eles não teriam se posto a falar sem parar como o meu comportamento sexual por si só já era prova de que havia algo de muito errado comigo. Mas teria sido uma mentira. Eu *deixei* fazerem aquilo comigo. Eu queria até mais do que os meninos. Eu adorei entrar com eles naquela van estacionada na estrada.

Era um desses anoiteceres enevoados de verão, em que o céu da noite permanece de um azul intenso no oeste e você pode imaginar todos os tipos de incríveis danças pagãs acontecendo bem no horizonte onde o sol se pôs. A relva era recente e havia uma brisa e o som dos carros passando ao longe, e quando eles pararam a van eu olhei para baixo, para o vale, e vi as fantasmagóricas manchas brancas do monumento Stonehenge.

Na traseira havia uma velha manta xadrez que cheirava a sementes de grama e óleo de motor. Tirei toda a roupa, me deitei sobre a manta e abri as pernas, que estavam muito brancas, mesmo sendo verão. Um a um eles entraram, a van rangendo em sua suspensão enferrujada. Foi o quarto menino — de cabelo cor de trigo e um rosto bonito, com um começo de barba — que falou comigo. Ele fechou as portas da van ao entrar, de modo que não havia luz e os outros meninos sentados na cerca fumando não podiam nos ver.

— Oi — disse ele.

Eu segurei os joelhos e abri mais as pernas. Ele não veio na minha direção. Ajoelhou ali na minha frente, olhando entre as minhas pernas com uma expressão estranha e desconfortável no rosto.

— Você sabe que não precisa fazer isso, não sabe? Sabe que ninguém está forçando você?

Fiquei em silêncio por um instante, olhando para ele com uma expressão confusa.

— Eu sei.

— E mesmo assim você quer fazer?

— Claro — falei, estendendo os braços. — Por que não?

— Ninguém lhe falou nada sobre proteção? — A enfermeira que não gostava de mim disse que isso simplesmente explicava por que doenças como herpes, gonorreia e sífilis estavam se disseminando pelo mundo, por causa da falta de controle de pessoas desprezíveis como eu. — Não venha me dizer que de todos esses cinco meninos nenhum deles nem mesmo sugeriu usar preservativo. — Fiquei em silêncio deitada na cama, de olhos fechados. Eu não ia lhe contar a verdade, que eu realmente não sabia o que era um preservativo, que eu não sabia que era errado, que minha mãe teria preferido morrer a falar sobre essas coisas. Não ia deixar que ela ficasse falando sem parar sobre minha ignorância estúpida. — E quanto a você? Nem tentou impedi-los! — Ela então lambeu os lábios, um som como pernas se enredando no escuro. — Se quer saber a minha opinião, você é a pessoa mais doentia que eu já conheci.

Os médicos disseram que era tudo uma questão de controle.

— Todos nós temos impulsos, todo mundo tem desejos. É isso o que nos faz humanos. O segredo para uma vida feliz e equilibrada é aprender a controlá-los.

Mas a essa altura, claro, não havia mais o que se pudesse fazer para consertar as coisas. Não dá para corrigir algo sem praticá-lo, e bastava dar uma olhada em meus registros hospitalares, ou me ver nua, para saber que não iria haver muito de uma vida sexual para mim no futuro.

7

No fim, as russas e eu chegamos a um acordo. Deixei os grampos na saia, e elas me deixaram escovar o cabelo e tirar a sombra das pálpebras. Em vez disso, tracei cuidadosamente linhas pretas sobre os cílios, porque quando me pus a pensar seriamente sobre maquiagem a única coisa que me veio à cabeça foram as fotografias de Audrey Hepburn que eu vira num livro. Eu achava que teria gostado de Audrey Hepburn se a tivesse conhecido. Ela sempre parecia gentil. Tirei também o blush, e pintei os lábios com um vermelho comum, fosco. As gêmeas recuaram para contemplar o resultado.

— Nada mau — admitiu Irina, com uma expressão dúbia. — Você ainda parece viúva, mas agora viúva nada-mau.

Jason nada disse quando me viu. Olhou para minhas pernas e deu uma risadinha breve, seca, como se soubesse uma piada suja sobre mim.

— Vamos — disse ele, acendendo um cigarro. — Vamos lá.

Fomos andando os quatro lado a lado, ocupando toda a largura da calçada. O sol estava baixo no céu, iluminando as laterais dos edifícios. Nas ruazinhas estavam sendo preparadas as lanternas para a festa O-Bon, que aconteceria mais para o fim da semana — os estandes e estandartes estavam sendo erigidos no parque Toyama, e um cemitério pelo qual passamos estava salpicado de legumes, frutas e saquê para os espíritos. Eu contemplava tudo em silêncio, volta e meia parando para conferir meus pés. Irina tinha me dado sapatos de salto alto pretos para usar, mas eram grandes demais, então eu enchi de papel na ponta e agora tinha que caminhar com cuidado.

Não era preciso um mapa da cidade para chegar ao clube: o prédio era visível a quilômetros de distância, com as gárgulas soprando suas chamas vermelhas na noite. Chegamos lá quando estava ficando escuro. Fiquei ali parada olhando para cima até os outros se encherem de esperar e me pegarem pelo braço, me levando até um elevador de vidro que subia pelo lado de fora do arranha-céu até o topo, onde a Marilyn Monroe de néon balançava para a frente e para trás em meio às estrelas. Se chamava, segundo me disseram, "elevador de cristal", pois era como um cristal absorvendo e refletindo todas as luzes de Tóquio. Fiquei com o nariz pregado no vidro enquanto subíamos pela lateral do prédio, surpresa com quão rápido a rua suja se distanciava lá embaixo.

— Espere aqui — disse Jason quando o elevador parou. Estávamos numa área de recepção com piso de mármore, separada do clube por portas de alumínio industrial. Uma rosa vermelha gigante, de 1,5 metro de altura, estava num enorme vaso num canto. — Vou pedir a Mama-san que venha ver você.

Ele indicou uma *chaise-longue* de veludo plush e desapareceu com as russas pelas portas. Pude ver brevemente, lá dentro, um clube tão grande quanto um rinque de patinação; ocupava toda a cobertura do edifício, e havia arranha-céus refletidos em seu piso lustroso — uma constelação de luzes. Então as portas se fecharam e eu fiquei para trás na *chaise-longue*, tendo como companhia apenas o topo da cabeça da menina da chapelaria, visível por sobre o balcão.

Cruzei as pernas, depois as descruzei. Olhei para meu indistinto reflexo nas portas de alumínio. Impressas em preto nas portas, por meio de estêncil, estavam as palavras Some Like It Hot.

A Mama-san do club, Strawberry Nakatani, era uma veterana, segundo Jason. Tinha sido uma call-girl na década de 1970, famosa por ir às boates totalmente nua por baixo do casaco de pele branco, e quando o marido dela morreu, um empresário do show-business e gângster menor, deixou para ela o clube.

— Não demonstre surpresa ao vê-la — Jason me advertira. A vida toda ela tivera uma devoção por Marilyn Monroe, ele disse. Ela fizera uma plástica no nariz, e conseguira que alguns cirurgiões pouco éticos de Waikiki dessem traços ocidentais às suas pálpebras. — Simplesmente aja como se a achasse fabulosa.

Coloquei as mãos na saia, puxando-a para baixo contra as minhas coxas. É preciso muita coragem ou muito desespero para ir até o fim nas coisas, e eu estava a ponto de desistir, me levantar e voltar para o elevador quando as portas de alumínio se abriram e ela apareceu: uma mulher miúda com o cabelo oxigenado usando um vestido de lamê dourado ao estilo da Marilyn Monroe, com uma piteira enfeitada e uma estola de pele. Ela era robusta e musculosa, como um cavalo de guerra chinês, e seu cabelo asiático tinha sido oxigenado e ferozmente puxado para trás num penteado à Marilyn. Ela veio até mim em seus saltos altos, jogando para trás sua estola de pele e lambendo os dedos para ajeitar o penteado. Parou alguns centímetros à minha frente, sem dizer nada, os olhos esquadrinhando meu rosto. Pronto, pensei, ela vai me expulsar daqui.

— Fique de pé.

Eu fiquei.

— De onde é você? Hmmm? — Ela me espreitou andando num círculo à minha volta, olhando para as minhas meias pretas enrugadas, os sapatos de salto alto de Irina com papel dentro. — De onde?

— Inglaterra.

— Inglaterra? — Ela recuou e enfiou um cigarro na piteira, franzindo os olhos. — Sim. Você parece garota inglesa. Por que quer trabalhar aqui? Hein?

— Pela mesma razão de todo mundo que quer trabalhar aqui.

— E qual seria, hein? Você gosta de homens japoneses?

— Não. Preciso do dinheiro.

Sua boca se curvou, como se estivesse se divertindo. Ela acendeu o cigarro.

— Certo. *Ótimo.* — Ela inclinou a cabeça e soltou uma nuvem de fumaça sobre o ombro. — Faça experiência esta noite. Você sendo boa com os clientes, eu pago 3 mil ienes por hora. Três mil. Certo?

— Isso quer dizer que a senhora quer que eu trabalhe?

— Por que essa surpresa? Quer algo mais? Três mil. É pegar ou largar, moça. Não posso dar mais.

— Eu só pensei...

Mama Strawberry ergueu a mão para me interromper.

— E se você vai bem hoje, então amanhã você volta, usando vestido bonito. Certo? Se não usar vestido bonito paga multa 10 mil ienes. *Multa*. Entendeu, mocinha? Este é clube de alta classe.

O clube me pareceu o lugar mais mágico que eu já vira — o salão era como uma piscina iluminada por estrelas flutuando cinquenta andares acima do mundo, cercada por todos os lados pelas vistas panorâmicas da paisagem urbana de Tóquio, com as telas de vídeo dos prédios vizinhos mostrando notícias e videoclipes. Eu percorria o lugar tensa e impressionada, observando os arranjos de flores *ikebana* e a iluminação difusa. Já havia alguns clientes lá, homens baixos em ternos de executivo, em mesas espalhadas, alguns em banquinhos, outros em poltronas estofadas de couro, nuvens de fumaça pairando sobre as mesas. Numa plataforma elevada, um pianista de rosto fino com gravata-borboleta se aquecia com arpejos tilintantes. O único lugar em que a vista da cidade se interrompia era onde Marilyn — o verso dela, sem os néons, preso a uma viga e suportado por hastes metálicas — rangia e balançava para a frente e para trás na noite, bloqueando completamente a visão a cada dez segundos mais ou menos.

Mama Strawberry estava sentada a uma escrivaninha em estilo Luis XIV bem em frente ao balanço de Marilyn, fumando com sua ornamentada piteira e fazendo contas numa calculadora. Não muito longe dela havia uma mesa cheia de *hostesses* esperando serem designadas para os clientes, fumando e tagarelando — vinte jovens, todas japonesas, com exceção das gêmeas e de mim. Irina me dera um punhado de cigarros Sobranie Pinks e eu fiquei ali em silêncio, fumando com determinação, olhando desconfiada para as portas de alumínio do outro lado do clube, por onde entrariam os clientes.

Por fim ouvi a campainha do elevador, e um grupo grande de homens de terno entrou pelas portas de alumínio.

— Ela vai mandar você para eles — sussurrou Irina, vindo furtivamente na minha direção, a mão cobrindo a boca de lado. — Esses aí, eles sempre deixam *gorjeta*. Para as favoritas deles. Mama vai ficar olhando para ver se você consegue gorjeta. Esse é seu teste, que-ri-da!

Eu fui convocada, discretamente, junto com as russas e três japonesas, e nos mandaram ir para uma mesa junto à vista panorâmica, onde ficamos formalmente paradas com as mãos apoiadas sobre os encostos das cadeiras esperando os homens cruzarem o lustroso piso de madeira. Eu copiei as outras, mudando o peso de um pé para outro agitadamente, com vontade de puxar minha saia para baixo. Uma fileira de garçons surgiu do nada, arrumando apressadamente a mesa com pilhas de guardanapos brancos como neve, um candelabro de prata e copos reluzentes, terminando bem quando os homens chegaram e sentaram, empurrando para trás as cadeiras e desabotoando os paletós.

— *Irasshaimase* — disseram as japonesas, fazendo uma mesura, sentando-se e pegando toalhas aquecidas de uma cesta de bambu que aparecera na mesa.

— Bem-vindos — murmurei, imitando as outras.

Uma garrafa de champanhe e alguns uísques apareceram. Puxei uma cadeira para a frente ao me sentar, olhando furtivamente para todo mundo, esperando para ver o que fazer em seguida. As meninas estavam tirando as toalhinhas quentes de suas embalagens, desdobrando-as nas mãos estendidas dos homens, então eu imediatamente fiz o mesmo, colocando uma nas mãos do homem à minha esquerda. Ele me ignorou. Pegou a toalha, limpou as mãos, deixou-a cair de qualquer jeito na mesa à minha frente e se virou para falar com a *hostess* do outro lado. As regras eram claras: meu serviço era acender cigarros, servir uísque, dar petiscos aos homens e entretê-los. Nada de sexo. Apenas conversa e bajulação. Estava tudo impresso num cartão plastificado para as meninas novas lerem.

— Melhor dizer algo engraçado — Mama Strawberry tinha sussurrado para mim. — Clientes de Strawberry querem relaxar.

— Olá — disse Svetlana de forma atrevida, instalando o traseiro num dos assentos, fazendo os homens parecerem menores, movendo-se para os lados como uma galinha choca de modo que todos tiveram que abrir espaço. Ela pegou um copo do centro da mesa e brindou com ele contra a garrafa. — Champansky, querida. Tão bom! Ela esvaziou a garrafa em quatro taças e então a levantou sobre a cabeça, pedindo mais ao garçom.

Os homens pareciam gostar das gêmeas, elas cantavam músicas para eles que deviam ser da TV ou do rádio, porque eu não as reconhecia: "Dobre o prazer, dobre a diversão... Me dê aquele EMPURRÃOZINHO. Venha pegar também o SEU!" Todo mundo ria e aplaudia, e a conversa, numa mistura de japonês e inglês estropiado, recomeçava. As gêmeas ficaram bêbadas muito rapidamente. A maquiagem de Svetlana borrou e Irina pulava de um lado para o outro, acendendo os cigarros dos homens com um isqueiro descartável Thai Air, inclinando-se sobre a mesa, derrubando as tigelas de algas marinhas e peixe seco.

— Não me faça rir — dizia ela, estridente, quando alguém contava uma piada. — Eu rir mais acabo *explodindo*!

Eu fiquei quieta, sem atrair atenção, fingindo que tudo aquilo era normal, que eu já havia feito aquilo mil vezes antes e que realmente não me importava que ninguém estivesse falando comigo, que eu não entendesse as piadas, não conhecesse as músicas. Por volta das 21 horas, bem quando eu estava achando que poderia ficar quieta pelo resto da noite e talvez eles esquecessem que eu estava ali, alguém subitamente disse:

— E quanto a você?

A mesa ficou em silêncio. Ergui os olhos e descobri todo mundo parado no meio da conversa, olhando para mim com curiosidade.

— E quanto a você? — repetiu alguém. — O que acha?

O que eu achava? Eu não fazia a menor ideia. Tinha me distraído, imaginando se os pais daqueles homens, ou seus tios, seus avôs, tinham estado na China. Eu me perguntava se eles tinham alguma noção da base sobre a qual as vidas deles tinham sido construídas. Tentei imaginar aqueles rostos com os colarinhos altos do uniforme do EIJ, nas ruas cheias de neve de Nanquim, um deles erguendo uma reluzente espada *katana*...

— E quanto a você?

— O *que tem* eu?

Eles se entreolharam, desacostumados com essa rudeza. Alguém me chutou debaixo da mesa. Olhei em volta e vi Irina fazendo uma careta para mim, apontando com o queixo para meus seios, usando as duas mãos para empurrar os dela própria para cima, os ombros arqueados para trás. "Endireite-se", ela fez as palavras com a boca, sem emitir som. "Busto pra frente."

Eu me virei para o homem sentado ao meu lado, respirei fundo e disse a primeira coisa que me passou pela cabeça.

— Seu pai lutou na China?

O rosto dele mudou de expressão. Alguém respirou fundo em perplexidade. As meninas franziram o cenho e Irina pôs sua bebida na mesa com um baque. O homem ao meu lado estava pensando no que eu lhe perguntara. Por fim ele suspirou e disse:

— Que pergunta estranha. Por que quer saber?

— Porque — expliquei, num fiapo de voz, perdendo o alento — ... porque é o que eu venho estudando faz nove anos. Nove anos, sete meses e 19 dias.

Ele ficou em silêncio por um momento, observando meu rosto, tentando descobrir minha intenção com aquilo. Ninguém na mesa parecia estar respirando: estavam todos sentados para a frente, na beirada das cadeiras, esperando para ver qual seria a resposta dele. Depois de um longo tempo ele acendeu um cigarro, deu algumas tragadas e o descansou cuidadosa e deliberadamente no cinzeiro.

— Meu pai esteve na China — disse ele com seriedade, recostando-se e cruzando os braços. — Na Manchúria. E pelo resto da vida se recusou a falar sobre o que aconteceu. — A fumaça de seu cigarro subia para o teto num fluxo contínuo e delgado, como um dedo branco. — Os livros escolares da minha época tiveram todas as referências ao assunto removidas. Eu me lembro de estar na aula, todos nós segurando o papel contra a luz, para ver se não dava mesmo para ler o que estava escrito debaixo do branco. Talvez... — continuou, sem olhar para ninguém, dirigindo as palavras para algo no ar — ... talvez você possa me falar um pouco sobre isso.

Eu tinha ficado de boca aberta, de um jeito idiota, aterrorizada com o que ele poderia dizer. Lentamente me dei conta de que ele não estava bravo, e a cor voltou para meu rosto. Sentei-me mais para a frente, entusiasmada.

— Sim — falei avidamente. — Claro. Posso contar qualquer coisa que você queira saber. Qualquer coisa... — Subitamente, as palavras estavam se acumulando em minha garganta, querendo ser ditas. Coloquei o cabelo atrás das orelhas e pousei as mãos sobre a mesa. — Bem, acho que a parte mais interessante é o que aconteceu em Nanquim. Não. Na verdade, não o que aconteceu propriamente em Nanquim, mas... Deixe, deixe eu colocar de outra forma. O mais interessante foi o que aconteceu quando as tropas estavam marchando de Xangai para Nanquim. Ninguém nunca entendeu realmente o que aconteceu, veja bem, por que eles mudaram...

E foi assim que eu comecei a falar. Falei e falei noite adentro. Falei sobre a Manchúria e Xangai e a Unidade 731, e sobretudo, claro, falei sobre Nanquim. As meninas ficaram entediadas, inspecionando as unhas, ou se aproximando umas da outras para sussurrar alguma coisa, lançando olhares irritados para mim. Mas todos os homens ficaram atentos, num silêncio insólito, os olhos fixos em mim, seus rostos tensos devido à concentração. Eles não falaram mais muita coisa naquela noite. Partiram em silêncio e, no fim da noite, quando Mama Strawberry veio até nós com as gorjetas, um olhar amargo no rosto, foi a mim que ela destacou. Os homens tinham deixado para mim a maior gorjeta. Mais do que o triplo do que deixaram para qualquer uma das outras.

8

Nanquim, 1º de março de 1937

O tempo que eu perco me preocupando com minha mulher! Pensando sobre nossas diferenças! Para muitos de meus colegas, esse sistema antiquado de casamento arranjado é um anátema para todos os ideais deles, e, de fato, eu sempre esperei formar uma aliança sensata, talvez com alguém da universidade, uma dessas pensadoras progressistas que se empenham, tal qual nosso presidente Chiang Kai-shek, em verdadeiramente refletir sobre a China e seu futuro. Mas eu não levei em conta a mão de minha mãe no assunto.

Que irritante! Ficar pensando até mesmo hoje em minha mãe. Tremo de constrangimento quando me recordo dela, quando me recordo de toda a minha supersticiosa e atrasada família. Uma família que desfrutava de fortuna, mas que nunca teve vontade ou capacidade de escapar da aldeia provinciana, de deixar para trás as enchentes estivais do Poyang. Talvez eu também nunca escape de verdade disso, e talvez essa seja a pior das grandes verdades sobre mim: o orgulhoso jovem linguista da Universidade Jinling no fundo não passa de um menino da velha China que não olha para a frente e não muda — apenas fica parado no mesmo lugar esperando a morte. Penso naquele campo verde e amarelo, pontuado por cabritos brancos e zimbros, as planícies onde um homem planta apenas o suficiente para alimentar sua família, onde os patos passeiam livremente e os porcos fuçam os arbustos de favas, e eu me pergunto, será que posso mesmo ter a esperança de fugir do meu passado?

Com a clareza do olhar em retrospecto, vejo que minha mãe sempre teve planos para Shujin. Tinham ido juntas ao cartomante da aldeia, um velho de quem me lembro sem simpatia, um cego com uma longa barba branca, persistentemente conduzido pelas aldeias, como um urso treinado, por uma criança com sandálias de palha. O adivinho anotou meticulosamente data, hora e local de nascimento de Shujin e, com alguns caracteres garatujados e a manipulação de seus misteriosos tabletes de marfim, logo julgou, para o deleite de minha mãe, que Shujin tinha a proporção perfeita dos cinco elementos, o equilíbrio correto entre metal, madeira, água, fogo e terra, para produzir miríades de filhos para mim.

Naturalmente, eu resisti. E teria resistido até hoje se minha mãe não tivesse ficado doente. Para a minha fúria, meu desespero, mesmo ao se aproximar da morte ela se recusava a abandonar suas crenças camponesas, sua desconfiança em relação às novas tecnologias. Em vez de, como eu insistia febrilmente, viajar para Nanquim, onde havia bons e modernos hospitais, ela depositou sua confiança nos charlatões locais, que passavam uma infinidade de tempo examinando-lhe a língua e emergiam de seu quarto de enferma com declarações como "Um impossível excesso de *yin*. É um mistério, um escândalo, que o Dr. Yuan não tenha comentado isso antes". Apesar das poções, dos preparados e prognósticos deles, ela foi ficando cada vez mais doente.

— É o que dá crer em suas superstições — disse a ela, que estava deitada em seu leito. — A senhora compreende que está me destruindo ao se recusar a ir a Nanquim?

— Escute. — Ela pôs a mão em meu braço; sua mão marrom, gasta pelos anos nas províncias, sobre a manga límpida do meu terno ocidental. Lembro-me de olhar para sua mão e pensar: é essa realmente a carne que me deu vida? Realmente? — Você ainda pode me fazer feliz.

— Feliz?

— Sim. — Seus olhos estavam brilhantes e febris. — Me faça feliz. Case com a filha dos Wang.

E, por nenhuma outra razão que a velha culpa, eu acabei capitulando. Realmente, que poder ultrajante que as mães têm! Mesmo o grande Chiang Kai-shek foi dobrado pela sua mãe de forma semelhante, mesmo ele se submeteu a um casamento arranjado para agradá-la. Minhas apreensões eram terríveis — que par desastroso: a garota da aldeia com seus almanaques *ri shu*, seus calendários lunares, e eu, o calculador de visão clara, arrebatado pela lógica e pelos dicionários estrangeiros. Fiquei intensamente preocupado com o que meus colegas iriam pensar, pois sou, assim como a maioria deles, um republicano dedicado, um admirador da ideologia clara e progressista do Kuomintang, um entusiasmado partidário de Chiang Kai-shek, profundamente cético quanto a superstições e a tudo o que manteve a China atrasada por tanto tempo. Quando o casamento foi realizado, em minha cidade natal, não contei a ninguém. Não havia colegas meus para testemunhar a cerimônia infindável, ninguém para me ver passar pelos humilhantes rituais — a pretensa discussão com as damas de companhia na porta, chapéus de cipreste, a procissão tortuosa, desviando de poços ou casas de viúvas —, e o tempo todo fogos de artifício faziam o grupo inteiro se sobressaltar como coelhos assustados.

Mas minha família ficou satisfeita e eu fui visto como um herói. Minha mãe, talvez achando que tinha sido libertada de sua obrigação na terra, morreu logo depois. "Com um sorriso no rosto que era maravilhoso de ver", se é que se pode acreditar em minhas queridas irmãs. Shujin foi uma enlutada perfeita, pondo-se ela mesma de joelhos para espalhar talco no chão da casa de meus pais:

— Ficaremos maravilhados com as pegadas quando o espírito dela voltar para nos ver.

— Por favor, não fale coisas assim — disse com impaciência. — Foram precisamente essas crenças camponesas que a mataram. Se ela tivesse escutado os ensinamentos de nosso presidente...

— Hmpf — grunhiu Shujin, levantando-se e batendo as mãos para tirar o talco. — Já ouvi o suficiente sobre o seu precioso presidente, obrigada. Toda essa besteirada de Vida Nova. Me diga, o que é essa maravilhosa Vida Nova que ele prega se não exatamente isso, nossa velha vida, apenas recriada?

Agora, ainda de luto por minha mãe, com meus cartões de visita ainda impressos em papel branco, eu descubro no lugar dela, como se tivesse brotado do mesmo ramo, que se deu uma substituição, essa esposa encrenqueira, infinitamente frustrante e fascinante. Fascinante porque o curioso, o inesperado e improvável é que — e tremo ao escrever isto —, apesar de minha impaciência com Shujin, apesar de seu obscurantismo, apesar de tudo, ela move algo em mim.

Isso me embaraça intensamente. Não o admitiria para ser humano algum — certamente não para os meus colegas de trabalho, que iriam contestar as crenças ridículas dela em todos os níveis intelectuais! Ela nem mesmo pode ser dita bela, ao menos não bela tal qual se costuma considerar. Mas de tempos em tempos eu me vejo perdido, por vários minutos, no hábito de contemplar seus olhos. São olhos muito mais pálidos que os das outras mulheres, e percebo isso principalmente quando ela examina alguma coisa, porque então eles parecem se abrir anormalmente e se inundar de luz, adquirindo listras de tigre. Mesmo um sapo feio sonha em comer um belo cisne, dizem, e este sapo feio, este sapo magrelo, truncado e pedante sonha diariamente com Shujin. Ela é a minha fraqueza.

Nanquim, 5 de março de 1937 (23º dia do mês I segundo o calendário lunar de Shujin)

Nossa casa é pequena mas moderna. É uma das casas de dois andares de alvenaria caiada que surgiram bem ao norte dos cruzamentos das ruas Zhongshan e Zhongyang. A porta da frente se abre para um pequeno pedaço de terreno murado e, dali, para um corredor asfaltado; nos fundos, depois da cozinha, há um pedacinho de terra com romãzeiras e teca e um poço não mais usado que fica estagnado no verão. Não precisamos do poço, temos água corrente: o que é surpreendente para essa região de Nanquim onde ainda se veem barracões feitos apenas de pneus e caixotes de madeira. E não só temos água como também eletricidade, uma lâmpada em cada quarto, e papel de parede florido importado no quarto! Esta casa deveria fazer de Shujin a inveja da vizinhança, e no entanto ela esquadrinha o lugar como um caçador, procurando todas as fissuras e frestas por onde espíritos malignos possam se insinuar. Agora em todo aposento há altares para os deuses do lar, com escovas e panos separados para limpá-los; uma parede contra espíritos na porta da frente e espelhos azuis *ba-gua* voltados para as portas internas. Um entalhe de um *qilin* apareceu sobre nossa cama para nos ajudar a conceber um filho, e há pequenos mantras amarelos amarrados a todas as portas e janelas, até mesmo às árvores lá fora.

— Sério — digo eu. — Você não consegue entender que esse tipo de comportamento foi o que manteve nossa nação atrasada?

Mas ela não tem nenhuma noção de construção da nação, ou de progresso. Tem medo do novo e do desconhecido. Ainda usa uma calça sob o *qipao* e acha que as moças de Xangai, com suas meias de seda e saias curtas, são escandalosas. Ela tem medo de que eu não a ame porque seus pés não foram enfaixados e de algum modo arranjou um par de tamancos bordados que são um tanto Manchu no estilo e dão aos pés dela a aparência pontuda de terem sido enfaixados desde que ela era criança. Às vezes ela fica sentada na cama olhando os próprios pés, apertando-os e mexendo os dedos como se pés soltos, naturais, fossem algo pelo qual ela tivesse uma leve repulsa.

— Tem certeza, Chongming, de que esses pés são bonitos?

— Não fale bobagem. Claro que eu tenho certeza.

Na noite passada mesmo, quando eu estava me preparando para deitar, untando com óleo o cabelo e vestindo o pijama, ela começou de novo com suas demandas.

— Você tem certeza? Certeza mesmo?

Eu suspirei e sentei no banquinho, pegando um par de tesouras com cabos de marfim.

— Não há nada — cortei a unha do meu polegar —, absolutamente nada de bonito em pés torturados.

— Oh! — exclamou Shujin atrás de mim. — Oh, não!

Eu larguei o que estava fazendo e me voltei.

— O que foi agora?

Ela estava sentada empertigada, extremamente transtornada, e uma pequena faixa vermelha surgira em suas faces.

— O que foi? É *você*! Pelos céus, o que você está fazendo?

Olhei para minhas mãos.

— Estou cortando as unhas.

— Mas... — Ela pôs as mãos no rosto, horrorizada. — Chongming, está escuro lá fora. Você não percebeu? Sua mãe não ensinou nada para você?

E então eu me lembrei de uma superstição da minha infância: cortar unhas depois de escurecer certamente traz demônios para a casa.

— Bem, realmente, Shujin — falei, num tom didático —, você está levando isso um pouco longe demais...

— Não! — insistiu ela, o rosto pálido. — Não. Você quer trazer morte e destruição à nossa casa?

Fitei-a por um bom tempo, sem saber se era o caso de rir. Por fim, quando não pude ver nenhuma boa razão para antagonizá-la, deixei de lado minhas unhas e guardei a tesourinha na caixa.

— Francamente — resmunguei. — Francamente, um homem não tem liberdade em sua própria casa.

Foi apenas muito mais tarde naquela noite, quando ela estava dormindo e eu estava sozinho olhando para o teto e pensando, que as palavras dela me voltaram à mente. Morte e destruição. Morte e destruição, as últimas coisas em que deveríamos nos concentrar. E no entanto às vezes eu me pergunto sobre essa paz, esses longos dias em que Shujin e eu permanecemos em nossa contente discórdia sob os céus sombrios de Nanquim. Serão dias tranquilos demais? Oníricos demais? E então eu me pergunto, por que o terrível nascer do sol da semana passada insiste em retornar a meus pensamentos hora após hora após hora?

9

Durante toda a minha adolescência, no hospital e na universidade, sempre que eu pensava no meu futuro não havia fortuna envolvida, de modo que eu realmente não sabia o que fazer com dinheiro. Naquela noite, quando juntei a gorjeta ao pagamento combinado, fiz as contas e descobri que era o equivalente a pouco mais de 150 libras, enfiei as notas bem no fundo da minha bolsa de viagem, fechei-a, enfiei-a às pressas no armário e recuei, o coração disparado. *Cento e cinquenta libras!* Meus olhos não desgrudavam da sacola. *Cento e cinquenta libras!*

Eu tinha ganhado o dinheiro de que precisava para o aluguel e não havia necessidade de voltar ao clube, mas algo estranho acontecera. Uma pequena parte de mim se abrira como uma flor depois que aqueles clientes ficaram me ouvindo .

— Eu sempre sei quando uma mulher se divertiu — disse Jason, com ar matreiro, no fim da noite, quando estávamos todos juntos no elevador. — Tudo é uma questão de sangue. — Ele encostou o dorso da mão em meu rosto, me fazendo encolher contra a parede de vidro. — A maneira como o sangue flui para a pele. Fascinante. — Ele afastou a mão e me deu uma piscadela safada. — Você vai voltar amanhã.

E ele estava certo. No dia seguinte meu instinto era ir atrás de Shi Chongming, mas como eu podia abordá-lo depois da cena furiosa do dia anterior? Eu sabia que precisava ter paciência e esperar uma semana. Mas em vez de esperar em casa em meio a meus livros e anotações, fui ao Omotesando e comprei o primeiro vestido que alcançava os joelhos e que não era decotado. Uma túnica de uma espécie de bombazine preto grosso, com mangas três-quartos. Era elegante e não dizia muita coisa a não ser "sou um vestido". Naquela noite, Mama Strawberry me deu um olhar rápido e assentiu. Ela umedeceu o dedo e alisou uma mecha do meu cabelo, então deu um tapinha em meu braço, apontou para uma mesa de clientes e me mandou direto para o serviço, num rodamoinho de cigarros acesos, drinques sendo servidos e um infinito colocar de cubos de gelo em copos.

Ainda posso me ver naquela primeira semana, sentada no clube e contemplando a cidade, me perguntando qual das luzes era a de Shi Chongming. Tóquio estava em meio a uma onda de calor, e o ar-condicionado era mantido no máximo, de modo que todas as meninas sentavam-se em frias áreas de luz, os ombros à mostra em seus vestidos de noite, prateados como o luar. Em minha memória me vejo de fora do prédio e é como se eu estivesse suspensa no nada, minha silhueta brilhante e borrada através do vidro que ia do chão ao teto, minha face pálida e sem expressão sendo obscurecida a cada poucos instantes pela Marylin balançando, ninguém suspeitando quais pensamentos zuniam ensandecidos em minha mente.

Strawberry parecia gostar de mim, e isso era uma surpresa, porque seus padrões de excelência eram lendários. Ela gastava milhares e milhares de dólares por mês em flores: próteas amarelas trazidas via aérea da África do Sul em caixas refrigeradas, amarílis, lírios e orquídeas dos picos das montanhas da Tailândia. Às vezes eu ficava encarando-a abertamente, porque ela tinha uma postura muito elegante e parecia adorar ser sexy. Ela era sexy e sabia disso. E ponto. Eu invejava sua confiança. Ela adorava as próprias roupas, toda noite era algo diferente: cetim rosa, crepe chinês branco, um vestido magenta, amarrado com tiras de lantejoulas, "de *Como agarrar um milionário*", ela disse, deixando cair o braço, fazendo um movimento com os quadris e voltando-se para fazer biquinho sobre o ombro para os clientes. "É 'charmeuse', sabe", como se fosse um nome que todo mundo deveria reconhecer. "Strawberry não consegue andar bem se não está vestida como Marilyn." E ela fazia um floreio com sua piteira de madrepérola para qualquer um que estivesse ouvindo. "Marilyn e Strawberry, mesmo corpo. Só que Strawberry mais mignon." Ela era impaciente, sempre ríspida com as pessoas, mas eu não a vi realmente brava até minha quinta noite por lá. Então algo ocorreu que revelou um lado inteiramente diferente de Mama Strawberry.

Era uma noite quente, tão quente que parecia emanar vapor da cidade, uma espécie de condensação que se erguia até acima dos prédios e turvava o pôr do sol avermelhado. Todo mundo se movia languidamente, mesmo Strawberry, deslizando pela pista de dança, esplêndida em seu vestido longo com lantejoulas ao estilo "Feliz aniversário, senhor presidente". Ela parava ocasionalmente para murmurar alguma coisa para o pianista ou pousar a mão no encosto de uma cadeira e jogar a cabeça para trás, rindo da piada de um cliente. Eram cerca de 22 horas, e ela recuara para o bar, onde estava bebendo champanhe, quando algo a fez pôr o copo no balcão com um terrível estardalhaço. Ela se empertigou no banquinho, os olhos fixos e vítreos na entrada, a face pálida.

Seis homens enormes em ternos elegantes e cabelo estilo *punch perm* tinham entrado pelas portas de alumínio e estavam percorrendo o clube com o olhar, ajeitando as mangas dos paletós nos pulsos e pondo os dedos entre os colarinhos e os grossos pescoços. No centro da gangue havia um homem esguio com uma camisa polo preta, e o cabelo preso num rabo de cavalo. Empurrava uma cadeira de rodas, onde estava sentado um homem minúsculo com a aparência de um inseto, frágil como uma iguana envelhecida. Sua cabeça era pequena, sua pele seca e enrugada como uma noz, e seu nariz, apenas um triângulo isósceles ínfimo, tendo como narinas nada mais que duas pequenas sombras — parecia uma caveira. As mãos enrugadas que saíam das mangas do terno eram compridas, marrons e secas como folhas mortas.

— *Dame! Konaide yo!*

Mama Strawberry desceu do banquinho, assumindo uma postura empertigada, levando o champanhe até os lábios e bebendo-o de um só gole, os olhos fixos no grupo. Ela pôs a taça no balcão, colocou um cigarro na piteira, alisou o vestido nos quadris, girou nos saltos altos e atravessou o salão, o cotovelo junto às costelas, o cigarro erguido num ângulo pronunciado. O pianista, virando-se para trás em seu banco para ver o motivo do alvoroço, errou algumas notas.

A 1 ou 2 metros da mesa principal, junto à janela leste, que tinha a melhor vista de Tóquio, Strawberry se deteve. Seu queixo estava erguido, os pequenos ombros para trás. Ela juntou muito os pés, com elegância, e se virou decidida para encarar o grupo. Dava para ver que ela estava se esforçando para controlar as emoções. Pôs a mão no encosto de uma cadeira e ergueu a outra rigidamente, um sinal de boas-vindas, aquele movimento da mão para baixo peculiarmente japonês.

Quando os outros clientes se deram conta dos recém-chegados, o ruído das conversas diminuiu e todos os olhos se voltaram para observar o grupo lentamente avançando pelo clube. Porém, algo mais chamara minha atenção. Havia uma pequena alcova atrás da recepção, uma área retangular com uma mesa e cadeiras. Embora não tivesse porta, ficava num ângulo tal que quem se sentasse lá dentro não era visto pelos outros clientes, e às vezes Mama Strawberry tinha reuniões particulares ali, ou motoristas ficavam sentados naquele espaço tomando chá enquanto esperavam seus patrões. Quando o grupo passou pela área de recepção, uma figura avançou sozinha na direção da alcova e silenciosamente instalou-se ali. O movimento foi tão ligeiro, as sombras naquele lado do clube tão confusas, que o que vi foi pouco mais que um relance, mas aquilo me fez inclinar um pouco para a frente, fascinada, curiosa.

A figura estava vestida como uma mulher, num elegante casaco de lã e com uma saia reta, mas, se era de fato uma mulher, era incrivelmente alta. Tive a impressão de ombros largos, masculinos, braços longos, pernas firmes em sapatos pretos de salto alto bem lustrados. Mas o que realmente me impressionou foi o cabelo: um penteado com uma longa franja, tão brilhante que devia ser uma peruca e arrumado de um jeito que encobria praticamente todo o rosto. Embora a peruca fosse bastante comprida, suas pontas apenas atingiam os ombros, como se a cabeça e pescoço dela tivessem sido estranhamente esticados.

Enquanto eu a observava, com a boca semiaberta, o grupo chegou à mesa. Os garçons a arrumavam num frenesi, e o cadeirante foi levado até a cabeceira, onde ficou encarquilhado e preso como um escaravelho, enquanto o homem de rabo de cavalo agia a sua volta, deixando-o confortável, instruindo aos garçons onde colocar os copos, os jarros de água. Dos cantos escuros do clube, vinte *hostesses* dirigiram olhos nervosos para Strawberry, que estava percorrendo as mesas, sussurrando nomes, chamando-as para sentar com o grupo. Seu rosto estava pálido e com uma expressão estranha, algo como raiva. Por um momento eu não consegui interpretar aquela expressão, mas, quando ela pôs a cabeça para trás e cruzou o salão para ir até mim, eu vi o que era. Todos os menores músculos de sua face estavam se contorcendo. Strawberry estava nervosa.

— Cinza-san — disse ela, inclinando-se sobre mim e falando em voz baixa. — O Sr. Fuyuki. Vá até lá e sente com ele.

Eu peguei minha bolsa, mas ela me deteve pondo um dedo no lábio.

— Tenha cuidado — sussurrou. — Tenha muito cuidado. Não diga nada sobre *nada*. Boas razões para medo que pessoas têm dele. E... — Ela hesitou e olhou para mim atentamente. Franzira os olhos, e um mínimo círculo castanho apareceu por trás das lentes de contato azuis. — Mais importante é ela. — Ela ergueu o queixo para indicar a alcova. — Ogawa. A Enfermeira dele. Você não deve jamais tentar falar com ela, ou olhar nos olhos dela. Entendeu?

— Sim — falei debilmente, meus olhos sendo atraídos para a enorme sombra. — Sim. Acho que sim.

Em tudo quanto é lugar de Tóquio você pode sentir a presença da *yakuza*, as gangues clandestinas que alegam descender da tradição samurai. São alguns dos homens mais temidos e violentos da Ásia. Às vezes era apenas o som das gangues de motociclistas *bozosoku* que nos lembrava da existência deles, como uma onda de cromo descendo o Meiji Dori na alta madrugada, varrendo tudo que estivesse à sua frente, os caracteres para "kamikaze" estampados nos capacetes. Mas outras vezes era de maneiras menos tangíveis que se notavam os membros das gangues: segmentos visuais incongruentes — o relance de um Rolex num café, um homem corpulento de *punch perm* levantando-se de uma mesa no restaurante e botando a camisa polo para dentro de uma calça preta de Crimplene, ou um par de brilhantes sapatos de pele de cobra num dia quente no metrô. Ou ainda uma tatuagem na mão do homem que estava comprando um bilhete na sua frente na fila. Eu não pensara muito sobre eles, não até atravessar o clube naquela noite e, no silêncio inquieto que caíra, ouvir alguém sentado perto da pista de dança sussurrar: *Yakuza*.

Na mesa reinava um silêncio absoluto. As *hostesses* pareciam retraídas, evitando cruzar o olhar com qualquer outra pessoa. Todos no clube pareciam determinados a não sentar de costas para a Enfermeira, que ainda estava na alcova, imóvel como uma cobra. Deram-me um lugar perto de Fuyuki, o homem de cadeira de rodas, de forma que eu fiquei próxima dele e pude examiná-lo. Seu nariz era tão pequeno que parecia ter sido corroído num incêndio, fazendo de cada respiração sua um ronco ruidoso. Mas seu rosto, se não exatamente gentil, era tranquilo, ou atento, como a de um sapo muito velho. Ele não tomou a iniciativa de falar com ninguém.

Seus homens estavam sentados em silêncio, as mãos respeitosamente sobre a mesa enquanto aguardavam o homem de rabo de cavalo preparar a bebida de Fuyuki. Ele tirou um copo baixo e pesado embrulhado num guardanapo de linho branco, encheu-o até a borda com uísque de malte, agitou-o duas vezes, despejou a bebida no balde de gelo, limpou o copo meticulosamente com o guardanapo e então o encheu de novo. Ergueu a mão para fazer os outros homens esperarem antes de começar a provar, e houve um breve hiato enquanto ele passava o copo para Fuyuki, que o ergueu com a mão trêmula e tomou um gole. Fuyuki pôs o copo na mesa, apertou a barriga com uma das mãos, levou a outra à boca para ocultar um arroto e, satisfeito, assentiu.

— *Omaetachi mo yare.* — O homem de rabo de cavalo ergueu o queixo para o teto para indicar que os homens agora podiam beber. — *Nonde.*

Os capangas relaxaram. Ergueram os copos e beberam. Um deles se levantou e tirou o paletó, outro tirou um charuto do bolso e cortou a ponta. Lentamente o clima ficou mais leve. As meninas mantinham os copos cheios, colocavam gelo e mexiam as bebidas com as varetinhas Some Like It Hot, usando as pequenas silhuetas de plástico de Marilyn para fazer os cubos de gelo girarem pelos copos, e não demorou muito para todo mundo começar a falar ao mesmo tempo e a conversa se tornar mais alta do que a de qualquer outra mesa no clube. Uma hora depois todos os homens estavam bêbados. A mesa estava atulhada de garrafas e pratos consumidos pela metade: rabanete em conserva, pasta de inhame, petiscos de lagosta.

Irina e Svetlana pediram a Fuyuki seu *meishi*. Não havia nada fora do comum em fazer isso — pela força do hábito, a maioria dos clientes nos presenteava com seus cartões de visita poucos minutos após se sentarem, mas Fuyuki não distribuía seus cartões com facilidade. Ele franziu o cenho, tossiu e olhou as russas de cima a baixo, desconfiado. Levou um bom tempo e muita insistência até ele enfiar a mão no terno — o nome dele, eu notei nessa hora, estava bordado a ouro sobre o bolso interno —, catar alguns *meishi* e distribuí-los pela mesa, seus dedos marrons segurando-os como tesouras, a palma da mão virada para baixo. Ele inclinou-se para o homem de rabo de cavalo e sussurrou numa voz seca, áspera:

— Diga a elas para não me tratarem com um macaco treinado. Não quero ninguém me telefonando e me convidando para vir ao clube. Eu venho quando eu quero.

Olhei atentamente o cartão em minhas mãos. Nunca tinha visto um tão bonito antes. O papel era cru, sem ácido, feito à mão, com as bordas irregulares. Ao contrário da maioria, não tinha endereço nem tradução em inglês no verso. Trazia apenas um número de telefone e a escrita *kanji* do nome de Fuyuki, apenas seu segundo nome, caligrafado à mão em tinta nanquim.

— O que foi? — sussurrou Fuyuky — Alguma coisa errada?

Balancei a cabeça sem tirar os olhos do cartão. Os pequenos caracteres *kanji* eram lindos. Eu estava pensando em quão maravilhoso era aquele antigo alfabeto; o quão sem graça e rala parecia a língua inglesa em comparação.

— O que foi?

— Árvore no Inverno — murmurei. — Árvore no Inverno.

Um dos homens na ponta da mesa começou a rir antes de eu terminar. Como ninguém o acompanhou, ele transformou a risada numa tosse, cobrindo a boca com um guardanapo e, desajeitadamente, tomando às pressas um gole de seu drinque. Um silêncio perplexo se seguiu, e Irina me olhou feio, balançando a cabeça consternada. Mas Fuyuki inclinou-se para a frente e disse, em seu japonês sussurrado:

— Meu nome. Como sabe o que o meu nome quer dizer? Você fala japonês?

Ergui os olhos para ele, meu rosto lívido.

— Sim — respondi, sem muita firmeza. — Só um pouco.

— E sabe ler também?

— Apenas quinhentos *kanji*.

— Quinhentos? *Sugoi*. Isso é muita coisa. — As pessoas estavam olhando para mim como se só naquele instante tivessem se dado conta de que eu era um ser humano e não uma cadeira. — E de onde você disse que era?

— Inglaterra? — A resposta saiu como uma pergunta hesitante.

— Inglaterra? — Ele se inclinou ainda mais para a frente e pareceu me examinar. — Me diga, todas são assim tão bonitas na Inglaterra?

Alguém me dizer que eu era bonita... Bem, era sorte que isso não acontecesse com muita frequência, porque era quando eu ficava irrequieta e incomodada, me lembrando de todas as coisas que provavelmente nunca iriam acontecer comigo. Mesmo se eu fosse "bonita". O comentário do velho Fuyuki me fez corar e me retrair. Eu não falei mais nada daquele momento em diante. Fiquei sentada em silêncio fumando um cigarro atrás do outro e me vali de todos os pretextos para sair da mesa. Se era preciso ir pegar um copo limpo no bar, ou mais um prato de aperitivos, eu imediatamente me levantava, e demorava para voltar.

A Enfermeira mal se moveu a noite toda. Eu não pude evitar lançar umas olhadelas furtivas a ela — sua sombra praticamente imóvel na parede da alcova. Eu podia perceber que os garçons estavam incomodados com a presença dela: geralmente, um deles entrava no aposento para perguntar o que seu ocupante queria beber, mas aquela noite parecia que apenas Jason tinha coragem de falar com ela. Quando fui até o bar para buscar uma toalhinha quente limpa, eu o vi lá. Ele tinha levado a carta de uísques para ela, movendo-se com confiança, sem medo, e estava recostado casualmente na mesa, olhando para ela. Eu tive alguns instantes para examiná-la.

Ela estava sentada de lado em relação a mim e era uma imagem assombrosa — cada centímetro de sua pele coberto por uma camada espessa de pó de arroz, preenchendo as dobras no pescoço, as linhas nos pulsos. As únicas quebras no branco eram seus estranhos e minúsculos olhinhos, pequenos e escuros como marcas de dedo na massa de pão, com pouquíssimos cílios, e muito distantes do nariz, tão profundos na sua cabeça que as órbitas pareciam vazias. Mama Strawberry tivera medo de eu por acaso olhar nos olhos da Enfermeira, mas isso era impossível mesmo que se tentasse, e, dada a posição estranha dos seus olhos, ela devia ter dificuldades para enxergar, pois estava segurando a carta muito perto do rosto, passando-a para cima e para baixo a sua frente como se estivesse cheirando. Eu não me virei e voltei direto para a mesa, mas me demorei mais alguns momentos no bar, fingindo estar preocupada em inspecionar a toalhinha quente, como se ela tivesse algum defeito.

— Ela é um tanto sexy — ouvi Jason dizer ao pessoal do bar quando chegou com o pedido dela. Ele apoiou os cotovelos casualmente no balcão e falou sem se dirigir a ninguém em particular. — Sexy de um jeito esquisito, meio SM. — Ele olhou-a por cima do ombro, um sorrisinho divertido se formando em seus lábios. — Admito que faria coisas ruins com ela se tivesse que fazer. — Ele se virou então, e me viu ali parada no bar, olhando para ele em silêncio. Ele piscou e ergueu as sobrancelhas, como se tivesse me contado uma tremenda piada. — Belas pernas — explicou, apontando para a Enfermeira com o queixo. — Ou talvez sejam os saltos que me fazem achar isso.

Eu não respondi. Peguei a *oshibori* e me virei, um enrubescer estúpido se espalhando por todo o meu rosto e meus ombros. O problema com Jason era que ele sempre me dava um pouco de vontade de chorar.

É engraçado como as pessoas podem plantar ideias na sua cabeça. Muito, muito mais tarde naquela noite, eu olhei para minhas pernas, cruzadas comportadamente sob a mesa. Eu estava bastante bêbada, e me lembro de vê-las cruzadas recatadamente nos tornozelos e pensar: Como são belas pernas? Alisei a meia-calça e abri um pouco os joelhos, de modo a poder ver melhor minhas coxas. Virei-as para poder avaliar a panturrilha e como o músculo contraía quando eu flexionava os pés. Perguntei-me se "belas pernas" teriam qualquer semelhança com as minhas pernas.

10

Nanquim, 4 de abril de 1937, Festival do Claro e Brilhante

Minha mãe deve estar rindo agora — deve estar olhando para mim e rindo de todas as minhas reservas e de minha fria impaciência com o casamento. Porque, ao que tudo indica, Shujin e eu vamos ter um filho! Um filho! Imagine só. Shi Chongming, o patinho feio, pai! Eis, enfim, algo para celebrar. Um filho para trazer ordem às leis da física e do amor, um filho para revelar razão por trás dos códigos sutis da sociedade. Um filho para me ajudar a abraçar o futuro de todo o coração.

Shujin, naturalmente, mergulhou num frenesi de superstição. Há muitas coisas importantes para se levar em conta. Eu a observo com curiosidade, tentando assimilar tudo, tentando tratar tudo com a mais profunda seriedade. Primeiro, esta manhã, ela me passou uma longa lista de alimentos proibidos — não vai mais permitir que lula, polvo e abacaxi entrem na nossa casa, e eu tenho que ir todos os dias ao mercado comprar galinha de ossos pretos, fígado, ameixas, semente de lótus e sangue de pato coagulado. E de hoje em diante é minha responsabilidade matar as galinhas que chegam ainda cacarejando do mercado, porque se Shujin matar um animal, mesmo que para comer, parece que nosso bebê assumirá a forma do bicho e ela dará à luz uma galinha ou um pato!

Mas, e isso é o mais importante de tudo, não devemos nos referir a nosso filho (ela tem certeza de que será um menino) como "bebê" ou "criança", porque os maus espíritos podem nos ouvir e tentar roubá-lo de nós ao nascer. Em vez disso, ela deu a ele um nome para confundir os espíritos, um "nome de leite", como ela chama. De agora em diante, "lua" é como devemos nos referir ao nosso filho. "Você nem imagina como são os seres malignos que levam embora recém-nascidos. A alma da nossa lua seria o butim mais precioso que um demônio poderia querer. E...", aqui ela ergueu a mão para evitar minha interrupção, "... nunca esqueça: nossa pequena lua é muito frágil. Por favor, não grite ou discuta comigo. Não podemos perturbar a alma dele".

"Entendo", falei, um sorriso querendo se formar em meus lábios, porque achei o grau de inventividade dela bastante maravilhoso. "Bom, nesse caso, alma da lua será. E desse momento em diante, que apenas a paz exista entre estas quatro paredes."

11

As russas disseram que não era nenhuma surpresa que Jason estivesse fazendo piadas sobre a Enfermeira. Disseram que sempre souberam que ele era estranho. Disseram que as paredes dele eram cobertas de fotografias horríveis, que ele sempre recebia revistas especializadas lacradas de endereços da Tailândia, e que às vezes coisas esquisitas sem grande valor sumiam na casa: a estatueta de Irina de um urso lutador em pelo autêntico de animal, uma única luva em pele de lobo, sem o par, uma fotografia dos avôs das gêmeas. Talvez, elas especularam, ele fosse um adorador do diabo.

— Ele assiste a coisas doentias, doentias de fazer vomitar. Vídeos dele, sempre vídeos com *morte*.

Os vídeos de que elas estavam falando podiam ser vistos nas prateleiras das locadoras da rua Waseda. Tinham títulos como *Faces da morte* e *Loucura mortuária,* escritos com letras que pareciam sinistras gotas de sangue. *Imagens de uma autópsia real!,* as capas proclamavam. Se você visse as multidões de meninos adolescentes que havia o tempo todo naquele setor das locadoras, pensaria se tratar de filmes pornôs. Na realidade eu nunca vira um desses vídeos na casa, de modo que não sabia se as russas estavam dizendo a verdade. Mas eu tinha visto as fotografias de Jason.

— Estou na Ásia faz quatro anos — dissera-me ele. — Você pode ficar com os seus Taj Mahals e Angkor Wats. Eu estou atrás de algo... — Ele fez uma pausa e esfregou os dedos, como se estivesse tentando moldar as palavras a partir do ar. — Estou atrás de algo mais... algo diferente.

Uma vez aconteceu de eu passar pelo quarto dele quando a porta estava aberta e não havia ninguém lá dentro. Não consegui resistir, tive que entrar.

Eu vi o que as russas queriam dizer. Havia fotografias pregadas em cada centímetro da parede, e as imagens eram tão horríveis como elas tinham dito: um homem tragicamente aleijado e nu exceto por uma guirlanda de cravos-de-defunto, sentado em desalento nas margens do que eu presumi ser o Ganges; jovens filipinos pregados em cruzes, ou abutres se aglomerando atrás de carne humana nas incríveis Torres do Silêncio num funeral parsi. Até reconheci as bandeiras de oração e as cinzas de zimbro numa sepultura a céu aberto nas imediações de Lhasa, porque estudara o Tibete numa disciplina na universidade. Mas, olhando para uma foto de uma larga nuvem de fumaça se elevando de uma forma indistinta numa plataforma com as palavras "Pira funeral Varanasi" escritas embaixo, achei que havia algo de estranhamente belo naquilo tudo, uma sensação naquele quarto, quase um aroma de vívida curiosidade. Quando por fim, sem ser descoberta, eu discretamente voltei ao corredor, tinha chegado à conclusão de que as russas estavam enganadas. Jason não era estranho ou mórbido, ele era fascinante.

Ele supostamente era garçom no clube, mas a semana toda eu raramente o vira carregando uma bandeja. Às vezes ele parava nas mesas e conversava afavelmente com os clientes, como se fosse ele o dono do lugar, e não Strawberry. "Ele é garçom, mas não faz nada", murmurou Irina. "Não precisa fazer trabalho porque Mama Strawberry ama ele." Ela parecia gostar do cacife que um garçom *gaijin* dava a ela. E ele também era bonito. As *hostesses* japonesas todas davam risadinha e coravam quando ele passava por elas. Volta e meia ele sentava à mesa de Strawberry, onde ficava tomando champanhe, com o paletó de seu uniforme todo aberto mostrando seu corpo, enquanto ela sorria toda boba e ajustava as alças do vestido, às vezes recostando-se e passando as mãos no próprio corpo.

Ele não ficava muito tempo em casa — e encontrar o quarto dele aberto como daquela vez era algo incomum. A porta costumava ficar fechada, todos os quartos tinham fechadura, e ele geralmente trancava o seu e saía cedo, antes de qualquer uma de nós acordar, ou pegava um táxi ao sair do clube e só voltava para casa na noite seguinte. Talvez ficasse passeando pelos parques, procurando mulheres adormecidas em bancos. Mas havia sinais dele em toda parte — um par de mocassins na escada, círculos de creme de barbear com aroma de limão secando na prateleira do banheiro, cartões de visita em cor-de-rosa claro apoiados contra a chaleira, com nomes como Yuko e Moe em letra feminina.

Eu fingia não ficar incomodada com nada disso, mas ficava. No fundo eu estava completamente fascinada por Jason.

Comprei uma agenda na Kiddyland, uma loja para meninas em idade escolar em Omotesando. Era cor-de-rosa, com uma capa de plástico transparente com um gel brilhante dentro que ficava se mexendo. Eu segurava a capa contra a janela e me maravilhava com a maneira como a luz capturava os pequenos fragmentos de glitter. Eu tinha adesivos de bolo daqueles com cheiro, e a cada dia que passava eu colava um deles no espaço correspondente da agenda. Alguns dias eu pegava um trem para Hongo e ficava sentada no café Bambi, vendo o sol refletido no grande portão Akamon enquanto os estudantes iam e vinham. Mas eu não vi Shi Chongming. Faltavam cinco dias, quatro dias, três, dois. Ele dissera uma semana. Isso significava domingo. Mas o domingo chegou e ele não me ligou.

Eu não conseguia acreditar. Ele quebrara sua promessa. Esperei o dia todo, sentada no sofá da sala, as persianas fechadas por causa do calor, uma pilha dos meus livros espalhada a minha volta. Eu ficava encarando o telefone. Mas nas únicas vezes que tocou era para Jason. Eu atendia avidamente e era uma garota japonesa suspirando desolada na linha, recusando-se a acreditar quando eu dizia que ele não estava.

Naquele domingo eu anotei cinco recados para ele, todos de garotas diferentes. A maioria delas foi gentil e triste, algumas rudes. Uma bufou chocada ao ouvir minha voz e berrou num japonês estridente: "Quem é você, porra? O que acha que está fazendo atendendo o telefone? Dá essa merda desse telefone para o Jason. AGORA!"

Passei algum tempo listando os nomes. Rabisquei carinhas ao lado de cada um, tentando imaginar como elas seriam. Então, quando isso perdeu a graça, fiquei sentada com o queixo nas mãos, fitando soturnamente o telefone, que durante o dia e a noite toda não tocou para mim.

12

Nanquim, 1º de setembro de 1937

O infortúnio está vindo do leste. Exatamente como pensei. Os japoneses estão em Xangai e combatendo pela cidade rua a rua. É possível realmente que sejam os japoneses, e não os comunistas, a maior ameaça à nossa estabilidade? Será mesmo possível que os comunistas estivessem corretos em forçar esse uníssono militar com Chiang? Pu Yi, a marionete japonesa, está em seu trono emprestado na Manchúria faz seis anos, nenhuma culpa de nosso presidente, e cinco anos atrás os japoneses bombardearam Xangai. Mas ninguém disse nada sobre nossa segurança em Nanquim. Até agora. Agora, e só agora, os cidadãos estão começando a tomar precauções. Hoje passei a manhã pintando de preto nosso telhado azul de preto, para ocultá-lo dos bombardeiros japoneses que, segundo nos preveniram, irão um dia se elevar por detrás da Montanha Púrpura, junto com o sol da manhã.

Por volta das 10 horas, quando eu tinha terminado metade do telhado, algo me fez parar. Não sei se foi um ruído ou uma premonição, mas eu estava na escada e algo me fez virar para olhar para o leste. Pontilhando a silhueta dos telhados da cidade estavam talvez vinte outros homens como eu, no alto de escadas, como insetos contra o céu, os telhados ainda semipintados brilhando abaixo deles. E mais ao longe, bem além deles, a extensão do horizonte. Montanha Púrpura. O leste vermelho.

Shujin sempre disse que há algo de ruim no futuro de Nanquim. Sempre falou sobre isso, desse seu jeito profético e agourento. Ela diz que soube no momento em que desceu do trem, um ano atrás, que estaria presa aqui. Diz que o peso do céu caiu diretamente sobre ela e que o ar infectou seus pulmões e que o futuro da cidade a pressionava com tanta força que ela mal conseguia permanecer de pé. Nem mesmo o brilhante trem escuro do qual ela acabara de sair e que agora partia, abrindo caminho na luz leitosa, era uma possibilidade de escape. Naquele momento, parada na plataforma de Nanquim, ela ergueu os olhos para a cadeia de montanhas escura, como uma caixa torácica aberta na terra, e soube que aquilo era um grande perigo. Iriam segurá-la como uma garra, aquelas montanhas venenosas, e os trens iriam parar de funcionar enquanto ela estivesse aqui. Então Nanquim a teria e usaria o ar fraco e ácido da cidade para lentamente dissolvê-la em seu coração.

Eu sei que algo vital aconteceu a ela naquele dia, quando a acompanhei de volta a Nanquim, desde o lago Poyang, porque me lembro de um vívido grão de cor na viagem de trem. Uma sombrinha em tom cereja. Uma menina nos campos de arroz puxava um bode e tinha parado para esperar o animal alcançá-la. Quando ele estacou teimosamente, a menina deu uns puxões na corda, meio distraída, mais entretida com o ócio da espera do que com o bode que ela conduzia. Estávamos fazendo uma parada em algum lugar um pouco ao sul de Wuhu, e todo mundo no trem deixou o que estava fazendo e virou-se para a janela para olhar a menina esperando o bode. Por fim o animal cedeu e a menina continuou, e logo não havia nada a não ser o campo esmeralda. Os outros passageiros retornaram a seus jogos, suas conversas, mas Shujin permaneceu imóvel, ainda olhando o lugar em que a menina estivera.

Eu me inclinei na direção dela e sussurrei:

— O que está olhando?

— O que estou olhando? — A pergunta pareceu surpreendê-la. — O que estou olhando? — Ela repetiu isso várias vezes, a mão na janela, os olhos ainda fixos no espaço vazio deixado pela menina. — O que estou olhando?

Só agora, muitos meses depois, eu compreendo exatamente o que Shujin estava olhando. Ao contemplar a menina sob a sombrinha de tom cereja, ela estava vendo a si mesma. Estava dizendo adeus. A menina do campo que havia nela estava indo embora. Quando chegamos a Nanquim, a menina dentro dela demorou-se ainda por um tempo em alguns lugares de Shujin: nas linhas suaves atrás de seus joelhos, no matiz de cor em seus braços e no dialeto firme e não entoado de Jiangxi que tanto divertia os cidadãos de Nanquim, mas em todo o resto a mulher estava vindo, contra a vontade, emergindo perplexa na enorme cidade. A cidade que ela acredita que nunca a deixará partir.

13

Eu vi quando Shi Chongming chegou à Universidade Todai, às 8 horas da manhã seguinte. Eu estava ali desde as 6h30, esperando primeiro na esquina da rua, e depois no café Bambi, quando abriu. Pedi um café da manhã completo: sopa missô, flocos de atum com arroz, chá verde. Antes de a garçonete fazer meu pedido na cozinha, ela sussurrou o preço para mim. Eu a olhei sem entender. Então me dei conta: ela não queria que eu pensasse que a comida sairia de graça de novo. Levei a conta até o balcão e paguei. Então, quando ela trouxe a comida, dei-lhe três notas de mil ienes. Ela fitou o dinheiro em silêncio, depois corou e o enfiou no avental de babados e sujo de massa de torta.

Estava um dia quente, mas Shi Chongming usava uma camisa em estilo Mao de algodão azul, um tênis preto daqueles finos e simples, do tipo que alunos de escolas inglesas costumavam usar para fazer educação física, e seu estranho chapéu de pescador. Ele só me percebeu esperando no portão quando saí da sombra das árvores e fiquei bem na frente dele. Ele viu meus pés e se deteve, a bengala estendida, a cabeça baixa.

— O senhor disse que ia ligar.

Lentamente, muito lentamente, Shi Chongming ergueu o rosto. Seus olhos estavam obscuros, como bolas de gude enevoadas.

— Você aqui de novo. Você disse que não viria de novo.

— O senhor ficou de me ligar. Ontem.

Ele franziu os olhos, ainda me observando.

— Você parece diferente — falou. — Por que está diferente?

— O senhor não me ligou.

Ele me olhou por mais um instante, assimilando isso, e então fez um ruído com a garganta e retomou seu caminho.

— Você é muito rude — murmurou ele. — Muito rude.

— Mas eu *esperei uma semana* — falei, alcançando-o e acompanhando-o, lado a lado. — Eu não liguei para o senhor, eu não vim aqui, eu fiz o que fiquei de fazer, mas o senhor, o senhor esqueceu.

— Eu não prometi ligar...

— Sim, o senhor...

— *Não*. Não. — Ele se deteve e ergueu a bengala, apontando-a para mim. — Eu não fiz promessa nenhuma. Tenho uma memória muito boa e sei que não lhe prometi nada.

— Eu não posso esperar para sempre.

Ele deu uma risadinha.

— Gosta de provérbios chineses antigos? Quer ouvir uma verdade profunda sobre uma folha de amoreira? Quer? Nós dizemos que a paciência transforma a folha de amoreira em seda. Seda! Imagine só, mesmo não sendo mais que uma folha velha e seca. É necessário apenas paciência.

— Isso é ridículo — falei. — São as lagartas que a transformam em seda.

Ele fechou a boca e suspirou.

— Sim — disse ele. — Sim. Não vejo uma vida muita longa para nossa amizade, você vê?

— Não se o senhor não me liga quando promete. O senhor *precisa* manter as suas promessas.

— Eu não *preciso* fazer nada.

— Mas... — minha voz estava se elevando, e um ou dois dos estudantes que passavam nos lançaram olhares curiosos. — ... eu estou trabalhando de noite. Como vou saber se o senhor me ligar de noite? Não tenho secretária eletrônica. Como vou saber se o senhor me ligar uma noite e então nunca mais? Se eu perder a sua ligação vai dar tudo errado, e aí...

— Me deixe em paz — interrompeu-me. — Você já disse o bastante. Por favor, me deixe em paz agora.

Ele saiu mancando pelo campus, me deixando para trás na sombra de uma árvore de gingko.

— Professor Shi — chamei, vendo-o se afastar. — Por favor. Eu não queria ser mal-educada. Não era a minha intenção.

Mas ele continuou andando, desaparecendo por fim além da empoeirada cerca circular, na floresta sombreada. A meus pés, as sombras dos gingkos se deslocaram. Eu me virei e chutei a cerca baixa na borda do caminho, e então coloquei as mãos no rosto e comecei a tremer.

Voltei para casa numa espécie de transe, e fui direto para o meu quarto, sem parar para falar com as russas, que estavam vendo TV na sala e fizeram um sarcástico som de *ui!* para as minhas costas. Fechei a porta com um estrondo e fiquei de costas contra a madeira, os olhos fechados, ouvindo meu coração bater.

Quando você sabe que está certa sobre alguma coisa, o importante é continuar.

Depois de um bom tempo, abri os olhos e fui até onde guardava as minhas tintas, encostadas na parede da alcova. Preparei um pouco, coloquei os pincéis e a água num vidro perto da parede e abri a janela toda. Já estava ficando escuro, um cheiro de comida queimada vinha da rua, e Tóquio estava se acendendo para a noite. A cidade se estendia na imensidão como uma pequena galáxia. Eu a imaginei vista do espaço — prédios como montanhas, ruas brilhando como os rios de mercúrio do imperador Qin Shi Huangdi.

Como podia ser? Quando os ataques aéreos acabaram, quando o último bombardeiro americano recuou para o Pacífico azul, havia mais de 150 quilômetros quadrados de ruas arrasadas em Tóquio. A cidade estava irreconhecível. Os carros não podiam passar pelas ruas porque ninguém sabia onde elas terminavam e os prédios começavam. Nas favelas ao longo do rio, o *tadon* que eles queimavam, uma combinação fedorenta e fumacenta de pó de carvão e alcatrão, pairava sobre a cidade como uma nuvem.

O papel de seda do meu quarto tinha sido arrancado até a altura da cintura. Dali para baixo estava intacto. Molhei o pincel no azul-cobalto e comecei a pintar. Pintei telhados destruídos e as vigas chamuscadas de casas incendiadas. Pintei os incêndios avançando fora de controle e as ruas cheias de entulho. Enquanto eu pintava, minha mente vagava, livre. Eu estava em tal transe que às 19 horas as russas tiveram que bater à minha porta e me perguntar se eu pretendia trabalhar naquela noite.

— Ou vai simplesmente ficar aqui? Como um caranguejo, hm?

Abri a porta e olhei para elas, pincel na mão, rosto sujo de tinta.

— Meu Deus! Você vai assim?

Fiquei surpresa. Eu ainda não sabia, mas tive sorte de elas baterem à minha porta: se não fosse por elas, eu teria perdido uma das noites mais importantes de minha estadia em Tóquio.

14

Nanquim, 12 de novembro de 1937
(o 10º dia do mês X)

Xangai caiu na semana passada. A enormidade dessa notícia ainda está sendo absorvida. As melhores tropas de nosso presidente estavam defendendo a cidade: éramos dez contra um em relação aos fuzileiros navais japoneses, e ainda assim, de alguma forma, a cidade caiu. Dizem que as ruas estavam desertas, só havia as latas vazias de gás tóxico espalhadas nas sarjetas, animais do zoológico mortos em suas jaulas. Chegam notícias de que o Exército Imperial Japonês está se espalhando pelo delta e agora parece que um ataque a Nanquim é inevitável. Dez divisões estão vindo para o interior: a pé, em motocicletas e em carros blindados. Posso imaginá-los em suas perneiras militares enlameadas até as bordas pelo lodo amarelo do rio, certos de que, se conseguirem tomar Nanquim, a grande capital de nossa nação, terão o coração do gigante nas mãos.

Mas, naturalmente, isso não vai acontecer. Nosso presidente não vai permitir que o mal chegue a esta cidade. E, no entanto, algo mudou nos cidadãos, um vacilar da fé. Quando eu estava voltando para casa hoje, depois da minha aula da manhã (apenas quatro alunos apareceram, o que devo concluir disso?), a neblina que pairava sobre a cidade se dissipou e tudo se tornou ensolarado, como se o céu tivesse ficado com pena de Nanquim. No entanto, percebi que nenhuma roupa para secar apareceu nos varais, como usualmente acontece ao primeiro sinal de sol. Então notei que os varredores de rua, os pobres cules maltrapilhos que limpam nossas vias, não tinham aparecido, e que havia pessoas saindo de uma porta ou outra, carregando mais coisas do que parecia necessário. Levei algum tempo para me dar conta do que estava acontecendo, e então meu coração se apertou. Os moradores estão fugindo. A cidade está fechando as portas. Fico envergonhado de dizer que mesmo alguns professores da universidade estavam falando hoje em ir para o interior. Imagine só! Imagine tal falta de fé em nosso presidente. Imagine o que ele vai pensar ao nos ver fugindo de sua grande cidade.

Shujin parece quase satisfeita por Xangai ter sido tomada. Parece provar tudo que ela sempre afirmou sobre os nacionalistas. Ela também caiu nesse frenesi de desertar a capital. Quando cheguei em casa hoje, encontrei-a arrumando coisas num baú.

— Enfim você chegou — disse ela. — Eu estava esperando. Agora, por favor, traga a carroça do quintal.

— A carroça?

— Sim! Estamos de partida. Vamos voltar para Poyang. — Ela dobrou uma manta do enxoval *cui sheng* de sua avó e o colocou no baú. Eu percebi que ela reservara o espaço maior para a caixa de minha mãe feita de casco de tartaruga; uma caixa que eu me lembrava de conter várias passagens do I Ching, escritas com sangue, e embrulhadas em pano. Minha mãe tinha posto toda a sua fé nessas palavras, e no entanto elas foram incapazes de salvá-la. — Ah, não fique tão tenso — disse Shujin. — Meu almanaque indica que hoje é um dia perfeitamente auspicioso para viajar.

— Ei, escute aqui, não há necessidade de se precipitar... — comecei.

— Não há? — Ela se aprumou e olhou para mim pensativa. — Eu acho que há sim. Venha comigo. — Ela se levantou e fez um sinal para que eu fosse até a janela, a abriu e apontou para a Montanha Púrpura, onde fica o mausoléu de Sun Yat-sen. — Lá — disse ela. Estava ficando tarde, e atrás da montanha a lua já estava aparecendo, baixa e laranja. — Zijin.

— O que tem ela?

— Chongming, ouça, por favor, meu marido. — A voz dela ficou grave e séria. — Ontem à noite eu tive um sonho. Sonhei que Zijin estava em chamas...

— Shujin — comecei —, isso é bobagem...

— Não — disse ela firmemente. — Não é bobagem. É real. Em meu sonho a Montanha Púrpura estava em chamas. E quando eu vi isso eu soube. Soube no mesmo instante que a catástrofe iria atingir Nanquim...

— Shujin, por favor...

— Uma catástrofe como ninguém viu antes, nem mesmo durante a rebelião cristã.

— Realmente! Me diga, você é tão sábia quanto os cegos nas quermesses, que se gabam de terem esfregado as pálpebras com... com... com o quê mesmo?, não sei, o fluido do olho de um cachorro ou alguma bobagem assim? Sábia como um adivinho? Vamos pôr um fim nessa besteira já. Você não pode, *não pode* prever o futuro.

Mas ela não iria se abalar. Ficou rígida ao meu lado, os olhos fixos na Montanha Púrpura.

— Sim, é possível — sussurrou ela. — É possível, *sim*, prever o futuro. O futuro é uma janela aberta. — Ela pôs a mão delicadamente nas venezianas. — Como esta aqui. É fácil olhar adiante porque o futuro é o passado. Tudo na vida revolve, e eu já vi exatamente o que vai acontecer. — Ela se virou e me fitou com seus olhos amarelos, e por um momento pareceu que estava vendo diretamente o meu coração. — Se ficarmos em Nanquim, morreremos. Você sabe disso também. Posso ver em seus olhos; você sabe disso muito bem. Você sabe que seu precioso presidente é muito fraco para nos salvar. Nanquim não tem a menor chance nas mãos dele.

— Eu não vou ouvir nem mais uma palavra — falei firmemente. — Não vou deixar que falem do generalíssimo assim. Eu proíbo. Proíbo categoricamente. Chiang Kai-shek vai salvar esta cidade.

— Aquele cachorrinho de colo dos estrangeiros. — Ela retorquiu com desprezo. — Primeiro os próprios generais dele têm que forçá-lo a lutar, e agora ele não consegue nem mesmo derrotar os japoneses, o mesmíssimo exército que o treinou!

— Já chega! — Eu estava tremendo de raiva. — Já ouvi o bastante. Chiang Kai-shek vai defender Nanquim, e nós, sim, você e eu, nós vamos ficar aqui para ver. — Eu a peguei pelo pulso e a levei de volta até o baú. — Eu sou seu marido, e você precisa confiar em meu julgamento. Coloque essas coisas de volta já. Não vamos a parte alguma; com certeza não para Poyang. Poyang matou minha mãe, e eu agora a estou instruindo claramente, como cabe a um marido: você vai depositar sua fé em Chiang Kai-shek, o árbitro supremo, um homem muito maior, muito mais forte do que todas as suas superstições juntas.

Nanquim, 16 de novembro de 1937

Como me arrependo dessas palavras agora. Agora que estou aqui, sozinho em meu escritório, a porta trancada, o ouvido furtivamente grudado no rádio, como lamento minha orgulhosa tomada de posição. Tenho medo de deixar Shujin ouvir as notícias que o rádio está transmitindo porque ela se sentirá vingada ao ouvir a terrível informação de hoje, tão terrível que tremo em escrevê-la aqui. Vou escrever em caracteres menores, para ficar mais fácil de suportar: Chiang Kai-shek e o governo do Kuomintang fugiram da cidade, deixando-a nas mãos do general Tang Shengzhi.

Agora que escrevi esta frase pavorosa, o que há para fazer além de encará-la, o sangue subindo à minha cabeça? O que farei? Não consigo sentar, nem ficar de pé, nem pensar em nenhuma outra coisa. O comandante Chiang se foi? General Tang em seu lugar? Podemos confiar nele? Devo rastejar até Shujin e dizer a ela que eu estava errado? Deixá-la me ver enfraquecido em minha determinação? Não posso. Não posso recuar. Estou preso numa miserável teia que eu mesmo teci, mas devo manter a minha posição, por mais contrafeito que ela me deixe. Farei uma barricada em nossa casa e assim iremos esperar a chegada das forças imperiais. Mesmo se o impensável de fato acontecer, e nossas tropas forem derrotadas, sei que os japoneses nos tratarão bem. Estive em Kioto quando era estudante e falo bem a língua. Eles se comportam com infinita meticulosidade e sofisticação — basta estudar o comportamento deles na guerra russa para saber que são pessoas civilizadas. Shujin ficará surpresa ao descobrir que eles até têm o que nos ensinar. Vamos preparar um cartaz em japonês dizendo "Bem-vindos" e ficaremos a salvo. Hoje vi duas famílias numa travessa da rua Hanzhong fazendo um cartaz assim.

Mas enquanto escrevo, enquanto a noite cai em Nanquim do lado de fora desta casa, enquanto sobre a cidade desce um silêncio perfeito, com apenas o ocasional ruído distante de um tanque nacionalista rondando a rua Zhongshan, meu coração está como gelo. Tudo o que posso fazer é não descer e confessar meus temores para Shujin.

Ela ficou dura comigo desde que me recusei a voltar para Poyang. Diariamente eu repeti minha lista de razões para não fugir, fingindo não notar quão vãs elas pareciam: no campo não haverá assistência médica, nem métodos sofisticados para o nascimento de nosso filho. Tentei pintar o quadro dos desastres que iriam acontecer se ficássemos detidos no campo, com apenas uma velha camponesa para ajudar Shujin no parto, mas toda vez que eu digo isso ela retruca com fogo nos olhos: "Uma velha camponesa? Uma velha camponesa? Ela vai saber muito melhor o que fazer do que seus médicos estrangeiros! Cristãos!"

E talvez eu a tenha vencido pelo cansaço, porque ela se calou. Passou a maior parte do dia de hoje sentada sem ânimo em sua cadeira, as mãos dobradas sobre a barriga. Não posso evitar pensar nessas mãos, tão pequenas, tão brancas. O dia todo não consegui parar de olhar para elas. Suas mãos devem ter escorregado inconscientemente para a barriga, porque ela nunca iria conscientemente fazer isso; ela tem certeza de que isso deixa o bebê mimado e exigente, as mesmas palavras que minha mãe usava para mim: "Realmente, eu devo ter esfregado muito minha barriga para ter gerado um filho tão orgulhoso e obstinado."

Quando considero a possibilidade de que nosso filho possa ser obstinado, ou arrogante, ou egoísta, ou ter qualquer outra característica indesejável, tenho vontade de chorar. Orgulhoso e inflexível ou mimado e exigente — todas essas coisas dependem de uma só: que nosso filho viva, antes de mais nada. Tudo depende de Shujin sobreviver ao inevitável ataque a Nanquim.

15

Talvez a pior coisa que pode acontecer a uma pessoa é perder alguém e não saber onde procurar. Os japoneses acreditam que na noite O-Bon os mortos voltam para seus entes queridos. Eles saem do éter, sugados de seu sono eterno pelo chamado de seus descendentes vivos. Eu sempre imaginei a noite de O-Bon como terrivelmente caótica, com espíritos zunindo pelo ar, derrubando pessoas por estarem indo tão rápido. Agora que eu estava no Japão eu me perguntei o que acontecia com aqueles que não sabiam onde jaziam seus mortos. O que acontecia se eles tinham morrido num outro país? Será que espíritos podiam atravessar continentes? Se não, como iriam achar o caminho de volta para suas famílias?

Era em espíritos que eu estava pensando naquela noite, sentada na penumbra com meus intermináveis cigarros, tentando descobrir como convencer Shi Chongming a falar comigo, quando Junzo Fuyuki e seus homens apareceram no clube pela segunda vez.

Fui convocada por Strawberry a me juntar a eles. Tinham ocupado a mesma mesa comprida — todos exceto a Enfermeira, que já estava isolada na alcova escura, a luz deformando sua sombra na parede, na forma de um cavalo, um cavalo de xadrez, tão alta que ela quase parecia não vir do chão mas estar pendurada no teto pelos ombros. Fuyuki parecia estar de bom humor, e havia um novo convidado na cadeira ao meu lado, um homem enorme num terno cinza, com um rosto congestionado e o cabelo tão curto que as gordas dobras na sua nuca eram visíveis. Ele já estava bêbado — contando piadas, batendo com a cadeira no chão toda vez que chegava ao clímax da história, erguendo comicamente as sobrancelhas e murmurando alguma coisa que fazia os homens explodirem em gargalhadas. Ele falava japonês com um sotaque de Osaka, que era como eu imaginava que falassem todos os homes da *yakuza,* mas não fazia parte da gangue. Era um amigo de Fuyuki, e as japonesas disseram que ele era famoso — estavam dando risadinhas para ele, a mão na boca, suspirando umas para as outras por ele.

— Meu nome é Baisho — disse ele às russas num inglês duro, acenando para elas com seus dedos gordos cheios de anéis de ouro. — Meus amigos me chamam Bai, porque eu tenho o dobro do dinheiro deles e sou — ele subiu e desceu as sobrancelhas sugestivamente — homem em dobro! — Eu fiquei em silêncio, pintando mentalmente o *kanji* para *Bai.* Baisan o estava usando com o significado de "duplo", mas havia outras possibilidades também; poderia significar "ameixa" se escrito com uma árvore combinada com o símbolo para "todos", ou então crustáceo, ou ainda cultivo. Mas o que Baisan realmente me fez pensar foi que o som de seu nome era equivalente ao da palavra em inglês para bisão: *Bison.*

— Minha profissão é cantor. Eu número um japonês cantor. — Ele fez um gesto com a mão abrangendo a mesa para qualquer um que se dispusesse a escutar. — E meu novo amigo — falou, apontando o charuto na direção do espectro escuro na cadeira de rodas — ... Sr. Fuyuki, ele homem número um de Tóquio. — Flexionou o punho, dobrando-o para fazer os músculos se ressaltarem. — O mais velho de Tóquio, porém saudável e forte como se tivesse 30 anos. Forte, muito forte. — Ele se virou embriagadamente para Fuyuki e disse bem alto em japonês, como se o velho fosse surdo: — Fuyuki-san, O Senhor Muito Forte. É o maior e mais velho homem que conheço.

Fuyuki assentiu.

— Sou. Sou sim — sussurrou. — Sou mais forte agora do que quando tinha 20 anos.

Bison ergueu o copo

— Ao homem mais forte de Tóquio.

— O homem mais forte de Tóquio! — ecoaram todos.

Às vezes é um erro se exibir; você nunca sabe ao certo quando as coisas vão mudar, e você vai acabar parecendo tolo. Menos de meia hora depois de se gabar de sua saúde, Fuyuki começou a passar mal. Ninguém prestou atenção, mas eu percebi: ele estava respirando com dificuldade, murmurando qualquer coisa e agarrando o braço do homem de rabo de cavalo, que se inclinou para a frente e ouviu atentamente, sem expressão nos olhos. Após alguns momentos ele assentiu, e então se levantou, endireitando-se e alisando o suéter, empurrando sua cadeira sob a mesa. Atravessou discretamente o clube até a alcova e, após um momento de hesitação, entrou.

Um dos outros homens se aproximou de Fuyuki, observando-o discretamente, mas fora isso parecia haver um esforço na mesa para fingir que nada acontecia, como se pudesse ser desrespeitoso chamar a atenção para o desconforto do velho. Eu era a única a seguir o homem de rabo de cavalo com os olhos. Vi que ele se sentou onde Jason se sentara, as sombras ocultando seu rosto enquanto falava com a Enfermeira. Houve uma pausa, e então a Enfermeira pôs a mão no bolso e pegou um saquinho, do qual extraiu o que parecia ser um pequeno frasco. Com seus longos dedos brancos em ângulo, ela delicadamente bateu no frasco para despejar algo num copo, que depois encheu com água de um jarro na mesa e entregou para o homem, que, por sua vez, o cobriu com um guardanapo branco e voltou silenciosamente para a mesa, dando o copo a Fuyuki. O velho tomou um gole tremendo, e mais outro. Notei o resíduo de algo grosso, algo como noz-moscada, sobrando no copo. Na alcova, a Enfermeira pôs o saquinho de volta no bolso do paletó, enfiando-o bem no fundo. Ela alisou a peruca com suas mãos grandes.

Ao meu lado, Bison produziu um ligeiro ruído de fascinação na garganta, sentando-se para a frente com um cotovelo na mesa, o charuto em seus dedos com uma ponta grande de cinza. Ele observou, fascinado, Fuyuki tragar o resto da bebida, colocar o copo na mesa e se recostar, ambas as mãos nos braços da cadeira de rodas, a cabeça inclinada para trás, respirando ruidosamente por seu nariz mínimo.

Bison começou a rir. Ele balançava a cabeça, e riu até seu corpo todo estar chacoalhando e seu rosto começar a ficar vermelho. Inclinou-se por cima de mim e falou com Fuyuki numa voz pastosa, alta:

— Ei, *onii-san* — e indicou a bebida com o charuto —, não teria um pouco de remédio para mim também? Algo para me erguer, orgulhoso, como quando eu tinha 20 anos? — Fuyuki não respondeu. Ele continuou respirando laboriosamente. — Sabe o que eu quero dizer, seu velho sátiro. Uma cura, deixar tão forte como nos meus 20 anos. — Na mesa, uma ou duas conversas pararam, e as pessoas se voltaram para olhar. Bison estalou os lábios e agitou a mão no ar. — Algo para manter as damas contentes? Hein? — Ele me cutucou rudemente. — Você ia gostar disso, não ia? Não ia? Ia gostar de um homem de 20 anos, capaz de LEVANTAR. — Ele se pôs de pé, esbarrando na mesa, fazendo um prato se espatifar no chão. — É isso o que eu quero, quero levantar como Sr. Fuyuki! Como meu *onii-san*, quero viver para sempre!

Seu vizinho à mesa estendeu a mão e tocou-lhe a manga do paletó; um dos outros homens pôs um dedo nos lábios.

— Quero me levantar firme como costumava fazer — cantou Bison, em sua voz de *crooner*, as mãos no peito. — Firme como nos meus 18 anos. Ah, me diga, *kami sama*, é pedir demais?

Como ninguém riu, ele parou de cantar, as palavras secando em sua boca. Todo mundo cessara as conversas, e o homem de rabo de cavalo, num gesto mínimo, quase imperceptível, apertou os lábios fechados com o polegar e o indicador, sem nem mesmo erguer os olhos. O sorriso de Bison dissolveu-se. Ele abriu as mãos num gesto mudo: *O quê? O que foi que eu disse?* Mas o homem de rabo de cavalo já tinha dado seu sinal e agora fingia inspecionar as unhas, como se nada tivesse acontecido. Alguma outra pessoa tossiu, um ruído embaraçado. Então, como se obedecendo a um script, todas as conversas recomeçaram ao mesmo tempo. Bison olhou em volta da mesa.

— O quê? — perguntou ele em meio ao ruído. — O *quê?*

Mas ninguém lhe deu atenção. Todos tinham se virado para outras direções, achando coisas mais interessantes para olhar, coisas mais importantes para falar, mexendo seus drinques, pigarreando, acendendo charutos.

Após uma longa e perplexa hesitação, ele se sentou, muito, muito lentamente. Pegou uma toalhinha quente, colocou-a no rosto e respirou fundo.

— Meu Deus — murmurou ele, abaixando a toalha e olhando nervosamente para a sombra da Enfermeira projetada na parede. — Não pode ser verdade...

— O que ele diz? — sussurrou Irina, inclinando-se na minha direção. — O que ele diz?

— Não sei — respondi, sem olhar para ela. — Não entendi.

Por algum tempo depois disso a conversa na mesa foi conduzida num tom alto, ligeiramente forçado. Fuyuki gradualmente se recuperou. Por fim ele limpou a boca, embrulhou o copo no guardanapo, colocou-o dentro do bolso, inclinou a cabeça para trás e fitou o teto por um tempo. Os homens continuaram falando, as meninas serviram mais bebida e ninguém se referiu ao incidente. Apenas Bison não participou da conversa; ficou sentado num silêncio aturdido, um momento olhando com ar soturno o volume no paletó de Fuyuki que indicava o copo escondido, no momento seguinte olhando de esguelha para a sombra sinistra da Enfermeira. Suas faces estavam suadas, seus olhos úmidos, e pelo resto da noite seu pomo de adão moveu-se desconfortavelmente como se ele estivesse passando mal.

16

Nanquim, 9 de dezembro de 1937
(o 7º dia do mês XI do calendário lunar de Shujin)

O pânico é total na cidade. Na semana passada as forças japonesas tomaram Suzhou, a Veneza da China, e começaram a se deslocar ao norte do lago Tai Wu. E eles devem ter avançado rapidamente, indo num arco ao longo do Yang-tsé e descendo, porque quatro dias atrás Zhejiang caiu. O general Tang prometeu fazer tudo que estiver a seu alcance para nos defender, mas nada nele inspira confiança nos cidadãos, e agora quase todo mundo que tem meios para tanto está indo embora. "Vai ser como a invasão taiping de novo", sussurram. Os caminhões partem lotados de coisas, os pobres e desesperados se pendurando dos lados, os veículos balançando abarrotados até diminuírem na distância. Eu rezo para que os pontinhos que ocasionalmente vemos caindo pelas laterais dos caminhões enquanto eles desaparecem na direção da balsa ferroviária em Xiaguan, os objetos escuros que uma ou outra vez despencam em câmera lenta contra o fundo enevoado, eu rezo para que sejam pertences: cestos ou galinhas que se soltaram. Rezo para que não sejam os filhos dos pobres.

Hoje a Cruz Vermelha emitiu um alerta. Definiram uma zona de refugiados tendo como centro a universidade, não muito longe de nossa casa, e estão urgindo a todos os não combatentes a se juntar lá para maior segurança. A maioria das salas de aula e dos escritórios foi convertida em dormitórios. Eu me pergunto se encontrei uma solução para nossas ansiedades: numa zona segura as pessoas não vão ficar falando de ir embora de Nanquim, de não se confiar no Kuomintang. E ainda poderei proteger Shujin.

Com isso em mente, hoje fui, sem contar a ela, à zona de segurança, onde vi multidões de pessoas se aglomerando na entrada com seus colchões, cobertores e pertences, as sirenes de ataque aéreo uivando sobre suas cabeças. Alguns dos refugiados traziam consigo animais: galinhas, patos, até um búfalo, e eu vi uma família discutindo com os encarregados pois queriam entrar com um porco. Foram afinal persuadidos a abandonar o animal, e ele saiu perambulando em meio à multidão, desorientado. Eu me demorei ali por um tempo, observando o porco, até outro refugiado mais atrás na multidão o ver, tomar posse dele e lentamente levá-lo de volta até o portão, onde a discussão com o encarregado recomeçou.

Por um bom tempo fiquei observando a aglomeração de pobres e vagabundos, alguns tossindo, outros se agachando casualmente na sarjeta para defecar, como ainda deve ser o hábito em algumas comunidades rurais. Por fim eu me voltei, puxando para cima o colarinho da camisa, e voltei para casa de cabeça baixa. Não posso levar Shujin para lá. Não seria nem um pouco melhor do que arrastá-la pelo Yang-tsé até Poyang.

Estamos entre os últimos a permanecerem nesta viela — há apenas nós e alguns operários que trabalham na fábrica de brocados da rua Guofu. Moram num prédio dormitório no início da viela e são muito pobres — duvido que tenham família ou para onde fugir. Às vezes, furtivamente, paro na rua e olho para nossa viela, tentando vê-la através dos olhos de um exército invasor. Estou convencido de que ficaremos a salvo — a viela não leva a parte alguma e poucas pessoas têm alguma razão para passar por nossa casa. Com as janelas fechadas, não há por que achar que alguém ainda estaria habitando ali. No pequeno quintal da frente, onde Shujin seca legumes em panelas rasas, estoquei vários *jins* de lenha, frascos de óleo de amendoim lacrados com cera, várias sacas de sorgo em grão e suprimentos de carne seca. Há até um cesto de caranguejos secos, um luxo! Rezo para que eu esteja bem preparado. Tenho até mesmo vários antiquados barris de água estocados, porque o fornecimento da cidade não é confiável e o antiquíssimo poço que há em nosso terreno está fora de questão.

Aqui sentado escrevendo junto à janela, as treliças abertas, olho diretamente para mais à frente na rua e o que vejo? Uma mulher puxando uma carroça na direção do portão de Shangyuan. Está abarrotada com colchões e mobília e sacas de soja. No topo de tudo isso está amarrado um homem morto, inteiramente nu. Seu marido, talvez, ou um parente para cujo funeral estava juntando dinheiro. Que cena é esta! Será que ficamos insanos? Estamos tão desesperados para abandonar nossa cidade que não podemos nem mesmo enterrar nossos mortos aqui?

Nanquim, 10 de dezembro de 1937

Próximo a meu cotovelo há dois pequenos cartões. Certificados de refugiados. Um para Shujin, um para mim. Se vier o dia em que os japoneses chegarem vamos usá-los presos a nossas roupas. Fui buscá-los esta manhã na Sociedade da Suástica Vermelha. Quando o sol saiu enquanto eu voltava para casa, tirei meu barrete. Um dos professores me disse para fazer isso. Ele tinha decidido não ficar em Nanquim: vai partir na direção do rio, esperando atravessá-lo em algum lugar acima de Xiaguan e ir para Chongqing. Quando nos despedimos, ele me olhou atentamente e disse:

— Se você sair ao ar livre no sol, tire seu barrete. Deixe sua testa ficar bronzeada. Ouvi dizer que eles arrancam o barrete de um civil e, se virem sua testa clara, julgam-no um militar.

— Mas somos civis — falei.

— Sim. — Ele me olhou com algo semelhante a piedade nos olhos. — Sim.

— Somos civis — repeti, enquanto ele se afastava. Tive que erguer a voz. — E se algo acontecer, os japoneses vão saber disso e nos deixar em paz.

Fiquei ali parado por um tempo, meu coração batendo com fúria enquanto ele desaparecia no corredor. Demorei muito até enfim sair para a rua. Andei um pouco, e olhei para trás de relance. Estava fora de vista do campus, de modo que tirei rapidamente meu barrete, enfiei-o no bolso e andei o resto do caminho para casa com a cabeça para trás, o rosto virado para o sol, as palavras que minha mãe dissera em seu leito de morte passando pela minha cabeça: "Vire o rosto para o sol, meu menino. Lembre que a vida é curta. Sempre vire o rosto para o sol quando tiver a oportunidade."

A neve veio à noite. Durante a noite toda fiquei ouvindo o silêncio abafado, Shujin completamente quieta ao meu lado. Ela precisa deitar de lado agora porque a barriga já está muito grande, e posso sentir os pés dela, as pontas dos dedos gelados nos momentos em que roçam minha pele. Ela anda tão quieta esses dias que parece quase transparente, como se um dia fosse simplesmente se dissolver e deixar o bebê em seu lugar. Tão contida. Talvez pense que estes são os dias cruciais, quando nosso filho está exposto a forças humanas primais — amor, verdade, compaixão e justiça —, e talvez precise ficar quieta e se concentrar para que esses elementos venham em sua forma mais pura. Ela raramente menciona a possibilidade de irmos embora agora. De tempos em tempos me pergunta: "Chongming, o que está acontecendo? O que está acontecendo no leste?" E todas as vezes não tenho palavras para responder, apenas mentiras: "Nada. Nada. Tudo está como deve ser. O general Tang mantém o controle."

Quando abrimos as cortinas esta manhã havia gotas condensadas no vidro da janela, e lá fora a neve estava espessa. Geralmente por volta do meio-dia já teria se tornado suja e derretida pelas carroças, mas hoje Nanquim está insolitamente silenciosa. Só os veículos do Exército passam pelas ruas, e quando fui ao mercado que há perto das ruínas do Palácio Ming, para comprar cadeados para as portas, pregos para proteger a casa, fiquei surpreso ao ver que poucos comerciantes estavam abrindo suas bancas, os flocos de neve sibilando em seus braseiros rubros. Comprei cadeados de um vendedor que cobrou dez vezes o preço habitual. Quase com certeza eram roubados, mas ele parecia não ter problemas quanto a vendê-los.

— Sr. Shi!

Eu me virei e fiquei surpreso ao ver, entre todas as pessoas, um professor de literatura da Universidade de Xangai, Liu Runde. Eu o encontrara apenas uma vez antes e não consegui imediatamente compreender o que ele estava fazendo num mercado de Nanquim.

Juntei minhas mãos enluvadas, ergui-as sobre o rosto e fiz uma reverência para ele.

— Que curioso vê-lo aqui em Nanquim — falei, baixando as mãos.

— Que curioso ver o senhor. — Ele estava usando o traje masculino tradicional, as mãos dobradas em torno de um braseiro de mão dentro de suas enormes mangas, e, de maneira incongruente, um chapéu ocidental com uma larga banda cinza. Ele removeu o braseiro das dobras de seu traje, inclinando-se para colocá-lo no chão, para poder responder à minha reverência. — Que curioso ver qualquer um. Imaginei que todo o pessoal da Universidade Jinling tivesse deixado a cidade.

— Ah, não. Não, não. Eu não. — Apertei o colarinho do paletó e tentei parecer casual, como se ficar aqui tivesse sido sempre minha intenção. — Minha mulher está esperando um filho, sabe. Precisa ficar perto dos hospitais, do centro de saúde da cidade. Um instituto excelente, com a tecnologia mais avançada. — Bati o pé no chão algumas vezes, como se não estivesse nervoso mas meramente tentando afastar o frio. Como ele não disse mais nada, olhei em volta a rua deserta e então me aproximei dele, perguntando num sussurro: — Por quê? Acha que estou sendo insensato?

— Insensato? — Ele olhou ruminando ao longo da rua, por cima de meu ombro, para os telhados galvanizados, na direção do leste, com uma expressão pensativa, franzindo o rosto. Depois de um momento sua expressão desanuviou-se, um pouco de cor veio-lhe às faces e ele olhou de novo para mim com um sorriso cálido. — Não. Nem um pouco insensato. Muito pelo contrário.

Eu fiquei surpreso, meu coração se reanimando.

— Muito pelo contrário?

— Sim. Ah, não podemos duvidar de que há aqueles que não têm fé em nosso presidente; às vezes parece que a China inteira perdeu a confiança nele e está fugindo para o interior. Mas quanto a mim? Eu tomei uma decisão. Fugi de Xangai, devo admitir, mas meus dias de fuga acabaram.

— Há quem diga que Tang é fraco, não comprometido. O que acha dessas opiniões? Há quem diga que os japoneses vão passar por cima dele. Há quem diga que eles virão para a cidade e nos matarão em nossos próprios lares.

— Bah! Algumas pessoas têm medo demais da mudança, se o senhor quer saber. Faz com que homens como nós, como eu e o senhor, Sr. Shi, nos mantenhamos firmes. Para esquecer a nação covarde e atrasada que deixamos para trás; para mostrar fé em nossa cidade, na escolha do general por nosso presidente. Caso contrário, a que nos reduzimos? A um bando de covardes pálidos de medo, nada mais. Além disso, as forças nacionalistas têm ainda muitos truques na manga. Basta olhar para lá, além das muralhas no leste. Está vendo a fumaça?

— Sim.

— Construções em chamas do lado de fora das muralhas do leste. Incendiadas por nossos homens. Para aqueles que dizem que Chiang Kai-shek não tem uma política militar, responda com isto: terra arrasada. A política da terra arrasada. Que os japoneses nada encontrem, nada do que subsistir enquanto marcham. Isso acabará com eles em pouco tempo.

O alívio que senti foi indescritível. Subitamente, depois de toda a tensão, me sinto vingado, sei que não estou sozinho. Parado ali, de repente pareceu que eu estava com um velho amigo muito querido. Conversamos sem fim, a neve caindo em nossos ombros, e quando, ao longo da conversa, descobrimos que ele e sua família estavam vivendo, coincidentemente, a menos de meio *li* de mim e Shujin, decidimos prosseguir a conversa na casa dele. Caminhamos amigavelmente, de braços dados, até sua casa, um casebre térreo de adobe com telhado *kaoling*, sem quintal e sem eletricidade, no qual moravam o velho Liu, sua esposa e o filho adolescente deles, uma coisinha escura que a meus olhos parecia ter sido esfregado com poeira.

Liu trouxera muitas coisas de Xangai, luxos estrangeiros: latas de leite condensado e cigarros franceses, os quais fumamos enquanto conversávamos, como um par de refinados intelectuais franceses. No último verão, ficou claro, o velho Liu fechou sua casa perto do Bund de Xangai e enviou a mulher e o filho para Nanquim, na frente dele, enquanto ficava para trás na universidade, dormindo numa sala de aula e continuando seu trabalho enquanto fosse possível. Quando a cidade acabou sendo tomada, ele evitou ser capturado escondendo-se num barril de lixo na cozinha da universidade, e chegara a Nanquim numa grande onda de camponeses, um pouco adiante do Exército japonês, por toda parte vendo chatas e sampanas atulhados de fugitivos se escondendo sob os juncos.

— Quando cheguei a Suzhou, vi os soldados japoneses ali na minha frente. Eu os vi atravessar pulando os canais. Saltando sobre a água como demônios, *arisakas* balançando nas costas. São tão ágeis que nada pode detê-los. Os *riben guizi*.

Ouvindo isso, senti um vago desconforto. Ali, na privacidade de sua casa, Liu Runde parecia menos corajoso e leal do que lá fora na rua — de tempos em tempos ele esfregava o nariz ou olhava para as janelas nervosamente. Ocorreu-me que, a despeito de suas palavras inflamadas, ele poderia estar com tanto medo quanto eu.

— Sabe de uma coisa? — disse ele, erguendo as sobrancelhas e se inclinando na minha direção com um sorriso seco. — Eu cheguei a ver Xangai, toda a cidade de Xangai, indo boiando para o interior através das planícies.

— Xangai? Como assim?

— Sim. O senhor acha que estou maluco. Ou sonhando. Mas é verdade. Fiquei no alto de um penhasco e vi Xangai se deslocando para o interior.

Eu franzi o cenho.

— Não estou entendendo.

Ele riu.

— Sim! Esse olhar! É exatamente o mesmo olhar que estava em meu rosto quando vi. Levei algum tempo para acreditar que não estava ficando doido. Sabe o que eu estava realmente vendo?

— Não.

— Eu estava vendo o pânico dos moradores de Xangai. Eles tinham desmontado prédios inteiros. Fábricas inteiras. Dá para imaginar algo assim? Estavam transportando tudo para o interior, em juncos e vapores, para Chongqing, ao sudoeste. Vi turbinas flutuando pelo Yang-tsé, uma fábrica inteira, uma indústria têxtil... — Ele estendeu a mão e imitou o movimento do balanço de um barco no horizonte. — A cidade toda navegando corrente acima para Chongqing.

Ele sorriu para mim, encorajando uma resposta, mas eu fiquei em silêncio. Alguma coisa ali estava errada. A esposa de Liu tinha colocado uma torta de castanha na mesa. Era enfeitada com o caractere da boa sorte em clara de ovo, e agora meu olhar era atraído para aquele caractere familiar. Ergui os olhos para o corredor, para onde ela se retirara, e então os baixei de volta para a torta. Refleti sobre seu comportamento anterior — estranhamente reservado — e subitamente a coisa ficou clara.

Claro. Claro. Eu entendi então. Olhei para o velho Liu, com seu rosto franzido e seus cabelos grisalhos, e compreendi. Ele estava travando com a esposa o mesmo combate que eu travava com Shujin. Sem dúvida ele teme os japoneses, mas teme ainda mais os anos de superstições e crenças ultrapassadas. Estamos no mesmo barco, Liu e eu, e, ao contrário do velho provérbio, estamos sonhando exatamente o mesmo sonho.

— Velho Liu. — Eu me inclinei um pouco, aproximando-me mais dele, e disse num sussurro: — Perdoe-me. — Engoli em seco e tamborilei os dedos na mesa. Era algo embaraçoso de se dizer. — Perdoe-me por não ter compreendido. Eu creio que antes o senhor disse que não havia nada a temer quanto aos japoneses.

Com isso o rosto de Liu mudou de expressão. Ele ficou muito vermelho e esfregou o nariz compulsivamente, como se estivesse tentando não espirrar. Endireitou-se em sua cadeira e deu um relance na direção em que sua mulher tinha se retirado.

— Sim, sim — disse ele. Blefando. — Sim, foi exatamente o que eu disse. — Ele ergueu um dedo recriminador. — Temos que nos esforçar para ter sempre isto em mente: aqueles que duvidam do Kuomintang sempre nos olharão procurando a fé em nossos olhos. Mantenha a fé, mestre Shi, mantenha a fé. Nós *estamos* fazendo a coisa certa.

Ao caminhar para casa na neve, tentei manter a cabeça erguida. *Mantenha a fé. Nós estamos fazendo a coisa certa.* Mas eu estava me lembrando de uma outra coisa em nosso encontro que me deixara incomodado. Enquanto conversávamos no mercado eu percebera que as mulheres de Nanquim estavam se escondendo. Eu as observara enquanto conversava com o professor, dando relances por cima do seu ombro, e tinha praticamente esquecido isso até agora. Elas tinham ido ao mercado como sempre, mas todas estavam usando xales sobre as cabeças e seus rostos estavam enegrecidos com carvão. Caminhavam encurvadas como velhas, embora eu soubesse que muitas delas eram jovens.

Fiquei subitamente com raiva. Sei do que elas têm medo se caírem nas mãos dos japoneses. Sei que estão se escondendo, retraindo-se como animais em hibernação, desaparecendo dentro de si mesmas. Mas isso precisa acontecer? É preciso mudar a cor de nosso país? Nós, os chineses, um povo inteiro, uma nação inteira atrasada e covarde, estamos desaparecendo em nossa paisagem. Fugindo e se escondendo. Metamorfoseamos, como camaleões, em um milhão de silhuetas arranhadas nas pedras e rochas secas do Deserto de Gobi. Preferimos desaparecer e nos afundar em nossa terra a ficar de pé e encarar de frente os japoneses.

17

Jason disse que a casa pertencera à mãe do proprietário, que ela tinha ficado muito doente, talvez maluca, e que os andares de baixo haviam ficado em tal mau estado que se tornaram inabitáveis. Nuvens de mosquitos sempre pairavam em volta das janelas fechadas e Svetlana dizia que havia fantasmas lá. Ela contou que os japoneses acreditavam numa estranha criatura: um goblin alado, um homem da montanha com penas — Tengu, como o chamavam —, um abdutor de seres humanos, que podia voar com tanta facilidade quanto uma mariposa. Svetlana jurava que tinha ouvido um farfalhar no jardim e visto algo pesado abrindo caminho por entre os caquizeiros. "Ssh!", ela fazia, criando uma pausa dramática no meio de uma história, o dedo nos lábios. "Ouviu isso? Lá embaixo?"

Jason ria dela, Irina era condescendente. Eu não dizia nada. Quando o assunto eram fantasmas, eu não me comprometia. Eu adorava a casa e suas peculiaridades — logo me acostumei com as paredes descascando, os quartos fechados cheirando a mofo, as fileiras de aquecedores elétricos *kotatsu* fora de uso nos cômodos que eram usados como depósito —, mas havia vezes em meu quarto, tão próximo à ala interditada, que eu me sentia como a última linha de defesa. Defesa contra o quê, eu não sabia. Os ratos? O vazio? Não sabia ao certo. Tinha vivido sozinha por tanto tempo que já deveria estar acostumada a grandes espaços vazios próximos ao meu quarto, mas havia vezes em Takadanobaba que eu acordava no meio da noite, rígida de medo, convencida de que alguém tinha acabado de passar pela minha porta.

— Há algo à espera aqui — disse Shi Chongming quando viu a casa pela primeira vez. No dia seguinte à noite em que a gangue de Fuyuki foi ao clube, ele ligou. Queria me ver. Foi isso que gostei: as palavras que ele escolheu, *ele* queria *me* ver. Fiquei toda agitada, comprando bolo e limpando meu quarto, enquanto ele atravessava Tóquio até Takadanobaba. Agora ele estava no corredor, daquele seu jeito rígido, com as mãos junto ao corpo, os olhos focalizando bem longe na escuridão do corredor. — Há algo aqui à espera de ser descoberto.

— É uma casa muito velha. — Eu estava fazendo chá na cozinha, chá verde, e tinha comprado um pouco de *mochi* de castanha: bolinhos de pasta de feijão embrulhados em um belo papel semiopaco. Eu torcia para que ele não notasse meu nervosismo. — Eu queria tê-la visto recém-construída. Ela sobreviveu ao terremoto *Kanto*, sobreviveu até aos bombardeios. Muita coisa aconteceu aqui. Muita coisa.

Arrumei os pálidos *mochi* numa pequena bandeja laqueada, soltando o papel de modo que cada embrulho se abrisse, como pétalas de flores revelando secretos estames gordos. Eu nunca preparara comida japonesa, e não tinha nenhuma razão para acreditar que Shi Chongming fosse se importar com isso, mas eu queria fazer do jeito certo, e passei um bom tempo escolhendo o ângulo correto para colocar o bule de chá na bandeja. Um homem come primeiro com os olhos, os japoneses dizem. Todo objeto precisa ser tratado meticulosamente, seu impacto nos objetos vizinhos considerado detalhadamente. Junto ao bule eu coloquei pequenas xícaras japonesas — mais tigelinhas de cerâmica do que xícaras —, e então peguei a bandeja, entrei pela passagem e vi que Shi Chongming tinha ido até as janelas e estava de pé com as mãos para cima, como se sentisse o calor do sol penetrando por elas. Havia uma expressão de peculiar concentração em seu rosto.

— Sr. Shi?

Ele se voltou para mim. Na malhada penumbra do corredor, ele subitamente pareceu pálido.

— O que tem do outro lado disso?

— O jardim. Pode abrir as janelas.

Ele hesitou um momento, então puxou o painel e olhou lá fora através da janela encardida. Na luz ofuscante e branca do sol, o jardim estava imóvel, suspenso, o ar parado, nada se movendo naquele calor pulsante. As árvores e as trepadeiras pareciam empoeiradas e quase irreais. Shi Chongming ficou parado por um longo tempo até eu não ter mais certeza se ele estava respirando ou não.

— Eu gostaria de ir ao jardim, se possível. Vamos tomar nosso chá lá.

Eu nunca descera ali. Nem sabia se havia algum acesso ao jardim. As russas tinham saído, de modo que tive que acordar Jason para perguntar. Ele veio até a porta todo amarfanhado e bocejando, vestindo uma camiseta, um cigarro entre os dentes. Olhou Shi Chongming de cima a baixo sem dizer nada, e então deu de ombros.

— Sim, claro. Tem como chegar lá.

E nos levou até uma porta destrancada, apenas dois quartos depois do meu, a qual se abria para uma escadinha mínima de madeira.

Fiquei atônita. Eu não sabia que havia escadas que levassem lá para baixo — imaginara que o térreo fosse completamente interditado. Mas lá estava, no fim da escada escura, uma sala, sem nenhuma mobília, apenas folhas secas acumuladas no chão de pedra. De frente para nós havia uma tela de papel *shoji* rasgada, colorida de verde pela luz subaquática do jardim mais atrás. Shi Chongming e eu ficamos parados por um momento, olhando para a tela.

— Tenho certeza de que não vai ter nenhum lugar para sentar — falei.

Shi Chongming pôs a mão na tela. Algo mecânico, um zumbido nuclear como um pequeno gerador, talvez um dos aparelhos de ar-condicionado do Prédio de Sal, ecoava por trás. Ele hesitou um instante, e então a puxou. A tela estava enferrujada: resistiu por um momento, mas depois cedeu subitamente, e as entranhas acres e emaranhadas de uma pequena selva encheram de verde o espaço da porta. Permanecemos parados em silêncio, contemplando aquilo. Uma glicínia, grossa e musculosa como os dedos nodosos de um lutador, tinha sido por tanto tempo ignorada que não mais florescia, tornando-se uma gaiola viva que se estendia para além do batente da porta. Musgo e trepadeiras tropicais se enrodilhavam em torno dela, mosquitos pairavam nos espaços em que havia sombra, caquizeiros e bordos não cuidados disputavam o espaço, com guirlandas de musgo e hera.

Shi Chongming saiu para a mata, movendo-se rapidamente com sua bengala, o verde e o amarelo da luz banhando sua nuca. Eu o segui, pisando com cuidado, equilibrando a bandeja. O ar estava pesado devido ao calor, aos insetos e às pungentes e amargas seivas de árvores. Um enorme besouro levantou voo de perto dos meus pés e saiu zumbindo do mato rasteiro na direção do meu rosto; ele parecia ter dobradiças, como se fosse um pássaro fabricado pelo homem,. Dei um passo para trás a fim de me esquivar, e acabei derrubando um pouco de chá na bandeja laqueada; vi o besouro passar em espiral diante de mim e subir, cristalino e mecânico, clac-clac-clac, por entre os galhos. Pousou acima de mim, grande como uma corruíra, esticando suas asas castanhas lustrosas, e começou a fazer o zumbido elétrico que eu tomara por um gerador. Fiquei com os olhos fixos nele, arrepiada. O *semi-no-koe* do poeta Bashô, pensei. A voz da cigarra. O mais antigo som do Japão.

À minha frente, Shi Chongming emergira numa clareira. Eu fui atrás, penetrando a luz ofuscante, desvencilhando-me de teias de aranhas em meus braços e franzindo os olhos por causa do sol, que se refletia no branco reluzente do Prédio de Sal, enganosamente plano contra o céu azul. O jardim era ainda maior do que eu imaginara: à minha esquerda havia uma área pantanosa, um lago de lótus, atulhado de folhas apodrecendo, nuvens de mosquitos pairando nas sombras de um bordo gigante cuja copa chegava ao lago.

Shi Chongming tinha ficado parado perto do laguinho, nos restos abandonados e cheios de musgo de um jardim de pedras japonês. Ele estava olhando para trás a fim de observar o jardim, a cabeça movendo-se de um lado para outro como se estivesse atrás de um fugidio relance de alguma coisa, como um homem que tivesse deixado um cachorro sair correndo mato adentro e tentasse enxergá-lo sem se embrenhar pelas árvores. Ele estava tão concentrado que eu me virei para olhar na mesma direção. Aninhadas entre as touceiras de bambus, pude ver partes das grades de segurança cor de zarcão nas janelas do andar térreo, e pude ver também uma ponte ornamental desmoronada cruzando o lago de lótus, mas não consegui ver o que tanto atraía a atenção de Shi Chongming. Voltei a fitar os olhos dele e, seguindo a trajetória de seu olhar, acabei na região de um banco de pedra e uma lanterna de pedra, esta última junto ao lago de lótus.

— Sr. Shi?

Ele franziu a testa e balançou a cabeça. E então pareceu voltar a si, notando pela primeira vez que eu estava carregando uma bandeja.

— Com licença. — Ele a pegou de minhas mãos. — Por favor, vamos nos sentar. Vamos tomar o chá.

Achei algumas cadeiras de lona mofadas, e nos sentamos na extremidade do jardim de pedras, à sombra, fora de alcance dos reflexos brancos da luz do sol. Estava tão quente que eu tinha de fazer tudo muito lentamente — servir o chá, passar para Shi Chongming um *mochi* numa bandeja laqueada individual. Ele a aceitou e a inspecionou, e então pegou o garfo e meticulosamente desenhou uma linha no centro do bolinho, cortando-o de forma a fazê-lo se abrir em duas metades. Os *mochis* são de uma cor pálida, cor de farinha, até ser aberto, quando então revelam um surpreendente creme vermelho-púrpura, como carne crua contra um fragmento de pele em tom pastel. O rosto de Shi Chongming mudou de expressão minimamente quando viu: eu percebi que ele hesitou, e então polidamente levou um pedaço bem pequeno à boca. Mastigou-o cautelosamente, engolindo com dificuldade. Como se tivesse medo de comer, foi o que pensei.

— Diga-me uma coisa — falou ele por fim, tomando um gole de chá e depois levando um lenço aos lábios. — Você parece muito mais feliz do que da primeira vez que a vi. Estou certo? Você se sente feliz aqui em Tóquio?

— *Feliz*? Não sei. Não tinha pensado nisso.

— Você tem um lugar para morar. — Ele ergueu a mão para a casa, para o corredor do andar de cima, em cujas janelas refletiam algumas nuvens rechonchudas. — Um lugar seguro para morar. E tem dinheiro suficiente.

— Sim.

— E você gosta do seu trabalho?

Baixei os olhos para o prato.

— De certa forma.

— É um clube? Você disse que estava trabalhando de noite.

— Sou *hostess*. Não é grande coisa.

— Ah, não mesmo. Sei um pouco quanto a esses clubes, não sou o velho ignorante que pareço. Onde você trabalha? Há duas regiões principais: Roppongi e Akasaka.

— Yotsuya. — Fiz um gesto vago com a mão na direção. — O prédio enorme que tem em Yotsuya. O preto.

— Ah, sim — disse ele ponderadamente. — Sim, de fato eu *sei* qual é.

Algo na voz dele me fez erguer os olhos. Mas ele não estava olhando para mim; seus olhos leitosos estavam perdidos em algum ponto no ar, como se ele estivesse pensando sobre algo muito desconcertante.

— Professor Shi? O senhor veio me falar sobre o filme?

Ele inclinou a cabeça, os olhos ainda distantes. Não era um sim, e não era um não. Esperei que ele prosseguisse, mas nada aconteceu, ele pareceu por um instante ter esquecido que eu estava ali. Então ele disse repentinamente, num tom de voz baixo:

— ... você sabe? Esconder o passado não é assim um estratagema tão raro.

— Como assim?

Ele me encarou pensativo, como se estivesse pensando não sobre Nanquim, mas sobre mim. Eu o encarei de volta, meu rosto ficando cada vez mais vermelho.

— *Como assim?*

— Não é uma coisa assim tão incomum. É um estratagema que se baseia apenas no silêncio.

— Não sei do que o senhor está falando.

Ele pôs a mão no bolso e pegou o que parecia uma pequeno grou de origami, mais ou menos do tamanho de uma caixa de fósforo, feito de um vívido papel *washi* púrpura. A cabeça estava inclinada para trás, as asas se abriam dramaticamente.

— Veja isto, este pássaro perfeito. — Ele pôs o grou na palma de minha mão. Fiquei observando o origami. Era mais pesado do que aparentava; parecia ter a base envolta numa complexa estrutura de elásticos. Olhei para ele com um ar indagador. Ele estava assentindo com a cabeça, os olhos na pequena ave. — Imagine que isso, esta calma e pequena ave, seja o passado. Imagine.

Olhei de volta para o grou, sem entender. Então percebi que algo estava acontecendo. O origami estava tremendo. Eu podia sentir o tremor em meu pulso, meus braços, por toda a minha pele. As asas púrpura estavam vibrando. Abri a boca para dizer alguma coisa, mas a ave pareceu explodir. De seu centro pulou algo vermelho e aterrorizador, como um jack-in-the-box: a face hedionda de um dragão chinês investiu na minha direção, fazendo com que eu a deixasse cair o grou e ficasse de pé num pulo. A cadeira virou e eu fiquei ali trêmula, as mãos estendidas, os olhos fixos no ponto em que o estranho dragão sanfona de papel se contorcia e dobrava no chão, os elásticos se soltando.

Shi Chongming fisgou-o em sua bengala, pegando-o e amassando-o em seu bolso.

— Não se preocupe. Não sou mágico.

Olhei desconfiada para ele, meu rosto vermelho, o coração disparado.

— É só um truque de criança. Não fique tão transtornada. Por favor, sente-se.

Após um momento, quando tive certeza de que o dragão não ia saltar do bolso dele, levantei a cadeira e me sentei, fitando-o cautelosamente.

— Eu queria que você entendesse que falar sobre o passado é como colocar uma bola de fósforo ao ar livre sob um céu nublado. O passado tem uma energia transformadora. A energia do vento ou do fogo. Precisamos ter respeito por algo que é tão destrutivo. E *você* está pedindo para entrar direto nele sem pensar duas vezes? É uma terra perigosa. Você precisa ter certeza de que quer ir adiante.

— Claro que eu tenho certeza — falei, observando-o resguarda damente. — Claro que quero.

— Havia um professor que queria dar o melhor de si para sua universidade na China. — Shi Chongming estava sentado segurando sua xícara em uma posição formal, os pés juntos. Enquanto falava, ele não deixava que seus olhos encontrassem os meus, dirigindo suas palavras para o ar. — Eu espero que você entenda o significado disso. Esse professor ficou sabendo que havia uma empresa em Hong Kong, fabricante de medicamentos chineses, que queria fazer uma parceria com a universidade para investigar com olhos científicos as curas tradicionais. Ele sabia o quanto era importante para sua universidade obter essa parceria, mas também sabia que sua equipe de pesquisa teria que achar algo especial para despertar o interesse da empresa. — Shi Chongming veio mais para a frente na cadeira e baixou a voz. — Então um dia chegaram a ele boatos, através de contatos estranhos e inomináveis, rumores de um tônico que tinha efeitos notáveis. Os rumores diziam que, entre outras coisas, curava diabete e artrite crônicas, e até mesmo malária. — Ele ergueu as sobrancelhas para mim. — Você consegue imaginar quão maravilhoso isso seria se fosse verdade?

Não respondi. Ainda estava me sentindo incomodada, ainda receosa quanto a Shi Chongming e ao dragão de papel em seu bolso. Eu não sabia o que esperar daquele encontro — a aquiescência dele, talvez, ou simplesmente mais obstinação. O que eu não havia esperado era a expressão determinada e concentrada em seu rosto enquanto ele falava.

— O professor sabia que, se sua universidade conseguisse descobrir os ingredientes desse tônico, eles teriam chances de ganhar a parceria. Foi necessário muito trabalho e inquisições sigilosas de sua parte, mas por fim ele localizou alguém que diziam possuir o tal tônico. Só havia um problema. Essa pessoa morava no Japão.

Ele pôs a xícara na mesa e empertigou-se na cadeira, colocando as duas mãos nas coxas rigidamente, como se fosse uma criança pequena num confessionário.

— Eu não fui inteiramente honesto com a Todai. Eles acharam que eu estava interessado em saber quais tradições chinesas o Exército japonês trouxe para seu país. E, de uma maneira geral, isso é verdade. Mas há um pouco mais do que isso. Eu obtive minha posição na Todai com um objetivo em mente: vir ao Japão e descobrir os ingredientes.

— O senhor mentiu, quer dizer. Mentiu para obter a sua bolsa.

Ele sorriu obliquamente.

— Se você prefere colocar dessa forma... Sim, eu menti. A verdade é que estou em Tóquio para assegurar o futuro de minha universidade. Se eu conseguir descobrir o que é essa misteriosa substância, as coisas vão mudar; e não só para mim, como também para centenas de outros. — Ele esfregou os olhos lentamente. — Infelizmente, minha chegada a Tóquio não foi o fim da caçada. Na realidade, foi só o começo. A pessoa com quem eu quero falar é muito velha, tem mais de 80 anos e é um dos homens mais poderosos do Japão. Ele é cercado por pessoas que são completamente proibidas de falar, e a maioria da informação que vaza são boatos e superstições. — Shi Chongming sorriu. — Para encurtar a história, dei com um beco sem saída.

— Eu não entendo por que o senhor está me contando isso. Não tem nada a ver comigo.

Ele assentiu, como se pelo menos uma vez na vida eu tivesse razão.

— Exceto pelo fato de que, quando está se sentindo bem, ele às vezes visita *hostess clubs* de Tóquio. Sim. E um dos lugares em que às vezes ele pode ser visto é precisamente o clube em que você trabalha. Talvez agora você possa entender meu raciocínio.

Fiz uma pausa, a xícara a meio caminho da boca, meus olhos fixos nos dele. As coisas estavam ficando claras. Shi Chongming estava falando sobre Junzo Fuyuki.

— Sim? — disse ele, um tanto maliciosamente, percebendo minha surpresa. — O que foi? Eu a perturbei?

— Sei de quem o senhor está falando. Acho que o conheci. Junzo Fuyuki.

Os olhos de Shi Chongming brilharam, inteligentes e penetrantes.

— Você o conheceu — disse ele, chegando mais perto. — Meus instintos estavam corretos.

— Ele usa cadeira de rodas?

— Sim.

— Professor Shi. — Baixei lentamente a minha xícara. — Junzo Fuyuki é um gângster. O senhor sabe disso?

— Claro. Era isso o que eu estava lhe dizendo. Ele é o *oyabun*, o chefão da *gumi* Fuyuki. — Ele pegou sua xícara, tomou alguns delicados goles de chá e devolveu-a à mesa. Pareceu assumir toda a sua estatura, sua postura formal, como se estivesse numa parada militar. — Agora, o que vou lhe pedir é o seguinte. Fuyuki às vezes é amigável com as hostesses dos clubes. Ele às vezes as recebe em seu apartamento, onde tenho certeza de que ele guarda o ingrediente sobre o qual estamos conversando. Ele gosta de beber também, e tenho certeza de que às vezes baixa a guarda. Acho que talvez ele fale com você. Acho que você pode descobrir a verdadeira natureza dessa substância.

— Eu já vi isso. Quero dizer, eu o vi tomando *alguma coisa*. Alguma coisa, um... — Expliquei com o polegar e o indicador separados uns 3 centímetros o tamanho do frasco dado pela Enfermeira. — Um fluido. Que continha um pó amarronzado.

Shi Chongming ficou me olhando por um bom tempo. Ele esfregou os lábios como se estivessem rachados. Por fim ele disse, num tom controlado:

— Amarronzado?

— Não era o que o senhor esperava?

— Não, não — disse ele, catando um lenço do bolso e enxugando a testa. — É exatamente o que eu esperava. Um pó. Uma decocção. — Ele terminou de enxugar a fronte e devolveu o lenço ao bolso. — Então... — dava para perceber que ele fazia um esforço para manter a voz firme — ... é nisso que eu quero que você me ajude. Preciso saber o que é esse pó.

Não respondi de imediato. Inclinei-me para a frente, coloquei a xícara cuidadosamente na bandeja e fiquei sentada encurvada, as mãos pendendo entre os joelhos, olhando a xícara, pensando no que ele estava me dizendo. Depois de um bom tempo, pigarreei e o fitei. — O senhor está me dizendo que, se eu descobrir o que é esse pó, em troca vai me deixar ver o filme?

— Não encare isso com leviandade. Você mal pode imaginar o quanto é perigoso. Se alguém ficar sabendo, ou suspeitar, que eu andei fazendo perguntas... — Ele ergueu o dedo, uma expressão grave no rosto. — Ele *não pode saber de forma alguma que eu ando fazendo perguntas*. Você tem que agir com a maior discrição. Mesmo que leve semanas, meses.

— Não foi isso o que eu perguntei. Eu perguntei: se eu fizer isso, o senhor vai me deixar ver o filme?

— Você vai fazer?

— Vai me deixar ver o filme?

Ele não piscou. Sua expressão permaneceu inalterada. Sustentou impassível o meu olhar.

— E então? Vai me mostrar o...

— Sim — respondeu abruptamente. — Sim, vou.

Eu hesitei, a boca aberta.

— Vai mesmo?

— Sim.

— Então ele existe — falei. — O filme existe. Eu não o inventei?

Ele suspirou, baixou os olhos e levou a mão à testa de um jeito fatigado.

— Existe — murmurou. — Você não o inventou.

Baixei a cabeça nessa hora, porque um sorriso estava se espalhando em meu rosto e eu não queria que ele o visse. Meus ombros tremiam, e eu tive que segurar o nariz entre o polegar e o indicador e sacudir a cabeça, o alívio estourando como bolhas de riso em meus ouvidos.

— Então, você vai fazer isso ou não? — insistiu ele. — Vai me ajudar?

Por fim, quando parei de sorrir, tirei a mão do rosto e olhei para ele.

Ele parecia de alguma forma ainda menor, mais enrugado e frágil, com seu paletó puxado para cima em volta dos ombros. Seus olhos estavam franzidos e havia uma leve transpiração na ponte do nariz.

— Vai me ajudar?

Que coisa incrível. Fazer um trato com um velho professor que podia, pelo que eu sabia, ser precisamente tão insano quanto todo mundo dizia que *eu* era. Não é uma eterna surpresa as coisas que as pessoas são capazes de fazer para obter paz de espírito? Ficamos séculos nos encarando, o som dos insetos martelando em minha cabeça, enquanto, acima de nós, os aviões que se dirigiam a Narita deixavam rastros de vapor no céu quente e azul. Então eu enfim assenti.

— Sim — falei em voz baixa. — Sim. Vou fazer isso.

Havia portões para a rua no andar térreo, criando um túnel sob o andar superior da casa. Foi uma surpresa descobrir, ao acompanhar Shi Chongming até a saída, no começo da tarde, que a chave enferrujada guardada no armário ainda funcionava e que os velhos portões podiam ainda, com algum esforço, ser abertos, permitindo que ele saísse direto para a rua.

— Na China — disse-me ele, junto ao portão, com o chapéu na mão — não pensamos o tempo da mesma maneira que vocês no Ocidente. Acreditamos que nosso futuro... que nosso futuro pode ser visto em nosso passado.

Seus olhos se desviaram de novo para o jardim, como se alguém tivesse sussurrado seu nome. Ele ergueu e mão, como se estivesse sentindo o ar, ou uma respiração.

Eu me virei e olhei com atenção a lanterna de pedra.

— O que está vendo, Shi Chongming? — perguntei. — O que vê?

Ele estava calmo e com a voz tranquila quando respondeu:

— Eu vejo... um jardim. Eu vejo um jardim. E vejo o futuro desse jardim. À espera de ser descoberto.

Depois que ele foi embora, tranquei os portões e fiquei parada, por um instante, à sombra do túnel, onde o gesso caía do teto, revelando sarrafos cinza cobertos de teias de aranha. Olhei para o jardim. Veio-me uma imagem da mãe e do pai do proprietário ali — os tamancos dela soando nas pedras *tobi-ishi*, uma sombrinha escarlate, talvez um pente de osso clareado e modelado no formato de uma borboleta, acidentalmente deixado cair e esquecido, chutado sob a camada de folhas, onde permaneceu escondido e, com os anos, se transformou, virando lentamente pedra. O shintoísmo coloca espíritos em árvores, plantas, pássaros e insetos, mas em Tóquio há poucas áreas verdes, e as únicas flores são as guirlandas de brotos de cerejeira de plástico que se penduram do lado de fora das lojas nas épocas de festa. Nunca se ouvem pássaros cantando. Talvez, pensei, todos os espíritos na cidade tivessem que se abarrotar em lugares esquecidos como aquele.

Naquele momento, de pé na sombra, sabendo que Shi Chongming tinha o filme que daria sentido ao que acontecera a mim, ao que eu acreditara ter lido num pequeno livro laranja tantos anos antes, eu sabia que a resposta que eu queria estava em algum lugar muito próximo — que não iria demorar muito até o momento em que eu poderia estender o braço e descobrir que essa resposta tinha chegado até mim e firmemente se alojado na palma da minha mão.

18

Nanquim, 12 de dezembro de 1937 (10º dia do mês XI), fim da tarde

Estou escrevendo à luz de uma única vela. Não podemos nos arriscar usando querosene ou lâmpadas elétricas. Precisamos fazer com que nossas casas pareçam desabitadas.

Ontem o dia todo ouvimos explosões vindo da direção do Terraço da Flor de Chuva. Eu disse a Shujin que deviam ser nossos soldados cavando trincheiras em frente às muralhas da cidade, ou destruindo as pontes que cruzam o canal, mas nas ruas ouvi gente sussurrando: "São os japoneses. Os japoneses." Então, hoje mais cedo, depois de um longo período de silêncio, veio uma explosão poderosíssima, abalando a cidade, fazendo Shujin e eu parar o que estávamos fazendo e olhar um para o outro com faces mortalmente pálidas.

— O portão — gritou um menino na rua. — O portão de Zhonghua! Os japoneses!

Fui até a janela e vi o menino parado lá fora, os braços bem abertos, esperando janelas se abrirem, vozes responderem à dele, como normalmente aconteceria. Nossas vidas costumavam ser vividas nas ruas, mas nessa ocasião tudo o que se pôde ouvir na vizinhança toda foi o furtivo barricar de portas e janelas. Não demorou muito para o menino perceber o silêncio. Ele deixou os braços caírem ao longo do corpo e saiu correndo.

Eu me virei. Shujin estava sentada como uma coluna de pedra, as mãos cruzadas formalmente, seu rosto comprido tão imóvel quanto mármore. Ela vestia um *qipao* caseiro e uma calça de um tom de bronze que fazia sua pele parecer quase desprovida de sangue. Eu a observei por um instante, de costas para a janela aberta, a fria e silenciosa rua atrás de mim. A luz que há na cidade esses dias está muito estranha, muito branca e clara: inundava o quarto, iluminando a pele de Shujin de tal forma que revelava muitos detalhes — como se eu estivesse sentado bem perto dela. Sua face, seu pescoço e suas mãos estavam todos cobertos por minúsculas bolinhas, como se a pele estivesse arrepiada, e suas pálpebras pareciam quase translúcidas, dando a impressão de que eu poderia ver seus medos secretos se movendo por baixo.

Naquele momento, ao olhar para Shujin, algo elementar pareceu se elevar em mim, algo com gosto de açafrão e da grossa fumaça que sai das panelas de comida em Poyang, algo que me fez engasgar, trouxe lágrimas a meus olhos. Eu hesitei, mudando o peso de um pé para o outro, vacilando quanto à escolha de palavras: *Shujin, eu estou errado, e você está certa. Mal posso lhe dizer o quanto estou com medo. Vamos embora da cidade. Rápido, vá e faça um pouco de* guoba, *vamos arrumar as malas, vamos embora. Estaremos no porto de Meitan lá pela meia-noite.* Ou com mais dignidade: *Shujin, houve uma pequena mudança de planos...*

— Shujin — comecei. — Shujin, talvez... devêssemos...

— Sim? — Ela ergueu os olhos para os meus, esperançosa. — Talvez devêssemos....?

Eu ia responder quando um grasnido frenético veio de detrás de mim e algo entrou voando pela janela, acertando minha nuca, me fazendo tropeçar para a frente. Instantaneamente o quarto foi preenchido por um som terrível. Eu gritei, no chão, as mãos na cabeça. Na comoção, uma tigela se espatifou, a água se derramou pela mesa e Shujin deu um pulo, derrubando a cadeira em seu pânico. No alto, algo grande e escuro ricochetava furiosamente de uma parede a outra. Cautelosamente, com as mãos protegendo o rosto, eu ergui os olhos.

Era uma ave, uma ave enorme e desajeitada, batendo desesperadamente as asas, catapultando-se nas paredes, resvalando no chão. Penas voavam por toda parte. Shujin estava de pé, olhando atônita a ave, que guinchava e fazia estardalhaço, derrubando coisas. Por fim ficou exausta. Pousou no chão, onde andou desalentada por um tempo, esbarrando nas paredes.

Shujin e eu demos um passo à frente e a espiamos com incredulidade. Era um faisão dourado. A ave que, segundo alguns, simboliza a China. Inacreditável. Até hoje eu só tinha visto faisões dourados em quadros, e não teria ficado mais surpreso se o próprio *feng huang* tivesse entrado voando pela janela. Suas penas laranja eram tão brilhantes que parecia que uma fogueira havia sido acesa no centro de nossa casa. Toda vez que eu dava um passo para a frente ele recuava, tentando voar, colidindo com a mobília. Eu não conseguia entender por que aquela ave tinha vindo parar aqui. Foi só quando o animal deu um desesperado salto no ar e passou bem perto do meu rosto que eu vi os olhos dela e compreendi.

— Saia da frente — eu disse a Shujin, catando o meu *changpao*, que estava pendurado na cadeira, ajeitando-o e jogando-o como uma rede sobre a ave.

O faisão entrou em pânico, pulando e batendo as asas e se erguendo uns 30 centímetros do chão, e por um momento o traje pareceu se mover pelo quarto sozinho — um brilhante espírito coberto de retalhos deslizando pelo chão. Então eu me agachei junto a ele, rapidamente prendendo a ave com as duas mãos. Eu me endireitei e cuidadosamente descobri o bicho, expondo primeiro sua cabeça, seus olhos sem visão, e então as asas, para que Shujin pudesse ver.

— Está cego — murmurei.

— Cego?

— Sim. Talvez as explosões em Zhonghua...

— Não! — As mãos de Shujin voaram para o rosto. — Não. Isso é o pior dos azares, o pior! Um faisão dourado! A ave da China. E cegado nas mãos dos japoneses. — Ela enfiou os dedos no couro cabeludo como que ensandecida, olhando freneticamente o quarto em volta, parecendo procurar uma milagrosa forma de escapar. — É verdade; agora vai realmente acontecer. A terra, nosso solo. Os japoneses vão fazer mal à terra; vão destruir as linhas do dragão no chão e...

— Acalme-se. Não existe isso de linha do dragão...

— Eles vão destruir as linhas do dragão e então não vai haver nada a não ser seca e fome na China. Todos os faisões serão cegados, não só esse. Todos eles. E todos os seres humanos também. Seremos mortos em nossas próprias camas e...

— Shujin, por favor. Por favor, mantenha a calma. É só uma ave.

— Não! Não é só uma ave. Um faisão dourado! Vamos todos morrer. — Ela estava se movendo pelo quarto em círculos, errática e febril, agitando as mãos para cima e para baixo em desespero. — O presidente, seu precioso presidente, seu árbitro supremo, fugiu como um cão, foi para Chongqing, e tudo o que sobrou em Nanquim são os pobres e os enfermos e...

— *Basta!*

— Ah! — exclamou ela, baixando as mãos e me olhando com a mais intensa angústia. — Ah, você vai ver! Vai ver que estou *certa*!

E com isso foi embora do quarto, seus pés pisando duro na escada.

Fiquei ali parado por muito tempo, os olhos fixos na direção por onde ela se fora, o sangue latejando nas têmporas, atônito que tudo tivesse mudado tão rápido. Eu estava prestes a ceder, pronto para fugir da cidade. Mas os desaforos dela me fizeram saltar em defesa de uma posição da qual eu não tenho a menor certeza.

Eu teria ficado ali para sempre, fitando a escada vazia, não tivesse o faisão começado a lutar. Abatido, peguei os pés dele com a mão e sacudi-o no ar com o movimento rápido e torcido que minha mãe me ensinou quando eu era criança, girando-o do meu lado como se torcesse água de um pano, uma vez, duas, até o pescoço da ave se quebrar e eu estar segurando apenas um grumo de penas flácido. Tranquei as janelas e levei a ave morta até a cozinha, suas asas se erguendo debilmente, num último espasmo.

Eu raramente entro na cozinha de Shujin, mas naquele momento era o único lugar em que eu queria estar. Reconfortava-me. Quando eu era menino, costumava sentar no chão da cozinha e ficar observando minha mãe mergulhar galinhas em água fervente para amolecer as penas. Enchi uma panela com água, acendi o fogo e esperei até as bolhas começarem a vir à superfície. Movendo-me num transe, escaldei a ave, segurando-a pelos pés, e então sentei na mesa, depenando-o, raspando as penas novas no peito, deixando minha mente focalizar a imagem familiar da cozinha de minha mãe. Lembrei-me do rosto dela na época anterior à fase em que o negócio do meu pai começou a prosperar, antes de podermos contratar uma *amah*, quando ela passava o dia todo na cozinha, pacientemente envolvendo em sal patos cozidos, embrulhando-os em pano para armazená-los, enrolando os intestinos das aves num espeto para secarem na dispensa. Chiang Kai-shek, pensei enfastiado, quer que a China olhe para a frente. Mas é assim tão simples para uma nação arrancar a história de dentro de seu coração?

Terminei de depenar a ave e cuidadosamente aninhei sua cabeça sob a asa, amarrando-a com barbante da maneira como minha mãe fazia, a maneira como as mulheres chinesas têm feito há gerações. Então a coloquei na panela e me sentei, as penas brilhantes, agora úmidas, grudadas em meus braços, e observei a espuma sangrenta subir à superfície.

Nanquim, 13 de dezembro de 1937, tarde

Ontem à noite fechei com tábuas a casa, pregando-as em todas as janelas e portas. (Shujin não ajudou porque, segundo suas superstições, pregar um prego causaria deformações em nosso bebê.) A noite toda ouvimos barulhos estranhos vindo do leste, e antes de irmos para a cama apoiei uma barra de ferro contra a tela dos espíritos. Quem sabe se conseguirei usá-la, se houver necessidade? Esta manhã fomos acordados por um ruído distante, semelhante a um trovão, e meia hora atrás Shujin encheu uma panela para cozinhar macarrão para o almoço. Quando ela foi lavar a mão, a torneira empacou e tremeu e saiu apenas um fio de um líquido marrom. O que isso quer dizer? Quer dizer que os japoneses...

Está acontecendo agora enquanto escrevo! A única lâmpada no teto acaba de apagar. Agora estamos... estamos numa penumbra, e eu mal consigo ver as palavras no papel. Lá fora, o gemido moribundo de máquinas parando é terrível. Podemos ouvir a cidade sendo fechada à nossa volta. Shujin está vasculhando a cozinha tentando achar nossas lamparinas a óleo, e do fim da viela posso ouvir alguém gritando histericamente.

Não posso ficar aqui parado mais tempo. Não posso ficar aqui só ouvindo. Vou sair para investigar.

19

Quando subi as escadas, a casa pareceu muito escura e fria em comparação com o jardim. Tomei um banho no velho banheiro cheio de ecos, com o limo verde entre os azulejos e os canos todos à vista. Lavei-me meticulosamente, olhando pensativa para o meu reflexo, notando como a água corrente ampliava minha pele branca, os pelos levemente prateados e os poros. Shi Chongming quer que eu faça Fuyuki falar. Ele quis dizer que eu preciso ser sedutora.

No hospital, eles nunca se cansavam de me passar sermões sobre meu comportamento sexual, de modo que eu entendi bem cedo que não seria lá muito esperto da minha parte contar a eles o que eu realmente sentira quanto aos meninos na van. Eu podia adivinhar que eles diriam: "Ah, está vendo? Uma reação totalmente inapropriada!" Então eu não admiti a verdade: que depois que os meninos tiveram cada um a sua vez e nós nos vestimos e voltamos pelo mesmo caminho pelo qual tínhamos vindo, a A303, eu estava mais feliz do que jamais estivera. Não contei a eles como tudo parecia luminoso, com as estrelas brilhando e a linha branca da estrada deslizando sob a van. Os quatro no banco de trás ficavam gritando para passar mais devagar nos obstáculos, e eu estava na frente cantarolando e ouvindo uma fita cassete gasta de uma banda chamada XTC, o som todo distorcido saindo dos alto-falantes meio quebrados da van. Eu me sentia leve por dentro, como se alguma coisa sombria e secreta tivesse sido lavada de mim pelos meninos.

Chegamos ao lugar na estrada vicinal em que eles tinham me pegado e o motorista estacionou a van junto à beira. Com o motor ainda ligado, ele se inclinou por sobre mim e abriu a porta. Eu fiquei olhando para ele, sem entender.

— Bom... — disse ele — ... até mais.

— O quê?

— Até mais.

— É para eu descer?

— Sim.

Fiquei quieta por um momento, olhando para o perfil do rosto dele. Havia algumas espinhas em seu pescoço, pouco acima do colarinho.

— Eu não vou ao pub com vocês? Vocês disseram que estavam indo ao pub. Eu nunca entrei num pub.

Ele apertou o cigarro e o jogou pela janela. Havia uma estreita linha turquesa ainda no horizonte sobre o ombro esquerdo dele, e as nuvens rolavam sobre essa linha como se estivessem fervendo.

— Não seja idiota — disse ele. — Você é muito nova para ir ao pub. Acabaríamos sendo expulsos por sua causa.

Eu me virei e olhei para trás na van. Quatro cabeças se viraram, fingindo estar olhando pelas janelas. O menino de cabelo cor de trigo era o que estava mais atrás, sustentando meu olhar com uma expressão séria, como se tivesse me pegado roubando. Encarei o motorista, mas ele estava olhando decididamente pela janela, os dedos tamborilando impacientes no volante. Abri a boca para dizer alguma coisa, mas depois mudei de ideia. Coloquei as pernas para fora da van e saltei na estrada.

O motorista se inclinou e bateu a porta. Eu coloquei as mãos na janela e comecei a falar, mas ele já soltara o freio de mão. Engatou a marcha, ligou a seta, e a van partiu. Fui deixada ali na beira da estrada, vendo as luzes do veículo encolherem e por fim desaparecerem. No céu, as nuvens rolaram e rolaram até obscurecerem inteiramente a lua, e a pequena parte da Inglaterra em que eu estava ficou completamente escura.

De modo que eu tinha que concordar com os médicos — o resultado imediato do sexo não tinha sido o que eu esperava. E do jeito que meu corpo estava agora, provavelmente não haveria uma oportunidade no futuro para descobrir se poderia ser diferente. Não ousei dizer isso aos médicos, não ousei dizer o quanto eu queria poder ter um namorado, alguém com quem ir para a cama: eu sabia que se dissesse algo assim eles responderiam que meus impulsos ultrajantes eram a raiz de um mal maior, que eu estava à solta por aí com um lobo dentro de mim. Eu ouvi ensinamentos sobre dignidade pessoal e sobre respeitar a mim mesma, toda a complexa ladainha sobre consentimento e autocontrole, e não demorei muito para decidir que o sexo era perigoso e imprevisível, como o mágico grou do passado de Shi Chongming, fósforo num dia nublado. Cheguei à conclusão de que o melhor seria eu simplesmente fingir que não existia.

No fim foi a menina no leito ao lado do meu, aquela que me ensinou a fumar, que me deu uma espécie de solução. Ela se masturbava toda noite. "Gingar", era como ela chamava. "Eu vou ficar aqui para sempre, eu. Não me importo. Desde que eu tenha meus cigarros e um gingar maneiro, tudo bem." Ela o fazia sob as cobertas quando as luzes eram apagadas. Não tinha vergonha. Eu ficava na cama ao lado com o lençol puxado até o queixo, os olhos arregalados vendo as cobertas dela subindo e descendo. Ela fazia a coisa toda parecer muito feliz, como se não tivesse nada de errado.

Assim que saí do hospital, e não estava sendo observada a cada cinco minutos, comecei minhas próprias experiências culpadas. Logo sabia como me fazer chegar ao orgasmo, e, embora eu nunca tenha chegado a me agachar sobre um espelho (a menina do gingar tinha jurado que havia quem fizesse isso), eu tinha certeza de que nenhuma outra garota na terra conhecia a anatomia escura entre as suas pernas do jeito que eu conhecia a minha. Às vezes eu pensava sobre o lobo. Temia um dia pôr a mão ali embaixo e meus dedos roçarem em seu focinho úmido.

Agora, no banheiro em Takadanobaba, eu enxaguei a flanela e olhei pensativa o meu reflexo, um espectro de membros finos sentado no banquinho de borracha. A menina que bem poderia ir para o túmulo tendo cinco meninos na traseira de um Ford Transit como os únicos amores da sua vida. Enchi a tigelinha de plástico, misturando a água quente com a fria, e despejei em meu corpo, deixando a água se acumular em minha clavícula e depois escorrer, descendo até as cicatrizes da barriga. Coloquei a tigelinha no chão e, lenta e distraidamente, estiquei as mãos sobre o abdômen, unindo os polegares e abrindo os dedos como um leque, formando uma moldura, observando, ausente, a água se juntar nas estrias sombreadas, meio prateadas, refletindo a luz como mercúrio.

Ninguém, a não ser os médicos e o homem da polícia que veio tirar fotos delas, jamais vira minhas cicatrizes. Em meus devaneios, eu imaginava que haveria alguém que iria entender — alguém que iria vê-las e não recuar, que iria ouvir a história e, em vez de esconder o rosto, desviar os olhos, diria algo gentil e triste e compassivo. Mas claro que eu sabia que isso nunca iria acontecer, porque eu nunca chegaria tão longe. Nunca. Se eu imaginava alguém tirando as minhas roupas, se eu me via revelando a verdade para alguém, eu era tomada por uma sensação nauseante que se precipitava por meu ouvido interno e fazia meus joelhos amolecerem; eu ajeitava freneticamente o que quer que estivesse vestindo, envolvendo com firmeza a barriga como se eu pudesse esconder o que havia lá.

Imagino que haja certas coisas em relação às quais é preciso simplesmente ser adulto. Às vezes você tem que respirar fundo e dizer: "Isso não é algo que eu possa esperar ter em minha vida." E, se você diz isso bastantes vezes, é surpreendente — depois de um tempo nem parece mais tão horrível assim.

Enquanto eu estava no banheiro, pensando sobre Fuyuki, as russas tinham se vestido e agora estavam descendo para o jardim. Devem ter me visto lá fora e concluído que, se eu podia me aventurar ali, elas também podiam. Svetlana estava usando apenas um exíguo biquíni verde-limão e um chapéu de palha, que ela segurava na cabeça com a mão livre. Depois de me enxugar e me vestir, fiquei no corredor do andar de cima olhando-a abrir caminho no mato, suas pernas bronzeadas aparecendo entre as folhas. Irina veio atrás, com a parte de cima de um biquíni, um short cor-de-rosa, óculos de sol com lentes em forma de coração e um boné de beisebol rosa-choque virado para trás, de forma que sombreava a nuca. Ela enfiara um maço de cigarros na alça do biquíni. As duas abriram caminho por entre o mato, com gritinhos e melindres, erguendo os pés metidos em saltos altos como estranhas aves na água, piscando com a luz do sol. "Sol, sol!", as duas entoaram, ajeitando os óculos escuros e olhando para o céu.

Colei o nariz à janela em silêncio e fiquei as observando passar protetor solar, abrindo caixinhas de chicletes de cereja KissMint e bebendo cerveja de latas que tinham comprado em máquinas de rua. Svetlana pintara as unhas do pé de um vermelho-carro-de-bombeiro. Olhei para os meus pés brancos, me perguntando se eu teria coragem de pintar as unhas também. Repentinamente tive uma sensação quente, avassaladora, que me deu um arrepio e me fez esfregar os braços — era algo relacionado a tempo perdido e que sorte elas tinham de ficar tão confortáveis na própria pele. Mover-se e se espreguiçar e se sentir à vontade sob o sol, ninguém as acusando de loucura.

E foi ali naquele instante que tomei uma decisão. Desde que eu estivesse vestida, desde que minha barriga estivesse coberta, não havia nada, nenhuma marca física, que me denunciasse. Se as pessoas não soubessem — e ninguém em Tóquio sabia —, olhariam para mim e me julgariam normal. Eu poderia ser tão "sedutora" quanto qualquer outra garota.

20

Eu não conseguia parar de pensar em Fuyuki. Toda vez que a campainha do elevador tocava e as hostesses se voltavam e exclamavam em uníssono para o salão do clube "*Irasshaimase!* Bem-vindos!", eu sentava mais para a frente na cadeira, meu coração disparado, pensando que eu poderia ver a cadeira de rodas dele avançando pelo salão. Mas ele não foi ao clube naquela noite, nem na seguinte.

Nos dias que se seguiram, eu pegava o cartão dele e o examinava várias vezes. Às vezes entrava numa espécie de transe segurando-o, virando-o sem parar em meus dedos. Seu nome significava Árvore no Inverno, e algo na combinação entre a caligrafia e a natureza dos caracteres era tão poderoso que me bastava olhar o branco e preto para visualizar, com surpreendente claridade, uma floresta coberta de neve. Eu reproduzia o *kanji* com meus pincéis caligráficos, pintando uma encosta de montanha, uma floresta de pinheiros, neve acumulada pelo vento e pingentes de gelo nas árvores.

Agora que eu sabia que ia fazer Shi Chongming ceder e me dar o filme, agora que eu ia conseguir dar o bote, eu me tornara uma séria estudante do erotismo. Comecei a observar as garotas japonesas nas ruas, com suas anáguas vitorianas e seus escarpins rendados, suas "meias soltas" e seus *kilts* curtos. No Japão tradicional, o erotismo era algo esguio e pálido como a haste de uma flor — o erótico era a porção mínima de pele nua na nuca de uma gueixa. É diferente no resto do mundo. Eu ficava olhando horas a fio as russas, com seus saltos altíssimos e seus bronzeados alaranjados.

Eu tinha um monte de envelopes com pagamento guardados, o que eu ganhara no clube, simplesmente dentro de uma sacola no armário, sem utilidade exceto me deixar nervosa. Por fim, criei coragem e comecei a fazer compras. Fui a lugares surpreendentes em Ginza e Omotesando, porões atulhados de slippers com lantejoulas, négligés cor-de-rosa, chapéus feitos com marabus púrpura e veludo cor-de-rosa. Havia botas com salto de plataforma cor de cereja, e bolsas turquesa cobertas com centenas de adesivos de Elvis Presley. As vendedoras, com seus cachos e suas saias de bailarina, não faziam a menor ideia de como me atender. Roíam as unhas e me analisavam com a cabeça inclinada enquanto eu ia e voltava nos corredores com assombro, aprendendo como as pessoas se faziam sedutoras.

Comecei a comprar coisas — comprei vestidos de tafetá e de veludo, sainhas de seda. E sapatos, muitos sapatos: de salto baixo, de salto alto, sandálias de tiras pretas. Num lugar chamado Sweet Girls Emporium and Relax Centre, comprei uma caixa de meias de liga Stoppy. Eu nunca usara isso na vida. Eu arrastava para casa pilhas de sacolas, carregada como uma formiga.

Mas, claro, eu não tinha coragem de usar nada daquilo. Tudo ficava guardado no armário, dia após dia, todos os vestidos com papel de seda vermelha envolvendo-os. No entanto, eu pensava neles, pensava muito. Algumas noites eu realizava uma pequena cerimônia absolutamente secreta. Quando os outros já haviam ido para a cama, eu abria o armário e tirava todas as coisas que comprara. Servia-me de um copo de licor de ameixa gelado e arrastava a pequena penteadeira para um lugar sob a luz, de forma que o espelho ficasse bem iluminado. Então eu ia até o armário e tirava um vestido do cabide.

Era horrível e excitante. Toda vez que eu me via no espelho e automaticamente procurava o zíper, pronta para arrancar o vestido, pensava em Fuyuki em sua cadeira de rodas dizendo: "São todas assim tão bonitas na Inglaterra?" Então eu parava, respirava fundo, lentamente fechava de novo o zíper, e me forçava a me voltar e olhar, examinar a parte à mostra de meus seios brancos, minhas pernas em seda escura, como água misturada a tinta. Eu calçava sapatos de salto muito alto e pintava os lábios de um vermelho profundo, puro como sangue arterial. Passava lápis nas sobrancelhas e por muito tempo ficava treinando acender e fumar um cigarro. Tentava me imaginar sentada formalmente na casa de Fuyuki, inclinando-me para perto dele, a fumaça saindo de meus lábios pintados. Na minha imaginação, eu tinha uma das mãos sobre um estojo fechado, e a outra estendida elegantemente, a palma para cima, pronta para receber de Fuyuki uma grande chave.

Depois de um bom tempo eu abria os olhos, ia até o armário e desembalava tudo, tirando o papel de seda, para depois arrumar as roupas e os sapatos em torno de mim. Havia sandálias aveludadas, négligés cor de tangerina e creme, um sutiã Ravage carmesim na forma de uma borboleta, ainda em celofane. Coisas e coisas e mais coisas se espalhando nas sombras. Eu me deitava então, estendendo os braços nus, e rolava, misturando-me às minhas compras, sentindo o cheiro de novo, deixando-as roçar na minha pele. Às vezes eu as agrupava seguindo diferentes regras: por material, por exemplo, piquê preto contra seda pêssego; ou por cor, açafrão com cobre, prata com lilás, rosa-choque e cinza. Levava as peças ao rosto e aspirava seus cheiros caros. E, porque devo ser um pouco esquisita, o ritual sempre parecia levar a uma só coisa: mãos na calcinha.

A casa de Takadanobaba era grande, mas o som se espalhava como água ao longo do madeirame e das finas telas de papel-arroz. Eu tinha que fazer tudo bem quieta. Achava que tinha sido cuidadosa até uma noite em que, ao terminar bem tarde, deslizei a porta para ir ao banheiro e dei com Jason logo ali no corredor, debruçado na janela, um cigarro entre os dedos.

Quando ouviu a porta se abrir, ele se virou para mim. Não falou nada. Olhou demoradamente meus pés descalços, subindo pela minha curta *yukata*, até a pele afogueada em meu peito. Deixou a fumaça sair volteando da boca e sorriu, erguendo uma sobrancelha, como se eu fosse uma enorme e agradável surpresa para ele.

— Olá — falou.

Eu não respondi. Fechei a porta com força e a tranquei, escorregando até o chão com as costas contra ela. Vestir-se como uma pessoa sedutora — isso era uma coisa. Mas Jason — bem, Jason me fazia pensar coisas sobre sexo que eram muito, muito mais assustadoras.

21

Nanquim, 13 de dezembro de 1937, anoitecer

Eles estão aqui. Estão aqui. É fato.

Saí de casa ao meio-dia, e as ruas pareciam silenciosas. Não vi vivalma, apenas casas fechadas, as lojas com tábuas — algumas com avisos pregados nas portas dando detalhes do distrito rural em que os proprietários podiam ser encontrados. Entrei à direita na rua Zhongyang e fui até a linha ferroviária, onde peguei um atalho por uma viela para dar na rua Zhongshan. Ali vi três homens correndo na minha direção o mais rápido que podiam. Estavam vestidos como camponeses e inteiramente enegrecidos, como que por uma explosão. Quando olhei para cima, ao longe sobre as casas na região do portão Shuixi, um rolo de fumaça se erguia cinzento contra o céu. Os homens passaram por mim e continuaram na direção de onde eu tinha vindo, correndo em silêncio, o único som sendo o de suas sandálias de palha contra a calçada. Fiquei parado na rua, olhando para eles, escutando a cidade a minha volta. Agora que eu não estava me movendo, podia ouvir o som distante de buzinas de carro, misturando-se horrivelmente a débeis gritos humanos. O desalento me tomou. Continuei no sentido sul, esperando o pior ao avançar pelas ruas, mantendo-me próximo às casas, pronto para correr para elas ou me prostrar no chão e gritar "*Dongyang Xiansheng!* Senhores do Leste!".

Nas ruas perto do centro de refugiados, um ou dois comércios haviam tido coragem para abrir, os proprietários parados nervosamente nas portas, os olhos fixos no fim da rua na direção dos portões orientais.

Eu ia de uma construção a outra, correndo muito abaixado, entrando e voltando atrás nas ruas familiares, o coração disparado. Podia ouvir o murmúrio abafado de uma multidão em algum lugar mais à frente, e por fim cheguei a uma travessa que dava na rua Zhongshan, no fim da qual uma enorme onda de pessoas apertadas umas contra as outras avançava penosamente na direção do portão Yijiang — o grande portão "da água" que se abre para o Yang-tsé — com expressões soturnas nos rostos. Todos puxavam carrinhos de mão carregados de pertences. Alguns me olharam de relance, curiosos de verem alguém que não estava tentando fugir, mas a maioria me ignorou, abaixando a cabeça e usando o peso do corpo para empurrar os carrinhos. Crianças me observavam em silêncio, empoleiradas no alto dos carrinhos de mão, aninhadas contra o frio em casacos acolchoados, as mãos em luvas de lã sem dedos. Um cachorro corria solto entre eles, esperando roubar alguma comida.

— Eles estão na cidade? — perguntei a uma mulher que se afastara da multidão e estava correndo pela viela em que eu me encontrava. Coloquei-me à frente dela e a detive, as mãos em seus ombros. — Os japoneses tomaram as muralhas?

— Fuja! — Seu rosto estava transtornado. Pelo carvão que usara para cobrir a face desciam as lágrimas, borrando o preto. — Corra!

Ela se desvencilhou de mim e se afastou, gritando alguma coisa a plenos pulmões. Eu a observei desaparecer enquanto os gritos da multidão atrás de mim se intensificaram num crescendo, sons de correria nas vielas em volta. Então, lentamente, muito lentamente, os sons se desvaneceram, a aglomeração na rua diminuiu. Por fim me esgueirei até a rua principal e dei uma espiada. À minha esquerda, a oeste, pude ver a multidão de costas caminhando para o rio, um ou outro desgarrado, pessoas mais velhas e enfermos, apressando-se para alcançá-los. A rua à minha esquerda estava vazia, o chão transformado num atoleiro por centenas de pares de pés.

Entrei cautelosamente na rua, o coração apertado, indo na direção de onde eles tinham vindo. Caminhei em meio a um silêncio quase total. Na frente do Palácio Ming em ruínas, onde ontem eu fiquei conversando com o professor de história, alguns tanques dos nacionalistas passaram com estrondo, espalhando lama, os soldados gritando e fazendo sinais para eu sair das ruas. Então, lentamente, o silêncio voltou à cidade e eu estava sozinho, andando taciturno no centro da rua Zongshan vazia.

Por fim me detive. A minha volta, nada se movia. Mesmo os pássaros pareciam ter sido silenciados em seus lugares. As árvores podadas de ambos os lados levavam os olhos para longe, direto pela rua revolvida, completamente quieta e vazia e aberta até onde a vista alcançava, sob o sol de inverno, que brilhava nos arcos triplos do portão Zhongshan, uns 800 metros adiante. Fiquei parado no centro da via, respirei fundo e lentamente abri as mãos, erguendo-as para o céu. Meu coração batia tão forte que quase parecia estar dentro da minha cabeça.

Estaria o chão tremendo, como se houvesse um terremoto distante? Olhei para meus pés e, ao fazê-lo, da direção do portão veio uma explosão que rasgou o silêncio, fazendo os plátanos se curvarem como sob uma forte ventania, os pássaros alçando voo numa velocidade acelerada pelo pânico. Labaredas se ergueram no céu e uma nuvem de fumaça e poeira irrompeu acima portão. Caí de joelhos, as mãos na cabeça, quando outra explosão prorrompeu pelo céu. Então veio um som similar ao de uma chuva distante, que cresceu e cresceu até um estrondo; subitamente o céu estava escuro, caía poeira e caliça sobre mim, e eu pude ver, vindo do horizonte obscurecido, dez ou mais tanques, suas dianteiras lisas e ferozes avançando pela rua Zhongshan, a terrível bandeira *hi no maru* tremulando nas traseiras.

Levantei-me de um salto e saí correndo na direção de casa, o som da minha respiração e dos meus passos encobertos pelo ruído dos tanques e pelo estridente ressoar de assobios vindos de trás de mim. Corri sem parar, meus pulmões ardendo, o coração disparado, por toda a rua Zongshan e entrando na Zhongyang, depois me escondendo numa travessa, passando pela casa de Liu, até chegar à viela, onde por fim a chuva de poeira e entulho diminuiu. A casa estava silenciosa. Bati na porta até as trancas serem abertas e Shujin aparecer ali, olhando para mim como se visse um fantasma.

— Eles estão aqui — disse ela ao ver meu rosto, ao me ver completamente sem fôlego. — Não estão?

Não respondi. Entrei e tranquei cuidadosamente a porta, fechando todas as trancas e travas. Então, quando minha respiração voltou ao normal, subi a escada e sentei em meu divã, abrindo espaço por entre os livros de língua japonesa e puxando uma manta para cobrir meus pés.

E então... o que posso escrever? Apenas que aconteceu. E que foi sem rodeios. Nesta tarde límpida, que deveria ter sido bela, eles tomaram Nanquim tão casualmente quanto uma criança estende a mão no ar e esmaga uma libélula. Tenho medo de olhar pela janela — a bandeira japonesa deve estar tremulando sobre toda a cidade.

Nanquim, 14 de dezembro de 1937, manhã (pelo calendário lunar, o 12º dia do mês XI)

À noite nevou, e agora, assomando-se além das muralhas da cidade, a Montanha Púrpura, a Grande Zijin, não está branca, mas vermelha devido ao fogo. As chamas banham tudo em volta com a cor do sangue, projetando um halo terrível no céu. Shujin passa um longo tempo olhando, de pé na porta aberta, sua silhueta contra o céu, o ar frio entrando até a casa ficar gelada e eu poder ver minha própria respiração.

— Está vendo? — diz ela, virando-se rígida para olhar para mim. Seus cabelos estão soltos e caem retos pelas costas do vestido, e seus olhos triunfantes estão cheios de luz vermelha. — Zijin está em chamas. Não é exatamente como eu disse?

— Shujin — falei —, saia da porta. Não é seguro.

Ela obedece, mas leva algum tempo. Fecha a porta e vem se sentar em silêncio no canto, apertando contra a barriga os dois pergaminhos ancestrais que trouxe de Poyang, as bochechas vermelhas do frio.

Passei a maior parte desta manhã sentado à mesa com um bule de chá, as trancas das portas fechadas, o chá esfriando na xícara. Ontem à noite conseguimos alguns minutos de sono, embora agitado, ambos vestidos e ainda de sapatos para o caso de termos que fugir. De tempos em tempos um de nós se sentava e encarava as venezianas fechadas, mas não falamos muito, e agora, embora esteja um dia claro, aqui dentro os quartos estão escuros, fechados e silenciosos. A cada meia hora mais ou menos ligamos o rádio. As informações são confusas — uma mistura impossível de propaganda e desinformação. Quem sabe o que é verdade? Podemos apenas deduzir o que está acontecendo. De vez em quando reconheço o ronco dos tanques na rua Zhongshan, e ocasionais rajadas de tiros, mas tudo parece tão distante e pontuado por silêncios tão longos que às vezes minha mente vagueia e eu esqueço por um breve instante que nossa cidade está sendo invadida.

Por volta das 11 horas ouvimos alguma coisa que pode ter sido um ataque de morteiros, e por um momento nossos olhos se encontraram. Então vieram de súbito explosões distantes, uma duas três quatro, numa série contínua, e então silêncio de novo. Dez minutos depois os cascos de um demônio ressoaram na viela. Eu fui para os fundos, espiei pela janela e vi que a cabra de alguém tinha escapado de seu cercado e estava agora em pânico — correndo sem direção pelos jardins, atacando e investindo contra árvores e construções de ferro corrugado. Sob seus cascos ela esmagou as romãs podres do verão, de forma que a neve parecia toda manchada de sangue. Ninguém veio pegar a cabra, os donos dela já devem ter fugido da cidade, e vinte minutos se passaram até o bicho descobrir a saída para a rua e o silêncio mais uma vez cair sobre nossa viela.

22

Depois daquela noite, Jason começou a me observar. Ele desenvolveu um hábito de me encarar diretamente quando voltávamos a pé do clube, quando eu estava cozinhando, ou simplesmente quando estávamos todos sentados na sala em frente à TV. Às vezes eu me virava para acender o cigarro de um cliente e via Jason a 1 ou 2 metros de mim, me olhando como se secretamente achasse interessante tudo que eu fazia. Era horrível e assustador e excitante, tudo ao mesmo tempo — nunca ninguém me olhara daquele jeito antes, e eu não fazia a menor ideia do que faria se ele chegasse mais perto. Eu encontrava desculpas para ficar longe dele.

Veio o outono. O calor inebriante, o metal quente, o cheiro de frituras e de bueiros de Tóquio cederam a vez a um Japão mais frio, mais austero, que devia estar o tempo todo esperando sob a superfície. Os céus se limparam, livres da névoa, os bordos encheram a cidade de matizes castanho-avermelhados, e o cheiro de fumaça de lenha surgiu do nada, como se estivéssemos de volta ao Japão do pós-guerra, em meio às fogueiras para cozinhar da velha Tóquio. Da galeria do segundo andar eu podia estender a mão e colher diretamente dos galhos o caqui que amadurecia. Os mosquitos foram embora do jardim, o que deixou Svetlana triste — ela disse que agora estávamos todos condenados.

Fuyuki ainda não voltara ao clube. Shi Chongming mantinha-se tão obstinado e de boca fechada quanto antes, e às vezes eu achava que as minhas chances de ver o filme estavam escorregando por entre os dedos. Um dia, quando não consegui aguentar mais, peguei um trem para Akasaka e, de um telefone público, liguei para o número que havia no cartão de Fuyuki. A Enfermeira — tenho certeza de que era a Enfermeira — atendeu com um feminino "*Moshi moshi*", e eu gelei, o fone na orelha, toda a minha coragem desaparecendo num segundo. "*Moshi moshi?*", ela repetiu, mas eu já mudara de ideia. Bati o telefone e saí da cabine o mais rápido que pude, sem olhar para trás. Talvez Shi Chongming tivesse razão quando dissera que eu nunca produziria seda a partir de uma folha de amoreira.

Na Kinokuniya, a enorme livraria de Shinjuku, comprei todas as publicações que encontrei sobre medicina alternativa. Comprei também alguns dicionários chinês-japonês, além de algumas coletâneas de ensaios sobre a *yakuza*. Nos dias que se seguiram, enquanto eu esperava Fuyuki voltar ao clube, me tranquei em meu quarto e passei horas, muitas horas a fio lendo sobre medicina chinesa, até saber tudo sobre a moxibustão e acupuntura com agulhas de pedra de Bian Que, sobre as primeiras operações e experiências com anestésicos de Hua Tuo. Logo eu compreendia o *Qi Gong*, exercícios das "travessuras dos cinco animais", de cor e salteado, e podia recitar a taxonomia de ervas do *Materia Medica* de Shen Nong. Li sobre ossos de tigre, geleia de tartaruga e vesículas de ursos. Fui a lojas *kampo* e obtive amostras grátis de óleo de enguia e bile de urso de Karuizawa. Eu estava procurando alguma coisa que pudesse reverter todos os princípios de regeneração e degeneração. A chave para a imortalidade. Era uma busca que vinha ocorrendo de uma forma ou de outra desde o começo dos tempos. Mesmo o humilde tofu, me disseram, foi criado por um imperador chinês em sua busca pela vida eterna.

Mas Shi Chongming estava falando de algo que ninguém encontrara antes. Algo cercado por sigilo.

Um dia peguei todas as minhas tintas e pintei meticulosamente nas paredes do meu quarto um homem em meio às construções da cidade de Tóquio na época da guerra. Sua face saiu esmagada, como um homem no *kabuki*, então acrescentei uma camisa havaiana, e atrás dele um carro americano, o tipo de carro que um gângster teria. Espalhados a seus pés, desenhei frascos de remédios, um alambique, uma destilaria. Algo tão precioso — ilegal? — que ninguém ousava mencionar.

— É bonito — disse Shi Chongming —, não é?

Eu contemplava o campus pela janela dele, observando as árvores que iam se tornando douradas e vermelhas. O musgo no ginásio tinha adquirido um tom verde-escuro com matiz púrpura, como uma ameixa ainda não totalmente amadurecida, e de tempos em tempos uma figura fantasmagórica com trajes e máscara *kendo* passava pelas portas abertas. Os gritos do *dojo* ecoavam pelo campus, fazendo os corvos pousados nas árvores levantarem voo em grandes nuvens farfalhantes. *Sim*, era bonito. Eu não compreendia por que eu não conseguia separar a vista de seu contexto. Não conseguia evitar pensá-la como encurralada pela vibrante cidade moderna, pelo Japão e sua sede de poder. Como eu não me virava de volta da janela, Shi Chongming riu.

— Então você também é daqueles que não conseguem perdoar.

Eu me virei e o encarei.

— Perdoar?

— O Japão. Pelo que fez à China.

As palavras de um historiador sino-americano que eu estudara na universidade passaram pela minha cabeça: "Os japoneses foram de uma brutalidade que estava além da imaginação. Elevaram a crueldade a uma forma de arte. Se fosse feito um pedido de desculpas oficial, seria o suficiente para perdoarmos?"

— Por quê? — perguntei. — Está querendo dizer que perdoou?

Ele assentiu.

— Como conseguiu?

Shi Chongming fechou os olhos, um sorrisinho no rosto. Ficou em silêncio por um bom tempo, pensando sobre o assunto, e eu teria achado que ele adormecera, não fosse por suas mãos, que se moviam e se crispavam, como pássaros agonizantes.

— Como? — disse ele por fim, erguendo os olhos. — Como, realmente? Pareceria impossível, não? Mas eu tive muitos, muitos anos para pensar sobre isso; anos em que eu não podia sair de meu próprio país, anos em que eu não podia sair de minha própria casa. Até você ser malhado nas ruas, exibido através de sua própria cidade envergando propaganda... — ele abriu o polegar e o indicador sobre o peito e eu me lembrei imediatamente das fotografias da Revolução Cultural, homens deploravelmente amontoados, cercados pela Guarda Vermelha, slogans como *Renegado Intelectual* e *Elemento Contra o Partido* berrantes em cartazes em volta dos pescoços — ... até ter vivenciado algo assim, você não tem as ferramentas para entender a natureza humana. Demorei muito tempo, mas eu vim a entender uma coisa simples. Compreendi a *ignorância*. Quanto mais estudei o assunto, mais claro ficou que o comportamento deles se resumia à ignorância. Ah, havia soldados em Nanquim, alguns deles, que eram verdadeiramente maus. Não contesto isso. Mas os outros? O maior pecado deles foi a ignorância. É simples assim.

Ignorância. Aí estava algo sobre o qual eu julgava saber muita coisa.

— O que eles fazem no seu filme. É a isso que o senhor se refere? *Aquilo* era ignorância?

Shi Chongming não respondeu. Seu rosto ficou impenetrável e ele fingiu se ocupar com alguns papéis. A menção ao filme sempre o deixava um pouco calado.

— Foi a isso que o senhor se referiu? Professor Shi?

Ele pôs de lado seus papéis, limpando a escrivaninha, pronto para tratar de negócios.

— Venha — falou, fazendo um gesto na minha direção. — Não vamos falar disso agora. Venha, sente-se e me diga por que veio aqui.

— Eu quero saber ao que o senhor se referia. Estava se referindo ao que eles fizeram com...

— Por favor! Por favor, você não veio aqui hoje à toa. Veio me trazer ideias; posso vê-las no seu rosto. Sente-se.

Relutantemente, fui até a mesa de trabalho dele. Sentei à sua frente, as mãos no colo.

— Então? — disse ele. — Do que se trata?

Eu suspirei.

— Andei lendo — falei. — Sobre medicina chinesa.

— Ótimo.

— Havia um mito. Uma história sobre um deus, o fazendeiro divino que dividiu as plantas em ordens. Estou certa, não estou?

— Sabor, temperatura e qualidade. Sim. Você está falando sobre Shen Nong.

— Então o que eu tenho que fazer é saber onde a cura de Fuyuki se encaixa nessa ordem. Preciso colocá-la numa categoria?

Shi Chongming fixou os olhos nos meus.

— O que foi? — falei. — O que foi que eu disse?

Ele suspirou e recostou-se com as mãos sobre a mesa, tamborilando de leve com os dedos juntos.

— É hora de eu lhe contar um pouco mais sobre mim.

— Sim?

— Não quero que você perca seu tempo. Você precisa saber que eu tenho algumas suspeitas muito, muito boas sobre o que estamos procurando.

— Então o senhor não precisa que eu...

— Ah. — Ele sorriu. — Sim, preciso.

— Por quê?

— Porque eu não quero ouvir o que quero ouvir. Não quero um papagaio vindo até mim, atrevido e obsequioso, me dizendo "Sim, senhor, sim, senhor, o senhor estava certo o tempo todo, ó grande sábio". Não. Eu quero a verdade. — Ele tirou uma pasta muito manuseada de uma pilha de livros que estava na mesa. — Venho trabalhando há muito tempo nisso para cometer um erro a esta altura. Vou lhe dizer tudo que você precisa saber. Mas não vou dizer *exatamente* qual é a minha suspeita.

Ele puxou da pasta um punhado de papéis amarelados amarrados com um gasta fita preta. Os papéis saíram arrastando aparas de lápis, clipes de papel, lenços de papel amassados.

— Levei muito tempo para encontrar Fuyuki, mais anos do que gosto de lembrar. Descobri muitas, muitas coisas sobre ele. Tome. — Ele empurrou o maço de papéis por sobre a mesa para mim. Era uma grande pilha mal-ajambrada que ameaçava desabar no chão. Havia escritos em chinês e japonês, cartas oficiais, fotocópias de jornais; havia algo que parecia um memorando em papel oficial do governo. Reconheci o *kanji* para a Agência de Defesa Territorial.

— O que é isto?

— Anos e anos de trabalho. A maior parte é de muito antes de me permitirem vir ao Japão. Cartas, artigos de jornais e, talvez a coisa mais arriscada que fiz, relatórios de investigadores particulares. Não espero que você compreenda tudo, mas o que você realmente precisa saber é o quanto Fuyuki é perigoso.

— O senhor já disse isso.

Ele sorriu.

— Sim. Compreendo seu ceticismo. Ele parece ser um homem muito velho. Talvez até gentil. Benevolente?

— Não se pode dizer como uma pessoa é até ter falado um pouco com ela.

— Interessante, não? O mais poderoso agiota *sarakin* de Tóquio, um dos maiores fabricantes e importadores ilegais de metanfetaminas; interessante que ele pareça tão inócuo. No entanto, não se deixe enganar. — Shi Chongming sentou mais para a frente, olhando para mim com gravidade. — Ele é implacável. Você nem pode imaginar quantos morreram graças à sua determinação de estabelecer rotas de anfetaminas entre aqui e uma variedade de portos coreanos pobres. E talvez a coisa mais intrigante seja o cuidado com que ele escolhe as pessoas que o cercam. Ele tem uma técnica singular; está tudo nesses papéis se você se der ao trabalho de olhar. Que manipulador habilidoso ele é! Ele esquadrinha os jornais atrás de quem é preso, meticulosamente escolhe certos réus e financia a defesa deles. Se escapam à condenação, tornam-se leais a Fuyuki pelo resto da vida.

— O senhor sabe sobre... — cheguei mais para a frente, baixando a voz instintivamente — ... sobre a Enfermeira dele?

Shi Chongming assentiu, sério.

— Sim, sei. A Enfermeira, o guarda-costas dele. Ogawa. Os que têm medo dela têm toda a razão em serem cautelosos. — Ele baixou a voz para ficar no mesmo tom que o meu, como se pudessem nos escutar. — Você precisa levar em conta que o Sr. Fuyuki tem predileção por sádicos. Aqueles sem ideia de bem ou mal. A Enfermeira está lá por sua genialidade para o crime, sua absoluta inabilidade de sentir empatia pelas vítimas. — Ele indicou a pilha de papéis. — Se você dedicar um tempo a olhar isso, vai encontrar menções a ela na imprensa sensacionalista como a Fera de Saitama. Por seus métodos, ela é um mito vivo no Japão, um assunto a que se dedica muita especulação.

— Métodos?

Ele assentiu, e espremeu o nariz de leve, como se tentasse suprimir um espirro ou uma lembrança.

— Naturalmente — continuou ele, baixando a mão e expirando —, a violência é uma parte necessária da vida na *yakuza*. Talvez não seja surpreendente, considerando sua confusão sexual... talvez não seja de todo surpreendente a maneira como ela se mostra compelida a... — seus olhos vaguearam brevemente para um ponto acima da minha cabeça — ... embelezar seus crimes.

— Embelezar?

Ele não explicou. Apenas apertou os lábios e disse, casualmente:

— Eu nunca a vi, mas suponho que seja incomumente alta.

— No clube há quem pense que é um homem.

— Mas é uma mulher. Uma mulher com... não sei a palavra em inglês, uma disfunção no esqueleto, talvez. Mas chega disso. Não vamos gastar a manhã com especulações. — Ele me olhou muito atentamente. — Eu preciso saber. Você tem realmente certeza de que quer continuar?

Movi os ombros, um pequeno arrepio descendo pelas minhas costas.

— Bem — falei por fim, esfregando os braços —, na realidade, sim. Veja, a questão é o seguinte: essa é a coisa mais importante da minha vida. Venho pesquisando isso há nove anos, oito meses e 29 dias, e nem uma única vez pensei em desistir. Às vezes acho que isso irrita as pessoas. — Pensei um pouco, e então olhei para ele. — Sim. Irrita as pessoas.

Ele riu e juntou os papéis. Quando os estava devolvendo à pasta, notou uma fotografia que ficara escondida embaixo.

— Ah — disse ele casualmente, pegando-a. — Ah, sim. Talvez você tenha interesse nisso. — Ele a deslizou pela mesa, sua grande mão marrom cobrindo a imagem pela metade. Vi um carimbo oficial no ângulo superior direito, o *kanji* para "Departamento de Polícia", e sob a mão dele uma imagem em preto e branco granulada. Vi o que pensei ser uma fita isolando uma cena de crime, um carro com o porta-malas aberto, dentro do qual havia algo, algo que eu não consegui reconhecer, até Shi Chongming levantar a mão e eu entender.

— Oh — falei debilmente, cobrindo a boca com a mão por instinto. A sensação foi a de ter o sangue drenado de minha cabeça de uma só vez. A fotografia mostrava um braço; um braço humano com um relógio caro no pulso, pendendo sem vida para fora do porta-malas. Eu tinha visto imagens similares de vítimas da máfia na biblioteca da universidade, mas havia algo sob o cano de escapamento do carro do qual eu não conseguia tirar os olhos. Arrumada de forma quase ritualística, enrolada como uma serpente, havia uma pilha de... — Isso é... — falei, sem forças — ... isso é o que eu acho que é? São humanas? São dele?

— Sim.

— Foi isso o que o senhor quis dizer com... embelezar?

— Sim. Esse é um dos crimes de Ogawa. — Calmamente ele pousou o dedo na foto e a empurrou por sobre a mesa. — Um dos crimes atribuídos à Fera de Saitama. Dizem os boatos que, à primeira vista, a polícia não conseguia ver de que modo as... as *entranhas* tinham sido removidas. É uma fonte de assombro para mim, de verdade, o nível de engenhosidade que a humanidade pode alcançar quando se trata de crueldade. — Ele guardou a foto e começou a amarrar a pasta com a fita preta gasta. — Ah, e falando nisso, eu não perderia tempo olhando as classificações de Shen Nong se fosse você.

Ergui os olhos para ele, meu rosto entorpecido.

— Per... perdão?

— Eu disse: não perca tempo com as classificações de Shen Nong. Não é uma planta o que você está buscando.

23

Eu não conseguia mais dormir. A fotografia que Shi Chongming me mostrara me acordava a toda hora, infectava meus pensamentos, levando-me a me perguntar quão longe eu estava disposta a ir para agradá-lo. E quando não eram os "embelezamentos" da Enfermeira, era Jason que me fazia agonizar e deixava minha pele elétrica e desconfortável contra os lençóis. Às vezes, nas ocasiões em que ele aparecia onde eu menos esperava — no corredor em frente ao meu quarto, ou no bar, quando eu me levantava para buscar um copo limpo —, eu o via me observando em silêncio com seus olhos calmos e dizia a mim mesma que ele estava apenas me provocando, executando um elaborado *pas de deux* para a própria diversão, dançando à minha volta nas partes não iluminadas da casa, um arlequim deslizando pelo corredor durante a noite. Mas às vezes, principalmente quando ele me observava durante nosso percurso a pé de volta para casa, de noite, eu tinha a sensação de que ele estava tentando ver mais fundo — tentando ver sob as minhas roupas. Então eu tinha aquela familiar e horrível sensação no estômago, e tinha que apertar o casaco, subir o colarinho, cruzar os braços e andar mais rápido, de modo que ele ficasse para trás e eu só precisasse pensar nos comentários cáusticos das gêmeas.

A casa parecia ficar cada vez mais solitária. Uma manhã, alguns dias depois da minha visita a Shi Chongming, acordei cedo e fiquei em meu futton escutando o silêncio, agudamente consciente dos quartos que se estendiam em todas as direções, dos pisos rangentes e dos cantos não varridos, cheios de segredos e talvez mortes inesperadas. Quartos trancados em que nunca ninguém vivo entrara. Os outros ainda estavam dormindo, e de repente eu não conseguia mais suportar o silêncio. Me levantei, comi peras chinesas e tomei café forte como café da manhã, pus um vestido de linho, juntei meus blocos e meus livros de *kanji* e levei tudo para o jardim.

Estava um dia inesperadamente quente, parado — quase como o verão. Uma dessas manhãs de meados do outono em que o céu estava tão límpido que quase dava medo de soltar as coisas, pelo risco de elas serem sugadas direto para o azul, desaparecendo para sempre. Eu nunca imaginara que o céu do Japão pudesse ser tão claro. As cadeiras de lona ainda estavam lá, cercadas por montículos úmidos de pontas de cigarro nos lugares em que as russas tinham se sentado para fofocar no verão. Coloquei todas as minhas coisas numa dessas cadeiras e me virei para olhar em volta. Junto ao antigo laguinho eu notei vestígios de um caminho — pedras ornamentais que seguiam sinuosas sob o mato na direção dos quartos fechados. Dei alguns passos pela trilha, os braços estendidos como se eu estivesse me equilibrando. Segui o caminho, que dava a volta no lago, passando pela lanterna e pelo banco de pedra, até a parte que Shi Chongming tinha achado tão fascinante. Cheguei ao ponto em que terminava o mato rasteiro e então parei, olhando para os meus pés.

O caminho continuava por entre as árvores, mas no centro da pedra sobre a qual eu parara havia uma única pedra branca, do tamanho de um punho e amarrada com bambu apodrecido, como um presente. Num jardim japonês, tudo é codificado e misterioso — um seixo colocado sobre uma pedra de um caminho era um sinal claro para visitantes: *Não siga adiante. Área particular.* Fiquei parada um tempo olhando a pedra branca, me perguntando o que ela estaria escondendo. O sol se demorou atrás de uma nuvem e eu esfreguei os braços, subitamente com frio. O que acontece quando você transgride as regras num lugar ao qual não pertence? Respirei fundo e pisei na pedra.

Detive-me, esperando alguma coisa acontecer. Um passarinho com asas compridas levantou voo do chão e pousou em uma das árvores, mas fora isso o jardim estava quieto. O passarinho ficou lá, parecendo me vigiar, e por um instante eu fiquei olhando para ele. Então, consciente de estar sendo observada, me virei e continuei através das raízes e das sombras na direção da ala fechada, até me encontrar junto à parede, de onde eu podia olhar, ao longo de toda a casa, as janelas firmemente bloqueadas, cheias de trepadeiras. Passei por cima de um galho caído e cheguei perto de uma das grades de segurança, o metal aquecido esquentando minha pele. Aproximei o nariz da grade e pude sentir o cheiro de poeira e de mofo que emanava dos quartos interditados. O porão estava supostamente inundado e, portanto, era perigoso. Jason estivera lá uma vez, meses antes, ele nos contara. Havia pilhas de tralhas e coisas que ele não quis nem olhar de perto. Canos haviam rachado em terremotos e alguns dos cômodos eram como lagos subterrâneos.

Voltei para o jardim, pensando nas palavras de Shi Chongming: *Seu futuro está à espera de ser descoberto. Seu futuro está à espera de ser descoberto*. Tive uma sensação muito estranha. A sensação de que o futuro daquele jardim estava concentrado especificamente na parte em que eu me encontrava: a área em volta da lanterna de pedra.

24

Nanquim, 14 de dezembro de 1937, meio-dia

A verdade está emergindo no rádio. Não é boa. Ontem, após a explosão do portão de Zhongshan, parece que o Exército Imperial Japonês entrou em massa por duas aberturas na muralha da cidade. Tive sorte de escapar a tempo. Durante a tarde eles se instalaram na cidade, trazendo seus tanques, seus lança-chamas, seus morteiros. Ao cair da noite, os japoneses tinham tomado todos os prédios públicos de Nanquim.

Quando ouvimos isso, Shujin e eu levamos as mãos à cabeça em desespero. Não falamos nada por muito tempo. Por fim me levantei, desliguei o rádio e pousei as mãos nos ombros dela.

— Não se preocupe. Tudo vai ter terminado antes que o be... — Hesitei, olhando para a cabeça dela, seu cabelo escuro e espesso, a listra vulnerável de pele clara onde era repartido. — Terá terminado antes que o pequeno lua chegue. Temos comida e água suficientes para mais de duas semanas. E, além disso — respirei fundo e tentei soar reconfortante e calmo —, os japoneses são civilizados. Não vai demorar muito para sermos informados de que é seguro voltar às ruas.

— Nosso futuro é nosso passado e nosso passado é nosso futuro — sussurrou ela. — Já sabemos o que vai acontecer...

Já sabemos o que vai acontecer?

Talvez ela tenha razão. Talvez todas as verdades estejam em nós ao nascermos. Talvez por anos tudo o que façamos seja nadar para longe do que já sabemos, e talvez só a velhice e a morte nos permitam nadar de volta, de volta para algo que é puro, algo que não é mudado pelo ato de sobreviver. E se ela estiver certa? E se tudo já estiver determinado — nosso destino, nossos amores, nossos futuros filhos? E se já estiver tudo em nós no dia em que nascemos? Se for assim, então eu já sei o que vai acontecer em Nanquim. Só preciso alcançar essa resposta...

Nanquim, 15 de dezembro de 1937, meia-noite (13º dia do mês XI)

Rá! Olhe para nós agora. Apenas um dia depois e toda a minha confiança se esvaiu. Shujin, minha clarividente, não previu isso! Não temos mais comida. Por volta da 1 da manhã ouvimos um barulho no quintal da frente. Esgueirei-me até a janela e vi dois meninos maltrapilhos puxando a saca de sorgo e as fieiras de carne por cima do muro. Tinham jogado uma corda e a usavam para escalar o muro. Eu gritei e desci correndo a escada, agarrando a barra de ferro e berrando furioso com eles, mas, quando enfim destranquei a porta e saí na rua, tropeçando entre cercados de animais e virando velhos barris de água, eles já tinham desaparecido.

— Que foi? — Shujin apareceu na porta de camisola comprida. Seu cabelo estava solto nos ombros e ela segurava uma lamparina a óleo. — Chongming? O que aconteceu?

— Ssh. Pegue meu casaco, depois volte para dentro e tranque as portas. Só abra quando eu voltar.

Segui por entre as casas abandonadas e os terrenos baldios até chegar à rua de Liu. A casa dele era a única habitada em sua viela, e quando virei a esquina vi os três do lado de fora, perambulando sob o luar aguado. A mulher de Liu chorava, e seu filho estava no começo da viela, olhando a rua, as pernas rígidas, tremendo de fúria. Empunhava à sua frente um varal de carroça de madeira como se estivesse pronto para acertar alguém. Eu sabia mesmo antes de chegar mais perto que a família tivera a mesma sina que nós.

Eles me fizeram entrar. Liu e eu acendemos um cachimbo e sentamos perto do fogão com o carvão em brasa para nos mantermos aquecidos, deixando aberta a porta que dava para a viela porque seu filho insistia em ficar a poucos metros dela, na rua, na posição de cócoras (que os jovens acham tão natural), os joelhos perto dos ombros como asas ossudas. O varal estava a seus pés, pronto para ser empunhado. Seus olhos estavam determinados, ferozes como os de um tigre, fixos na rua ao fim da viela.

— Devíamos ter ido embora da cidade há muito tempo — disse a mulher de Liu, com amargura, dando as costas para nós. — Vamos todos morrer aqui.

Ela se retirou sob nosso olhar, e logo pudemos ouvir o som abafado do choro vindo de um quarto nos fundos. Olhei embaraçado para Liu, mas ele estava imóvel, sem expressão, olhando pela porta por cima dos telhados, onde, ao longe, um rolo cinza de fumaça obscurecia as estrelas. Apenas o pulso evidente em seu pescoço demonstrava o que sentia.

— O que acha? — perguntou ele por fim, sem se virar para me olhar. — Temos comida para dois dias, e então passaremos fome. Acha que devemos sair para procurar algo?

Eu balancei a cabeça em negativa.

— Não — falei em voz baixa, observando o bruxuleio vermelho iluminar a parte de baixo da fumaça encapelada. — A cidade caiu. Não vai demorar muito para podermos sair de casa. Talvez dois dias, talvez menos. Logo nos dirão que é seguro sair de novo.

— Devemos esperar até lá?

— Sim. Creio que devemos esperar. Não vai demorar muito.

Nanquim, 17 de dezembro de 1937

Não comemos nada fazem dois dias. Eu me preocupo com Shujin; quanto tempo ela poderá continuar assim? Não é possível que ainda demore muito para a paz ser restaurada. Houve notícias no rádio de tentativas de instalar um comitê para governar a cidade —

dizem que em breve poderemos sair sem problemas e a Cruz Vermelha distribuirá rações de arroz na estrada de Xangai. Mas até agora não houve o anúncio oficial. Recolhemos o arroz que caíra durante o roubo e os misturamos com o resto dos legumes em conserva que por acaso Shujin tinha guardado na cozinha, e isso deu duas refeições; e, como a esposa de Liu está preocupada com Shujin, eles nos deram o pouco que tinham sobrando. Mas agora não há mais nada. Isso é a vida reduzida ao mínimo. Shujin não se queixa, mas eu me preocupo com o bebê. Às vezes, nas horas mortas da noite, tenho uma sensação estranha de que algo em Shujin, algo intangível, como uma essência ou um espírito, está se estirando, e não consigo deixar de pensar que é nosso alma da lua manifestando sua fome.

Eu deixo as tarefas domésticas para depois que escurece — levar para fora nosso balde de dejetos e trazer a lenha para o fogo. Guardo ciumentamente o pouco óleo que tenho para a minha lamparina. Está terrivelmente frio e mesmo durante o dia nos embrulhamos em mantas e casacos. Estou começando a esquecer que há coisas boas no mundo — livros e fé, e a neblina sobre o Yang-tsé. Esta manhã encontrei seis ovos cozidos que tinham sido embrulhados num *qipao* e guardados num baú ao pé da cama. Estavam tingidos de vermelho.

— O que é isso? — perguntei, tendo descido a escada com eles para mostrá-los a Shujin.

Ela não ergueu os olhos.

— Ponha-os de volta onde os encontrou.

— Para que são?

— Você sabe a resposta.

— Para o *man yue* de nosso alma da lua? É isso?

Ela não respondeu.

Olhei para os ovos em minhas mãos. É surpreendente o quanto apenas dois dias sem comida podem mudar uma pessoa. Minha cabeça ficou muito leve quando considerei descascar os ovos e comê-los. Eu me apressei a colocá-los na mesa na frente dela e dar um passo para trás.

— Coma — falei. — Rápido. Coma-os agora.

Ela ficou sentada olhando-os, o casaco bem apertado em volta do corpo, um olhar distante e ausente no rosto.

— Eu disse *coma*. Coma-os já.

— Traria azar para nosso alma da lua.

— Azar? Não me fale em azar. Você acha que eu não sei o que quer dizer azar? — Eu estava começando a tremer. — COMA!

Mas ela se manteve imóvel e obstinada, fechada em si mesma, enquanto eu andava de um lado ao outro da sala, quase explodindo de frustração. Como ela pode ser tão tola — a ponto de pôr em risco a saúde de nosso bebê? Por fim, com um supremo esforço da vontade, dei as costas para os ovos, bati a porta e fui para meu escritório, onde fiquei desde então, sem conseguir me concentrar em nada.

Nanquim, 17 de dezembro de 1937, tarde

Enquanto eu escrevia, algo aconteceu. Tive que parar, largar a pena e erguer a cabeça, assombrado. Um cheiro se insinuava pelas janelas fechadas. Um cheiro ao mesmo tempo terrível e maravilhoso. O cheiro de carne sendo cozida! Alguém está cozinhando carne por perto. O cheiro fez com que eu saltasse da mesa e fosse até a janela, onde fiquei, tremendo, o nariz nas frestas, sugando faminto o ar. Imaginei uma família — talvez até mesmo na viela seguinte — sentada em volta da mesa, olhando para uma porção de arroz soltinho, bolos de milho, carne de porco suculenta. Poderiam ser os ladrões, cozinhando o que roubaram de nós? Se forem eles, esqueceram a lenda da galinha do mendigo, esqueceram o que todos os ladrões em Jiangsu deveriam saber — cozinhar comida roubada sob a terra e não ao ar livre, onde o cheiro a anuncia para todo mundo.

Tenho que me impedir de levantar da minha mesa, seduzido pelo aroma. É tão doce, tão pungente. Fez com que eu me decidisse. Se as pessoas estão se sentindo seguras o suficiente para cozinhar tão abertamente — para permitir que o cheiro se espalhe temerariamente pelas ruas —, então a paz está a poucas horas de acontecer. Deve ser seguro sair. Vou sair agora. Vou encontrar comida para Shujin.

25

Não é uma planta. Era o que Shi Chongming dissera. Não é uma planta.

Naquela manhã eu pensei nisso, percorrendo meus livros sentada encurvada na cadeira de lona. Estava lendo por quase uma hora quando algo me distraiu. A menos de 30 centímetros de meus pés, uma ninfa de cigarra estava se arrastando para fora da terra, primeiro uma antena, depois uma face minúscula como um dragão recém-nascido. Deixei o livro de lado e fiquei observando. Ela rastejou um pouco por um pedaço de madeira podre e, após alguns minutos de descanso, começou o laborioso processo de tirar as asas do casulo, uma por vez, penosamente lenta, as cascas caindo em lascas iridescentes. Eu lera num dos livros que as asas das cigarras podiam ser usadas como uma cura tradicional para dor de ouvido. Pensei no pó seco grudado às bordas do copo de Fuyuki. *Não é uma planta o que você está buscando.* Se não era uma planta, então...?

O inseto se endireitou, novo e confuso, suas asas esbranquiçadas, e ficou olhando em volta. Por que estava saindo agora? Todas as cigarras tinham surgido e ido embora semanas antes.

— Está sonhando com quê?

Levei um susto. Jason tinha vindo pelo túnel de glicínia e estava ali perto de mim, segurando uma caneca de café. Usava uma calça jeans e uma camiseta; seu rosto estava barbeado e bronzeado. Ele fitava minhas pernas e braços descobertos, e, pela expressão no seu rosto, parecia que lhe lembravam alguma coisa.

Instintivamente abracei meus joelhos e me curvei um pouco para a frente, dobrando-me sobre o livro que eu estava lendo.

— Uma cigarra — falei. — Está vendo?

Ele se agachou para enxergá-la, protegendo os olhos com a mão. Seus braços eram da cor de manteiga queimada e ele devia ter cortado o cabelo naquela manhã, porque eu podia distinguir a forma redonda de sua cabeça, e a bela curva do pescoço. O corte revelara uma pequena pinta logo embaixo da sua orelha.

— Achei que já estariam todas mortas — continuei. — Pensei que estivesse frio demais.

— Mas hoje está quente — retrucou ele. — Além do mais, todo tipo de coisa esquisita acontece neste jardim, sabe. Pode perguntar a Svetlana. As regras aqui são suspensas.

Ele veio e se sentou na cadeira de lona ao lado da minha, a caneca de café apoiada na coxa, os pés cruzados.

— As *baba yagas* foram ao parque Yoyogi olhar os garotos rockabilly — disse ele. — Estamos sozinhos.

Eu não respondi. Mordi os lábios e olhei fixo para as janelas da galeria.

— E então? — perguntou.

— E então o quê?

— No que você estava pensando?

— Eu estava pensando sobre... sobre nada.

Ele ergueu as sobrancelhas.

— Nada — repeti.

— Sim. Eu ouvi. — Ele terminou o café e virou a caneca para baixo, de modo que algumas gotas escuras caíram na terra seca. Então me olhou de lado.— Me diga uma coisa.

— O quê?

— Me diga: por que eu fico olhando para você?

Baixei os olhos e fiquei brincando com a capa do livro, fingindo que ele não dissera nada.

— Quero dizer, por que eu quero ficar olhando para você? Por que eu fico olhando para você e achando que você está escondendo alguma coisa que eu acharia muito interessante?

Repentinamente, apesar do sol, minha pele pareceu fria. Olhei para ele, confusa.

— Como é? — falei, numa voz que soou um fiapo, distante. — O que você disse?

— Você está escondendo alguma coisa. — Ele ergueu os braços e usou as mangas da camiseta para enxugar a testa. — É fácil. Basta olhar para você que eu consigo ver. Não sei exatamente o que é, mas eu tenho a... o *instinto* de que é algo que vai me agradar. Veja bem, eu sou um... — ele ergueu dois dedos e deu um tapinha na própria testa — ... um visionário no que se refere às mulheres. Posso sentir no ar. Meu Deus, minha pele. — Ele se arrepiou e passou as mãos pelos braços. — Minha pele quase que muda de cor.

— Você está enganado. — Cruzei as mãos sobre a barriga. — Eu não estou escondendo nada.

— Está sim.

— Não estou.

Ele me olhou com ar divertido. Por um momento achei que ele fosse rir. Mas, em vez disso, suspirou. Levantou-se e ficou ali se espreguiçando languidamente, esfregando os braços, sua camiseta subindo e me proporcionando relances de seu abdômen liso.

— Não — disse ele, franzindo os olhos para o céu, pensativo. — Não. — Ele baixou os braços e se virou na direção do túnel de glicínia. — Claro que não.

26

Uma vez eu li uma história sobre uma menina japonesa que estava presa num jardim quando as cigarras saíram da terra. Saíram todas de uma só vez. Ela olhou para cima e lá estavam elas, em toda parte, colonizando o ar e as árvores, tantas que os galhos estavam carregados e vergados. Em volta dela, o chão estava todo cheio de buraquinhos, um milhão de voos inaugurais até os galhos, e o barulho crescia, ecoando pelos muros até ficar quase ensurdecedor. Aterrorizada, ela correu para se proteger, esmagando cigarras, irremediavelmente fraturando suas asas, quebrando-as para fora de seus casulos protetores, de modo que elas guinchavam e giravam no chão como peões quebrados, um borrão de asas marrons e pretas. Quando por fim ela achou uma saída do jardim deu direto nos braços de um menino, que a ergueu e a carregou para um lugar seguro. Ela ainda não sabia, mas as cigarras tinham sido uma dádiva. Aquele era o menino que ela estava destinada a amar. Um dia ela viria a ser sua esposa.

Tive um sobressalto. Algo acertara meu pé. Me empertiguei imediatamente na cadeira, olhando em volta, confusa. O jardim estava diferente — escuro. O sol se fora. Eu me perdera sonhando acordada. Em meu sonho, era Jason quem erguia a garota e a carregava nos braços. Sua camisa estava aberta no colarinho e ao carregá-la ele sussurrava algo rude e sedutor em seu ouvido, fazendo-a corar e cobrir o rosto. Algo me acertou no braço e eu me levantei atropeladamente da cadeira com o choque, deixando cair meus livros. Por toda parte apareciam covinhas na terra, levantando poeira como se fossem tiros. Chuva. Era apenas chuva, mas eu ainda estava envolvida na história da menina japonesa, um milhão de insetos saindo da terra de supetão e enroscando no cabelo dela. Os pingos de chuva em minha pele desprotegida eram como ácido. Rapidamente catei todos os livros que consegui e corri pelo jardim até o túnel de glicínia.

Fechei a porta de correr. A escada estava fria; havia folhas mortas nas frestas dos degraus. Atrás de mim, a chuva batia no papel de arroz da tela, e eu imaginei o jardim ficando cada vez mais escuro, insetos sacudindo os galhos e se fundindo sobre ele, como um enorme rodamoinho de poeira espiralando para cima dos telhados. No escuro, tirei e chutei os sapatos de qualquer maneira e saí correndo escada acima.

Jason estava no alto, parado no corredor, como se me esperasse. Estava vestido para sair, mas ainda descalço. Parei de súbito na frente dele, deixando cair os livros no chão.

— O que foi?

— Eu me cortei — falei, passando as mãos nos braços, imaginando asas de inseto rasgando a minha pele. — Acho que foi a glicínia.

Ele se abaixou e apertou meu tornozelo entre o polegar e o indicador. Eu me retraí, tentando soltar a perna instintivamente.

— O que você...

Ele pôs o dedo nos lábios.

— O que eu... — repetiu ele, me imitando, olhando para cima e erguendo as sobrancelhas para mim. — O que eu o quê?

Fiquei ali paralisada, as pernas ligeiramente abertas, olhando-o em silêncio, enquanto ele calmamente passava as mãos para cima e para baixo em minhas panturrilhas, como um cavalariço avaliando um cavalo. Suas mãos se demoraram em meus joelhos, e ele semicerrou os olhos, como se seus dedos fossem um estetoscópio e ele estivesse me auscultando em busca de algum problema de saúde. O suor começou a escorrer em meus ombros e na minha nuca. Ele se levantou e ergueu minha mão direita, depois alisou meus braços, fechando-os nos cotovelos, deslizando o polegar pela fina pele dos meus pulsos. O estrépito da chuva ecoava pela casa, estremecendo os frágeis corredores como se fosse granizo. Jason pôs a mão direita em meu ombro direito e puxou meu cabelo para cima, em volta do meu pescoço, juntando-o do lado esquerdo e passando os dedos entre os fios. Eu podia sentir minha pulsação contra a palma da mão dele.

— Por favor...

Ele sorriu com o canto da boca, mostrando a ponta de um dente lascado.

— Você é limpa — disse ele. — Muito limpa.

Minha vontade era cobrir os olhos, porque havia pequenas bolhas de luz explodindo contra minha retina. Eu podia ver a pinta que ele tinha no pescoço e, abaixo, a leve palpitação de sua pulsação.

— Sabe do que é hora agora? — disse ele.

— Não. É hora do quê?

— É hora de fazermos isso de uma vez. — Ele pegou minha mão suavemente, segurando-a entre o polegar e o indicador. — Vamos. Vamos descobrir o que você está escondendo.

Eu enrijeci os joelhos, fincando os calcanhares no chão. Minha pele estava insuportavelmente retesada, como se cada pelo tivesse se erguido na raiz, esforçando-se para impedir que um fantasma de mim deslizasse para fora e entrasse direto em Jason. Dois riozinhos de suor separados corriam de minhas omoplatas.

— Ei — ele deu um sorriso matreiro —, não se preocupe, eu tiro meus cascos antes.

— Me largue — falei, soltando a mão da dele e dando um passo para trás, quase tropeçando. — Por favor, me deixe em paz.

Juntei meus livros de qualquer jeito e corri para o meu quarto, um pouco inclinada para a frente, os livros apertados contra a barriga. Fechei a porta com um estrondo e me recostei nela, na semiescuridão, e por muito tempo meu coração ficou batendo tão forte que eu não conseguia ouvir mais nada.

Às 18 horas já estava escuro e a luz do Mickey Rourke entrava no quarto pelas cortinas. Eu mal conseguia ver minha silhueta no espelho emoldurada pela luz dourada, sentada num silêncio trêmulo, uma ondulante linha de fumaça de cigarro subindo no ar. Estava sentada ali havia quase cinco horas, sem fazer nada a não ser fumar um cigarro atrás do outro, e a emoção ainda não passara. Era uma sensação efervescente, eufórica, como bolhas estourando por toda a minha pele. Toda vez que diminuía, bastava eu pensar em Jason dizendo "Vamos descobrir o que você está escondendo" que voltava tudo.

Depois de algum tempo, afastei uma mecha de cabelo da testa e apaguei o cigarro. Estava na hora de se aprontar para ir ao clube. Eu estava tremendo quando me levantei, e enquanto tirava as roupas, abria o armário e pegava as sacolas. Às vezes você chega num ponto na vida em que precisa simplesmente prender o fôlego e pular.

Achei uma calcinha francesa de seda, com largas e compridas fitas de gorgorão, uma única seção central em veludo *devoré*, centenas e centenas de flores medievais púrpuras se enlaçando pelo centro e florescendo na seda como uma iluminura. Vesti essa, puxando-a para cima até o umbigo. Então me virei e olhei meu reflexo. Toda a minha barriga estava coberta, do umbigo até o ponto em que começavam as coxas. Não dava para ver nada.

Do outro lado da casa, as russas estavam gritando uma com a outra, discutindo, como em geral faziam quando estavam se aprontando para o trabalho. Vagos uivos de ultraje ecoavam ao longo do corredor, mas eu mal prestava atenção. Coloquei o dedo no centro da calcinha e puxei a renda de lado. Dava para entrar ali sem puxar a parte de cima da calcinha. Realmente não daria para ver nada de errado. Talvez a vida pudesse mudar, pensei. Talvez eu estivesse errada, talvez eu pudesse mudá-la, afinal.

Eu me vesti num transe. Escolhi um vestido exíguo de veludo preto. Sentei no banquinho com os pés ligeiramente afastados e deixei cair a cabeça entre os joelhos, da maneira que eu vira as russas fazerem, sacudindo o cabelo de forma que, ao me erguer, ele estivesse pesado e brilhante, muito preto em contraste com a minha pele branca. O vestido de veludo ficava justo nas partes do meu corpo em que eu ganhara peso, e dava vontade de empurrar para dentro a pele em alguns lugares.

Lá fora, as russas ainda estavam berrando, o som da discussão indo e voltando pelo corredor. Muito cuidadosamente eu passei batom, peguei uma bolsinha de couro, apertei-a sob o braço, calcei sapatos de salto alto e saí do quarto, andando pelo corredor um pouco vacilante por causa dos saltos, os ombros para trás, a cabeça erguida.

Havia uma luz acesa na cozinha. Jason estava lá de costas para a porta cantando para si mesmo, para tentar encobrir a balbúrdia; ia de um lado a outro, olhando dentro dos armários, da geladeira, preparando um martíni de última hora.

— Russinhas idiotas — cantava. — Patetas, patéticas, patológicas meninas. — Sua voz sumiu quando ele me ouviu passando pela porta.

Continuei andando. Eu já estava bem adiante no corredor quando, atrás de mim, ele chamou, bem alto:

— Cinza.

Parei no ato, minhas mãos firmemente cerradas, os olhos fechados. Esperei minha respiração se acalmar, e então me virei. Ele estava parado no corredor olhando para mim como se tivesse visto um fantasma.

— Sim? — falei.

Ele observou minha maquiagem, meu cabelo, os sapatos de salto alto pretos e brilhantes.

— Sim? — repeti, sabendo que estava corando.

— Esse é novo — disse ele por fim. — O vestido. Não é?

Não respondi. Fixei os olhos no teto, minha cabeça latejando.

— Eu sabia — continuou ele, e havia uma espécie de presunção fascinada em sua voz. — Eu sabia que por baixo disso tudo você era sexo, sexo puro.

27

Jason raramente se dirigia a uma de nós, mas naquela noite, enquanto íamos a pé para o clube, ele não parava de falar.

— Você se arrumou assim para mim, não foi? — repetia ele, andando ao meu lado, as mãos na bolsa cuja alça cruzava em diagonal seu peito, um cigarro na boca. — Não foi para mim? Ah, vai, admite.

As russas achavam isso a coisa mais engraçada dos últimos tempos, mas eu não encontrava as palavras para responder. Eu tinha certeza de que a minha pele estava ficando vermelha do lado que ele podia ver, e a calcinha parecia passear sob o vestido, como se tivesse vida própria e quisesse comunicar sua presença para Jason: *Sim, isso mesmo, ela se arrumou para você.*

Por fim ele desistiu, e passou o resto do tempo andando em silêncio, com uma expressão divertida e pensativa no rosto. Quando todos entramos no elevador de cristal, ele nos deu as costas, as mãos nos bolsos, olhando Tóquio lá fora, ficando na ponta dos pés e em seguida baixando os calcanhares. Fixei os olhos em sua nuca, pensando: *Você realmente me quer? Ou está apenas brincando comigo? Por favor, que não seja só uma brincadeira. Seria demais para mim...*

O clube estava cheio — um grupo da Hitachi ocupara quatro mesas e Mama estava de bom humor. Graças ao vestido de veludo, todo mundo reparava em mim, era como se eu estivesse incandescente, como uma lanterna de gueixa brilhando numa rua de Kioto.

É surpreendente quão sedutores podem ser a adulação e o sexo — foi só quando a gangue de Fuyuki chegou ao clube que eu me dei conta de que não tinha pensado no remédio de Shi Chongming a noite toda. Quando os vi na porta, me endireitei na cadeira, extraordinariamente alerta.

A mesa foi preparada. Strawberry enviou os garçons por todo o clube, para tirarem flores mortas dos arranjos, reporem toalhas de mão no toalete, garantirem que as garrafas personalizadas de uísque de Fuyuki estivessem lustrosas e refletindo a luz; e eu fui convocada, junto com mais seis meninas. O grupo de Fuyuki estava vindo de uma tarde de apostas no estádio de lanchas de Gamagori, em Aichi, e estavam todos de bom humor. A Enfermeira ficara para trás, não se instalara na alcova; ficou, dessa vez, no lobby, sentada na chaise-longue, as pernas cruzadas. Eu via de relance seus pés de salto alto sempre que as portas de alumínio eram abertas, e toda vez eu esquecia o que estava dizendo e ficava muda, me lembrando da fotografia da cena do crime. A Fera de Saitama. lembrei-me do olhar franzido no rosto de Shi Chongming quando ele pronunciou a palavra *embelezamentos*. Quão forte era preciso ser para matar um homem? Quanto é preciso saber sobre anatomia para remover suas entranhas sem deixar nenhuma marca visível no corpo? Ou teria Shi Chongming inventado essa parte para me assustar?

Fuyuki estava falante. Ele ganhara bastante dinheiro nas apostas e daria uma festa em seu apartamento mais tarde. Logo se espalhou a notícia de que ele tinha ido ali para chamar algumas hostesses para a festa. Exatamente como Shi Chongming dissera que ele faria. A casa dele, pensei, passando os dedos pelo cabelo e nas pernas, para alisar a meia-calça, talvez fosse lá que ele guardava o segredo. Ajeitei o vestido para que formasse uma linha reta de um ombro a outro. *São todas tão bonitas assim na Inglaterra?*

Surpreendentemente, Bison estava lá. Ainda confiante, tagarela como um capanga, os cotovelos apoiados na mesa, as mangas do paletó arregaçadas, mostrando seus antebraços maciços, e ainda entretendo o grupo com histórias — o circuito de clubes em Akasaka, um golpe em que ele caíra, cotas de um clube de golfe não existente que tinham sido vendidas. Ele contava uma história atrás da outra, mas faltava algo em seu rosto. Ele estava subjugado, o sorriso fácil dos palcos se fora, e eu fiquei com a impressão de que ele estava ali sob coação — o bobo da corte. Eu fingia ouvir polidamente, fumando e assentindo gravemente, mas na verdade eu estava com os olhos fixos em Fuyuki, tentando descobrir como destacar minha existência aos olhos dele.

— Eles já tinham vendido quase todas as cotas quando foram desmascarados — disse Bison, balançando a cabeça. — Imaginem só. Quando Bob Hope ouviu dizer que um clube de golfe japonês tinha sido armado no nome dele, ele quase matou alguém.

— Com licença — falei, apagando o cigarro e afastando a cadeira. — Com licença, já volto.

Os toaletes ficavam no canto, junto ao hall de entrada. Eu tinha que passar por Fuyuki para ir até lá. Ajeitei o vestido, endireitei os ombros, deixei os braços relaxados junto ao corpo e me coloquei em movimento. Eu tremia, mas me obriguei a continuar andando, devagar, de uma maneira forçadamente sexy que fazia meu rosto arder e minhas pernas bambearem. Mesmo com a música e as conversas eu podia ouvir o *shush-shush* do náilon das minhas coxas roçando entre si. A cabeça pequena de Fuyuki estava próxima de mim, e quando passei por ele fiz um movimento com o quadril, só o bastante para bater no encosto da cadeira de rodas e assustá-lo.

— Desculpe. — Coloquei as mãos na cadeira de rodas para firmá-la. — Mil perdões. — Ele ergueu um pouco os braços, tentando virar o pescoço rígido de velho para me olhar. Eu o acalmei, pondo os dedos nos ombros dele, e deliberadamente movi a perna direita contra ele de novo, deixando o instigante ruído da estática do náilon e o calor do meu corpo subirem até ele. — Sinto muito mesmo — repeti, empurrando a cadeira de volta para o lugar. — Não vai acontecer de novo.

Os capangas estavam me olhando. E então eu vi Jason no bar, parado com uma taça de champanhe nos lábios, os olhos fixos em mim. Eu não esperei. Ajeitei o vestido e segui meu caminho. Cheguei ao banheiro e me tranquei lá dentro, tremendo descontroladamente, observando meu rosto febril no espelho. Era algo inacreditável. Eu estava me transformando num vampiro. Quem me visse naquele momento não acharia que era a mesma pessoa que chegara a Tóquio dois meses antes.

— Meu conselho é: não vá — disse Strawberry. — Fuyuki convidou para apartamento, mas Strawberry acha má ideia. — Quando a gangue chegara, ela providenciara a arrumação da mesa e então recuara soturnamente para sua mesa, onde ficara a noite toda, bebendo champanhe o mais rápido que podia e escrutinando a nós todos com seus olhos estreitos e desconfiados. Quando a noite no clube acabara, e todas as cadeiras estavam sobre as mesas e um homem com uma enceradeira industrial se movia silenciosamente entre elas, Mama Strawberry estava terrivelmente bêbada. Sob a pesada maquiagem de Marilyn, sua pele apresentava um cor-de-rosa intenso em volta das narinas, no contorno do cabelo, no pescoço. — Você não entende. — Ela apontou a piteira para mim, cravando-a no ar. — Você não é como garotas japonesas. Garotas japonesas entendem gente como Sr. Fuyuki.

— E quanto às russas? Elas vão.

— As russas! — Ela desdenhou, indignada, afastando da testa um pequeno cacho de cabelo branco de tão louro. — As russas!

— Elas não entendem muito mais do que eu.

— Ok. — Ela ergueu a mão para me deter. Esvaziou o copo, endireitou-se e apalpou a boca e o cabelo, tentando recobrar a compostura. — Ok — repetiu, sentando-se mais para a frente e apontando a piteira para mim. Às vezes, quando estava bêbada desse jeito, ela mostrava os dentes e as gengivas. O engraçado era que, apesar de todas as cirurgias, ela nunca arrumara os dentes: continuavam descorados, um ou dois até pretos. — Você vai ao apartamento de Fuyuki, você *toma cuidado*. Ok? Eu no seu lugar não comia nada naquela casa.

— Não o quê?

— Não comer nenhuma carne.

Os cabelos na minha nuca se arrepiaram.

— O que a senhora quer dizer? — perguntei, sem forças.

— Muitas histórias.

— Que histórias?

Strawberry deu de ombros. Deixou os olhos percorrerem o clube. Os carros de Fuyuki estavam esperando cinquenta andares abaixo e a maioria das garotas já estava pegando suas bolsas e casacos. Lá fora, um vento forte começara a soprar, e das janelas panorâmicas dava para ver que a luz caíra em alguns lugares. Partes da cidade estavam às escuras.

— O que a senhora quer dizer? — perguntei novamente. — Que histórias? Que carne?

— Nada! — Ela fez um gesto descartando o assunto, ainda sem me olhar nos olhos. — Só piadas. — Ela riu então, uma risada estridente, artificial, e eu percebi que seu cigarro apagara. Ela enfiou um novo na piteira, com a qual acenou para mim. — Melhor terminar isso. Essa discussão está encerrada. Encerrada.

Minha mente estava à toda. *Não comer a carne?* Eu estava pensando em como insistir, como pressioná-la, certa de que Strawberry estava me dando uma pista vital, quando subitamente Jason apareceu, sentou-se ao meu lado, inclinou-se para a frente e pegou minha cadeira, virando-a para me fazer ficar de frente para ele.

— Você vai para o apartamento do Fuyuki? — sussurrou-me ele.

Jason já tirara seu uniforme de garçom e estava com uma camiseta cinza que exibia um slogan Goa Trance desbotado. Com a bolsa pendurada, ele estava pronto para ir para casa.

— As gêmeas me disseram — disse ele. — Você vai.

— Sim.

— Então eu tenho que ir também.

— O quê?

— Porque vamos passar a noite juntos. Você e eu. Já tínhamos acertado isso.

Abri a boca para falar, mas não consegui fazer com que nenhuma palavra saísse. Eu devia estar com uma aparência bem estranha, as pupilas dilatadas, a boca aberta, uma leve camada de suor no pescoço.

— A Enfermeira — explicou ele, como se eu tivesse feito uma pergunta. — É por isso que eu vou poder entrar. — Ele umedeceu os lábios e olhou de relance para Strawberry, que estava fumando outro cigarro, as sobrancelhas erguidas astutamente para a nossa conversa. — Digamos — sussurrou ele — que ela tem certa simpatia por mim. Se é que você me entende.

28

Fuyuki e seu entourage tinham ido na frente, deixando, para levar os convidados, uma fila de carros pretos com "Lincoln Continental" escrito em letras floreadas no porta-malas. Eu fui uma das últimas a sair do clube, e quando cheguei ao nível da rua quase todas as hostesses, além de Jason, já tinham ido, sobrando apenas um carro. Entrei no banco de trás com três japonesas cujos nomes eu não sabia. No caminho elas ficaram conversando sobre seus clientes, mas eu me mantive quieta, fumando um cigarro e olhando pela janela as ameias do Palácio Imperial. Quando atravessamos a Nishi Shinbashi, passamos pelo jardim em que eu conhecera Jason. Não reconheci o lugar imediatamente; ele estava quase para trás quando eu percebi que aquelas estranhas fileiras brilhando ao luar eram as silenciosas crianças de pedra alinhadas sob as árvores. Eu me virei para vê-las pela janela traseira.

— O que é esse lugar? — perguntei ao motorista em japonês.

— O templo.

— Esse é o Templo Zojoji.

— Zojoji? Para que são todas aquelas crianças?

O motorista me olhou com curiosidade pelo retrovisor, como se eu o tivesse surpreendido.

— São os Jizo. Os anjos para as crianças mortas. As crianças natimortas. — Como eu não respondi, ele perguntou: — Você entende o meu japonês?

Eu me virei mais uma vez para olhar as fantasmagóricas filas de crianças sob as árvores. Tive um leve sobressalto. Nunca se pode saber ao certo o que se passa em nosso inconsciente. Talvez eu já soubesse o que eram as estátuas. Talvez tivesse sido por isso que eu escolhera aquele parque para dormir.

— Sim — falei, um tanto distante, a boca seca. — Entendo, sim.

Fuyuki morava perto da Torre de Tóquio, num imponente prédio que se erguia num jardim particular, protegido por portões de segurança. Quando o Continental entrou na propriedade, o vento vindo da baía fez as grandes palmeiras farfalharem. O porteiro levantou-se de trás de uma mesa de recepção pouco iluminada, agachou-se para destrancar a parte de baixo das portas de vidro e escoltou nosso grupo por um hall de mármore silencioso até um elevador privado, que ele abriu com uma chave. Nos apinhamos lá dentro, as japonesas dando risadinhas e cochichando por trás das mãos.

Quando as portas se abriram na cobertura, o homem de rabo de cavalo estava esperando por nós. Ele nada falou nem olhou para ninguém enquanto saíamos no pequeno vestíbulo, mas virou-se prontamente e nos conduziu por um longo corredor. Os cômodos do apartamento eram distribuídos como um quadrado. Um longo corredor revestido de madeira dava acesso a todas as partes da residência e parecia nunca mais acabar; lâmpadas ocultas projetavam áreas circulares de luz, como uma pista de decolagem, nos convidando para a distância. Fui andando cautelosamente, olhando em volta, me perguntando se a Enfermeira também morava ali, se ela tinha um covil atrás de uma daquelas portas.

Passamos por uma bandeira japonesa rasgada e manchada pendurada numa moldura iluminada, uma caixa cerimonial de cinzas entalhada em glicínia, pintada de branco e exposta numa vitrine de vidro. Nenhuma tranca, notei. Eu me deixei ficar para trás em relação ao grupo. Passamos por um uniforme militar, gasto pelas batalhas e montado de forma a parecer ter carne e substância. Eu me inclinei um pouco ao passar pelo gabinete de vidro, de olho no grupo adiante, e enfiei a mão por dentro da base aberta da vitrine, roçando a bainha do uniforme.

— O que você está aprontando? — perguntou-me uma das meninas quando eu as alcancei.

— Nada — murmurei, mas meu coração estava acelerado. Não havia alarmes. Eu não ousara esperar por isso.

Passamos por um lance de escadas que descia, terminando num trecho escuro. Hesitei, resistindo ao impulso de me separar do grupo e descer os degraus. O apartamento ocupava dois andares. Que tipo de cômodos poderia haver ali embaixo?, eu me perguntei, e de súbito, inexplicavelmente, imaginei jaulas. *Não é uma planta o que você está procurando...*

Justo nesse momento as meninas pararam e começaram a depositar suas bolsas e casacos num pequeno cômodo. Tive que deixar a escada para trás e alcançá-las, parando para deixar meu casaco também. Logo pudemos ouvir uma música baixa, o tilintar suave de gelo nos copos, e então entramos numa sala enfumaçada de teto baixo, repleta de alcovas e vitrines cuidadosamente iluminadas. Eu me detive por um instante, meus olhos se acostumando à luz. As hostesses dos primeiros carros já estavam sentadas em grandes *chesterfields* vermelho-escuros, empunhando copos e conversando em murmúrios. Jason estava numa poltrona, confortavelmente reclinado, um tornozelo à vista apoiado de leve no outro joelho, um cigarro aceso nos dedos — como se estivesse relaxando em casa após um longo dia de trabalho. Fuyuki estava na outra extremidade da sala, numa cadeira de rodas. Ele vestia um *yukata* folgado, as pernas descobertas, e ia e vinha em sua cadeira de rodas junto às paredes, conduzindo Bison. Eles observavam as xilogravuras eróticas que havia nas paredes, cortesãs de corpos esguios com pernas brancas e esqueléticas, quimonos bordados abertos para revelar genitais desproporcionalmente grandes.

Não pude evitar. Fiquei imediatamente fascinada pelas gravuras. Eu podia sentir Jason a pouca distância, achando graça na minha reação, mas não consegui tirar os olhos. Uma delas mostrava uma mulher tão excitada que algo estava pingando do meio de suas pernas. Por fim, quando já não consegui mais me impedir de olhá-lo, me virei. Jason ergueu as sobrancelhas e sorriu, aquele sorriso longo e lento que mostrava apenas a ponta de seu dente lascado, o sorriso que eu vira em seu rosto no corredor da casa de Takadanobaba. O sangue subiu ao meu rosto. Levei os dedos às bochechas e me virei de costas para ele.

— Esta aqui — disse Bison, em japonês, apontando uma gravura com o charuto. — A do quimono vermelho?

— De Shuncho — disse Fuyuki, em seu sussurro áspero. Ele plantou a bengala no chão e apoiou o queixo na ponta, olhando pensativo para a gravura. — Século XVIII. Segurada em 4 milhões de ienes. Linda, não é? Fiz com que um pequeno *chimpira* de Saitama a liberasse para mim de uma casa em Waikiki.

O homem de rabo de cavalo tossiu discretamente e Bison se virou. Fuyuki girou a cadeira de rodas motorizada para nos receber.

— Venham comigo — sussurrou ele para as garotas reunidas. — Por aqui.

Passamos por um arco para uma sala onde, sob duas espadas de samurai penduradas no teto por fios invisíveis, um grupo de homens em camisas Aloha bebia uísque em copos de cristal. Eles se levantaram, fazendo uma reverência quando Fuyuki deslizou por eles em sua cadeira de rodas. Portas de vidro de correr estavam abertas, revelando um pátio central revestido de mármore preto-brilhante, em que o céu noturno refletia como num espelho. No centro, totalmente preta, como se cavada do mesmo bloco, estava uma piscina iluminada, uma leve névoa de cloro pairando sobre sua superfície. Vários aquecedores a gás, altos como postes de luz, estavam espalhados, e seis grandes mesas de jantar estavam arrumadas ao lado da piscina; sobre cada uma, jogos americanos esmaltados de preto, hashis de prata e pesados cálices de vidro, e a brisa balançava de leve os guardanapos.

Vários lugares já estavam ocupados. Homens corpulentos, de cabelo curto, fumavam charutos e conversavam com jovens mulheres em vestidos de noite de frente única. Havia muitas garotas. Fuyuki deve conhecer um monte de clubes, pensei.

— Sr. Fuyuki — falei, me colocando atrás dele enquanto nos dirigíamos às mesas. Ele parou e se virou para me olhar, surpreso. Nenhuma das meninas ousara falar com ele até então. Minhas pernas estavam bambas, e o calor dos aquecedores deixava um lado do meu rosto vermelho — Eu... eu queria sentar ao lado do senhor.

Ele apertou os olhos. Talvez estivesse intrigado pela minha rudeza. Cheguei mais perto dele, de pé à sua frente, perto o bastante para ele poder reparar em meus seios e quadris, retesados dentro do vestido. Num impulso, o vampiro dentro de mim despertando, peguei as mãos dele e as coloquei em meus quadris.

— Quero sentar ao lado do senhor.

Fuyuki olhou para as próprias mãos, que eu segurava contra as dobras do meu vestido. Talvez ele conseguisse sentir a lingerie por baixo, o roçar de seda contra seda, a faixa de elástico sob seus dedos. Talvez tenha apenas pensado que eu era doida e esquisita, porque depois de um momento ou dois ele deu uma gargalhada.

— Venha, então — sussurrou em resposta. — Sente-se ao meu lado, se é o que você quer.

Ele impeliu a cadeira de rodas para perto da mesa e eu me sentei trêmula, puxando minha cadeira para junto dele. Bison já se instalara próximo de nós, pegando um guardanapo, desdobrando-o e encaixando-o no colarinho. Um garçom de calça jeans e camiseta preta passou servindo coquetéis gelados de vodca em copos enevoados de branco, trilhas vaporosas saindo deles como gelo seco. Tomei um gole, sub-repticiamente inspecionando o pátio. Em algum lugar, pensei, olhando para as janelas, algumas acesas, outras escuras, em algum lugar neste apartamento está aquilo que impede Shi Chongming de dormir à noite. *Não é uma planta. Se não é uma planta, então o que é?* Havia uma luz vermelha bem alto na parede. Seria um alarme?

Chegou comida à mesa: fatias de atum empilhadas como dominós sobre camas de perila; tigelas de tofu de nozes coberto de alga marinha; rabanete ralado, crocante como sal. Bison estava paralisado em sua cadeira, os olhos fixos numa travessa de frango *yaki-*

tori, como se o prato representasse um problema enorme, o rosto pálido e suado, como se fosse passar mal. Eu o fitei em silêncio, me lembrando da outra vez que ele fora ao clube, sua expressão de pasmo, sua fascinação pelo resíduo de pó no copo de Fuyuki. Igual a Strawberry, pensei. Ele não quer comer a carne. Ouviu as mesmas histórias que ela...

Umedeci os lábios e me inclinei na direção de Fuyuki.

— Nós nos conhecemos antes — murmurei em japonês. — O senhor lembra?

— É mesmo? — Ele não olhou para mim.

— Sim. No verão. Eu estava esperando encontrar o senhor de novo.

Ele fez uma pausa e então disse:

— É mesmo? É mesmo?

Quando ele falava, seus olhos e seu nariz tão pequeno e esquisito não se moviam, mas a pele do lábio superior aderia aos dentes e subia, revelando caninos estranhamente pontiagudos nos cantos superiores da boca, exatamente como os de um gato.

— Eu gostaria de ver o seu apartamento — falei baixinho.

— Você pode vê-lo daqui.

Ele tateou o bolso e pegou um charuto, que desembrulhou, cortou com um discreto acessório de prata tirado do bolso do peito, e o inspecionou, virando-o de todos os lados, tirando lasquinhas de tabaco.

— Eu gostaria de olhar o resto. Gostaria de... — hesitei. Fiz um gesto para a sala onde havia as gravuras e continuei, em voz baixa: — ... de ver as gravuras. Eu li sobre *shunga*. As que o senhor tem são bastante raras.

Ele acendeu o charuto e bocejou.

— Elas trazidas do Japão por mim — disse ele, passando a falar num inglês desajeitado. — Volta para pátria. Meu hobby é... *Eigo deha nanto iu no desuka? Kaimodosu kotowa... Nihon no bijutsuhinwo Kaimodosu no desuyo.*

— Repatriar — falei. — Repatriar arte japonesa.

— *So, so*. Isso. Re-pa-tri-ar arte Japão.

— Não gostaria de mostrá-las para mim?

— Não. — Ele deixou seus olhos se fecharem lentamente, como um réptil muito velho que se sentisse à vontade, cobrindo-os com a mão, como se a conversa fosse o suficiente por ora. — Obrigado, não agora.

— Tem certeza?

Ele abriu um olho e me olhou desconfiado. Comecei a falar, mas algo no olhar dele me fez pensar melhor. Deixei cair as mãos no colo. *Ele não pode jamais saber,* Shi Chongming dissera. *Jamais suspeitar.*

— Claro. — Eu pigarreei e brinquei com o guardanapo. — Claro. Agora não é uma boa hora. Uma hora nada boa.

Acendi um cigarro e fiquei fumando, girando o isqueiro sem parar nas mãos, como se fosse um objeto extremamente fascinante. Fuyuki me observou por mais alguns segundos. Então, parecendo satisfeito, fechou os olhos de novo.

Depois disso, não falei mais muito com ele. Ele cochilou por alguns minutos e, quando acordou, uma japonesa à sua direita desviou sua atenção de mim, contando uma longa história sobre uma garota americana que foi correr sem sutiã. Ele ria e sacudia a cabeça com entusiasmo. Fiquei em silêncio, fumando um cigarro atrás do outro, pensando: *E agora, e agora, e agora?* Eu tinha a clara noção de que estava chegando perto, de que estava cercando algo bem de perto. Bebi duas taças de champanhe muito rapidamente, apaguei o cigarro, respirei fundo e me inclinei na direção dele.

— Fuyuki-san? — murmurei. — Preciso ir ao toalete.

— *Hi, hi* — disse ele, incomodado. A hostess à sua direita estava mostrando um truque com uma cartela de fósforos. Ele fez um gesto vago com a mão na direção de uma porta de vidro dupla atrás de si. — Por ali.

Eu contava com mais. Alguma resistência. Afastei minha cadeira e me levantei, observando seu pequeno crânio marrom, esperando que ele se movesse. Mas ele não se moveu. Ninguém na mesa nem mesmo deu um relance para cima, estavam todos absortos demais em suas conversas. Cruzei o pátio, entrei pelas portas de vidro e as fechei rapidamente, parando por um momento, as mãos no vidro, olhando para trás. Ninguém tinha notado que eu me levantara. Numa mesa perto da outra extremidade da piscina eu podia ver a cabeça de Jason entre duas hostesses, e mais perto de mim estava Fuyuki, exatamente como eu o deixara, seus ombros magros balançando enquanto ele ria. A japonesa tinha posto fogo na cartela de fósforos, segurando-a acima da mesa como uma tocha, agitando-a para os aplausos dos outros convidados.

Eu me virei. Estava parada num corredor revestido de madeira, a imagem espelhada daquele pelo qual tinha passado antes, repleto de mais vitrines iluminadas — eu podia ver um figurino de ator Nô, uma armadura samurai refletindo as luzes. Inúmeras portas se sucediam. Respirei fundo e comecei a andar.

O carpete abafava meus passos; o som do ar-condicionado me lembrava a atmosfera fechada, capsular, de um avião. Farejei o ar — que cheiro eu estava esperando sentir? *Não coma a carne...* Devia haver outras escadas daquele lado do apartamento. Passei por portas e mais portas, mas nenhuma escada. No fim do corredor, entrei prontamente em um outro corredor, que saía em ângulo reto em relação ao anterior, e meu coração se acelerou. Lá estava, à direita: a escada, uma pesada porta dupla, aberta, presa por ganchos às paredes.

Eu estava a cerca de 10 metros da porta quando muito à frente, na virada seguinte, uma sombra apareceu na base da parede.

Eu gelei. A Enfermeira. Só podia ser ela, vindo do outro corredor. Ela devia estar andando rapidamente, porque a sombra estava ficando maior, subindo veloz pela parede até quase tocar o teto. Fiquei ali paralisada, meu coração batendo furiosamente. A qualquer minuto ela viraria no corredor e me veria. Agora eu podia ouvir o sapato de couro dela rangendo de maneira marcial. Agarrei cegamente a primeira porta. Abriu. Dentro, uma luz se acendeu automaticamente e, bem quando a sombra caiu para o chão e se alongou pela parede na minha direção, eu entrei, fechando a porta atrás de mim com um clique discreto.

Era um banheiro, um cômodo sem janelas, todo ele revestido por um fabuloso mármore vermelho-sangue, estriado como gordura de carne, com uma banheira cercada por espelhos e, num parapeito, uma pilha de toalhas imaculadamente engomadas. Fiquei parada por alguns momentos, tremendo descontroladamente, a orelha colada à porta, ouvindo os sons que vinham do corredor. Se ela tivesse me visto, eu lhe diria o que dissera a Fuyuki: que estava procurando o toalete. Respirei com cuidado, tentando escutar qualquer ruído lá fora. Fechei a tranca e então, como minhas pernas estavam moles, sentei na tampa da privada. Aquilo era impossível, impossível. Como Shi Chongming esperava que eu fizesse aquilo? O que ele achava que eu era?

Depois de vários minutos, após nada acontecer, nenhum som, nenhuma respiração, peguei um cigarro na bolsa e o acendi. Fumei em silêncio, roendo as unhas com os olhos fixos na porta. Olhei meu relógio, me perguntando quanto tempo fazia que eu me encontrava ali, se ela ainda estaria lá fora. Lentamente, bem lentamente, o tremor foi cessando. Terminei o cigarro, joguei-o na privada e acendi outro, fumando-o vagarosamente. Então me levantei e acariciei a borda dos espelhos, imaginando se haveria espaço atrás deles para esconder uma câmera de segurança. Abri gavetas e remexi em pilhas de sabonetes e pequenos conjuntos de toalete de cortesia com logos da JAL e da Singapore Airlines. Quando parecia ter se passado séculos, dei descarga na privada, respirei fundo, abri a porta e coloquei a cabeça para fora. O corredor estava vazio. A Enfermeira se fora e a porta dupla que dava para a escada tinha sido fechada. Quando me esgueirei pelo corredor e experimentei a maçaneta, descobri que tinha sido trancada.

Lá fora o céu estava limpo, só um chumaço de nuvens cor-de-rosa, iluminado pelas luzes da cidade, movia-se silenciosamente sob as estrelas, como a respiração de um gigante num dia frio. Enquanto eu estava no corredor, os convidados tinham saído das mesas e se instalado em espreguiçadeiras listradas, começando jogos de mah-jong em mesas dobráveis. Os garçons retiraram os pratos.

Ninguém percebeu quando eu voltei e me sentei, ainda nervosa, perto da piscina.

Fuyuki tinha sido levado para um canto afastado do pátio e a Enfermeira agora estava a seu lado, curvada, ocupada em ajeitar um cobertor sobre as pernas dele. Ela vestia uma saia muito justa, um paletó de colarinho alto e seus sapatos de salto alto habituais. O cabelo estava atrás das orelhas, revelando a face branca e estranhamente marcada. Ela passara um batom de um vermelho muito escuro — em seus lábios cerrados, parecia quase azulado. Os homens por perto estavam sentados com as costas deliberadamente viradas para ela, concentrando-se em suas conversas, fingindo não perceberem sua presença.

Ela não olhou para mim. Provavelmente iria trancar aquela porta de qualquer forma, pensei. Não havia razão para pensar que ela notara minha presença lá embaixo. Fuyuki murmurou alguma coisa para ela, sua mão frágil agarrando a manga da camisa dela. A Enfermeira aproximou o ouvido da boca dele, e eu prendi o fôlego, reparando nas unhas dela, pintadas meticulosamente num vermelho fosco. Ela deixara crescer mais a unha do dedo mínimo, que ficara comprida e curva, da maneira como comerciantes chineses tradicionalmente faziam para mostrar que não realizavam trabalho manual. Eu me perguntei se Fuyuki estaria contando a ela de minha insistência para que ele me mostrasse o apartamento, mas depois de alguns instantes ela se endireitou e, em vez de olhar para mim, passou silenciosamente pela piscina, indo até as portas do lado oposto.

Agarrei a beirada da cadeira, tensa, toda a minha atenção concentrada na Enfermeira, seguindo-a por cada centímetro que ela percorria nos corredores, talvez escada abaixo. Eu sabia o que ela ia fazer. Sabia instintivamente. O barulho da festa tornou-se um fundo indistinto e tudo que eu conseguia ouvir era o pulso da noite, a água batendo no filtro da piscina. Meus ouvidos se expandiram com o meu coração, até todos os menores sons parecerem amplificados mil vezes e eu achar que podia ouvir o apartamento se movendo e murmurando à minha volta. Eu conseguia ouvir alguém lavando pratos na cozinha. Podia ouvir os passos abafados da Enfermeira descendo a escada. Tinha certeza de que podia ouvir o retinir de cadeados, de portas de ferro rangendo ao se abrir. Ela estava indo pegar o remédio de Fuyuki.

E então algo aconteceu. Na piscina, numa profundidade de uns 3 metros, havia duas janelas com persianas do lado de dentro. Eu não as notara antes porque estavam escuras. Mas uma luz acabara de se acender no cômodo, projetando listras verticais amarelas na água. Achei um cigarro na bolsa bem rápido, acendi-o e me levantei, passando casualmente pelas pessoas até a beirada da piscina. Fiquei ali parada, a outra mão na base das costas, dando algumas tragadas para me acalmar. Então, quando tive certeza de que ninguém estava me observando, espiei a água. Um convidado perto de mim começou a cantar uma ruidosa canção *enka*, e uma das hostesses estava rindo espalhafatosamente, mas eu mal prestava atenção nisso. Fechei minha mente até haver no mundo apenas eu e aquelas faixas de luz na água.

Eu tinha certeza, sem saber como, de que precisamente atrás daquelas persianas ficava a sala onde o remédio de Fuyuki era guardado. A persiana estava um pouco entreaberta, deixando ver parte do chão, e eu podia ver a sombra da Enfermeira movendo-se lá dentro. De quando em quando ela chegava um tanto perto da janela, o suficiente para eu ver seus pés nos brilhantes sapatos de salto alto. Eu estava concentrada. Havia algo mais na sala com a Enfermeira. Algo feito de vidro. Algo quadrado, como uma vitrine ou um...

— O que você está fazendo?

Tive um sobressalto. Jason estava parado ao meu lado, segurando um drinque e olhando para a água. Subitamente todo o ruído recomeçou e o mundo recuperou suas cores. O convidado que cantava estava nos últimos compassos de sua música, e os garçons abriam garrafas de conhaque, distribuindo copos entre os convidados.

— O que você está olhando?

— Nada. — Dei um relance para o fundo da piscina de novo. A luz tinha sumido. A piscina estava escura de novo. — Quer dizer, eu estava olhando a água. É tão... transparente.

— Tenha cuidado — murmurou ele. — Tenha muito cuidado.

— Tudo bem — falei, afastando-me da piscina. — Claro.

— Você está aqui atrás de alguma coisa, não é?

Eu o olhei nos olhos.

— O quê?

— Está procurando alguma coisa.

— Não. Quer dizer... Não, claro que eu... Que coisa curiosa para dizer.

Ele deu uma risada breve, seca.

— Você esquece que eu percebo quando você está mentindo. — Ele olhou para o meu rosto, depois meu cabelo e meu pescoço, como se eles tivessem lhe feito uma pergunta complexa. Tocou levemente meu ombro e uma descarga de estática fez meu cabelo saltar na direção dele, enrolando-se em seus dedos. Ele notou isso com um sorriso longo e lento. — Eu vou chegar até bem fundo em você — disse ele baixinho. — Bem fundo. Mas não se assuste. Vou fazer devagar, bem devagar.

29

Nanquim, 18 de dezembro de 1937, 8 horas (16º dia do mês XI)

Enfim posso escrever. Enfim tenho alguma paz. Fiquei fora de casa por mais de um dia. Quando, no fim da tarde, decidi sair, nada poderia ter me impedido. Prendi o certificado de refugiado em meu paletó e saí na viela, atraído pelo cheiro. Era a primeira vez que eu via a luz do dia desde o dia 13. O ar parecia pesado e frio, a neve rançosa. Caminhei discretamente por vielas e pulei alguns portões para chegar à casa de Liu. A porta da frente estava aberta e ele estava sentado logo na entrada, quase como se não tivesse se mexido desde que eu o deixara. Fumava um cachimbo, uma expressão de desalento no rosto.

— Liu Runde — falei, entrando na casa —, está sentindo esse cheiro? O cheiro de carne sendo cozida?

Ele se curvou para a frente e pôs o nariz para fora no ar frio, inclinando a cabeça e olhando pensativo para o céu.

— Pode ser a comida que roubaram de nós — sugeri. — Talvez tenham tido o desplante de cozinhá-la.

— Talvez.

— Eu vou procurar. Nas ruas. Shujin precisa de comida.

— Tem certeza? E quanto aos japoneses?

Não respondi. Eu estava me lembrando, com algum constrangimento, da insistência dele em dizer que estaríamos seguros, estava pensando no exemplo que deveríamos dar. Depois de um longo silêncio, me recompus e dei um tapinha no meu certificado de refugiado.

— Você... você não tem um desses, meu velho?

Ele deu de ombros e se levantou, deixando de lado o cachimbo.

— Espere aqui — falou. — Vou buscar.

Ele teve uma conversa aflita, sussurrada, com a mulher. Eu podia vê-los no quarto pouco iluminado dos fundos da casa, de frente um para o outro, só a manga de seda azul desbotada visível na porta, mexendo-se vez ou outra quando ela erguia a mão para enfatizar algo. Logo ele saiu para me encontrar, fechando a porta da casa cuidadosamente atrás de si e olhando para os dois lados na viela. Estava com o certificado preso ao paletó e uma expressão ansiosa e retraída no rosto.

— Nunca esperei que chegaríamos a esse ponto — sussurrou ele, levantando o colarinho contra o frio. — Nunca teria imaginado. Às vezes me pergunto quem é o insensato em nosso casamento.

Esgueiramo-nos até o começo da viela e espiamos a rua deserta. Não havia som ou movimento em parte alguma. Nem mesmo um cachorro. Só fileiras e mais fileiras de casas fechadas, enegrecidas com fuligem, um carrinho de mão encostado de pé na frente de uma casa. Pequenos fogos ardiam nas calçadas, e na direção do rio o céu estava vermelho com as chamas. Cheirei o ar. Aquele cheiro incrivelmente atraente parecia mais forte. Quase como se pudéssemos esperar a qualquer momento ouvir o chiado de óleo fritando vindo de uma das casas.

Esgueiramo-nos rua acima como dois gatos famintos, rondando nas sombras, correndo de uma porta até outra, o tempo todo para o norte, na direção do portão de Zhongyang, que era para onde os ladrões tinham fugido. De quando em quando dávamos com pilhas de pertences, nenhum dono à vista, e os arrastávamos para a porta mais próxima, remexendo desesperadamente na esperança de encontrar comida. Em cada casa pela qual passávamos, mesmo as mais esquálidas, colávamos o nariz à porta, sussurrando pelos espaços da madeira: "Quem está cozinhando? Quem está cozinhando?" Uma punhalada de fome estava atravessando meu corpo, tão intensa que era difícil ficar de pé ereto. Eu podia ver pela expressão de Liu que ele sentia a mesma coisa. "Saiam", sussurrávamos para dentro das casas, "mostrem... mostrem o que estão cozinhando".

No inverno, escurece mais cedo para nós que vivemos no leste da China, e não demorou muito para o sol se ir e nós termos que achar nosso caminho pelas ruas com a ajuda apenas da luz dos fogos. Estávamos exaustos. Parecia que tínhamos andado vários *li* — eu tinha a sensação de haver andado desde a rua da Ponte do Pagode, lá longe —, e no entanto ainda não tínhamos alcançado a muralha da cidade. A única criatura viva que vimos além de nós foi um cão magrelo que parecia faminto, abandonado e coberto de feridas tão horríveis que parte de sua espinha dorsal estava exposta. Ele nos seguiu por um tempo, e, embora estivesse terrivelmente doente, meio que tentamos atraí-lo: era grande o bastante para alimentar nossas duas famílias. Mas o animal estava nervoso e latiu alto quando nos aproximamos, o som ecoando perigosamente pelas ruas silenciosas. Por fim desistimos.

— É tarde — falei, parando em algum lugar perto do portão. O cheiro de comida tinha sido substituído por alguma outra coisa, o fedor de bueiros poluídos. Nosso ânimo estava esmorecendo. Olhei para as construções esquálidas ao longo da rua. — Não estou mais com tanta fome, meu velho. Não estou.

— Você está cansado. Apenas cansado.

Eu ia responder quando algo sobre o ombro de Liu chamou a minha atenção.

— Fique muito imóvel — sussurrei, pegando o braço dele. — Não fale.

Ele se virou. No fim da rua, ao longe, o rosto iluminado por baixo por uma pequena lanterna sobre um barril de água, um soldado japonês aparecera, o rifle pendurado no ombro. Apenas cinco minutos antes nós estávamos exatamente onde ele estava agora.

Refugiamo-nos imediatamente na soleira mais próxima, ofegantes, colados à porta e trocando olhares.

— Ele não estava lá um minuto atrás — sussurrou Liu. — Você o viu?

— Não.

— Como, em nome dos céus, vamos voltar para casa agora?

Ficamos ali por muito tempo, nossos olhos fixos, nossos corações batendo forte no peito, ambos esperando o outro decidir o que fazer. Eu sabia que aquela rua seguia numa linha reta sem espaços entre as casas por um bom pedaço — teríamos que percorrer muito chão inteiramente à vista do soldado antes que encontrássemos uma travessa para nela desaparecer. Eu respirei fundo, puxei meu barrete bem baixo na testa e arrisquei colocar a cabeça na rua, só por um segundo, só o bastante para ver o soldado. Recuei instantaneamente, rente à parede, resfolegando.

— O que foi? — sussurrou Liu. — O que você conseguiu ver?

— Ele está esperando alguma coisa.

— Esperando? Esperando que...

Mas antes que ele pudesse completar a pergunta a resposta veio até nós: um som familiar ressoando ameaçadoramente ao longe, um estrondo abafado, terrível, que fez as casas em volta de nós tremerem. Ambos sabíamos o que era aquele som. Tanques.

Instintivamente recuamos da rua, jogando nosso peso contra a porta de madeira, confiando que o ruído dos tanques encobrisse o de nossos esforços. Estávamos prestes a trepar na lateral da casa com as mãos nuas se necessário, mas a porta cedeu com uma rachadura terrível, bem quando o ruído dos tanques ficou mais forte atrás de nós — eles devem ter virado a esquina e entrado na rua. A porta caiu para dentro com uma lufada súbita de ar parado, e nós caímos para dentro, uma confusão de suor e medo e roupas pesadas, tropeçando e esbarrando na escuridão.

Estava completamente escuro lá dentro, só um débil facho de luar entrando por um buraco no teto.

— Liu? — Minha voz soou abafada e mínima. — Meu velho, está aí?

— Sim. Sim. Aqui.

Juntos nós empurramos os restos da porta, tentando fechá-la o melhor que podíamos, e então ficamos rente às paredes, avançando passo a passo no cômodo, em direção ao buraco no teto. É impressionante os hábitos rurais que as pessoas importam para uma cidade: antes viviam animais naquela casa, talvez para manter os moradores aquecidos durante a noite, e eu e Liu estávamos pisando em forragem e excrementos de bichos. O estrondo dos tanques estava ficando mais alto na rua, chacoalhando a casinha, ameaçando fazê-la desabar.

— Por aqui — sussurrou Liu. Ele tinha parado, e eu agora via que estava segurando uma escada que ia dar no teto. Fui até ele e olhei para cima. O céu estava límpido, e as distantes estrelas, frias e reluzentes. — Vamos.

Ele subiu na escada com mais agilidade do que eu poderia ter imaginado para um homem da sua idade e parou no alto, virando-se para me dar a mão. Aceitei-a e subi apressadamente, deixando que ele me puxasse pela abertura. No fim da escada eu me endireitei e olhei em volta. Estávamos ao ar livre: o prédio era uma ruína, o telhado havia muito fora destruído, restando apenas ramos podres de painço espalhados e argamassa.

Fiz um sinal para Liu e nos esgueiramos para a borda, espiando cautelosamente por cima da parede destroçada. Tinha sido bem a tempo. Lá embaixo, uma fila cerrada de tanques avançava lentamente pela rua. O ruído era ensurdecedor. Ele se afunilava na rua e se erguia, como uma onda de calor, tão poderoso que parecia capaz de alcançar a Lua e fazê-la tremer. Lâmpadas balançavam nas torres dos veículos, criando estranhas sombras nas fachadas das casas. Soldados carregando espadas e carabinas reluzentes andavam eretos de ambos os lados dos tanques, sem expressão no rosto. Devia ser um deslocamento em massa para outra área, porque atrás dos tanques vinham outros veículos: carros de batedores, um caminhão purificador de água, duas pontes flutuantes puxadas por um caminhão.

Enquanto observávamos tudo isso eu notei um cachorro, talvez o mesmo que havíamos perseguido; ele aparecera como que do nada e ficara irremediavelmente perdido em meio às pernas dos soldados. Latindo e ganindo, ele se deixou ser chutado tão ferozmente pelos homens que em pouco tempo foi parar no caminho das esteiras dos tanques, onde rapidamente desapareceu de vista. Dois soldados na torre do tanque notaram isso e se inclinaram para observar com curiosidade, rindo, o animal reaparecendo destroçado no caminho, uma pata traseira, a única parte não esmagada, protuberante para o lado, ainda se agitando convulsivamente. Não morro de amores por cachorros, mas ainda assim o prazer na risada dos soldados petrificou meu coração.

— Veja — murmurei. — Veja aquilo, velho Liu. — Estava ficando claro para mim quão insensato eu fora ao imaginar que os japoneses eram mais ou menos como nós, imaginar que poderíamos estar seguros com eles. Aqueles homens não eram como nós. Abaixei-me atrás do pequeno parapeito e afundei a cabeça nas mãos. — Que erro terrível nós cometemos. Que erro terrível.

Liu sentou-se ao meu lado, sua grande mão gentilmente em minhas costas. Foi bom ele não ter falado nada. Foi bom porque, se eu tivesse aberto a boca para responder, teria dito estas palavras: *Talvez não agora, talvez não esta noite, mas logo o fim chegará. Confie em mim, velho Liu, nossas esposas estavam certas o tempo todo. Logo iremos morrer.*

30

No táxi a caminho de casa, Jason e eu ficamos em silêncio. Irina e Svetlana riam e fumavam, volta e meia escorregando para o russo, mas eu não escutava uma só palavra. Estava consciente de cada centímetro da minha pele, arrepiada como um animal cujo pelo tivesse sido acariciado na direção contrária. Eu me mexia e mudava de posição no banco até que Irina ficou irritada e me cutucou.

— Pare com isso. Pare de contorcer feito minhoca, porra. Ficou maluca?

Do outro lado dela, sentado de perfil ao lado da janela, Jason balançou a cabeça, secretamente se divertindo. Ele baixou a cabeça, encostou o dedo na ponta do nariz e assentiu, como se alguém invisível tivesse acabado de sussurrar uma pergunta em seu ouvido.

Ao chegarmos em casa, as russas foram direto para a cama. Eu tirei meu casaco, pendurei-o ao lado da bolsa de Jason no cabide que havia no alto das escadas e fui, sem dizer uma palavra, para meu quarto. Ele me seguiu. Quando entrou, logo viu que eu estava nervosa.

— Eu sei que você está assustada.

— Não. — Esfreguei os braços. — Não. Não estou assustada.

Ele devia estar se perguntando o que estava me deixando tão alvoroçada — talvez pensasse nas possibilidades de agressão, abuso infantil, estupro. Eu tremia tanto que tinha que respirar fundo cada vez que ele tocava em mim. Tentei manter a calma e visualizar algo sereno, algo escuro e pesado instalado bem sobre as minhas costelas, para que eu não desabasse. Mas Jason não pareceu notar nada até me encostar contra a penteadeira e se colocar de pé entre as minhas pernas abertas, meu vestido levantado até acima da cintura. Ele olhou para baixo entre as minhas coxas, hipnotizado pelo lugar em que iríamos nos unir. Onde a pele fina do interior das minhas pernas encostava na dele, eu podia sentir a pulsação nos grandes vasos sanguíneos que iam para sua virilha.

— Tire isso — disse ele, enfiando o dedo na minha calcinha.

— Não. — Segurei-a. — Por favor.

— Ah — disse ele numa voz baixa, fascinada, me olhando com curiosidade. — É isso? Eu descobri, então? — Ele enganchou os dedos no elástico da cintura de novo. — É isso o que você está escondendo?

— Não! — Recuei bruscamente, espalhando as coisas na penteadeira, fazendo-as se espatifar no chão. — Por favor, não. Por favor!

— Meu Deus — exclamou, inspirando repentinamente, quase como se eu o tivesse ferido. — Calma, calma. — Deu alguns passos surpresos de lado, pondo as mãos na penteadeira para se equilibrar. — Porra, esquisitinha. Calma.

Afundei para trás, largando as pernas, as mãos sobre os olhos.

— Me desculpe — murmurei. — Me desculpe. Por favor. Não tire.

Ele a princípio não respondeu, e por um bom tempo nada aconteceu, só o silêncio de choque e o som das batidas de meu coração. Eu queria poder contar a ele. Queria mesmo. Queria que tudo fosse diferente. Por fim ele aproximou os lábios do meu pescoço e soprou suavemente. Eu gelei, com medo do que ele iria dizer.

— Sabe de uma coisa, esquisitinha? Você nem pode imaginar o quanto somos parecidos, você e eu. Eu sei exatamente o que está se passando na sua cabeça.

— Por favor, não tire.

— Não vou fazer isso. Não agora. Mas deixe eu lhe dizer o que vai acontecer. Um dia, e não vai demorar muito, você vai me contar o que é. E sabe de uma coisa?

Deixei as mãos caírem ao longo do corpo e olhei para ele.

— O quê?

— Não vai ser nada de mais. Porque... — ele olhou para as paredes, o mural de Tóquio, as pinturas de Nanquim. Seus olhos brilharam na meia-luz — ...porque você e eu... somos iguais. Sabia disso?

Balancei a cabeça, enxuguei o rosto com as mãos e afastei o cabelo dos olhos.

— Desculpe — falei, com a voz embargada.

— Não precisa se desculpar. — Ele beijou meu pescoço, me lambendo com a ponta da língua, abaixo da minha orelha, esperando um momento para eu amolecer e o absorver. — Não precisa. O único problema é que...

— Hmm?

— Se você não tirar essa calcinha, como eu vou comer você?

Respirei fundo. Eu o afastei e amontoei a saia na cintura. Então coloquei o indicador na virilha e puxei o tecido para o lado. Ele levou só um instante para perceber como a calcinha mágica funcionava.

E depois disso a coisa toda foi simplesmente perfeita — foi como se todos os átomos e as membranas soltos em mim se expandissem e se lançassem para fora do meu corpo, rodopiando entre as estrelas e os planetas. Depois que terminamos, eu mal conseguia falar. Jason vestiu a calça jeans, pegou um dos meus cigarros, colocou-o na boca e o acendeu, inclinando o queixo para trás, de modo que o cigarro pareceu ficar de pé. Ele cruzou os braços, as mãos aninhadas sob as axilas, e olhou de esguelha, através da fumaça, para as flores estampadas na minha calcinha, como se desconfiasse que eu estivesse fazendo alguma espécie de brincadeira com ele.

— O que foi? — perguntei, nervosa, alisando a calcinha sobre a barriga, verificando se não estava aparecendo nada. — Que foi?

Ele tirou o cigarro da boca e riu.

— Nada.

Bateu a cinza no ar com um floreio, como um mágico. Então foi até a porta e saiu sem dizer uma palavra. Ouvi-o no fim do corredor, pegando as chaves, calçando os sapatos e descendo os degraus. A casa ficou silenciosa. E eu estava sentada sozinha na penteadeira, nua a não ser pela calcinha mágica.

Desci dali e fui até a janela. A viela estava vazia — não vi Jason em parte alguma. Ele realmente havia ido. Virei o rosto para cima diretamente para Mickey Rourke, encontrando seus olhos. Ele sorria como se nada tivesse acontecido. Havia a mais leve e doce das brisas vindo da Baía de Tóquio, fazendo o bambu se mover, e na brisa eu achei que podia sentir o cheiro das ilhas do mar ao sul e de camarões sendo fritos em juncos iluminados ao longe. Os únicos sons eram o farfalhar do vento no bambu, o ruído distante do trânsito.

O que isso queria dizer? Ele me abandonara, como os meninos da van? Eu entendera tudo errado? Sentei no chão, esfregando a barriga sem parar. Meu coração estava martelando no peito. Eu não deveria ter deixado a coisa chegar àquele ponto — deveria ter deixado tudo como estava. Olhei para a camisinha que ele deixara na lata de lixo, e o mesmo sentimento de vazio que eu tivera ao ficar olhando as luzes da van desaparecerem me veio de novo, como náusea. *Você ainda não aprendeu a sua lição?*

Por fim, peguei minha roupa e me vesti. Fui até a lata de lixo, catei a camisinha com a unha do dedo e a levei pelo corredor no escuro. Joguei-o no vaso côncavo, estilo japonês, olhei-a por alguns instantes e então dei a descarga. A torrente de água veio, prateada ao luar, fazendo a camisinha girar algumas vezes, depois sugando-a para longe. E então eu estava olhando para o nada.

Na outra extremidade da casa, a porta da frente bateu e eu ouvi passos na escada.

— Cinza?

Ele voltara. Desencostei-me da parede, saí no corredor e lá estava ele, os braços cheios de sacolas da loja de conveniência 24 horas. Parece bobo agora, mas naquele momento, sabendo que Jason voltara, ele realmente me pareceu um anjo. Eu podia ver as garrafas de saquê e um enorme saco de sépia seca aparecendo no alto dos sacos.

— Precisamos de combustível. — Ele tirou do saco um pacote de sembei para me mostrar. — Precisamos de energia para poder repetir a dose.

Fechei os olhos, deixando os braços caírem ao longo do corpo.

— O que foi?

— Nada — falei, um sorriso idiota e involuntário se abrindo no meu rosto. — Nada.

31

Nanquim, 18 de dezembro de 1937

Depois dos veículos, depois do estrondo que fez a terra tremer e dos clarões, vieram os soldados. Eles corriam pelas ruas como os diabos de Suzhou que Liu descrevera. Toda vez que a rua ficava silenciosa por algum tempo e começávamos a torcer para que estivesse segura para nos aventurarmos a sair, ouvíamos o sinistro estrépito das baionetas, o *slep-slep* das botas de couro, e então apareciam mais três ou quatro soldados do EIJ, rifles *arisaka* de prontidão. O patrulheiro no começo da rua encontrara um caixote e estava sentado nele, fumando, acenando para os camaradas que passavam. Por fim, exaustos e congelando, Liu e eu nos enrodilhamos um ao lado do outro para nos aquecermos, com as costas para a parede, o braço dele em volta de meus ombros, como um irmão mais velho.

Quando já fazia mais de duas horas que estávamos ali, a lua, um sólido disco prateado tão assombrosamente límpido que podíamos ver as crateras e fissuras de sua superfície, desceu mais um grau no céu a oeste e subitamente iluminou uma deformada anomalia preta no horizonte, com uma encosta suave que cobria o céu. Por um momento ficamos olhando em silêncio.

— O que é aquilo? — murmurou Liu.

— A Montanha do Tigre?

Dizem que só de algumas partes de Nanquim pode-se ver direito a cabeça do tigre nessa montanha. É preciso olhar da direção certa. Daquele ângulo, era irreconhecível — uma forma inteiramente diferente, e estranhamente pequena, como que diminuída em consequência do pavor face à invasão.

— Só pode ser a Montanha do Tigre.

— Eu não fazia ideia que estávamos tão perto.

— Eu sei — sussurrei. — Quer dizer que estamos mais perto das muralhas do que pensávamos.

Uma nuvem passou na frente da lua, um pedaço de renda prateado e vermelho, e as sombras ali no telhado pareceram se mover e tremer. Fechei os olhos e me apertei mais contra Liu. Atrás de nós, ainda podíamos ouvir as tropas japonesas. Subitamente todo o cansaço do mundo se abateu sobre mim: eu sabia que teríamos que dormir ali no telhado. Liu ajeitou bem o paletó em volta de si e começou a falar bem baixo. Contou-me sobre o dia em que seu filho nascera, em Xangai, numa casa não muito longe do fabuloso Bund, que toda a família viera para o *man yue* quando o menino completou 1 ano, trazendo para ele moedas em envelopes, brincando com ele, fazendo-o chutar o ar e rir e se dobrar de modo que os pequenos sinos de ouro em seus tornozelos e pulsos tilintassem. Liu mal podia acreditar que agora estava vivendo naquele barraco num beco, correndo pelas ruas caçando cachorros doentes para comer.

Enquanto ele falava eu botei as mangas da camisa para dentro das luvas e ajeitei minha túnica de forma a me cobrir ao máximo. As palavras de Liu fluíam sobre mim, e minha mente devaneou, passando pela Montanha do Tigre e subindo o Yang-tsé, se distanciando de Nanquim: cruzou as planícies aluviais salgadas que se estendiam para o leste, na direção de Xangai, por quilômetros de área rural; passou por santuários às suas margens, cheios de cinzas de incenso; por sepulturas cavadas nas faixas de terra junto às linhas ferroviárias, pelo barulho dos patos sendo levados para o mercado; por habitações entalhadas em pedra amarela — insuportavelmente quentes no verão, insuladas e confortáveis no inverno. Pensei em todas as famílias que havia pela China, esperando pacientemente sob as árvores teca nas aldeias, em todos os pequenos casebres onde vivem pessoas honestas e onde nada se desperdiça — palha e capim são queimados como combustível, e os balões das crianças são feitos de nada mais do que bexigas de porcos. Tentei — tentei, o mais que pude, não imaginar tanques japoneses rolando por tudo isso. Tentei o mais que pude não vê-los esmagando o campo sob suas esteiras, as bandeiras do sol nascente tremulando enquanto o continente inteiro tremia.

Por fim meus olhos ficaram pesados, e não demorou muito para que as palavras do velho Liu ficassem mais distantes. Elas desapareceram com meus pensamentos na noite, e eu caí num sono leve.

Nanquim, 19 de dezembro de 1937
(17º dia do mês XI)

— Acorde.

Abri os olhos e a primeira coisa que vi, muito perto de mim, foi o rosto de Liu Runde, úmido e rosado, os cílios cobertos de neve.

— Acorde e olhe.

Era bem cedo e ele estava apontando por cima do telhado, uma expressão tensa no rosto. Ergui o rosto bruscamente, surpreso. Tinha esquecido onde me encontrava. O telhado estava coberto de neve e a aurora iluminava tudo obliquamente, com um tom cor-de-rosa fraco e sobrenatural.

— Olhe — insistiu ele. — Olhe.

Espanei com pressa a camada de neve que me cobrira durante a noite e tentei me levantar. Eu sentia tanto frio que meu corpo estalou e emperrou, e Liu teve que me segurar pelos ombros e me erguer, colocando-me numa posição sentada, virando meu corpo para oeste, forçando-me a olhar na direção da montanha.

— A Montanha do Tigre. Está vendo? — Havia uma espécie de assombro exasperado em sua voz, algo que o fazia soar muito jovem e inseguro. Ele ficou ao meu lado, tirando a neve das luvas. — Diga-me, Shi Chongming, é essa a Montanha do Tigre que você conhece?

Tive que piscar várias vezes, me sentia sonolento e confuso. O horizonte estava vermelho com o fogo, sua luz oblíqua tingida de sangue banhando a terrível montanha. E então eu compreendi o que ele queria dizer. Não. Não era de forma alguma a Montanha do Tigre. Eu estava olhando para algo completamente diferente. Como se a terra tivesse expectorado algo venenoso. Algo muito aterrador para manter em suas entranhas.

— Não pode ser — sussurrei, pondo-me de pé, aturdido. — Velho Pai Céu, estou imaginando isso?

Era uma centena, não, um milhar de cadáveres. Tinham sido descuidadamente empilhados, uns em cima dos outros, incontáveis camadas de corpos contorcidos, as cabeças em posições não naturais, alguns sapatos pendendo de pés sem vida. Liu e eu tínhamos adormecido olhando para uma montanha de cadáveres ao luar. Não consigo registrar aqui tudo o que vi — se eu escrevesse toda a verdade, poderia queimar o papel —; os pais, os filhos, os irmãos, as infinitas variações da tristeza. Havia um som, um murmúrio baixo que parecia vir da direção da montanha. Agora, ao pensar naquilo, me ocorreu que eu já estava ouvindo aquilo havia muito tempo, desde antes de acordar. Tinha penetrado em meus sonhos.

Liu se pôs de pé e atravessou o telhado, as mãos enluvadas esticadas à frente. Com o corpo congelado e entorpecido, eu ia desajeitadamente cambaleando atrás dele. A vista se abria à minha frente, cada vez mais ampla — toda a parte oeste de Nanquim: à nossa direita, o reflexo cinza intermitente do Yang-tsé, o esguio bico da ilha Baguazhou, e à nossa esquerda, as chaminés marrons das fábricas de Xiaguan. No centro, cerca de meia *li* adiante, a pavorosa montanha de cadáveres, erguendo-se da terra e destacando-se de tudo em volta.

Apoiamos as mãos na parede desmoronada e, muito lentamente, mal respirando, ousamos erguer o nariz acima dela. O terreno entre a casa e a montanha, um terreno baldio sem ruas ou construções, estava infestado de gente. Moviam-se numa só onda, apinhando-se uns contra os outros, alguns carregando pertences, cobertores, panelas, pequenos sacos de arroz, como se previssem só uns poucos dias longe de casa, apoiados uns nos outros, se esbarrando e tropeçando. Pontilhados no meio viam-se, nítidos, os quepes marrom-mostarda de oficiais japoneses, suas cabeças girando para a frente e para trás como maquinário lubrificado. Aqueles eram prisioneiros que estavam sendo reunidos. Suas nucas eram iluminadas pelo sol nascendo e, embora não pudéssemos ver os rostos, sabíamos o que estava acontecendo pelo murmúrio abafado que se erguia quando percebiam a verdadeira natureza da montanha à frente. Era o som de mil vozes sussurrando seu medo.

Eram todos homens, mas não eram todos soldados. Isso logo ficou claro. Eu podia ver cabeças grisalhas entre eles.

— São civis — sussurrei para Liu. — Está vendo?

Ele pôs a mão em meu braço.

— Caro Shi Chongming — sussurrou ele, pesaroso. — Não tenho palavras para isso. Nada que aconteceu em Xangai se compara a isso.

Enquanto observávamos, aqueles na frente da multidão devem ter se dado conta de que estavam sendo levados para a morte, porque o pânico prorrompeu. Gritos se elevaram e uma onda de corpos corcoveou, recuando de sua sina, tentando desesperadamente revertê-la. No entanto, colidiam com os prisioneiros logo atrás deles, criando um nó caótico, todos tentando fugir em direções diferentes. Ao ver o caos, os oficiais japoneses, com a ajuda de uma mística forma de comunicação silenciosa, formaram uma ferradura em volta dos prisioneiros, limitando e confinando a multidão, erguendo os rifles. Quando os prisioneiros nas beiradas perceberam as armas, e começaram escaramuças aterrorizadas, pertences foram erguidos em defesa: qualquer coisa — um barrete, um caneco de lata, um sapato — servia. Os sons dos primeiros disparos ressoaram pelas cabeças da multidão.

O efeito foi assombroso. Era como se estivéssemos observando uma entidade viva, água talvez, ou algo mais viscoso, movendo-se como um único organismo. Uma onda se iniciou. Os corpos em volta dos feridos e moribundos os sustentavam de pé, enquanto no centro da multidão uma prega apareceu, uma protuberância onde os corpos que empurravam para a frente fizeram com que alguns na multidão subissem em cima de outros. Mais disparos ressoaram. Mesmo acima da gritaria eu podia ouvir o ruído metálico dos rifles sendo recarregados, e o pequeno broto que se erguera no centro começou a crescer cada vez mais, pessoas subindo umas nas outras para escapar, até que perante meus olhos evoluiu para uma terrível coluna humana, lentamente, muito lentamente, se estendendo para o céu como um dedo trêmulo.

Os gritos chegavam até nós, e, ao meu lado, Liu escondeu o rosto nas mãos, começando a tremer. Não estendi a mão para ele, tão horrivelmente absorto estava naquele dedo oscilante. O espírito humano é tão forte, pensei, um pouco alheio, que talvez consiga subir até o céu sem ter nada em que se apoiar. Talvez possa subir no ar. Mas após alguns minutos, quando a coluna parecia impossivelmente alta — talvez 6 metros —, algo em sua estrutura se desintegrou, e ela se dissolveu, desmoronando para os lados, esmagando todos sob ela. Em segundos a torre estava se formando de novo numa parte diferente da multidão, os inícios líquidos de um dedo apontando indagativamente de um lago, então se erguendo cada vez mais até que, sem ter demorado muito, estivesse apontando rigidamente para o céu, numa indignada acusação: "*Você* vai permitir que isso aconteça?"

Foi então que se iniciou uma comoção perto da casa em que estávamos abrigados — alguém se desgarrara da multidão e estava correndo na nossa direção, perseguido por outra figura. Peguei o braço de Liu.

— Olhe.

Ele baixou as mãos e ergueu olhos temerosos para a abertura. Quando os homens chegaram mais perto, vimos um jovem soldado japonês, com a cabeça descoberta, sua face inflexível e determinada, perseguido por três homens mais velhos, oficiais, julguei, por causa de seus uniformes. Espadas balançavam em seus flancos, atrapalhando seu avanço, mas eram muito fortes e altos e alcançaram rapidamente o fugitivo, um deles investindo adiante e o pegando pela manga, fazendo-o virar bruscamente, o braço livre voando no ar.

Liu e eu nos abaixamos ainda mais no telhado desmoronado. Os homens estavam a poucos metros de nós. Poderíamos nos esticar e cuspir neles.

O fugitivo cambaleou alguns passos, movendo-se num círculo, o braço girando no ar, a muito custo recuperando o equilíbrio. Ele parou, as mãos nos joelhos, resfolegante. O oficial o soltou e recuou um passo.

— Levante-se — grunhiu. — Levante-se, seu porco.

Relutantemente, o homem se endireitou. Jogou os ombros para trás e encarou os outros, seu peito subindo e descendo. Seu uniforme estava rasgado e desarrumado, e eu estava tão perto que podia ver os círculos do rodamoinho em seu cabelo curto.

— O que acha que está fazendo? — perguntou um dos oficiais. — Você saiu de sua posição.

O solado começou a dizer algo, mas estava tremendo tanto que não conseguiu falar. Ele virou-se, mudo, olhando para a imagem do inferno lá atrás, a coluna humana, homens caindo do céu como corvos. Quando se voltou de novo para os oficiais tinha no rosto uma expressão de tamanha dor que por um momento senti piedade dele. Havia lágrimas em seu rosto, o que pareceu enfurecer os oficiais. Eles se aproximaram dele, expressões rígidas na face. Um dos oficiais movia a mandíbula, como que rangendo os dentes. Sem uma palavra, ele desembainhou a espada. O jovem soldado recuou um passo.

— Pense melhor — ordenou o oficial, avançando na direção dele. — Volte.

O soldado deu mais um passo para trás.

— Pense melhor e volte.

— *O que eles estão dizendo?* — sussurrou Liu, ao meu lado

— *Ele não quer atirar nos prisioneiros.*

— Volte imediatamente!

O soldado balançou a cabeça. Isso enraiveceu ainda mais o oficial. Ele agarrou o soldado pelas orelhas e o fez girar, torcendo seu corpo, derrubando-o no chão.

— Pense melhor. — Encostou a sola da bota no lado do macio rosto do solado e pisou. Os outros oficiais se aproximaram ainda mais. — Porco. — Ele fez mais pressão com a bota, empurrando a pele do rosto de modo que boa parte de sua bochecha ficou apertada sobre a boca, e ele não pôde evitar que sua saliva pingasse. Sua pele vai se rasgar logo, pensei. — Última chance: PENSE MELHOR.

— Não — gaguejou o soldado. — Não.

O oficial deu um passo para trás, ergueu a espada acima da cabeça. O soldado começou a erguer a mão e tentou dizer algo, mas o oficial já tomara o impulso e investiu para a frente. A espada cortou o ar, sua sombra açoitando o chão, a lâmina brilhando e silvando no sol da manhã. Ao contato, o soldado foi sacudido pelo golpe, rolando de lado, as mãos no rosto, os olhos fechados.

— Não. Céus, não — sussurrou Liu, cobrindo os olhos. — Diga, o que está vendo? Ele está morto?

— Não.

O soldado rolava e se contorcia no chão. O oficial apenas batera nele com o lado da lâmina, mas quase o destruíra. Ao tentar se levantar, ele perdeu o equilíbrio, suas pernas enrodilhando-se na neve. Ele caiu de joelhos e um dos oficiais aproveitou para acertá-lo com o punho enluvado, lançando-o para trás, sangue jorrando de sua boca. Eu cerrei os dentes, tive vontade de pular o muro e agarrar aquele oficial.

Por fim o soldado fez um esforço e conseguiu se pôr de pé. Seu estado era lamentável, ele se contorcia e cambaleava, sangue cobrindo-lhe o queixo. Murmurou algo baixinho, ergueu a mão para o capitão e saiu trôpego na direção do massacre. Parou para pegar o rifle, levou-o ao ombro e continuou em zigue-zague como se estivesse bêbado, mirando de qualquer jeito a multidão, disparando uma rajada de tiros. Um ou dois dos soldados mais jovens no limiar da multidão olharam para ele, mas, ao verem os três oficiais parados em silêncio e impassíveis, desviaram os olhos rapidamente de volta para os prisioneiros em pânico.

Os oficiais observaram-no voltar completamente imóveis, apenas suas sombras diminuindo à medida que o sol cobria o alto da casa. Nenhum dos três moveu um músculo, nenhum falou ou mesmo olhou para seus companheiros. Foi só quando o soldado não mostrou nenhum sinal de pretender fugir de novo que eles se mexeram. Um passou a mão pela testa, outro limpou a espada e devolveu-a à bainha, e o terceiro cuspiu na neve, violentamente expelindo a saliva como se não pudesse suportar nem mais um minuto o gosto. Então, um atrás do outro, endireitaram seus quepes e voltaram para o massacre, um tanto longe um do outro, os braços soltos ao longo do corpo, arrastando pesadamente, junto com eles, suas espadas e suas sombras.

32

— Você parece muito diferente. — Shi Chongming estava sentado na cadeira de lona me examinando. Seu casaco estava bem fechado, seu cabelo branco tinha sido penteado, talvez recebera um pouco de óleo a fim de cair liso e comprido sobre as orelhas, e sua pele cor-de-rosa aparecia entre os fios, como a pele de um rato albino. — Está trêmula.

Olhei para as minhas mãos. Ele tinha razão. Estavam tremendo. Era por falta de comida. No dia anterior, quando o sol estava nascendo, Jason e eu tínhamos comido o que ele comprara na loja de conveniência como café de manhã. E essa era a última vez que eu me lembrava de ter comido nas últimas quase trinta horas.

— Eu acho que você mudou.

— Sim — falei. Eu deixara um dia e meio passar, e foi só quando ele ligou que eu mencionei que tinha estado no apartamento de Fuyuki. Shi Chongming quis vir imediatamente; estava "pasmo", "desapontado" por eu não ter ligado antes. Eu não podia explicar. Não podia descrever o que ele não poderia ver: que em apenas um dia algo duro e doce e antigo se espalhara sob minhas costelas, como um beijo, e que de algum modo coisas que antes pareciam urgentes não me incomodavam mais. — Sim — disse calmamente. — Acho que mudei sim.

Ele aguardou, como se esperasse que eu fosse dizer mais alguma coisa. Então, quando viu que não era o caso, suspirou. Abriu as mãos e olhou para o jardim.

— É bonito aqui — falou. — *Niwa*, é como eles chamam jardim, lugar puro. Não como os édens corruptíveis de vocês no Ocidente. Para os japoneses, o jardim é um lugar onde reina a harmonia. Uma beleza perfeita.

Eu observei em volta. Tinha mudado desde a última vez que eu estivera ali. O verniz sutil do outono aparecera: o bordo estava de uma forte cor castanho-avermelhada, e algumas folhas do ginkgo tinham caído. O mato rasteiro estava sem folhas, como uma coleção de ossos de pássaros secos. Mas eu podia ver o que ele queria dizer. Havia algo de belo. Talvez, pensei, fosse preciso disciplina para vivenciar a beleza.

— Um tanto, creio.

— Um tanto o quê? Um tanto belo?

Olhei atentamente para a longa fieira de pedras brancas João-e-Maria indo além da pedra não-passe-daqui e mato adentro.

— Sim. Foi isso o que eu quis dizer. É muito belo.

Ele tamborilou com os dedos no braço da cadeira e sorriu pensativo para mim.

— Você consegue ver uma beleza neste país em que está vivendo? Enfim?

— Não é o que deveria acontecer? — perguntei. — Não temos que nos adaptar?

Shi Chongming fez um som na garganta indicando que estava se divertindo.

— Ah, sim. Vejo que subitamente você ficou muito, muito, muito sábia.

Ajeitei o casaco sobre as minhas pernas, movendo-me sutilmente na cadeira. Eu não tinha tomado banho, e o menor movimento liberava o cheiro de Jason ainda em mim. Sob o casaco eu estava com uma camisola preta que comprara semanas antes, em Omotesando. Justa e decorada com mínimas flores de seda costuradas na gola, descia até bem abaixo da minha barriga, aderindo rente aos quadris. Eu ainda não tivera a coragem de mostrar a Jason as minhas cicatrizes, e ele não me pressionara. Ele tinha muita confiança de que um dia eu revelaria tudo. Ele dissera que eu deveria compreender que para cada pessoa no planeta havia uma outra que iria entendê-la perfeitamente. Era como duas peças de um gigantesco quebra-cabeças metafísico.

— Por que você não me ligou? — perguntou Shi Chongming.

— O quê?

— Por que não me ligou?

Catei um cigarro e o acendi, soprando fumaça para o céu sem nuvens.

— Eu... não sei.

— Quando estava no apartamento de Fuyuki você viu alguma coisa?

— Talvez. Talvez não.

Ele se aproximou e baixou a voz.

— Você viu? Viu alguma coisa?

— Só de relance.

— Um relance do quê?

— Não sei bem... Uma espécie de caixa de vidro.

— Um tanque, você quer dizer?

— Não sei. Nunca vi nada igual. — Soltei uma baforada de fumaça no ar límpido. As nuvens, notei, refletiram-se na janela da galeria. Jason estava dormindo em meu quarto, deitado de costas no futton. Eu podia ver mentalmente o contorno de seu corpo, podia evocar todos os seus detalhes: a maneira como o braço estaria sobre o peito, o som que sua respiração faria saindo e entrando em seu nariz.

— E quanto a um zoológico?

Olhei de esguelha para ele.

— Um zoológico?

— Sim. Já viu algo parecido num zoológico? Quero dizer, um tipo de tanque que fosse climatizado, talvez.

— Não sei.

— Havia mostradores? Daqueles que monitoram o ar lá dentro? Ou termômetros, ou higrômetros?

— Eu não sei. Era...

— Sim? — Shi Chongming estava sentado na beirada da cadeira, olhando para mim atentamente. — Era o quê? Você disse que viu alguma coisa dentro do tanque.

Fiquei surpresa. Não. Eu não dissera isso.

— Talvez algo... — ele posicionou as mãos representando algo do tamanho de um gato pequeno — ... mais ou menos desse tamanho.

— Não. Eu não vi nada.

Shi Chongming apertou os lábios e ficou olhando para mim por muito tempo, o rosto totalmente imóvel. Eu podia ver o suor brotando em sua testa. Então ele tirou um lenço do bolso e rapidamente enxugou a face.

— Sim — continuou, guardando o lenço e dando um longo suspiro ao se recostar novamente. — Vejo que você mudou de ideia. Não é isso?

Bati a cinza do cigarro e franzi o cenho.

— Investi um tempo enorme em você e agora você mudou de ideia.

Ele saiu pelos portões grandes, e então eu subi a escada. As russas estavam perambulando pela casa, cozinhando e discutindo, e enquanto eu estava no jardim Jason tinha ido ao One Stop Best Friend Bento Bar e comprado arroz, peixe e *daikon* em conserva. Ele colocara tudo na penteadeira, junto com uma garrafa de licor de ameixa e dois belos copos violeta, e estava deitado no futton quando eu entrei. Tranquei a porta e fui direto até ele, ignorando a comida e tirando o casaco.

— E então? Quem era o velho?

Ajoelhei com Jason entre minhas pernas, de frente para ele. Não estava de calcinha, só com a camisola. Ele abriu meus joelhos e subiu as mãos pelas minhas pernas. Nós dois olhamos para a ampla porção de pele fria que ele estava descobrindo. Pareceu-me uma pele densa, muito não moderna. Eu ainda achava incrível que Jason gostasse tanto dela.

— Quem era o sujeito no jardim?

— Coisas da universidade.

— Ele estava olhando para você como se você estivesse dizendo a coisa mais inacreditável do mundo.

— Na verdade, não. Estávamos falando sobre as pesquisas dele. Você não chamaria de inacreditável.

— Ótimo. Não gosto que você fique dizendo coisas inacreditáveis para ninguém mais. Você passa tempo demais com ele.

— Tempo demais?

— Sim. — Ele virou a palma da mão, mostrando-a. — Está vendo?

— Vendo o quê?

A luz fraca refletiu em suas unhas quando ele movimentou a ponta dos dedos pela palma da mão, a princípio lentamente: movimentos mínimos, muito mínimos. Eu observava seus dedos, petrificada. Eles se ergueram da pele dele, voaram velozes para o ar, parando na altura dos olhos, batendo lentamente como as asas de um pássaro, planando e mergulhando numa corrente de ar. Era o grou mágico de Shi Chongming. O grou que simbolizava o passado.

— Você ficou nos observando — falei, os olhos ainda fixos na mão dele. — Da última vez.

Ele sorriu e fez o pássaro dar um lento e gracioso mergulho, depois girou elegantemente, subiu de novo, mergulhou. Ele baixou e girou a mão, fazendo um som baixinho. Subitamente virou-se e veio na minha direção, os dedos voando para a frente, a mão-pássaro batendo as asas loucamente em meu rosto. Recuei, quase me levantando, arfante.

— Não faça isso! — exclamei. — Não.

Ele estava rindo. Sentou-se e segurou meus pulsos, puxando-me de volta para ele.

— Gostou?

— Você está rindo de mim.

— Rindo de você? Não. Não estou. Eu não faria isso. Sei como é estar em busca.

Ele me puxava, mas eu resistia.

— Não entendo o que você está dizendo.

Ele riu.

— Você não vai chegar a parte alguma. — E me puxou gentilmente para trás, baixando a cabeça no futton, pondo minhas mãos sobre sua boca: lambeu-as, mordeu delicadamente a carne. — Você não vai chegar a parte alguma fingindo para mim.

Observei os dentes dele, limpos e brancos, fascinada pelo brilho saudável do esmalte e das gengivas.

— Não estou fingindo — murmurei vagamente.

— Você quase esqueceu, não foi? — Ele deslizou as mãos entre as minhas coxas, emaranhando os dedos em meus pelos pubianos, os olhos fixos em meu rosto. Deixei meus dedos ficarem em seus lábios enquanto ele falava. — Você quase esqueceu que basta eu olhar para você que já sei tudo, *tudo* o que passa pela sua cabeça.

33

Nanquim, 19 de dezembro de 1937, noite (17º dia do mês XI)

Há muitos séculos, quando o grande azimute de bronze foi transferido de Linfen para a Montanha Púrpura, ele súbita e inexplicavelmente ficou crucialmente desalinhado. Não importava o que os engenheiros fizessem, ele decidira não funcionar mais. Uns poucos minutos atrás eu espiei pela veneziana esse grandioso cronista do céu e me perguntei se talvez, quando foi instalado na fria encosta da montanha, ele olhou para as frias estrelas e viu o que Shujin viu. O futuro de Nanquim. Ele tinha visto o futuro da cidade e desistira de se importar.

Basta. Preciso parar de pensar desse jeito — em espíritos, adivinhos e clarividentes. Sei que é uma espécie de insanidade, mas mesmo aqui, seguro em meu escritório, não consigo evitar um arrepio quando penso que Shujin previu tudo isso em seu sonho. O rádio informa que na noite passada, quando Liu e eu estávamos no telhado, vários prédios no centro de refugiados pegaram fogo. O centro de saúde da cidade de Nanquim foi um dos incendiados, portanto, para onde os feridos e doentes irão agora? Nosso bebê deveria nascer no centro de saúde. Agora não há nenhum lugar para nós.

Liu e eu ainda não discutimos essas dúvidas, mesmo depois do que vimos hoje de manhã. Ainda não dissemos as palavras "Talvez tenhamos nos enganado". Quando saímos da casa, no fim da tarde, depois que as tropas se foram e que as ruas estavam quietas fazia algum tempo, não falamos nada. Corremos agachados, avançando de porta em porta, aterrorizados. Eu corri mais rápido do que jamais correra em minha vida, e o tempo todo ficava pensando, *Civis, civis, civis. Eles estão matando civis.* Tudo que eu imaginei, tudo que eu prometi a mim mesmo, tudo o que eu forcei Shujin a acreditar estava tudo errado. Os japoneses não são civilizados. Eles estão liquidando civis. Não havia mulheres na multidão, é verdade, mas mesmo isso é um frágil consolo. *Não havia mulheres.* Eu repetia as palavras continuamente enquanto fugíamos de volta para nossas casas: *Não havia mulheres.*

Quando irrompi pela porta, ofegante e de olhos arregalados, minhas roupas encharcadas de suor, Shujin teve um sobressalto, chocada, e acabou derramando seu chá na mesa.

— Oh! — Ela estivera chorando. Seu rosto estava manchado. — Pensei que você estivesse morto — disse ela, dando alguns passos na minha direção. Então ela viu minha expressão e ficou imóvel. Ergueu a mão para o meu rosto. — Chongming? O que foi?

— Nada.

Fechei a porta e fiquei ali parado por um instante, apoiado na porta, recobrando o fôlego.

— É verdade. Eu achei que você estivesse morto.

Balancei a cabeça. Ela estava muito pálida, com uma aparência muito frágil. Apesar da barriga grande, seus membros estavam finos e pareciam prestes a se quebrar. Como os instintos nos deixam vulneráveis, pensei vagamente, olhando abertamente para onde está nosso filho. Logo ela será dois e haverá duas vezes o medo e duas vezes o perigo e duas vezes a dor. O que precisarei proteger será o dobro.

— Chongming? O que aconteceu?

Ergui os olhos para ela, umedecendo os lábios.

— O que foi? Pelo amor dos céus, me diga, Chongming.

— Não há comida — falei. — Não consegui encontrar comida nenhuma.

— Você correu de volta rápido como o vento para me dar a notícia de que não há comida?

— Sinto muito. Sinto tanto.

— Não — disse ela, chegando mais perto, os olhos fixos no meu rosto. — Não, é mais do que isso. Você viu. Você viu todas as minhas premonições, não viu?

Sentei em minha cadeira com um longo suspiro. Sou o homem mais cansado do mundo.

— Por favor, coma os ovos *man yue* — falei, exaurido. — Por favor. Faça isso por mim. Faça isso por nosso alma da lua.

E, para a minha grande surpresa, ela me ouviu. Como se tivesse percebido o meu desespero. Não foram os ovos o que ela comeu, mas mesmo assim ela fez algo que me tranquilizou um pouco o espírito. Em vez de se lançar a um furor supersticioso, ela comeu os feijões do travesseiro que fizera especialmente para o bebê. Pegou-o no andar de cima, abriu-o, despejou os feijões na wok e os cozinhou. Ofereceu-me um pouco, mas eu recusei, fiquei apenas ali sentado vendo-a levar a comida à boca, sem a menor expressão no rosto.

Meu estômago dói insuportavelmente, é como ter uma ferida aberta, do tamanho de uma cabaça, sob as costelas. É assim que é morrer de fome, e no entanto faz apenas três dias que estou sem comida. Mais tarde, porém — e isso é com certeza o pior —, quando estávamos nos preparando para dormir, através das janelas fechadas veio novamente o cheiro. Aquele cheiro delicioso, de enlouquecer, cheiro de carne cozinhando. Levou-me à insanidade. Pôs-me imediatamente de pé, pronto a me precipitar para a rua, sem me importar com os perigos que havia lá fora. Foi só quando me lembrei dos oficiais japoneses — quando me lembrei dos tanques roncando pelas ruas, do som dos rifles sendo recarregados — que caí de novo na cama, sabendo que precisava encontrar outra saída.

Nanquim, 20 de dezembro de 1937

Dormimos intermitentemente, mais uma vez calçados. Um pouco antes do amanhecer fomos acordados por uma série de gritos medonhos. Pareciam vir de apenas umas poucas ruas de distância e era nitidamente a voz de uma mulher. Olhei para Shujin. Ela estava deitada totalmente rígida, os olhos fixos no teto, a cabeça apoiada no travesseiro de madeira. Os gritos continuaram por cerca de cinco minutos, ficando mais desesperados e mais horríveis, até por fim se reduzirem a soluços indistintos e, finalmente, silêncio. Então o ruído de uma motocicleta na rua principal ecoou com estrondo pela viela, fazendo tremer as venezianas e balançando a tigela de chá no criado-mudo.

Nem Shujin nem eu nos movemos enquanto observávamos as sombras vermelhas tremeluzirem no teto. Tínhamos ouvido no rádio que os japoneses estavam incendiando casas perto dos lagos de Xuanwu — com certeza essas não eram as chamas que eu podia ver se movendo no teto. Depois de um bom tempo Shujin saiu da cama e foi até a cozinha, onde o fogo se reduzira a cinzas. Eu a segui e fiquei olhando enquanto ela, sem uma palavra, se agachou, pegou um punhado de fuligem e o esfregou no rosto até eu não mais reconhecê-la. Esfregou as cinzas também nos braços todos e no cabelo, até nas orelhas. Então foi para o outro cômodo e voltou com uma tesoura. Sentou-se no canto da sala, sem expressão alguma no rosto, pegou uma mecha do cabelo e começou a cortá-la.

Por muito tempo depois que os gritos cessaram, mesmo com a cidade silenciosa de novo, eu não conseguia me aquietar. Aqui estou à minha mesa, uma fresta aberta na janela, sem saber o que fazer. Poderíamos tentar fugir agora, mas tenho certeza de que é tarde demais — a cidade está completamente isolada. Amanhece, e lá fora o sol está sendo filtrado por um miasma amarelo que paira sobre Nanquim. De onde veio essa névoa? Não é fumaça das chaminés de Xiaguan misturada com a neblina do rio porque todas as fábricas estão paradas. Shujin diria que é outra coisa: um rolo de fumaça que contém todos os horrores desta guerra. Ela diria que são as almas não enterradas e a culpa, erguendo-se e se misturando no calor sobre este lugar amaldiçoado, o céu repleto de espíritos à deriva. Ela diria que as nuvens devem ter ficado venenosas, que é um golpe inominável, fatal para a natureza, ter tantas almas perturbadas esmagadas numa só localização terrena. E quem seria eu para contradizê-la? A história me mostrou que, apesar de eu há muito suspeitar do contrário, não sou nem corajoso nem sábio.

34

Subitamente, quase que de um dia para outro, eu não tinha mais medo de Tóquio. Havia até coisas de que eu gostava na cidade. Gostava da vista da minha janela, por exemplo, porque eu podia saber horas antes quando haveria um tufão nos mares, só pela cor ferida do céu. As gárgulas no telhado do clube pareciam se agachar um pouco mais baixo, e os jatos de gás, vermelhos contra o céu escurecendo, cuspiam no vento forte, se espalhando e fragmentando até que alguém dentro do prédio se lembrasse de desligá-las.

Naquele ano, especuladores estavam se jogando do alto dos arranha-céus que tinham construído, mas eu não me importava com a depressão que se espalhava no país. Eu estava feliz lá. Gostava do fato de que ninguém nos trens olhava para mim. Gostava das garotas rebolando pelas ruas em óculos escuros descomunais e calças jeans boca de sino bordadas, usando os brilhantes cílios vermelhos que compravam nas lojas de Omotesando. Eu gostava dessa coisa de todo mundo ali ser um pouco esquisito. Esperara que os japoneses fossem homogeneizadores. Uma nação, uma filosofia. É curioso como as coisas às vezes acabam sendo tão diferentes do que imaginamos.

Arrumei meu quarto. Coloquei tudo para fora, toda a mobília, a poeira e os panos pregados nas paredes. Comprei novos tatames, lavei cada centímetro do cômodo e substituí a lâmpada pendurada por uma luminária indireta, quase invisível. Misturei pigmentos e pintei a mim e Jason na seda do canto mais afastado do quarto. Na minha pintura, ele estava sentado no jardim junto à lanterna de pedra, fumando um cigarro e observando alguém fora do quadro. Alguém em movimento, talvez, ou dançando ao sol. Eu estava de pé atrás dele, olhando para as árvores. Eu me desenhei bem alta, com o cabelo cheio de reflexos e um sorriso no rosto. Eu usava um vestido de cetim preto Suzie Wong e estava com um joelho flexionado ligeiramente para a frente.

Comprei um kit de costura e quilos e quilos de contas prateadas e douradas numa loja chamada La Droguerie. Um sábado, cobri meu cabelo com um lenço, coloquei calças pretas de linho de operário chinês e fiquei horas costurando constelações no céu arruinado de seda, sobre os prédios escuros de Tóquio que eu pintara. Quando terminei, os rasgos no céu estavam consertados e ele aderia à parede, atravessado por reluzentes rios de ouro e prata. O efeito era fascinante — era como morar dentro de uma estrela explodindo.

O engraçado era que eu estava feliz apesar pela maneira como as coisas ficaram entre mim e Shi Chongming. Algo tinha se transferido — era como se a carência seca e frenética que eu levara comigo para Tóquio tivesse de algum modo se desgarrado de mim e o contagiado.

Na segunda-feira seguinte à festa de Fuyuki, tentei fazer Strawberry me contar mais sobre as histórias que ela tinha ouvido. Sentei-me em frente a ela e disse:

— Eu comi carne na festa. Senti um gosto estranho. — Como ela não respondeu, me inclinei na sua direção e acrescentei, em voz baixa: — Então eu lembrei que a senhora tinha me dito para não comer nada.

Ela fixou os olhos em mim de um modo intenso. Por um breve momento me pareceu que ela ia dizer alguma coisa, mas, em vez disso, se pôs de pé e assentiu para seu próprio reflexo na janela de vidro.

— Veja — falou, puxando conversa, como se eu não tivesse comentado nada. — Veja esse belo vestido do filme *Nunca fui santa*. — Era um redingote verde mosqueado, com uma estola de pele presa nele, e ela o usava desabotoado para mostrar seus peitos ousadamente modelados. Ela o alisou nos quadris. — Vestido cai bem em Strawberry, *ne*? Cai melhor Strawberry do que cai Marilyn.

— Eu disse que acho que comi alguma coisa ruim.

Ela se voltou para mim, no rosto uma expressão séria, a cabeça vacilando por causa do champanhe. Eu podia ver os movimentos mínimos de sua mandíbula sob a pele. Ela pôs as mãos na mesa e se inclinou de modo a seu rosto ficar perto do meu.

— Você precisa esquecer isso — sussurrou. — Máfia japonesa muito complicada. Não é fácil de entender.

— Não tinha gosto de nada que eu conhecia. E eu não fui a única a notar. O Sr. Bai. Ele também achou que havia algo de estranho.

— O Sr. Bai? — Ela produziu um estalo na garganta, indicando desdém. — Você ouve Sr. Bai? Sr. Bai como animal de estimação Fuyuki. Como cachorro com coleira. Ele cantor famoso antigamente, mas agora não tão famoso. Ia bem, até... — Ela ergueu a mão em advertência. — *Até cometer erro*. — Ela passou a mão pela garganta. — Ninguém importante demais para cometer erro. Entende?

Eu engoli em seco e disse, bem devagar:

— Por que você me disse para não comer nada?

— Tudo boato. Tudo fofoca. — Ela catou a garrafa de champanhe, encheu sua taça e bebeu de um gole só, usando a taça para apontar para mim. — E, Cinza-san, você nunca repetir o que eu disse para você. Entende? — Ela balançou a taça, e eu podia ver que ela estava falando muito sério. — Quer vida feliz? Quer vida feliz trabalhando em clube de alta classe? Aqui no Some Like It Hot?

— O que quer dizer?

— Quero dizer sua boca. Fique de boca fechada. Certo?

O que queria dizer, claro, que, quando Shi Chongming telefonou na manhã seguinte, inesperadamente cedo, eu não tinha mais nada para contar a ele. Ele não recebeu isso muito bem.

— Essa sua atitude me parece muito estranha, sim, muito estranha. Pelo que entendi,você estava "desesperada" para ver meu filme.

— E estou.

— Então me explique, pois sou um velho com uma parca compreensão das vicissitudes da juventude, por favor conceda-me a honra de explicar essa súbita falta de disposição para falar.

— Não é falta de disposição. Eu só não sei o que o senhor quer que eu diga. Não posso inventar coisas. Não tenho nada de novo para contar.

— Sim. — A voz dele tremia de raiva. — Foi como eu suspeitei. Você mudou de ideia. Estou enganado?

— Sim, o senhor está...

— Acho isso inaceitável. Você tranquilamente me permitiu fazer um esforço monumental — eu podia perceber que ele estava se controlando para não gritar —, e agora essa leviandade! Tamanha leviandade ao me dizer que não está mais envolvida.

— Eu não disse isso...

— Eu acho que disse sim. — Ele tossiu e fez um som estranho, como pequenas bufadas staccato. — Sim, sim, acredito que, no que se refere a você, vou confiar em meus instintos. Vou dizer adeus. — E desligou o telefone.

Fiquei ali sentada na sala gelada olhando para o telefone na minha mão, minha face ardendo. Não, pensei. Não, Shi Chongming, o senhor está errado. Visualizei a sombra da Enfermeira subindo na parede do corredor, me lembrei de mim mesma de pé, recostada na porta do banheiro, meu coração querendo pular fora do meu peito, a foto da cena do crime aparecendo na minha cabeça. Coloquei os dedos sobre meus olhos fechados, apertando suavemente. Eu tinha feito tanto, tinha ido tão longe; eu não tinha mudado de ideia — era apenas que a imagem ficara desfocada, como se visse algo familiar através de uma janela embaçada. Não era isso? Tirei as mãos do rosto e olhei para a porta, para o comprido corredor que se estendia longamente, alguns raios de sol iluminando o chão empoeirado. Jason estava dormindo em meu quarto. Tínhamos ficado acordados até as 5 da manhã, bebendo a cerveja que ele comprara numa máquina na rua. Algo insólito estava ficando claro para mim. Algo que eu jamais poderia ter previsto. E se, pensei, arrepiando-me com o ar frio da manhã, e se houvesse mais de um caminho para a tranquilidade de espírito? Ora, não seria o máximo?

35

No fim acabou não importando muito o que Shi Chongming disse porque Fuyuki passou vários dias sem aparecer no clube. E então os dias tornaram-se semanas. E então, subitamente, percebi que eu já não tinha um sobressalto toda vez que a campainha do elevador soava. Algo estava escapando de mim, e por um bom tempo não fiz nada, apenas observei apaticamente, acendendo um cigarro e dando de ombros e pensando em Jason, nos músculos do braço dele, em como tremiam levemente com o esforço de manter seu corpo sobre o meu.

Eu não conseguia me concentrar em meu trabalho no clube. Volta e meia ouvia meu nome e ao sair de um transe encontrava um cliente me olhando de um jeito estranho, ou Mama Strawberry franzindo o cenho para mim, e então me dava conta de que uma conversa inteira tinha se desenrolado e tudo que tinham recebido de mim era uma ausência, porque eu estava em alguma outra parte, com Jason. Às vezes ele me observava durante o trabalho. Se eu notava, ele passava a língua nos dentes. Divertia-o ver que meus braços se arrepiavam. As russas ficavam me relembrando as fotografias estranhas que ele tinha, pondo os dedos nos lábios em advertência e sussurrando os títulos dos vídeos de autópsia. "Mulher cortada ao meio por caminhão — imagine só!" Mas eu não as ouvia mais. De noite, se acontecia de eu acordar e ouvir o som de outro ser humano respirando perto de mim, o som de

Jason esfregando o rosto durante o sono ou murmurando e se virando, eu sentia um aperto delicioso no peito e me perguntava se era mesmo assim que eu deveria me sentir. Eu me perguntava se estava apaixonada, e só de pensar isso me sentia em pânico e sem ar. Seria possível? Pessoas como eu podiam se apaixonar? Eu não sabia. Às vezes ficava acordada por horas e horas preocupada com isso, respirando fundo, tentando manter a calma.

Do jeito que estava indo seria de se imaginar que eu nunca, nunca mostraria as cicatrizes para ele. Eu ficava arranjando desculpas. Tinha dez camisolas a essa altura, todas alinhadas no armário, e as usava o tempo todo, mesmo dormindo, de costas para ele, dobrada sobre minha barriga como um feto. Eu não sabia por onde começar. Quais seriam as palavras certas? *Jason, certas pessoas, muito tempo atrás, acharam que eu estava louca. Eu cometi um erro...* E se ele ficasse horrorizado? Ele dizia que não ficaria, mas como explicar que essa compreensão, ou até mesmo a ilusão dela, seria o sentimento mais maravilhoso imaginável, quase tão maravilhoso quanto saber de fato que eu não imaginara o livro laranja, e como explicar que se eu arriscasse contar para alguém e acabasse mal... bem, seria como — como morrer. Como cair num buraco negro, infinitas vezes.

Comecei a sonhar frequentemente com a minha pele. Nos sonhos, ela se soltava e saía de mim, desgrudando do meu corpo, abrindo-se em partes costuradas ao longo da minha espinha e sob meus braços. Então ela saía inteira de mim, subindo como um fantasma numa corrente de ar, pronto para sair flutuando por aí. Mas sempre acontecia alguma coisa. Algo tremia, e eu olhava para baixo e via que aquele belo paraquedas brilhante e ensanguentado estava preso numa prega cruzada na minha barriga. Então eu começava a chorar e esfregar freneticamente a pele para soltá-la. Eu cutucava e arranhava a mim mesma até ficar coberta de sangue e começar a tremer e...

— *Cinza?*

Uma noite eu acordei num sobressalto, suando profusamente, as imagens do meu pesadelo rondando o quarto como sombras.

Estava escuro, exceto pela luz vinda do Mickey Rourke, e eu estava deitada de lado, agarrada a Jason, o coração disparado. Minhas pernas apertavam com toda a minha força as coxas dele, e ele estava me olhando surpreso.

— O que foi? — perguntei. — O que eu estava fazendo?

— Se esfregando em mim.

Eu me ajeitei sob as cobertas. Minha camisola estava amarfanhada e molhada de suor. Puxei-a bem para baixo, até as coxas, e afundei o rosto nas mãos, tentando regularizar a respiração.

— Ei. — Ele afastou os cabelos que estavam grudados em minha testa. — Ssh. Ssh. Não se preocupe. — Segurou-me por baixo dos braços e gentilmente me fez ir mais para cima no futton, para ficar na mesma altura que ele. — Assim. — Ele beijou meu rosto, acariciou meu cabelo, alisou minha pele. Ficamos assim por um tempo, até as batidas de meu coração voltarem ao normal. — Tudo bem com você? — sussurrou ele, aproximando a boca do meu ouvido.

Assenti, apertando os nós das mãos contra os olhos. Tudo parecia tão escuro e frio! Parecia que eu estava flutuando. Jason me beijou de novo.

— Escuta, esquisitinha — disse ele suavemente, pousando a mão em meu pescoço. — Eu tenho uma ideia.

— Uma ideia?

— Uma boa ideia. Sei do que você precisa. Vou lhe contar uma coisa que você vai gostar.

— Ah, é?

Ele gentilmente empurrou meu ombro esquerdo de modo que meu corpo rolasse, ficando de costas para ele. Eu podia sentir sua respiração no meu pescoço.

— Escute — sussurrou —, você quer que eu a faça feliz?

— Sim.

— Ótimo. Então, concentre-se bem. — Eu fiquei ali, olhando vagamente a réstia de luz entrando por baixo da porta, todos os cabelos e grãos de poeira se ajuntando ali no tatame, e me concentrei na voz de Jason. — Escute com atenção. — Ele se ajeitou atrás de mim, seus braços em volta do meu corpo, os lábios em meu pescoço. — A história é a seguinte. Muitos anos atrás, muito antes de eu vir para cá, eu estava transando com uma garota na América do Sul. Ela era um pouco doida, e eu não lembro o nome dela, só consigo me lembrar de como ela gostava de transar.

Ele colocou a mão entre as minhas coxas e as abriu, passando a palma da mão ao longo do interior da minha coxa esquerda, cuidadosamente erguendo meu joelho e dobrando-o até meu peito. Senti a ponta dura e fria de meu joelho roçar em meu mamilo enquanto ele se movia atrás de mim.

— O que ela realmente gostava era que eu a colocasse de lado assim — continuou, em voz baixa, a boca roçando meu pescoço —, como estou fazendo agora. E erguia o joelho desse jeito, para que eu pudesse enfiar meu pau nela. Assim.

Eu respirei fundo, e Jason sorriu.

— Está vendo? Está vendo porque ela gostava tanto?

O inverno se insinuava pelos espaços da casa. As poucas árvores estavam nuas, apenas com uma ocasional folha seca ainda no galho, e o frio se infiltrava pelo piso. Em lugares públicos, couves ornamentais eram plantadas nas cores natalinas de vermelho e verde. O aquecimento da casa não funcionava e Jason estava preocupado demais comigo para consertá-lo. Os dutos de ar dos quartos chacoalhavam, sibilavam e sopravam a poeira, mas não emanavam calor algum.

Eu nunca sabia se era normal, mas todas as ex-namoradas de Jason iam para a cama conosco. Eu não gostava disso, mas por um bom tempo não falei nada. *Escuta*, ele murmurava no escuro, *escuta. Vou lhe contar uma coisa que você vai gostar. Anos atrás eu estava transando com uma garota holandesa. Não consigo me lembrar do nome dela, mas lembro bem que o que ela realmente gostava era...* E ele manobrava meus membros, coreografando uma dança particular com o meu corpo. Ele gostava do fato de eu estar sempre disposta para ele.

— Você é tão safada — disse-me uma vez. — É a mulher mais safada que eu já conheci.

— Escuta — falei uma noite, meio precipitadamente. — Isso é importante. Você fica me contando sobre essas mulheres. E eu sei que é verdade porque toda mulher que você encontra quer dar para você.

Ele estava deitado entre minhas pernas com a cabeça na minha coxa, as mãos pousadas em minhas panturrilhas.

— Eu sei.

— Mama Strawberry. Todas as hostesses.

— Sim.

— A Enfermeira do Fuyuki. Ela também quer.

— Ela? Aquilo é "ela"? Ainda tenho dúvidas. — Distraidamente ele cravou as unhas na minha perna. Notei que ele estava pressionando ligeiramente forte demais. — Eu queria descobrir. Queria saber como ela é nua. É, acho que é basicamente isso, eu queria vê-la nua e...

— Jason.

Ele virou a cabeça.

— Hm?

Eu me apoiei nos cotovelos e o encarei.

— Por que você está dormindo comigo?

— O quê?

— Por que está dormindo comigo? Tem tantas outras garotas no mundo.

Ele fez menção de responder, mas em vez disso se deteve e eu pude sentir seus músculos se retesarem minimamente. Por fim ele se sentou e pegou a bainha da minha camisola.

— Tire isso.

— Não. Não, não agora, eu...

— Ah, pelo amor de Deus. — Ele se afastou, pondo-se de pé. — Isso é... — Pegou um cigarro em sua calça jeans, que estava largada no chão, e o acendeu. — Olha... — Ele balançou a cabeça e exalou a fumaça. — Isso está indo longe demais.

Eu o olhei com a boca ligeiramente aberta.

— Longe demais?

— Sim. Longe, longe demais, e é um saco. — Ele suspirou. — Eu tenho sido paciente, mas... Está levando uma eternidade. Não tem mais graça.

Uma sensação estranha se apoderou de mim, uma sensação horrível, como se eu estivesse girando sem parar num vácuo. Nada parecia certo. As galáxias na parede atrás dele pareciam estar se movendo — deslocando-se lentamente no céu sobre Tóquio como colares de luz. A expressão no rosto de Jason parecia escura e sem substância.

— Mas eu... — apertei os dedos no pescoço, tentando fazer minha voz parar de oscilar — ... eu queria, eu, eu queria mostrar para você. Realmente queria. É só que eu...

Eu me levantei e procurei atabalhoadamente meus cigarros na penteadeira, derrubando coisas. Achei o maço, tirei um cigarro, tremendo, o acendi e fiquei de pé virada para a parede, fumando em tragadas ansiosas, febris, tentando conter as lágrimas em meus olhos. *Isso é ridículo. Apenas faça isso de uma vez. É como pular de um penhasco, como pular de um penhasco... Só há uma maneira de saber se você vai sobreviver.*

Apaguei o cigarro no cinzeiro na penteadeira e me virei para ele, a respiração acelerada. Havia um grumo em minha garganta, como se meu coração estivesse tentando sair pela boca.

— Bem — disse ele —, o que é?

Puxei a camisola pela cabeça, deixei-a cair no chão e fiquei ali, olhando para ele, as mãos cobrindo a barriga, meus olhos fixos num ponto acima de sua cabeça. Respirei fundo, muito fundo, imaginando meu corpo através dos olhos dele — pálido e magro, rendilhado de veias.

— Por favor, compreenda — sussurrei, como um mantra, baixinho. — Por favor, compreenda.

E então tirei as mãos.

Não sei se fui eu que soltei uma exclamação, ou se foi Jason, mas uma interjeição soou bem distinta no quarto. Fiquei ali parada, os punhos fechados caídos ao lado do corpo, os olhos no teto, sentindo que minha cabeça ia explodir. Jason estava em silêncio, e quando eu por fim me atrevi a olhar para ele descobri que sua face estava bem imóvel, muito controlada, impassível enquanto observava as cicatrizes em minha barriga.

— Meu Deus — disse ele depois de um tempo enorme. — O que aconteceu com você?

Ele se levantou e deu um passo na minha direção, erguendo as mãos, estendendo-as com curiosidade na direção da minha barriga, como se emanasse um fulgor das cicatrizes. Seus olhos estavam calmos e límpidos. Ele parou a um passo de mim, de lado, com a mão direita aberta sobre as cicatrizes.

Eu me arrepiei e fechei os olhos.

— O que diabos aconteceu aqui?

— Um bebê — falei, hesitante. — Era aí que meu bebê estava.

36

Ensinaram-me sobre preservativos no hospital, mas aí já era tarde demais. Nos meses em que fiquei internada, quando todo mundo estava falando sobre Aids, tivemos grupos de conscientização sobre HIV, e uma das enfermeiras, uma menina chamada Emma, com uma argolinha no nariz e de pernas grossas, sentava-se na nossa frente, enrubescendo num vermelho forte enquanto nos mostrava como colocar um preservativo numa banana. Uma *camisa de vênus,* ela o chamava, porque naquela época era o que os jornais empregavam, e quando ela falava sobre sexo anal, chamava de "sexo retal". Ela nos falou disso com o rosto virado para a janela, como se estivesse se dirigindo às árvores. Os outros riam e faziam piadas, mas eu ficava sentada nos fundos da sala, tão vermelha quanto ela, os olhos fixos no preservativo. Um preservativo. Nunca tinha ouvido falar em preservativo. Sinceramente, como alguém tão ignorante conseguiu viver tanto tempo?

Por exemplo, o significado de nove meses. Ao longo dos anos eu ouvi piadas e comentários em voz baixa: "Ah, sim, ela está fazendo a festa *agora*, mas espere só para ver a cara dela daqui a nove meses." Esse tipo de coisa. Mas eu não entendia. O mais ridículo era que, se me perguntassem sobre o período de gestação de um elefante, eu provavelmente saberia dizer. Mas eu estava perdida quanto a verdades sobre seres humanos. Meus pais tinham feito um bom trabalho ao filtrar a informação que chegava a mim. Exceto pelo livro laranja, claro; afinal, não foram tão vigilantes assim.

A menina que ria no leito ao lado me encarou firme quando eu admiti o quanto era ignorante.

— Está falando sério?

Dei de ombros.

— Cacete — disse ela, um leve tom de assombro na voz. — Você está falando sério mesmo.

Em sua exasperação, as enfermeiras acharam para mim um livro sobre os fatos da vida. Chamava *Mamãe, o que é isso em sua barriga?* e tinha a capa em um cor-de-rosa claro, com o desenho de uma menina olhando para a enorme barriga grávida da mãe sob um vestido florido. Uma das frases sobre o livro na contracapa dizia: "Terno e informativo: tudo o que você precisa saber para responder às pequenas perguntas de seus filhos." Eu o li de cabo a rabo e o guardava num saco de papel, nos fundos do meu armário. Gostaria de tê-lo tido antes. Eu teria entendido o que estava acontecendo comigo.

Eu não contei a ninguém no hospital como tinham sido aquelas semanas após o incidente da van. Como levei semanas e meses para montar o quebra-cabeça a partir de sussurros e alusões estranhas nos livros mutilados que havia nas estantes de casa. Como, ao me dar conta de que haveria um bebê, eu soube, sem a menor dúvida, que minha mãe ia me matar, ou matar o bebê, ou ambos. Isso, suponho, é o verdadeiro preço da ignorância.

Na viela bateram a porta de um carro. Alguém balançou as chaves, e uma mulher deu uma risadinha aguda e estridente — "Não vou beber nadinha, eu juro". A risada deles foi sumindo enquanto continuavam pela viela até a rua Waseda. Não me mexi, nem respirei; estava com os olhos fixos em Jason, esperando o que ele ia dizer.

— Você é uma boa menina. — Por fim ele deu um passo para trás e abriu um sorriso lento e malicioso. — Você é uma boa menina, sabia disso? E agora vai ficar tudo ótimo.

— *Ótimo?*

— Sim. — Ele pôs a língua entre os dentes e passou o dedo cuidadosamente sobre a maior das cicatrizes, a central, que ia em diagonal, partindo uns 5 centímetros à direita do meu umbigo, até o osso ilíaco. Pôs a unha sobre o ponto emaranhado no centro dela e navegou pelos pequenos buracos onde o cirurgião tinha tentado me costurar. Havia uma nota de curiosidade e fascinação em sua voz quando ele disse:

— São tantas. Você se feriu com quê?

— Uma... — Tentei falar, mas minha mandíbula estava travada. Tive que sacudir a cabeça para fazer com que se movesse. — Uma faca. Uma faca de cozinha.

— Ah — disse ele, de um jeito pervertido. — Uma faca. — Ele fechou os olhos e lentamente lambeu os lábios, deixando seus dedos se demorarem no vórtice de tecido cicatrizado que havia no meio. O primeiro golpe da faca. Eu me retraí quando ele abriu os olhos, me olhando atentamente. — Foi fundo aqui? Hm? Aqui? — Ele apertou o dedo no lugar. — É a sensação que dá. De que foi bem fundo.

— *Fundo?* — ecoei. Havia algo em sua voz, algo intenso e horrível, como se ele estivesse tendo um prazer imenso com aquilo. O ar no quarto pareceu mais viciado do que alguns minutos antes. — Eu... — Por que ele queria saber se a faca entrou fundo na minha carne? Por que estava me perguntando isso?

— Foi? Foi fundo?

— Sim — respondi sem forças, e ele teve um arrepio deliciado, como se houvesse algo percorrendo seus ombros.

— Veja só isso. — Ele passou a palma da mão pela pele do próprio braço. — Veja, estou todo arrepiado. Eu tenho tanto tesão por esse tipo de coisa. A garota de quem eu lhe falei, lembra? Da América do Sul? — Ele circulou o próprio bíceps, semicerrando os olhos de prazer ante a lembrança. — Ela tinha perdido o braço. E o lugar onde o tiraram... era como... — Ele juntou os dedos, como se estivesse equilibrando o mais delicado, o mais tenro fruto na ponta dos dedos. — Era belo, como uma ameixa. Uau... — Ele sorriu para mim. — Mas você sempre soube sobre esses meus gostos, não é?

— Sempre soube? Não... eu...

— Sim. — Ele se ajoelhou à minha frente, as mãos em meus quadris, sua respiração quente em minha barriga. — Você sabia. Sabia o que me atraía. — Sua língua, seca e corrugada, se estendeu para tocar a minha pele. — Você sempre soube que eu simplesmente *adoro* transar com gente bizarra.

Minha paralisia sumiu. Eu o empurrei e tropecei para trás. Ele se apoiou nos calcanhares, parecendo levemente surpreso, enquanto eu catava minha camisola, vestindo-a atabalhoadamente. Eu queria correr para fora do quarto antes que começasse a chorar, mas ele estava entre mim e a porta, de modo que me virei e me agachei no canto, voltada para a parede. Tudo voltou à minha mente: as fotografias em seu quarto, os vídeos a que as russas juravam que ele assistia, a maneira como ele falara da Enfermeira. Eu era uma delas — uma bizarrice. Algo deformado que podia excitá-lo, assim como os vídeos a que ele assistia.

— O que foi?

— Hã...? — falei, num fiapo de voz, enxugando os olhos com as mãos. — Hã... Eu acho, eu acho que talvez eu... — As lágrimas desciam até minha boca. Cobri-a com a mão para evitar que ele as visse pingando no chão. — Nada.

Ele pôs a mão em meu ombro.

— Viu? Eu disse que ia ficar tudo bem. Eu disse que iria entender.

Eu não respondi. Estava tentando não soluçar.

— Era para este momento que estávamos nos dirigindo o tempo todo, não? Foi o que nos juntou. Eu soube no momento em que vi tudo isso; suas pinturas, todas as fotos monstruosas nos seus livros... Eu sabia que você e eu... Eu sabia que éramos a mesma coisa. — Eu o ouvi catando outro cigarro e imaginei seu rosto, ele sorrindo, presunçoso, confiante, vendo sexo nisso, sexo nas cicatrizes que eu vinha escondendo havia tanto tempo. Imaginei que aparência eu devia ter para ele, encolhida ali no canto, meus braços finos e frios em volta do corpo. — Você só levou um pouco mais de tempo — continuou ele. — Um pouco mais de tempo para reconhecer que éramos um par. Um par de pervertidos. Fomos feitos um para o outro.

Eu me levantei de um salto e catei minhas roupas na cadeira, me vestindo depressa, sem olhar para ele, minhas pernas tremendo implacavelmente. Vesti o casaco e procurei as chaves na bolsa, o tempo todo respirando em fôlegos breves, desesperados, tentando conter as lágrimas. Ele nada disse, nem tentou me deter. Observou-me em silêncio, fumando pensativo, um meio-sorriso no rosto.

— Vou sair — falei, abrindo a porta com violência.

— Tudo bem — eu o ouvi dizer atrás de mim. — Tudo bem. Você logo vai ficar bem.

Mesmo muito recentemente, como em 1980, ainda era possível na Inglaterra um bebê natimorto não ser enterrado. Não ser enterrado numa sepultura — em vez disso, ser levado num saco de lixo amarelo e incinerado com outros resíduos hospitalares. Era até possível que a mãe, uma adolescente sem experiência nenhuma, deixasse o bebê ser levado e nunca ousar perguntar para onde. Tudo isso era possível por causa de um simples acaso do calendário: meu bebê não conseguiu viver dentro de mim até completar as cruciais 28 semanas. Faltou apenas um dia, e por isso o Estado disse que meu bebê não deveria ser enterrado, que ela tinha um dia a menos para ser considerada um ser humano, um dia a menos para ter um enterro ou um nome de menina, de modo que para sempre teria o nome *feto*. Um nome que ressoava só doença e nada tinha a ver com a menininha que era ao nascer.

Era uma noite em fins de dezembro, com as árvores pesadas de neve e a lua cheia no céu. As enfermeiras no pronto-socorro acharam que eu não deveria estar chorando daquele jeito.

— Tente relaxar.

O médico não conseguiu me olhar nos olhos quando eu voltei a mim, estendida na mesa de cirurgia, e dei com ele cuidando dos ferimentos na minha barriga. Ele fez tudo num silêncio gélido, e, quando por fim me disse o que tinha ocorrido, estava de perfil, falando para a parede e não para mim.

Tentei me sentar, sem compreender o que ele dissera.

— *O quê?*

— Sentimos muito.

— Não. Ela não está morta. Ela...

— Ora, claro que está. Claro que está morta.

— *Mas ela não devia estar morta. Ela devia estar...*

— Por favor. — Ele pôs a mão em meu ombro, fazendo-me deitar de novo na mesa. — Você não esperava outra coisa, não é mesmo? Agora, deite-se. Relaxe.

Eles tentaram me manter deitada, evitar que eu olhasse. Mas eu desobedeci. Eu olhei. E descobri algo que jamais esquecerei: descobri que também é possível, além de todas as outras incríveis possibilidades da vida, ver, por um breve momento, tudo o que uma criança poderia ter sido; ver, através daquela pele quase transparente, sua alma, sua voz, sua personalidade, real e complexa, ver a longa história de sua vida estendendo-se a sua frente. Todas essas coisas são possíveis.

Havia uma enfermeira que não sabia ou não se importava em saber como eu acabara assim. Ela foi a única que percebeu o que aquilo significava para mim. Foi ela quem pousou um lenço de papel nos cantos dos meus olhos e acariciou minha mão.

— Pobrezinha, pobrezinha. — Ela olhou para aquela forma amontoada na tigela, em forma de rim, do outro lado da sala; para a pequena curva do ombro, o chumaço de cabelos pretos. — Você vai ter que parar de se preocupar com ela agora, querida. Vai ter que parar de se preocupar. Onde quer que a alma dela esteja, Deus a encontrará.

A lua ainda estava no céu quando eu saí da casa, precipitando-me pela viela apertando o casaco no pescoço, mas quando cheguei a Shiba-Koen estava amanhecendo — dava para ver entre os prédios. O céu estava de um belo cor-de-rosa aguado, e uma brisa artificialmente cálida soprava nas ruas, como se houvesse um vento nuclear vindo do oeste. Os galhos sem folhas do templo Zojoji se agitavam e vergavam. Na tigela purificadora colocada em frente às fileiras de estátuas de crianças, silenciosas e cegas com seus bonés vermelhos, eu parei e aspergi água gelada primeiro na mão esquerda, da maneira que se deve fazer, e então na direita. Coloquei alguns ienes na caixa de ofertório, tirei os sapatos e caminhei na grama gélida, indo e voltando entre as fileiras de crianças de pedra.

As sombras dos pergaminhos brancos de orações amarrados nos galhos acima da minha cabeça se moviam e dançavam. Achei um lugar no canto dos jardins, um lugar entre as fileiras de estátuas onde eu não podia ser vista da rua, e me sentei no chão, o casaco bem apertado em volta do corpo. Ao orar, era preciso bater palmas. Havia uma sequência, mas eu não conseguia me lembrar, então acabei fazendo o que estava acostumada a ver as pessoas fazerem em meu país, uma nação cristã. Juntei as mãos, apoiei a testa na ponta dos dedos e fechei os olhos.

Talvez a enfermeira tivesse razão. Talvez "Deus", ou os deuses, ou algo maior do que qualquer um de nós soubesse onde encontrar a alma da minha filha. Mas eu não sabia. Eu não sabia onde ela fora enterrada, de modo que não tinha por onde começar. Sem uma sepultura para visitar, aprendi a imaginá-la em nenhum lugar e em toda parte, voando em algum ponto acima de mim. Às vezes, quando fechava os olhos com força, eu a visualizava no escuro céu da noite, tão alto que sua cabeça estaria roçando no teto do mundo. Em meus sonhos, ela podia voar para onde quisesse. Talvez até mesmo da Inglaterra para Tóquio. Teria que seguir um curso direto para o leste, e então lá ela iria, rápida, olhando para baixo de quando em quando e vendo as luzes passando: a Europa, com todas as suas pontes iluminadas e decoradas como bolos de casamento. Ela saberia quando estaria sobre o mar pelas extensões escuras, ou pelo reflexo ondulado da lua, ou pelas pequenas pérolas que seriam os petroleiros. Depois da Europa ela voaria rápido para o sol nascente. Sobre as estepes russas e o lago Baikal, de profundeza infinita, com suas estranhas focas e seus peixes distantes do oceano. E mais além, passando por campos de arroz e chaminés industriais e estradas margeadas por oleandras, sobre o solo que se estendia firme de toda a terra natal de Shi Chongming. Então Tóquio, e mais ainda até chegar a Takadanobaba, e ela veria os beirais curvos da velha casa. Então ela estaria sobre a minha janela e por fim...

Mas, claro, ela não veio. Mesmo no O-Bon, quando os mortos supostamente visitam os vivos, eu sentei à janela e fiquei olhando as velas acesas flutuando pelo rio Kanda, que os japoneses colocavam ali para guiar seus mortos de volta, mesmo nessa ocasião eu fiquei o tempo todo pensando estupidamente que ela talvez me encontrasse. Mas ela não veio. Eu disse a mim mesma que não deveria ter esperado isso, que ela provavelmente se empenhara em tentar vir. Vir da Europa até ali era uma distância tão grande para um espírito tão pequeno... talvez ela tivesse se perdido, ou simplesmente se cansado muito, muito mesmo.

Ergui a cabeça de minha pseudo-oração. À minha volta, os cata-ventos das crianças giravam com a brisa quente, as ripas de madeira do memorial estalando e chacoalhando. Cada um daqueles gorros feitos à mão, cada babador, cada brinquedo que ornamentava as estátuas tinha sido posto ali por uma mãe que orara, exatamente como eu. Estava amanhecendo, e as primeiras pessoas nas ruas caminhavam apressadamente na rua ao lado do templo, rumo a seus trabalhos.

Jason, pensei, levantando-me e limpando meu casaco, Jason, acredite em mim, você é mais estranho, mais estranho e mais insano do que eu jamais fui. O que eu fiz foi fruto da minha ignorância e foi um erro, mas eu nunca fui tão errada quanto você é. Inspirei fundo algumas vezes o ar límpido e olhei para o céu. Ele me fizera voltar a algo. Eu quase esquecera, mas ele me lembrara. Havia apenas um caminho que eu podia seguir. Só houve um único caminho, sempre.

37

Nanquim, 20 de dezembro de 1937
(18º dia do mês XI)

É assim que se aprende.

Quando o sol nasceu, ouvi o rádio por um tempo. Ainda nada de algum anúncio de que é seguro sair nas ruas. Quando a luz do dia por fim veio, tomei um pouco de chá, me vesti em silêncio, amarrei meu casaco acolchoado e saí para a viela, protegendo a porta atrás de mim e parando para verificar se havia algum movimento. Lá fora caía uma neve fraca: flocos brancos finos cobrindo o gelo velho e sujo. Avancei silenciosamente por entre as moradias, cheguei em poucos minutos à casa de Liu, fui até a porta dos fundos e bati, uma série combinada. Depois de alguns momentos a porta foi aberta pela mulher de Liu; ela recuou sem dizer uma palavra, permitindo que eu entrasse. Seus olhos estavam vermelhos, e ela usava um velho robe de inverno masculino sobre várias camadas de suas próprias roupas.

Estava terrivelmente frio na casa, e eu imediatamente pude sentir o clima tenso. Quando Liu veio no corredor, eu soube que algo acontecera.

— O que foi?

Ele não respondeu. Fez um sinal para eu ir até uma pequena sala atulhada, onde seu filho estava sentado numa infelicidade abjeta, a cabeça baixa. Usava uma jaqueta militar Sun Yat-sen rasgada, puída e grande demais para seus ombros frágeis, dando a ele uma aparência mais desgrenhada e deplorável do que nunca. Na mesa à sua frente havia uma saca imunda, da qual transbordava o que parecia ser trigo-sarraceno.

— Ele ficou fora a noite toda — disse Liu. — Trouxe comida.

Não pude tirar os olhos famintos da saca de trigo.

— Mestre Liu, eu louvo a sua bravura. Isso é uma boa notícia. Uma notícia muito, muito boa.

A mulher de Liu trouxe bolinhos — alguns embrulhados em musseline numa cesta de bambu para eu levar para Shujin, e outro prato para eu comer na hora. Ela os colocou na minha frente sem uma palavra ou olhar e saiu da sala. Eu comi o mais rápido que pude, de pé, enchendo a boca e olhando para o teto enquanto mastigava. Liu e seu filho desviaram os olhos por decência. Mas, apesar da comida, eu não podia deixar de perceber o clima entre eles.

— O que foi? — perguntei, de boca cheia. — O que aconteceu?

Liu tocou o pé do menino com os dedos dos pés.

— Conte a ele o que aconteceu.

O menino olhou para mim. Seu rosto estava pálido e sério. Era como se da noite para o dia ele tivesse perdido a infância.

— Estive lá fora — sussurrou ele.

— Sim?

Ele ergueu o queixo em direção à rua.

— Lá fora. A noite inteira eu fiquei andando pela cidade. Conversei com as pessoas.

Engoli o resto do bolinho, sentindo-o grudar em minha garganta.

— E você voltou a salvo. As ruas estão seguras?

— Não. — Uma lágrima repentina escorreu pelo seu rosto. Fiquei desalentado. — Não. As ruas não estão seguras. Os japoneses são demônios. Os *riben guizi*. — Ele deu um olhar angustiado ao pai. — O senhor me disse que eles só matariam soldados. Por que disse isso?

— Eu acreditei nisso. Pensei que eles nos deixariam em paz. Pensei que seríamos considerados refugiados.

— Refugiados. — Ele rebateu as lágrimas com a manga. — Há um lugar para onde vão as pessoas que eles chamam de refugiados.

— A universidade — falei. — Você esteve lá?

— Não só eu. Não fui o único a ir lá. Os japoneses também foram. Eles levaram os "refugiados" embora. Eu vi. Eles estavam presos uns aos outros. — Ele cravou um dedo na pele macia atrás de sua clavícula. — Puseram um arame por aqui e os juntaram, como... como um colar. Um colar de gente.

— Você realmente viu isso tudo? Na zona dos refugiados?

Ele apertou as mãos nos olhos, as lágrimas deixando marcas na sujeira.

— Eu vi tudo. Tudo. E ouvi tudo.

— Diga-me — pedi, sentando numa das precárias cadeiras e olhando seriamente para ele —, você ouviu gritos? Uma hora atrás. Uma mulher gritando.

— Ouvi.

— Sabe o que era?

— Sim.

Ele olhou para o pai, e então de volta para mim, mordendo o lábio, tenso. Remexeu no bolso e tirou algo para nos mostrar. Liu e eu nos inclinamos. Na palma da sua mão estava um preservativo japonês. Tinha uma figura de um soldado correndo para a frente, empunhando a baioneta, a palavra "*Totsugeki*" escrita embaixo. *Atacar!* Liu e eu trocamos um olhar. O rosto dele ficara muito transtornado, a tensão contraindo sua pele em volta da boca.

— Estupro — disse o menino. — Estão estuprando mulheres.

Liu olhou de relance para a porta. Sua mulher estava nos fundos da casa e não poderia ter ouvido; mesmo assim, ele estendeu o pé e chutou a porta para fechá-la. Meu coração estava batendo com força. Aos 13 anos eu não fazia ideia do que era estupro, mas aquele menino usou a palavra naturalmente, como se fosse um evento corriqueiro.

— Caçar mulheres — continuou. — É o passatempo favorito dos japoneses. Eles pegam caminhões de carvão de Xiaguan e percorrem as aldeias atrás de mulheres. — Ele ergueu o rosto manchado de sujeira para mim. — E sabe o que mais?

— Não — falei, sem forças. — O que mais?

— Eu vi onde o *yanwangye* mora.

— *Yanwangye?*

Um pequeno fantasma de medo passou pelo meu coração. Eu instintivamente me virei para Liu, que estava contemplando seu filho numa mistura de medo e confusão. *Yanwangye.* O diabo. O maior dos senhores da morte. O governante do inferno budista. Normalmente, gente como eu e Liu olharia torto para tal mito religioso, mas algo em nós mudara nos últimos dias. Ouvir o nome sussurrado naquela casa gelada nos fez ter um calafrio.

— Do que você está falando? — disse Liu, chegando mais perto de seu filho. — *Yanwangye?* Eu não ensinei essas bobagens a você. Com quem você andou conversando?

— Ele está aqui — sussurrou o menino, encarando o pai. Eu podia ver sua pele toda arrepiada. Olhei de soslaio para as janelas, firmemente trancadas. Estava muito quieto lá fora; a neve caindo fazia a luz tremular, rosa e branca. — O *yanwangye* veio para Nanquim. Se não acreditam em mim, vamos lá fora. — Ele fez um gesto na direção da porta; nós dois nos viramos e olhamos em silêncio na direção que ele apontava. — Vou mostrar onde ele mora.

38

Shi Chongming ficou surpreso em me ver. Abriu a porta com uma polidez gélida e me fez entrar em sua sala. Ligou um aquecedor portátil, puxando-o para perto do sofá velho e baixo que ficava sob a janela e encheu um bule de chá com a Thermos que havia sobre sua mesa de trabalho. Eu observei tudo com distanciamento, pensando na estranheza daquilo: da última vez que tínhamos nos falado, ele batera o telefone na minha cara.

— Bom, então — disse ele, depois que eu me sentei. Shi Chongming me olhava com curiosidade, porque eu tinha ido até ali direto do templo e minha saia ainda estava úmida da grama. — Isso significa que estamos nos falando de novo?

Não respondi. Tirei o casaco, as luvas e o chapéu e os amontoei sobre os joelhos.

— Você tem alguma novidade? Veio aqui para me dizer que encontrou Fuyuki?

— Não.

— Então se lembrou de alguma coisa? Alguma coisa sobre a caixa de vidro que viu?

— Não.

— Será que Fuyuki preserva alguma coisa na caixa? Porque foi o que me pareceu quando você a descreveu.

— Foi?

— Sim. O que quer que seja que o Sr. Fuyuki anda bebendo, ele acredita que o está salvando da morte. — Shi Chongming girou a chaleira. — Ele precisa ter cuidado em relação à quantidade que toma. Ainda mais se for perigoso ou difícil renovar o suprimento dessa substância. Pelo que eu suspeito, tenho certeza de que o tanque é onde ele a preserva. — Ele serviu chá para si, mas sem desviar os olhos do meu rosto, à espera da minha reação. — Conte-me mais sobre a impressão que você teve.

Eu balancei a cabeça. Estava entorpecida demais para fingir. Peguei a xícara que ele me deu e a segurei com força, com as duas mãos, olhando através da água fumegante o resto cinzento de sedimento no fundo. Um longo e embaraçado silêncio tomou conta da sala, até que por fim eu pousei a xícara na mesa.

— Na China — comecei, mesmo sabendo que não era o que ele queria ouvir —, o que acontece se alguém não é devidamente sepultado? O que acontece com o espírito dessa pessoa?

Ele estava para se sentar com sua xícara, mas minhas palavras o detiveram. Ficou ali, curvado, meio dentro, meio fora da cadeira, digerindo a minha pergunta. Quando enfim falou, o tom de sua voz mudara.

— Que coisa estranha de se perguntar. O que a fez pensar nisso?

— O que acontece com o espírito?

— O que acontece com o espírito? — Ele se sentou, levando algum tempo para se ajeitar, arrumando sua túnica, movendo a xícara para a frente e para trás. Por fim, esfregou a boca e olhou para mim. Havia um tom vermelho em volta de suas narinas. — Os não sepultados? Na China? Deixe-me ver. A resposta mais simples é que acreditamos que se forma um fantasma. Um espírito malévolo é libertado e retorna para causar problemas. De modo que enterramos nossos mortos diligentemente. Damos a eles dinheiro para passar para o outro mundo. Era... — Ele limpou a garganta, tamborilando nervosamente. — Era o que sempre me preocupava quanto a Nanquim. Eu sempre ficava com medo dos milhares de espíritos malévolos deixados à solta pela cidade.

Coloquei a xícara na mesa e inclinei a cabeça. Ele nunca falara sobre Nanquim desse jeito.

— Sim — prosseguiu, passando os dedos em torno da borda da xícara. — Isso me preocupava. Não havia terra suficiente para sepulturas com identificação. A maioria das pessoas passou meses até ser enterrada. Alguns já tinham até desaparecido na terra ou... ou sobre outros cadáveres, antes que houvesse a oportunidade de... — Ele hesitou, olhando para o próprio chá, e subitamente pareceu muito velho. Eu podia ver as veias azuis sob sua pele flácida. Eu podia perceber seus ossos, esperando sob a superfície. — Eu vi uma criança pequena uma vez. — Sua voz diminuiu. — Os japoneses tinham removido parte de sua carne, aqui, sob as costelas. Todo mundo achava que ela estava morta, mas ninguém a enterrou. Ela ficou ali por dias, plenamente visível das casas, mas ninguém saiu para enterrá-la. Eu ainda não entendo por que isso aconteceu. Em Nanquim, sortudos foram aqueles que tiveram um corpo para enterrar... — Ele deixou-se ficar em silêncio, observando os próprios dedos moverem-se em torno da xícara.

Quando pareceu que ele não iria voltar a falar, eu sentei mais para a frente e baixei minha voz para um sussurro:

— Shi Chongming. Conte-me o que acontece no filme.

Ele balançou a cabeça.

— Por favor.

— Não.

— Eu preciso saber. Preciso muito saber.

— Sinto muito. Se você precisa saber tanto assim, vai me ajudar com a minha pesquisa. — Ele olhou para mim. — É por isso que você está aqui, não?

Eu suspirei e me recostei na cadeira.

— Sim — concordei. — É isso mesmo.

Ele sorriu tristemente.

— Achei que a tivesse perdido. Por um bom tempo achei que você tivesse desistido. — Ele então me deu um olhar triste e doce, bem diferente de qualquer outro olhar que ele já me dirigira. Pela primeira vez desde que nos conhecêramos eu tive a sensação de que ele gostava de mim. Acho que nunca vou saber pelo que ele passou durante as poucas semanas que ficamos sem nos falar. — O que a fez voltar?

Quando me levantei para ir embora, deveria ter simplesmente aberto a porta e saído. Mas não consegui me conter. Parei na porta e me virei para ele, que ainda estava sentado a sua mesa.

— Shi Chongming?

— Hmm? — Ele ergueu os olhos, como se eu tivesse interrompido seus pensamentos. — Sim?

— O senhor me disse que a ignorância e a maldade não são a mesma coisa. Lembra?

— Sim. Lembro.

— É verdade? O senhor acha que é verdade? Que a ignorância não é má?

— Claro — disse ele. — Claro que é verdade.

— O senhor realmente acha isso?

— Claro que acho. A ignorância pode ser perdoada. A ignorância nunca é a mesma coisa que a maldade. Por que você pergunta?

— Porque... porque... — Um sentimento se apoderava de mim, vindo do nada, fazendo com que eu me sentisse estranhamente poderosa e leve. — Porque é uma das questões mais importantes do mundo.

39

Com o passar do dia foi ficando mais frio. Havia uma ameaça de chuva no ar, e as janelas dos carros parados em fila nos sinais de trânsito estavam fechadas, embaçadas. O vento se escondia nas esquinas, sumindo de vista, e então irrompia, fazendo coisas voarem e se precipitando com seu butim para as entradas do metrô. Eu desci a alguns quarteirões do conjunto de prédios onde morava Fuyuki, fechei bem meu casaco e andei depressa, usando o vermelho e branco da Tokio Tower como referência, passando por ruas que eu não reconhecia, cheias de pequenos restaurantes e barraquinhas de macarrão. Passei por um atacado chamado Meat Rush e diminuí o passo, lançando olhares rudes aos clientes que, no estacionamento subterrâneo, enchiam seus carros enormes com peças de 9 quilos. Carne. O Japão e a China tinham ambos, em sua história, anos em que a única proteína que se podia obter eram casulos de bichos-da-seda, gafanhotos, cobras, sapos, ratos. Agora eles tinham lugares chamados Meat Rush.

Carne, pensei, parando em frente ao portão do prédio de Fuyuki. Carne. Uma das garagens estava aberta, e um homem de macacão lavava um dos grandes carros pretos de Fuyuki. As janelas do carro estavam abertas, a chave na ignição, e o rádio tocava uma música que aos meus ouvidos soou parecida com Beatles. Um jardineiro estava usando uma mangueira para limpar o acesso. Segurei nas grades do portão e observei a fachada do prédio do térreo à cobertura. As janelas eram espelhadas, pretas. Nada mostravam, só o reflexo do céu frio. Shi Chongming achava que, seja lá o que Fuyuki tivesse em seu apartamento, era algo que precisava ser preservado. *Ainda mais se for perigoso ou difícil repor o suprimento...*

Fui até uma cabine telefônica que havia bem em frente ao prédio, coberta com fotos de garotas japonesas de calcinha enfiadas nas reentrâncias atrás do buraquinho onde se colocavam moedas. Remexi em minha carteira, tirei o *meishi* de Fuyuki e o examinei. Árvore no Inverno. Árvore no Inverno. Afastei o cabelo do rosto e disquei o número. Aguardei, roendo as unhas. Então houve um clique e uma voz automática de mulher disse em japonês: "Desculpe, não é possível completar a chamada. Por favor, verifique o número e volte a discar."

Lá no prédio, o jardineiro estava enrolando a mangueira. A água corria para os canteiros de flores, onde as couves ornamentais tinham sido embrulhadas com fios para manter a forma durante o inverno. Eu repus o fone, coloquei o *meishi* na bolsa e fui para casa. Aquela era a noite em que Mama Strawberry recebia as bebidas. Ela geralmente ficava de bom humor. Naquela noite eu pretendia perguntar de novo o que ela quisera dizer quando me aconselhara a não comer nada na casa de Fuyuki.

Quando vi Jason de novo, aquela noite no clube, foi quase como se nada tivesse acontecido. Eu estava conferindo minha maquiagem no espelho na pequena chapelaria quando ele parou a caminho do bar e disse:

— Eu sei do que você precisa. Sei como fazer você se sentir melhor. — Ele apontou para a minha barriga e piscou maliciosamente. — Você só precisa se libertar de um pouco de frustração, só isso. A gente dá um jeito nisso quando chegar em casa.

Quando ele se foi, e eu me vi sentada sozinha de novo, surpresa ao descobrir que não sentia nada. Nada mesmo. Havia algo de assustador em quão rapidamente eu podia me retrair para dentro de mim mesma. É a prática, suponho.

Foi uma noite estranha. Eu não falei muita coisa com os clientes, e algumas das outras hostesses me perguntaram se eu estava me sentindo bem. De tempos em tempos, numa pausa na conversa, eu descobria Jason me observando todo confiante, em frente ao bar. Uma das vezes ele ergueu as sobrancelhas e formou com a boca palavras que não consegui entender. Eu não reagi.

Mama Strawberry vinha bebendo tequila havia algum tempo. Eu a observava com o canto do olho, vendo-a acender cigarros para depois esquecê-los e deixá-los queimando nos cinzeiros. Ela sentava no colo de clientes, e oscilava um pouco ao andar. Quando houve uma pausa entre um cliente e outro, fui até a mesa dela e sentei à sua frente.

— Strawberry — falei. — Eu ainda preciso saber. Preciso saber das histórias que a senhora ouviu sobre Fuyuki.

— Sssshhhhh! — ela sibilou, com um olhar ameaçador para mim, suas lentes de contato azuis captando a luz dos arranha-céus lá fora e a refletindo como diamantes. — Você esquecer tudo que Strawberry diz. Ok? *Tudo.*

— Não consigo esquecer. Por que você me disse para não comer nada?

Ela virou mais tequila e estabanadamente instalou um cigarro em sua piteira, precisando de três ou quatro tentativas até acertar. Ela o acendeu, e examinou meu rosto com olhos úmidos.

— Escute — disse ela depois de um tempo, num tom de voz diferente, mais suave. — Vou contar uma coisa. Vou contar sobre mãe de Strawberry.

— Não quero saber sobre a sua...

— A *mãe* de Strawberry — disse ela com firmeza. — Mulher muito interessante. Quando ela menina, menina pequena desse tamanho, todo mundo em Tóquio sem comida. — Eu abri a boca para interromper, mas Mama Strawberry ergueu a mão para me deter. Sua voz estava intensa, concentrada, seus olhos fixos num ponto acima da minha cabeça. — Sabia disso, Cinza? Todo mundo com fome

— Eu sei. Todos estavam morrendo de fome.

— Sim. Sim. *Morrendo de fome*. Terrível. Mas então algo acontece. Algo fantástico para minha mãe. De repente, mercados *yakuza* abrem.

— Os mercados negros.

— Ninguém em Tóquio chama *negro*. Chamam azul. Mercados do Céu Azul. — Ela sorriu para o ar, abrindo as mãos como se descrevesse o sol nascendo. — Céu azul porque único lugar em Tóquio sem nuvens. Único lugar em Tóquio com comida. — Ela olhou pela janela, além do balanço de Marilyn. Estava uma noite chuvosa: o néon de Yotsuya Sanchome piscava e tremia, jogando pequenos jorros de luz lá para baixo na rua molhada, a uma centena de metros. A silhueta dos prédios bruxuleava, indistinta na chuva, como uma ilustração de um conto de fadas. — Maior mercado era para lá. — Ela apontou para a noite. — Em Shinjuku. *Resplendor sobre Shinjuku.*

Eu já havia lido sobre o mercado gerido pela máfia em Shinjuku. Sempre imaginara que devia ser uma visão inacreditável na Tóquio bombardeada — o letreiro, supostamente, tinha sido feito com centenas de lâmpadas: devia ser visível a quilômetros de distância, fulgurante sobre os telhados carbonizados da cidade, como a lua sobre uma floresta petrificada. As bancas vendiam carne de baleia enlatada, linguiça de foca, açúcar, e devia ter o clima de uma quermesse, com lanternas penduradas em árvores e braseiros de carvão sibilantes e homens encostados nas bancas bebendo *kasutori* e cuspindo no chão. Nessa época, *kasutori* era o único substituto para saquê que se podia encontrar em Tóquio — o terceiro copo, dizia-se, cegava a pessoa, mas quem se importava? Que diferença fazia uma cegueirazinha quando todo mundo estava morrendo?

— Mãe de Strawberry amava mercado Céu Azul. Ela sempre ia com outras crianças ver o carro do chefão da *yakuza*. Era único carro que se via em Tóquio naquela época, e Céu Azul, paraíso para ela. Ela comprava roupas e pão e cozido *zanpan*. — Strawberry fez uma pausa e me olhou de lado. — Cinza-san sabe o que é cozido *zanpan*?

— Não.

— Cozido de sobras. Feito com o que GI Joe não comia. Da cozinha GI Joe. Não muita carne em *zanpan*. Se *yakuza* pusesse carne extra em *zanpan,* podia pedir mais dinheiro. Tudo din-din, din-din! — Ela imitou dinheiro entrando numa caixa registradora. — Din-din, din-din! Então *yakuza* ia para o interior, para Gumma e Kanagaaa, e roubava carne dos fazendeiros....

Ela ergueu os olhos para mim. Subitamente pareceu muito pequena e jovem, sentada ali com as mãos cruzadas penitentemente sobre a mesa.

— O quê? — perguntei. — O que foi?

— *Zanpan*. — A voz dela baixou para um sussurro. Seu batom vermelho-metálico rebrilhou. — É o que quero contar Cinza-san. Mãe de Strawberry achou coisa estranha no *zanpan* do mercado Resplendor sobre Shinjuku.

— Estranho? — A palavra saiu num sussurro.

— Cinza-san, sabe os donos de Resplendor sobre Shinjuku? A gangue de Fuyuki.

— E o que a sua mãe encontrou no cozido?

— Gordura com gosto ruim. Não normal. E ossos. — A voz dela estava quase inaudível agora. Ela estava sentada para a frente, os olhos brilhando e fixos em mim. — Ossos compridos. Compridos demais para porco, finos demais para vaca.

Julguei ter visto alguma coisa como tristeza em seus olhos, como se ela estivesse vendo imagens das quais tinha vergonha. Atrás dela, lá fora, Marilyn ia e vinha no balanço, intermitente na frente da tela de vídeo que brilhava no prédio do outro lado.

— Que tipo de animal teria ossos como esses? — perguntei.

Ela franziu os olhos e me deu um sorriso apertado, sarcástico.

— Em mercado Céu Azul você pode comprar qualquer coisa. Você pode comprar *oshaka*.

Oshaka. Eu conhecia aquela palavra de algum lugar. *Oshaka*...

Strawberry ia continuar a falar quando o elevador de cristal soou, e, como se tivéssemos estado conjurando demônios, nos voltamos para ver uma das portas de alumínio abertas, da qual assomou, daquela sua maneira desajeitada, encurvada, com o cabelo cobrindo seu rosto, a inequívoca figura da Enfermeira. Ela vestia uma capa de chuva castanho-clara e luvas de couro combinando, e era evidente que esperava alguém ir falar com ela.

Movida quase que por uma força física, Strawberry ficou imediatamente de pé, corando incrivelmente sob a maquiagem.

— *Dame!* — sibilou ela. — Você sabia que ela viria?

— Não. — Sem tirar os olhos da Enfermeira, me inclinei sobre a mesa na direção de Strawberry e sussurrei com urgência: — O que você quis dizer com *oshaka*? O que é *oshaka*?

— Ssh. — Ela teve um calafrio e se contorceu em seu casaco, como se tivessem despejado gelo em suas costas. — Não fale tão alto. Cale a boca agora. É perigoso.

Fuyuki enviara a Enfermeira para selecionar garotas para outra festa em seu apartamento. A notícia se espalhou pelo clube num instante. Eu fiquei sentada à mesa ornamentada de Strawberry, a fronte latejando, observando a Enfermeira falando em voz baixa com Mama Strawberry, que estava com a cabeça inclinada, o rosto sombrio e amargo enquanto anotava os nomes. A um dado momento a Enfermeira apontou para um ponto qualquer do clube e murmurou alguma coisa. A pequena caneta dourada de Strawberry se deteve, parando a meio caminho do caderninho. Seus olhos se deslocaram até mim e, por um momento, pareceu que ela ia dizer alguma coisa. Deve ter mudado de ideia depois, porque mordeu o lábio e escreveu mais um nome no caderninho.

— Você foi escolhida — disse Jason, vindo de fininho até a escrivaninha. Não estava na hora de fechar, mas ele tinha desfeito a gravata-borboleta e havia um cigarro entre seus dedos. Ele estava olhando pensativo para a Enfermeira. — Mais uma festa. E não poderia ser melhor para nós. — Como eu não respondi, ele murmurou: — Veja só os saltos do sapato dela. Entendeu? — Os olhos de Jason estavam nos pés e pernas dela, detendo-se em sua saia justa. — Ela está me dando ideias sérias, esquisitinha. Coisa que você vai adorar.

Ele se mandou da mesa e alcançou a Enfermeira, que estava esperando o elevador de cristal. Parou perto dela, os rostos quase encostando. Ela ficou estranhamente imóvel enquanto o escutava. Fitei as longas mãos enluvadas dela.

— Você acha que ele vai pôr a mão na saia de Ogawa? — disse Mama Strawberry, chegando perto de mim, os olhos em Jason, a boca próxima ao meu ouvido. Eu podia sentir o cheiro de tequila no hálito dela. — Aposta comigo, Cinza. Aposta quando ele puser a mão na saia da Srta. Ogawa, o que ele vai encontrar. Eh? — Ela agarrou meu braço para se equilibrar. — Eh? Você pergunta Strawberry, Jason vai encontrar *chin chin* na calcinha dela. Você pergunta Strawberry, Ogawa parece homem.

— Strawberry, o que era a carne que havia no *zanpan*?

Ela apertou mais meu braço.

— Não esqueça — sibilou. — Tudo boato. Não repetir.

40

Nanquim, 20 de dezembro de 1937

Primeiro fomos levar os bolinhos para Shujin, e então nós três saímos da viela. Atravessamos as ruas na madrugada, mantendo-nos vigilantes quanto a todas as portas entrincheiradas. Nanquim, pensei, você virou uma cidade-fantasma. Onde estão seus cidadãos? Acovardados em silêncio, aninhados dentro das casas fechadas? Escondendo-se em cercados de animais e debaixo de pisos? A neve caía silenciosamente sobre nós, pousando em nossos barretes e casacos, flutuando suavemente para se despedaçar e se amarelar sobre os velhos excrementos de cabra nas sarjetas. Não vimos nenhuma outra vivalma.

— Olhem isso. — Em dez minutos chegamos a uma travessa que levava à rua Zhongyang. O menino estendeu a mão e indicou uma série de casas enegrecidas. Deviam ter sido incendiadas havia pouco, porque ainda saía fumaça. — Isso é obra dele. O *yanwangye*. É isso o que ele faz quando está em busca.

Liu e eu nos entreolhamos.

— Em busca?

— De mulheres. É o que ele costuma fazer.

Abrimos a boca para falar, mas ele nos silenciou com um dedo nos lábios.

— Agora não.

Ele seguiu adiante, nos conduzindo mais além na rua e por fim parando em frente às portas duplas industriais de uma fábrica, seu teto de zinco galvanizado ultrapassando a altura de duas casas juntas. Eu passara a pé por essa construção centenas de vezes e nunca antes me dera ao trabalho de buscar saber o que era. Juntamo-nos mais, pisando duro com os pés e esfregando as mãos para fazer o sangue circular, e lançando olhares temerosos rua acima.

O menino pôs de novo o dedo nos lábios.

— É aqui que ele mora — sussurrou. — Essa é a casa dele.

Ele empurrou a porta, abrindo uma fresta. No interior frio do prédio eu podia distinguir algumas coisas na penumbra, a silhueta de algum maquinário, paredes de concreto úmidas, uma esteira. Uma pilha de antiquados cestos de junco estava encostada na parede em frente.

— O que é este lugar? — sussurrou Liu, e eu podia perceber pela sua voz que, assim como eu, ele não queria passar por aquela porta. A textura do ar vindo de dentro da fábrica lembrou-me um dos matadouros dos arredores da cidade. — Por que você nos trouxe aqui?

— Vocês queriam saber por que a mulher estava gritando.

Nós hesitamos, olhando a porta.

— Não se preocupem. — O menino viu nossas expressões e inclinou a cabeça na direção das nossas. — É seguro. Ele não está aqui agora.

Ele abriu um pouco mais a porta. Um ruído estridente e aterrorizador ecoou pelo prédio cavernoso, e então o menino esgueirou-se pela fresta e se foi. Liu e eu nos entreolhamos. Meus olhos se umedeceram de medo: irracional, eu disse a mim mesmo, porque na realidade o demônio é algo que não existe. Mesmo assim custou-me um bom tempo a criar coragem para abrir mais a porta e entrar. Liu veio atrás, e ficamos parados por um instante, nossos olhos se acostumando à luz.

O prédio devia ter sido uma fábrica de seda: eu podia ver uma cuba para casulos, quatro ou cinco teares industriais e dezenas de bilros de seda hexagonais. O menino estava parado num canto, junto a uma pequena porta, fazendo sinal para nós. Fomos até ele, nossos passos ecoando solitários naquela catedral industrial de teto alto. Ele abriu a porta e ali ficou, os dedos na maçaneta, nos mostrando o que antes devia ser o escritório do gerente. Chegamos perto dele. Quando vimos o que havia ali dentro, coloquei a mão na boca e procurei a parede para me apoiar, tentando impedir que meus joelhos se dobrassem.

— Velho Pai Céu — sussurrou Liu —, o que acontece aqui dentro? O que acontece aqui dentro?

41

Algumas coisas são mais terríveis, mais assustadoras do que se pode imaginar. Foi no carro a caminho da festa de Fuyuki que eu lembrei o que *oshaka* significava. Onde eu tinha lido a palavra. Fiquei rígida, respirando fundo para me impedir de tremer. Eu deveria ter feito o motorista parar o carro. Deveria ter aberto a porta e saído sem mais do veículo em movimento, mas fiquei paralisada, aquela ideia horrível rastejando sobre mim. Quando chegamos ao prédio havia uma leve película de suor no meu pescoço e nas partes de trás dos meus joelhos.

Meu carro era o último no comboio, e quando cheguei à cobertura as pessoas já estavam sentadas para jantar. Fazia muito frio lá fora — a piscina estava congelada, repleta de reflexos de estrelas —, de modo que fomos conduzidos a uma sala de jantar de teto baixo com vista para a piscina. A Tokyo Tower, do outro lado, estava tão perto que sua luz vermelha e branca, como uma bengalinha natalina de açúcar, banhava as grandes mesas de jantar redondas.

Fiquei parada por um momento, esquadrinhando a cena. Tudo parecia tão pouco ameaçador. Fuyuki, minúsculo e esquelético e vestido com uma jaqueta de piloto de corridas decorada com a palavra "BUD", estava em sua cadeira de rodas na cabeceira da mesa principal, fumando um charuto e acenando com a cabeça cordialmente para os convidados. Havia apenas alguns lugares sobrando na mesa perto da janela. Eu me instalei numa cadeira, cumprimentando formalmente meus vizinhos de mesa — dois homens de idade —, peguei um guardanapo e fingi estar absorvida no ato de desdobrá-lo.

No canto, atrás de uma vitrine, havia uma pequena cozinha americana onde os garçons estavam atarefados com bandejas e copos. A Enfermeira estava de pé no meio da área em que se preparava a comida, fria e impassível em relação a toda a agitação à sua volta. Vestida com seu característico tailleur preto e numa posição levemente oblíqua à sala, de modo que sua peruca brilhante obscurecia parte de sua face, ela estava cortando carne numa grande tábua de madeira, suas mãos brancas empoadas movendo-se agilmente, quase num borrão. Jason a observava da porta, uma das mãos erguida casualmente para se apoiar na esquadria. Um cigarro queimava entre seus dedos, e ele se movia apenas para dar passagem aos garçons que vinham carregando travessas ou garrafas. Enfiei o guardanapo em meu colarinho, num movimento rígido, automático, sem conseguir tirar os olhos das mãos da Enfermeira. Que carne estranha, eu me perguntei, eles estavam acostumados a preparar? E como ela tinha removido as entranhas de um homem, um homem cujo relógio nem se mexera no processo? As hostesses sentadas perto da cozinha lançavam a ela olhares incomodados. Com a Enfermeira usando a faca daquele jeito, as mãos tão ágeis, não seria de se esperar que as pessoas agissem naturalmente.

Um garçom entrou no recesso circular que havia no centro da mesa em que eu estava sentada. Ele girou as mãos algumas vezes e uma repentina chama azul irrompeu no ar, fazendo algumas das hostesses darem pulinhos e risadinhas. Observei o garçom ajustando a chama, e então colocando sobre ela uma grande panela de vidro com água. Fiapos escuros de alga moviam-se no fundo, e, quando as primeiras bolhas brilhantes se reuniram como gemas prateadas, prontas para assomar à superfície, ele empurrou para dentro da água, de uma travessa prateada, uma pilha de cenouras, cogumelos e repolho picados, um punhado de quadrados de tofu, cremosos e carnudos. Mexeu a sopa uma só vez, cobriu-a com uma tampa e foi para outra mesa.

Olhei para o jogo americano à minha frente. Um grande babador de linho estava dobrado sobre ele, ao lado de pinças de bambu em miniatura e uma tigelinha de molho, reluzente de gordura.

— O que é isso? O que vamos comer? — perguntei ao homem à minha direita.

Ele sorriu e prendeu o babador em volta do pescoço.

— *Shabu shabu.* Sabe o que é *shabu shabu*?

— *Shabu shabu*? — A pele em volta de meus lábios formigou ligeiramente. — Sim. Claro. Sei o que é *shabu shabu.*

Carne fatiada. Carne pura, levada crua à mesa. Mama Strawberry não comeria *shabu shabu* ali. Ela não comeria nada naquele apartamento, por causa daquelas histórias — histórias de uma carne estranha, servida ao lado das bancas que vendiam *oshaka. Oshaka.* Era uma palavra estranha que significava algo como de segunda mão, ou pertences descartados, coisas raras numa cidade como a Tóquio do pós-guerra, onde nada que pudesse ser comido, queimado ou trocado por comida teria sido descartado. Mas no carro eu lembrara que havia um significado ainda mais sinistro: a *yakuza* tinha usado um jogo de palavras com *osaka* e *shaka*, uma referência ao Buda, para descrever pertences "descartados" muito específicos. Quando Strawberry dissera *oshaka* ela quisera dizer: os pertences dos mortos.

O garçom tirou a tampa da panela na mesa e o vapor subiu numa coluna. Na água fervente, os cubos de tofu colidiam, pulavam e davam cambalhotas.

A carne fatiada chegou, cortada tão fina quanto carpaccio, o prato visível por baixo. Deixei o garçom pôr o prato à minha esquerda, mas não comecei imediatamente a enrolar a carne em minhas pinças, como meus vizinhos estavam fazendo. Em vez disso, fiquei ali parada olhando para o prato, minha garganta embargada. Todo mundo estava comendo, erguendo as fatias cruas de carne, segurando-as à luz de modo que a carne ficava iluminada em sua marmorização vermelha e branca, e então mergulhando-a na água fervente, puxando-a para a frente e para trás — *puxa-puxa, shabu shabu.* Afunde-a no molho agora, e ponha a cabeça para trás. Os convidados enfiavam a carne quase inteira na boca. Pérolas de gordura grudavam em seus queixos.

As pessoas logo iriam notar que eu não estava comendo, pensei. Peguei um pouco de carne, mergulhei na sopa fervente e a levei à boca, mordiscando a ponta. Engoli rápido, sem sentir o gosto, pensando subitamente em Shi Chongming e no quanto era doloroso para ele comer. Apoiei o resto da carne na tigela de molho e tomei um apressado gole de vinho tinto. Bison, lá na mesa de Fuyuki, também não estava comendo. Havia um leve desconforto em seu rosto enquanto ele observava as russas, uma de cada lado dele, ambas enfiando carne entusiasmadamente na boca. *Isso é porque você sabe, Bison*, pensei. *Você sabe tudo sobre* oshaka *e cozido* zanpan *e o que Fuyuki acha que o torna imortal. Não é? Você sabe a verdade.*

Os garçons tinham parado de entrar e sair da pequena cozinha americana, e Jason se insinuara lá para dentro. Ele ficara bem perto da Enfermeira por um bom tempo, falando com ela num murmúrio baixo. Toda vez que eu olhava ele estava lá, falando com urgência, tentando convencê-la de alguma coisa. Ela não interrompeu o que estava fazendo — era quase como se ele não estivesse ali. Quando por acaso ele se virou para olhar a sala de jantar, me pegou observando-o. Eu devo ter parecido muito pálida e chocada, sentada tão empertigada à mesa. Ele abriu a boca, parecendo que ia dizer alguma coisa, mas então moveu os olhos para indicar a Enfermeira e me mandou um sorriso privado, um sorriso que eu supostamente deveria retribuir. Ele pôs a ponta da língua no lábio inferior, empurrando-o de modo que o interior de sua boca revelou-se momentaneamente.

Baixei os olhos para a carne que esfriava em meus hachi. Uma película crescente de gordura esfriando embranquecia sobre ela. Meu estômago se contorceu, um desconforto percorreu meu corpo.

Na outra mesa, Bison e Fuyuki estavam discutindo sobre um jovem magrelo com pele esburacada e cabelo repicado tingido de louro. Um novo recruta, ele parecia ansioso por ser convocado à mesa.

— Um passo à frente, *chimpira* — disse Fuyuki. — Venha cá, *chimpira*. Venha cá. — *Chimpira* era uma palavra que eu não conhecia. Foi só meses depois que eu descobri que era um termo da máfia para capangas novatos. Queria dizer, literalmente, "caralhinho". O *chimpira* foi e ficou de pé na frente de Fuyuki, que virou sua cadeira de rodas da mesa e, usando sua bengala, ergueu um lado do paletó cor de alfazema do *chimpira*, revelando não uma camisa mas uma camiseta preta. — Veja só isso — disse ele a Bison. — É assim que eles se vestem hoje em dia! — Bison sorriu debilmente. Fuyuki sugou as bochechas e balançou a cabeça em lamentação, baixando a bengala. — Esses jovens. Que desgraça.

Ele fez um gesto para o garçom, que foi para a cozinha. Alguém trouxe uma cadeira, e os vizinhos à mesa abriram espaço para que o *chimpira* pudesse se instalar ao lado de Fuyuki. Ele sentou-se, nervosamente fechando o paletó sobre a ofensiva camiseta, o rosto pálido, olhando furtivamente para os outros convidados. Foi só quando o garçom voltou com uma bandeja, da qual serviu dois copinhos não esmaltados, um jarro de saquê, um maço de papel branco grosso e três tigelinhas, contendo arroz e sal, que o *chimpira* relaxou. Um peixe inteiro estava numa travessa, seu olho afundado virado para o teto. O *chimpira* estava olhando para todo o equipamento do ritual *sakazuki*. Era uma boa notícia. Fuyuki o estava acolhendo na gangue. Quando o ritual começou — escamas do peixe raspadas no saquê, sal empilhado em pirâmides, juramentos pronunciados por Fuyuki e pelo *chimpira* —, percebi que todos os convidados na sala tinham voltado a atenção para ele. Ninguém se virava para a cozinha, onde a Enfermeira tinha largado a faca e lavava as mãos na pia.

Baixei a taça e observei a Enfermeira em silêncio, enquanto ela enxugava as mãos numa toalha, alisava a peruca — suas mãos enormes aplainando a parte de trás, no alto — e então tirava de uma gaveta uma lata grande. Ela abriu a lata e enfiou as mãos, movendo-as em círculos sem parar. Quando as tirou, estavam cobertas de um pó branco fino que poderia ser talco ou farinha. Sacudiu-as, deixando o excesso cair de volta na lata, ergueu os olhos e disse uma frase para Jason. Fiquei na beirada da cadeira, tentando ler seus lábios, mas ela se virou e, com as mãos embranquecidas estendidas para a frente como um cirurgião entrando na sala de cirurgia, empurrou com as costas a porta na outra extremidade da cozinha, passou por ela e se foi. Ninguém a notou saindo, nem quando Jason apagou o cigarro e olhou para mim, as sobrancelhas erguidas, um sorriso se abrindo em seu rosto. Eu não desviei o olhar, e enrubesci. Ele inclinou a cabeça na direção em que a Enfermeira saíra e me mostrou a língua de novo, úmida sobre seu dente lascado. Ergueu a mão e fez com a boca a palavra "cinco", e então saiu pela mesma porta que ela, deixando-me ali sentada em silêncio, refletindo friamente.

Jason não era como nada que eu jamais imaginara. Todo aquele tempo eu estava lidando com alguém completamente fora da minha compreensão. Era para eu segui-lo. Era para eu esperar cinco minutos e então ir atrás dele, para encontrar a Enfermeira e ele despindo um ao outro. Era provavelmente para eu ficar observando-os — a indescritível vinheta que ele tinha fantasiado, a disforme e a amante. E então era para eu me juntar a eles. Subitamente me veio a imagem macabra de uma dança japonesa sobre a qual ouvi certa vez, que seria executada por prostitutas numa corrente de água quente: a dança no regato, como a chamavam. A cada passo que dá dentro do rio ela precisa erguer o quimono um pouco mais para mantê-lo seco. Ela é assim revelada centímetro a centímetro. Uma perna branca. Pele pálida, marcada. Todo mundo prendendo o fôlego na promessa do que está por vir. A bainha ergue-se um pouco mais — um pouco mais. Como seria a Enfermeira nua? O que ele estaria pensando quando a tocasse? E o que ela estaria pensando quando o tocasse? Quando ela tocava carne humana viva, como a separava da carne humana morta que preparava para Fuyuki? Será que ele sussurraria para ela o que sussurrara para mim? *Eu simplesmente adoro transar com gente bizarra...*

Acendi um cigarro, afastei a cadeira com um ruído agudo e fui até as portas de vidro que levavam à piscina. Estavam entreabertas, e a beira da piscina estava quieta e estranhamente silenciosa — fora o *bluc-bluc-bluc* do filtro da água e o som abafado do trânsito vindo da Via Expressa Número Um. Só minhas pupilas se estreitaram. O resto de mim ficou completamente imóvel. Sem um som. Lentamente, movendo-se como uma cobra, minha concentração se voltou para os corredores a minha volta, me movendo devagar, devagar e sinuosamente pelo pátio. Havia pequenas lâmpadas a intervalos regulares em volta da piscina,. Coloquei os dedos no painel de vidro. Elas me lembraram as pequenas lâmpadas budistas que são queimadas junto a um cadáver.

Para onde teriam ido Jason e a Enfermeira? Onde quer que estivessem, isso deixava o resto do apartamento vazio, sem guarda. Esta era a ironia: Jason não fazia ideia de como tinha me ajudado. Imaginei os cômodos abaixo de mim, como se uma planta tivesse sido desenhada na janela à minha frente. Vi a mim mesma, ou o meu fantasma, andando pelos corredores macios, entrando na sala sob a piscina. Me vi inclinando-me sobre um tanque de vidro, erguendo alguma coisa com as duas mãos...

Olhei rapidamente para trás. Fuyuki e o *chimpira* estavam comendo *shabu shabu*, Bison estava de pé, inclinado sobre uma cadeira, falando com uma hostess num vestido tomara que caia. Ninguém prestava atenção em mim. Abri as portas de vidro um pouco mais e dei um passo para a noite úmida. A sala sob a piscina, onde eu vira o tanque de vidro, estava às escuras. Respirei fundo e dei um passo à frente, meus saltos soando metálicos no mármore frio. Eu estava prestes a avançar quando, lá atrás, alguém começou a tossir fortemente.

Eu me virei. O *chimpira* estava dando palmadas nas costas de Fuyuki, sua cabeça inclinada de preocupação, murmurando algo para ele em voz baixa. A cadeira de rodas tinha sido afastada da mesa, e Fuyuki estava com a cabeça e os ombros para a frente, seus pés esticados rigidamente à sua frente dentro dos caros sapatos de grife, seu corpo formando um grampo. Todas as conversas na sala pararam, e todos os olhos estavam nele, que tinha as mãos fechadas na garganta. O *chimpira* empurrou sua cadeira para trás e ficou de pé, agitando inutilmente as mãos, olhando de uma porta para outra como que esperando aparecer alguém para ajudar. A boca de Fuyuki se abriu, quase em câmera lenta, sua cabeça curvou-se para trás, e então — num ímpeto repentino — seus braços se estenderam e seu peito dobrou para trás tão retesado quanto um arco.

Todo mundo na sala moveu-se ao mesmo tempo. Pularam de suas cadeiras, precipitaram-se na direção dele. Alguém gritava ordens, outro derrubou um vaso de flores, copos caíram, o garçom apertou um botão de emergência. Sobre mim, a luz vermelha na parede começou a piscar silenciosamente. Fuyuki estava tentando ficar de pé agora, balançando violentamente de um lado para outro em sua cadeira de rodas, suas mãos se agitando em pânico. Ao lado dele estava uma hostess, fazendo estranhos sons de preocupação, ecoando seus movimentos, movimentando-se para cima e para baixo, tentando dar-lhe um tapinha nas costas.

— Fora. Fora. — O *chimpira* conduziu as garotas na direção do corredor. Outras hostesses se seguiram, encurraladas tão subitamente que colidiram umas com as outras, deslocando-se com olhares surpresos, a pelve para a frente como se tivessem sido encoxadas. O *chimpira* olhou para trás, pois Fuyuki se ajoelhara no chão, contorcendo-se e apertando a garganta. — Fora! — gritou o *chimpira* para as garotas. — *Já! Fora!*

Eu estava tremendo. Em vez de seguir os outros, saí pela porta de vidro e andei rápido na direção da piscina, indo para o outro corredor. Estava quieto no pátio, a luz vermelha piscando acima da água. Atrás de mim, na sala iluminada, o telefone estava tocando, alguém berrava ordens.

— Ogawa. Ogawa! — Foi a primeira vez que ouvi alguém dirigir-se à Enfermeira pelo nome. — Ogawa! Onde você se meteu, porra?

Continuei andando na direção das portas do outro lado, mantendo a cabeça ereta e sóbria, a luz e os sons diminuindo atrás de mim. Bem quando eu passara pela piscina e estava quase lá, as portas à minha frente se abriram e delas saiu a Enfermeira. Ela veio aturdida em minha direção, ajeitando a peruca no lugar, alisando as roupas desarrumadas.

Talvez a enormidade da situação ainda estivesse apenas começando a ficar clara para ela, porque ela parecia num transe ao se dirigir para a comoção atrás de mim. A princípio achei que ela não tivesse me visto, mas ao chegar mais perto ela automaticamente estendeu a mão para me levar junto, forçando-me a ir para a sala. Dei alguns passos para trás, acompanhando-a, desviando-me para o lado, para poder sair da órbita dela e desaparecer de novo na noite. Olhei em volta, para as várias portas e janelas, em busca de algum lugar por onde escapar. Então, antes que eu soubesse o que estava acontecendo, o *chimpira* apareceu do nada, segurando minha mão como se eu fosse uma criança.

— Me solte — falei, olhando para a mão dele. Mas ele estava me puxando de volta para a sala de jantar, indo atrás da Enfermeira. — *Me solte.*

— Saia daqui. Vá junto com as outras. Agora!

Ele me manobrou porta adentro, me empurrando de volta para o barulho e a confusão. A sala estava um caos. Homens que eu não reconhecia tinham aparecido, pessoas corriam pelos corredores. Parei aonde tinha sido conduzida, cercada pelas outras meninas, colidindo atabalhoadas, sem saber o que fazer. A Enfermeira passou por entre os convidados, abrindo caminho com os cotovelos. No outro lado da sala de jantar, uma luminária caiu no chão com um terrível estrondo.

— Minha bolsa! — gemeu Irina, percebendo que estávamos todas a ponto de sermos expulsas do apartamento. — Deixei a minha bolsa aí dentro. E a minha bolsa?

A Enfermeira se curvou e ergueu Fuyuki num só movimento, pegando-o pela cintura facilmente como a uma criança pequena, e levou-o imediatamente para um sofá sob a janela, pondo os pés dele para a frente, dobrando-o. Ela pôs os dois braços em volta do tórax dele, encostou o rosto nas suas costas e pressionou. Na frente das pernas dela, os pezinhos dele se ergueram e penderam momentaneamente, como uma marionete, e então pisaram no chão. Ela repetiu o movimento. Os pés dele fizeram a mesma dança de boneco, e então uma terceira vez, e dessa vez alguma coisa deve ter sido expelida porque alguém apontou para o chão, um garçom discretamente recolheu algo com um guardanapo e alguém deixou-se cair numa cadeira, as mãos nas têmporas.

— *Arigate-e!* — suspirou um dos capangas, pondo as mãos no peito com alívio. — *Yokatta!*

Fuyuki estava respirando. A Enfermeira carregou-o para a cadeira de rodas e o sentou. Por um momento eu o vi claramente, afundado e exausto, suas mãos pendendo sem força, a cabeça inclinada. O garçom estava tentando fazer com que ele bebesse um copo de água e a Enfermeira ajoelhou-se do lado dele, segurando-lhe o punho entre o polegar e o indicador e verificando o pulso. Não tive a oportunidade de ficar olhando — um homem gordo calçando *winklepickers* apareceu na porta e estava guiando todas as garotas pelo corredor até o elevador.

42

Mais de mil anos atrás, reza a lenda, vivia a bela Miao-shan, filha mais nova do rei Miao-chuang. Ela se recusou a casar, indo contra os desejos do pai, e em sua raiva ele a mandou para o exílio, onde ela viveu numa montanha chamada Xiangshan, a Montanha Fragrante, comendo os frutos das árvores, bebendo a água das nascentes perfumadas. Mas lá no palácio seu pai começou a ficar doente. Sua pele estava debilitada e ele não conseguia sair da cama. Na Montanha Fragrante, Miao-shan ficou sabendo da enfermidade dele e, reconhecendo, como toda menina chinesa, a importância da piedade filial, não hesitou em arrancar os próprios olhos, ou a instruir seus servos para cortar-lhe as mãos. Suas mãos e seus olhos foram mandados para o palácio, onde com eles se fez um remédio, graças ao qual, segundo o mito, o pai recuperou-se de forma notável.

Miao-shan era uma das belas conexões — um dos mais perfeitos pontos na tapeçaria que eu estava em vias de desfiar.

As russas acharam que eu estava bêbada ou me sentindo mal. Na confusão, nós três acabamos entrando no primeiro táxi que parou em frente ao prédio — eu me joguei no canto e fiquei o caminho todo até em casa de cabeça baixa, a mão no rosto.

— Não vomite — disse Irina. — Detesto quando pessoas vomitam.

A casa estava gelada. Tirei os sapatos e fui para meu quarto. Uma por uma, catei as pastas e fiquei no meio do quarto esvaziando-as, de modo que todas as notas e esboços flutuaram como neve e se espalharam pelo chão. Alguns caíram com o lado certo para cima, velhos rostos me olhando. Peguei todos os meus livros e construí com eles muralhas em volta dos papéis, fazendo um pequeno cercado no centro do quarto. Liguei o aquecedor elétrico e sentei ali no meio, embrulhada em meu casaco. Ali estava um desenho da Montanha Púrpura em chamas. Um longo relato da ponte de cadáveres no canal Jiangdongmen. No dia seguinte eu pretendia voltar ao apartamento de Fuyuki. A gente sempre sabe quando está chegando perto da verdade — é como se o ar começasse a formigar. Eu tinha tomado uma decisão. Estaria preparada.

A porta da casa abriu-se ruidosamente e alguém subiu com alarde a escada. Tínhamos deixado Jason no prédio de Fuyuki. Eu o vira brevemente no hall de vidro fumê, parado em silêncio em meio às outras hostesses, a bolsa pendurada com a alça cruzando-lhe o peito. O porteiro estava atrapalhado para conseguir táxis para todo mundo, quatro paramédicos iam na direção oposta em meio à multidão, usando suas valises para afastar as pessoas em volta e chegar até o elevador, mas na confusão Jason parecia muito imóvel: seu rosto estava de uma cor estranha, cinza, chocada, e, quando ele ergueu os olhos e deu com os meus, por um breve instante pareceu não me reconhecer. Então ergueu a mão rigidamente e começou a vir em minha direção. Eu me virei, dando-lhe as costas, e entrei no táxi com as russas.

— Ei! — eu o ouvi chamando, mas, antes que ele conseguisse passar por todo mundo, o táxi já havia partido.

Agora eu podia ouvi-lo no hall, vindo para o corredor com passos pesados. Levantei-me do futton e fui até a porta, mas antes que eu pudesse tocá-la ele a escancarou e ficou ali à meia-luz, oscilando. Ele não tinha parado para tirar os sapatos ou pendurar a bolsa, viera direto para o meu quarto. Havia suor em seu rosto e manchas na manga da sua camisa.

— Sou eu. — Ele pôs a mão embriagadamente no peito. — Sou eu.

— Eu sei.

Ele deu uma risada curta.

— Sabe de uma coisa? Eu não fazia ideia de como você é perfeita! Não fazia ideia até hoje à noite. Você é *perfeita*! — Ele limpou o rosto desajeitadamente e lambeu os lábios, olhando para a minha blusa, para a saia de veludo justa que eu estava usando. Havia uma leve umidade nele. Eu podia sentir o cheiro de álcool e de seu suor e de algo mais. Algo que parecia ser saliva de algum animal. — Esquisitinha, tiro o chapéu para você. Somos igualmente ruins. Igualmente doentes. Peças de um quebra-cabeça: ambos temos exatamente aquilo de que o outro precisa. E eu — ele ergueu a mão no ar — vou lhe contar uma coisa que você vai adorar. — Ele pegou a bainha da minha blusa. — Tire isso e me mostre o seu...

— Não. — Empurrei as mãos dele. — Não toque em mim.

— Ah, vai...

— *Não!*

Ele hesitou; fora pego desprevenido.

— Escute — falei, minha garganta se enrijecendo. O sangue estava subindo rápido ao meu rosto. — Escute o que vou lhe dizer agora. Tenho algo importante para lhe dizer. Você se engana quando diz que somos iguais. Não somos. Não mesmo.

Ele começou a rir, balançando a cabeça.

— Ah, sem essa. — Ele apontou o dedo para mim. — Não venha tentar me dizer que não é um pouco pervertida...

— *Não somos iguais* — insisti —, porque ignorância, Jason, ignorância *não é a mesma coisa* que insanidade. E nunca foi.

Ele me encarou. A raiva fez partes de seu rosto ficarem rosadas.

— Está tentando dar uma de espertinha?

— *Ignorância* — repeti, minhas têmporas latejando intensamente — não é a mesma coisa que insanidade. Não é a mesma coisa que perversão, ou maldade, ou qualquer outra coisa da qual você pode me acusar. Algumas pessoas são loucas e outras são doentes, e há ainda outras que são más ou monstruosas ou como você quiser chamar. Mas isto é muito importante. — Respirei fundo. — *Não são a mesma coisa que uma pessoa ignorante.*

— Entendi — disse ele, respirando pesadamente. Seu rosto estava afogueado e veio-me a imagem de um Jason muito mais velho e flácido aguardando no futuro; obeso e pelancudo. Ele se inclinou um pouco para trás, sem firmeza, e então para a frente, tentando colocar a cabeça na distância certa para focalizar o ponto onde o pulso batia em meu pescoço. — Entendi. Você de repente, do nada, começou a agir como uma vaca. — Ele pôs o pé na soleira da porta e inclinou-se para dentro do quarto, sua face perto da minha. — Eu fui tão *paciente* com você, porra. Não fui? Mesmo se uma parte de mim ficava "Jason, seu idiota de merda, você está perdendo tempo com aquela maluca". E tudo o que eu fiz foi ser *paciente*. E o que eu recebo em troca? Você. Agindo assim dessa forma muito, *muito* esquisita comigo.

— Bom, isso — falei rigidamente — deve ser o resultado direto de... eu ser... esquisitinha.

Ele abriu a boca, e a fechou.

— O que é isso? Uma piada?

— Não. Não é uma piada. — Estendi a mão para fechar a porta. — Boa noite.

— Sua piranha — disse ele, num quieto assombro. — Sua filhinha da puta de...

Abri a porta um pouco mais e a empurrei de volta com força na direção do pé dele, fazendo-o pular para trás.

— *Merda!* — gritou ele. Eu fechei a porta e a tranquei. — Era só o que faltava, sua cretina. — Ele chutou a porta. — Retardadinha de merda.

Eu podia ouvi-lo vacilando no corredor, sem saber ao certo o que fazer com sua frustração. Achei que ele ia chutar a porta para derrubá-la. Ou que ia investir contra a porta com os dois punhos. Acendi um cigarro e sentei em meio a meus livros, os dedos apertando a cabeça, e fiquei esperando que ele desistisse.

Ele chutou a porta uma vez mais, um golpe de despedida.

— Você acabou de cometer um grande erro, sua cabeça de merda. O maior erro da sua vida. Vai se arrepender disso até o dia da sua morte.

Então eu o ouvi ir tropeçando para o quarto dele, resmungando para si mesmo, batendo nas janelas ao passar.

Quando ele se foi, e a casa ficou em silêncio, fiquei sentada por algum tempo. Fumei um cigarro atrás do outro, tragando fundo a fumaça para os pulmões, me acalmando. Por fim, quando quase uma hora tinha se passado e eu me acalmara, me levantei.

Alisei uma folha de papel no chão e peguei meus pincéis. Fiquei sentada sem fazer nada por um tempo, cercada pelos livros e pelas tintas, as mãos apoiadas nos tornozelos, olhando para a luz do Mickey Rourke. Eu estava tentando imaginar, realmente imaginar, como seria comer outro ser humano. Na faculdade eu tinha que ler tanto, sobre tantas coisas sem importância — anos de besteiras tinham se acumulado em minha cabeça —, que agora tinha que me concentrar muito, muito mesmo para lembrar as coisas de que eu precisava.

Depois de um tempo apaguei o cigarro e misturei um pouco de amarelo-ocre, um pouco de laca gerânio e branco-zinco. Pintei rapidamente, deixando a tinta escorrer e empoçar. Havia uma razão que poderia fazer alguém considerar comer outro ser humano, pensei, uma boa razão. Uma face fluiu da ponta do meu pincel, uma face emaciada, o pescoço mais parecendo uma haste; abaixo, a fileira sombreada de costelas, a mão, que era só ossos, apoiada no chão congelado. Um homem morrendo de fome.

A fome era algo que eu compreendia. É uma dessas sombras implacáveis, como a doença, que seguem, mundo afora, as pegadas da guerra. Houve duas grandes fomes nos anos de Stálin: centenas de russos tiveram que comer carne humana para sobreviver. Na faculdade, eu assisti à aula inaugural de um professor que, ao pesquisar os arquivos da cidade de São Petersburgo, encontrara provas de que os moradores de Leningrado, sitiada na Segunda Guerra Mundial, comeram os seus mortos. Produzi no papel uma comprida tíbia seca, o pé crescendo na ponta como um fruto esquisito. É precisa estar muito famélico, muito desesperado para comer outro ser humano. Outros nomes incômodos vinham à minha cabeça: o

Donner Pass, a expedição John Franklin, o *Nottingham Galley,* o *Medusa*, o time de rúgbi da Old Chistians' nos Andes. E o que os chineses queriam dizer quando falavam *Yi zi er shi:* "Estamos com tanta fome que poderíamos comer os filhos um do outro"?

Pintei o *kanji* para isso.

Fome.

Acendi outro cigarro e cocei a cabeça. Não dá para imaginar o que seríamos capaz de fazer se estivéssemos prestes a morrer de fome. Mas não era só isso: os seres humanos tornam-se canibais por outras razões. Troquei o pincel de pintura pelo de caligrafia e umedeci a almofada de nanquim. Molhei o pincel de tinta e lentamente, muito lentamente, desenhei um único *kanji*: um pouco como o algarismo para o número 9, mas com uma ponta para trás na base.

Poder.

Havia um pesquisador ali na universidade que era maníaco pelas seitas guerreiras da África — eu me lembro dele colando cartazes que anunciavam uma palestra sobre as Sociedades dos Leopardos Humanos de Serra Leoa e as crianças-soldado poro, liberianas. Eu não fui assistir, mas depois entreouvi pessoas comentando como fora a palestra: "*Pode acreditar, o que ele estava falando era horroroso; parece que eles cortam os inimigos em pedaços e os* comem. *Se é alguém que derrotaram, eles acreditam que os tornarão mais fortes.*" Alguns dos testemunhos da invasão de Nanquim mencionavam ter visto cadáveres nas ruas com o coração e o fígado faltando. Segundo os rumores, tinham sido retirados pelos soldados japoneses. Para fazê-los mais poderosos em combate.

Molhei de novo o pincel e sob o símbolo para "poder" desenhei mais dois caracteres: "chinês" e "método". *Kampo.* Medicina chinesa.

Cura.

O que eu me lembrava das minhas leituras? Peguei todos os livros da Kinokuniya e me sentei, alguns abertos e virados para baixo sobre meu joelho, outros sobre as pinturas. Eu mantinha um dedo marcando uma página num livro enquanto folheava outro, o pincel entre os dentes. A luz dourada do Mickey Rourke brilhava em quadrados no tatame.

Era incrível. Estava tudo lá. Eu passara semanas lendo aquilo, repetidas vezes, e ainda assim não tinha visto. Mas agora, com meus novos olhos, eu enxergava tudo. Primeiro descobri Miao-chuang, comendo os olhos e as mãos da própria filha. Por quê? Para se curar. Depois encontrei, numa tradução de um compêndio médico do século XVI, o *Ben Cao Gang Mu*, tratamentos feitos a partir de 35 diferentes partes do corpo humano. Pão ensopado em sangue humano para pneumonia e impotência, bile humana pingada em álcool e usada para tratar reumatismo. A carne de criminosos executados para tratar disfunções alimentares. Havia as histórias ultrajantes de Lu Xun sobre carne humana sendo comida na Aldeia do Filhote de Lobo, e seu relato verídico do fígado e do coração de seu amigo Xu Xilin sendo comidos pelos guarda-costas de En Ming. Num livro sobre a Revolução Cultural havia uma longa descrição da antiga tradição do *ko ku* — o pináculo da piedade filial, o ato de ferver na sopa um pedaço da própria carne para salvar o amado pai ou a amada mãe da doença.

Peguei as três folhas com *kanji* — fome, poder, cura —, fui até a parede, preguei-as sobre a paisagem urbana de Tóquio e olhei para tudo aquilo, pensativa. A história do Japão era toda enrodilhada com a da China: tantas coisas tinham sido transferidas de uma cultura para a outra, por que não isso? Se carne humana podia ser um remédio na China, por que não ali no Japão? Voltei aos meus livros. *Tinha* havido algo. Eu tinha uma lembrança vaga, muito vaga de algo... Algo que eu lera para uma disciplina na faculdade.

Peguei um estudo sobre o Japão do pós-guerra. Em alguma parte daquele texto havia transcrições dos julgamentos de guerra em Tóquio. Acendi apressadamente um cigarro, sentei de pernas cruzadas no chão e folheei o livro. Encontrei o que estava procurando depois de passar por dois terços das páginas: um depoimento de uma jovem japonesa empregada durante a guerra pela notória unidade 731. Fiquei ali sentada na luz fraca, as mãos e os pés subitamente gelados, lendo o capítulo: "Chamados de 'maruta' (troncos), soldados aliados prisioneiros de guerra eram submetidos à vivissecção e a experimentações humanas."

Havia uma fotografia da assistente que dera o depoimento. Era uma jovem bonita, e eu podia imaginar o arrepio e o absoluto silêncio no grande auditório de treinamento militar, ninguém no tribunal se movendo — ou mesmo respirando —, enquanto ela descrevia numa voz límpida e contida o dia em que comera o fígado de um soldado americano. "*Para a minha saúde.*"

Fiquei ali por muito tempo, os olhos fixos na imagem daquela bela jovem canibal. Em 1944, pelo menos uma pessoa no Japão pensava que o canibalismo podia fazer bem à saúde. Estava na hora de levar Fuyuki muito mais a sério do que eu jamais poderia ter imaginado.

43

Demorei muito tempo para conseguir dormir, o acolchoado enrolado em torno de mim como um sudário, e, quando enfim consegui pegar no sono, sonhei que tudo no quarto estava exatamente igual a como era na vida real. Eu estava no futton, exatamente como na realidade, de pijama, deitada de lado, uma das mãos sob o travesseiro, a outra em cima, os joelhos erguidos. A única coisa diferente era que no sonho meus olhos estavam abertos — eu estava bem desperta e escutando. Um ruído rítmico contínuo veio do corredor, abafado, como se alguém estivesse conversando em sussurros. Do outro lado, da janela, vinha o som de algo arranhando a tela contra mosquitos.

No sonho, primeiro pensei que fosse um gato na janela, até que com uma torção e um entortar a tela cedeu, e alguma coisa pesada como uma bola de boliche rolou para dentro do meu quarto. Quando olhei, vi que era um bebê. Estava ali deitado de barriga para cima, chorando, agitando os braços e as pernas, que subiam e desciam como pistões. Por um momento belo, exultante, achei que fosse a minha menininha, que tinha por fim conseguido atravessar os continentes para vir me ver, mas, quando eu estava para chegar perto dela, o bebê rolou de lado e veio na minha direção. Senti uma bafo quente e uma língua pequena lambendo a sola do meu pé. Então, com uma velocidade horrível e perversa, ela mordeu meus dedos com os dentes ainda por nascer.

Pulei da cama, sacudindo-a e chacoalhando-a, agarrando-a pela cabeça e tentando abrir as mandíbulas dela, mas ela não largava, rosnando e abocanhando e dando cambalhotas furiosas no ar, a saliva saindo de sua boca. Por fim eu dei um último chute e o bebê voou contra a parede, uivando, e se dissolveu numa sombra que deslizou para o chão e escorreu para fora da janela. A voz de Shi Chongming pareceu vir dela enquanto desaparecia: O *que um homem não seria capaz de fazer para viver para sempre? O que não comeria?*

Acordei sobressaltada, o acolchoado emaranhado em torno de mim, os cabelos grudando no rosto. Eram 5 horas. Pela janela eu podia ouvir Tóquio lá fora corcoveando e sacudindo-se nos momentos finais de uma tempestade e, por um momento, achei que ainda podia detectar o grito por baixo dos ruídos do vento, como se o bebê estivesse zunindo pelos quartos vazios do andar de baixo. Sentei-me muito imóvel, agarrando o acolchoado. O aquecimento estava bufando e os canos de ventilação chacoalhavam, e o quarto estava tomado por uma luz estranha, cinza. Ao prestar atenção, me dei conta de que havia outro ruído. Um ruído estranho que nada tinha a ver com meu sonho nem com a tempestade. Vinha de algum lugar do outro lado da casa.

44

Nanquim, 20 de dezembro de 1937

Todo conhecimento tem seu preço. Hoje Liu Runde e eu ficamos sabendo de coisas que gostaríamos de poder esquecer. Encostado na parede do pequeno quarto da fábrica havia um catre baixo do Exército, e sobre ele, jogado de qualquer jeito, um colchão imundo manchado de sangue. Sobre o colchão, um lampião de querosene, de fabricação chinesa, apagado, como se alguém o tivesse usado para iluminar seja lá qual fosse o diabólico procedimento que se realizava ali — algo que produzira as copiosas quantidades de sangue que tinham congelado no chão e nas paredes. Parecia que as únicas coisas não pegajosas de sangue ali eram uma pilha de pertences encostada na parede — um par de perneiras e uma mochila de soldado feita de couro de boi tão cru que ainda tinha pelos. Na pequena escrivaninha, ao lado do velho ábaco do gerente, havia uma fileira de frascos de remédios fechados com papel encerado, com rótulos em japonês; um punhado de frascos contendo uma variedade de pós grossos; um pilão e um almofariz, ao lado de quadrados de papel de boticário dobrado. Atrás disso estavam arrumados três pratos metálicos de rancho militar e um canil de água com um crisântemo imperial estampado. Liu pôs o dedo num dos pratos e o inclinou. Quando eu me aproximei para espiar dentro, vi trapos flutuando numa mistura indescritível de sangue e água.

— Bom Deus. — Liu tirou o dedo da borda do prato. — O que, em nome dos céus, acontece aqui?

— Ele está doente — disse o menino, indicando os frascos de remédio. — Uma febre.

— Não estou falando dos frascos! Estou falando *disso*. O sangue. De onde vem esse sangue?

— O sangue... o sangue é... os meninos na rua dizem que o sangue é...

— O quê? — Liu o encarou com severidade. — O que eles dizem?

O menino passou a língua sobre os dentes da frente, embaraçado. Ficou subitamente pálido.

— Não deve ser verdade.

— O que eles dizem?

— Eles são mais velhos do que eu — disse, baixando os olhos. — Os outros meninos são muito mais velhos do que eu. Eu acho que eles devem estar inventando histórias...

— O que eles dizem?

Seu rosto franziu-se, relutante, e quando ele falou foi em voz bem baixa, não mais do que um sussurro:

— Eles dizem que as mulheres...

— Sim? O que têm as mulheres?

— Eles dizem que ele... — Sua voz tornou-se quase inaudível. — Ele tira raspas delas. Raspas da pele delas. Ele as raspa.

A comida em meu estômago revirou-se, dando-me ânsias. Tive que me agachar, o rosto nas mãos, tonto e nauseado. Liu respirou fundo, e então pegou o menino pelo casaco e o levou embora da sala. Fez com que ele saísse direto do prédio sem nenhuma outra palavra, e logo depois eu fui atrás deles, cambaleando, com o estômago embrulhado.

Alcancei-os uns 100 metros adiante. Liu estava com o filho na soleira de uma porta, interpelando-o.

— Onde você ouviu isso?

— Os meninos nas ruas estão todos falando disso.

— Quem é ele? Esse *yanwangye*? Quem é ele?

— Eu não sei.

— Ele é um ser humano; claro que é. E que tipo de ser humano? Japonês?

— Sim. Um tenente. — O menino tocou o colarinho onde um oficial do EIJ usava o emblema de sua patente. — O *yanwangye* num uniforme de tenente. — Ele olhou para mim. — O senhor ouviu a motocicleta hoje de manhã?

— Ouvi.

— É ele. Dizem que ele vai ter sempre fome, porque nada o faz parar. Os outros meninos dizem que ele está numa busca que vai durar para sempre.

Preciso fazer uma pausa aqui ao escrever isto porque estou me lembrando de uma cena — uma cena vívida, uma conversa que eu tive com Liu antes da invasão. Estamos sentados em sua apertada sala de visitas, algumas xícaras e uma tigelinha de pato salgado desfiado entre nós, e ele está me contando sobre os corpos que viu em Xangai, corpos profanados pelos japoneses. Não consigo evitar que me venham à mente as cenas que ele descreveu naquela noite. Em Xangai, parece, qualquer coisa servia como um troféu: uma orelha, um escalpe, um rim, um seio. O troféu era usado no cinto, ou preso ao quepe — soldados que exibissem por aí escalpes ou genitais tinham grande poder. Eles posavam com seus troféus, esperando seus camaradas tirarem fotografias deles. Liu ouvira rumores sobre um grupo de soldados que costurara escalpos chineses, raspados com rabichos no estilo antiquado de Manchu, na parte de trás de seus quepes, como o emblema da unidade a que pertenciam. Entre eles havia um soldado de outra unidade que tinha uma câmera cinematográfica, provavelmente roubada de um jornalista, ou saqueada de uma das mansões da Zona Internacional. Os homens se exibiam para ele também, rindo e jogando as tranças sobre os ombros, imitando o jeito de andar das moças dos cabarés da avenida Edward VII. Não tinham a menor vergonha de seu comportamento desumano, pelo contrário: demonstravam orgulho, ávidos de se exibir.

Agora, ao parar de escrever, tudo o que ouço é meu coração batendo forte. A neve cai silenciosamente lá fora. E quanto à pele? Raspas de pele humana? Que espécie de inominável troféu o *yanwangye* colecionava?

— Essa é uma delas.

A criança não tinha muita idade. Talvez 3 ou 4 anos. O filho de Liu nos levou para vê-la. Estava a alguma distância de nós, na rua ao lado de uma fábrica, de barriga para baixo, os cabelos espalhados em volta da cabeça, as mãos aninhadas sob o corpo.

Olhei para o menino.

— Quando isso aconteceu?

Ele deu de ombros.

— Ela já estava aí ontem à noite.

— Ela precisa ser enterrada.

— Sim — disse ele. — Precisa. — Mas não fez menção de se mover.

Avancei um pouco na rua para vê-la melhor. Assim que cheguei mais perto vi que seu casaco, coberto de uma poeira que se tornava prateada ao sol, estava se movendo. Ela respirava debilmente.

— Ela está viva — falei, olhando para eles.

— Viva? — Liu olhou furioso para o filho. — Você sabia disso?

— Não — respondeu o menino, recuando defensivamente. — Eu juro... juro que achei que estava morta.

Liu cuspiu no chão. Deu as costas para o filho e veio até onde eu estava. Espiamos a criança. Usava um casaco acolchoado e não devia pesar mais do que 30 *jin*, mas ninguém a pegara. Seus pés estavam amarrados com uma tira de lã verde-oliva, o material de um cobertor militar japonês.

Eu me inclinei na direção dela.

— Vire-se — falei. — Deite-se de costas.

Ela manteve-se imóvel, só as sombras de um galho de bordo mexendo-se sobre suas costas. Eu me aproximei, peguei o braço dela, e a virei, deixando-a deitada de costas. Ela era tão leve quanto gravetos de lenha, e ao ficar deitada de costas seus cabelos e braços permaneceram caídos, largados e espalhados na neve. Dei um passo para trás, engasgando. A frente de sua calça tinha sido cortada e um buraco do tamanho de uma tigelinha de arroz tinha sido feito do lado direito dela, logo abaixo das costelas, na altura do fígado. Eu podia ver a mancha enegrecida da gangrena nas bordas da ferida, onde tinha sido escavada, e o odor fez com que eu instintivamente agarrasse a manga da minha camisa, tentando cobrir com ela o nariz e a boca. Era o fedor da pior gangrena possível. Gangrena gasosa. Mesmo que eu conseguisse levá-la para um hospital, ela não iria sobreviver.

Fiquei ali parado com o braço sobre o rosto, os olhos fixos no buraco na barriga da criança, tentando imaginar por que haviam feito aquilo. Não era acidental. Não era a ferida de uma facada. Aquele buraco tinha sido escavado em seu corpo com uma deliberação que fez meu sangue gelar.

— O que é isso? — murmurei para Liu. — É um troféu? — Eu não conseguia achar nenhuma outra razão para tal mutilação. — Foi um troféu que extraíram?

— Shi Chongming, não me faça essa pergunta. Nunca vi nada assim...

Justo nesse momento a criança abriu os olhos e me viu. Não tive tempo de baixar o braço. Ela percebeu a repulsa em meu rosto, me viu cobrindo a boca firmemente com a manga do paletó, tentando bloquear o fedor que emanava dela. Ela compreendeu que vê-la estava me dando náuseas. Ela piscou uma vez, os olhos límpidos e vívidos. Baixei o braço e tentei respirar normalmente. Não iria permitir que minha repulsa fosse uma das últimas impressões que ela tivesse de si mesma no mundo.

Eu me virei angustiado para Liu. *O que devo fazer? O que posso fazer?*

Ele balançou a cabeça, consternado, e foi até o meio-fio. Quando vi para onde ele estava indo, compreendi. Dirigia-se a um lugar onde uma pesada pedra do calçamento tinha se soltado, na base de um prédio.

Quando o ato estava terminado, quando a criança estava definitivamente morta e a pedra manchada com seu sangue, limpamos as mãos, abotoamos nossos paletós e voltamos para onde o menino ficara. Liu abraçou seu filho e beijou a cabeça dele repetidamente, até o menino ficar constrangido e tentar se desvencilhar. A neve voltara a cair, e nós partimos em silêncio para nossas casas.

Velho Pai do Céu, me perdoe. Perdoe-me por não ter tido forças para enterrá-la. Ela ainda jaz lá na neve, o movimento das nuvens, dos galhos e do céu refletindo em seus olhos mortos. Há vestígios dela na frente do meu sobretudo e sob as minhas unhas. Tenho certeza de que há vestígios dela grudados também ao meu coração, mas não consigo senti-los. Não sinto nada. Porque isso é Nanquim, e não é novidade, essa morte. Uma morte é algo que mal merece ser mencionado nesta cidade onde o diabo ronda as ruas.

45

À minha volta o quarto emergia lentamente da escuridão. Eu permaneci sentada totalmente imóvel no futton, o coração batendo forte, esperando os ruídos lá fora se tornarem reconhecíveis. Mas toda vez que eu me via a ponto de identificar o som, ele se confundia de novo com os estrondos da tempestade. Sombras de folhas carregadas pelo vento passavam pela janela, e, sentada ali na semiescuridão, comecei a imaginar todo tipo de coisas: que a casa era uma pequena jangada no escuro, sacudida pelas ondas, que fora do meu quarto a cidade não mais existia, desintegrada por um ataque nuclear.

O som de novo. O que era aquilo? Voltei-me para a porta. A primeira possibilidade que me ocorreu foram os gatos no jardim. Tinha visto suas crias em certas ocasiões, agarrando-se como macaquinhos às telas contra mosquito, guinchando para dentro de nossos quartos como filhotes de passarinhos. Talvez um gatinho estivesse num dos outros quartos, subindo pela tela como uma perereca. Ou talvez fosse...

— *Jason*? — sussurrei, sentando-me ereta, minha pele formigando.

Dessa vez foi mais alto, um som estranho, ululante, balbuciando pela casa. Fiquei de quatro e engatinhei até a porta, abrindo-a um pouquinho, muito silenciosamente, tentando levantar seu peso para que não rangesse nos trilhos. Espiei lá fora. Várias das venezianas tinham sido abertas e em frente ao quarto de Jason uma janela estava também aberta, como se ele tivesse parado ali depois da nossa discussão só tempo suficiente de fumar um cigarro. Lá fora, o jardim se empinava e corcoveava com o vento — galhos tinham se quebrado, e perto da janela uma sacola de plástico da Laason's Station, trazida pelo vento e presa numa árvore, balançava, crepitava e sibilava, projetando sua sombra insólita pelo corredor, nas paredes e nos tatames.

Mas não tinha sido a tempestade o que me acordara. Quanto mais eu olhava para o familiar corredor, mais percebia que havia algo errado. E era algo na luz. Geralmente não ficava assim tão escuro. Geralmente nós deixávamos as luzes do teto acesas à noite, mas agora o brilho do anúncio com Mickey Rourke entrando por sob as portas era a única fonte de iluminação, e, em vez de uma fila de lâmpadas, eu podia ver reflexos irregulares de vidro quebrado. Pisquei algumas vezes, meus pensamentos movendo-se curiosamente, devagar e com calma, possibilitando que eu assimilasse o que via. As lâmpadas no corredor tinham sido quebradas nos soquetes, como se um gigante as tivesse alcançado e destruído.

Tem alguém na casa, pensei, ainda estranhamente calma. *Tem mais alguém na casa.* Respirei fundo e saí silenciosamente até o corredor. Todas as portas daquele lado da casa estavam fechadas — até a da cozinha. Costumávamos deixá-la aberta, para o caso de alguém ter fome ou sede de noite. A porta do banheiro também estava bem fechada, e parecia estranha em sua aparência de neutralidade. Dei alguns passos pelo corredor, desviando do vidro quebrado, tentando ignorar o uivo do vento, tentando me concentrar no ruído. Vinha da terceira ala do corredor, onde a galeria formava outro ângulo reto e onde ficava o quarto de Jason. Enquanto eu estava parada ali, respirando contidamente, o som começou a se separar, destacando-se minuciosamente do vento, e quando enfim o reconheci meu coração disparou. Era alguém choramingando baixinho de dor.

Eu me virei para o lado e abri uma fresta numa das janelas. Outro som vinha do mesmo ponto na casa: um estranho, furtivo barulho de coisas sendo remexidas, como se todos os ratos da casa tivessem convergido para um mesmo quarto. As árvores se dobravam e sacudiam, mas de onde eu estava podia ver diretamente o corredor do outro lado do jardim. Quando meus olhos se acostumaram às sombras das árvores no vidro, o que eu vi fez com que eu me agachasse imediatamente, segurando a esquadria com dedos trêmulos, espiando cautelosamente por sobre o parapeito.

A porta de Jason estava aberta. À meia-luz, eu podia ver uma forma em seu quarto: uma forma hedionda, encurvada, mais uma sombra do que qualquer outra coisa. Parecia uma hiena debruçada sobre sua presa, concentrada em desmembrar seu troféu, encarapitada de forma não humana, como se tivesse investido diretamente do teto sobre sua vítima. Todos os pelos em minha pele se arrepiaram no mesmo instante. A Enfermeira. A Enfermeira estava na casa... E então vi outra figura no quarto, de pé um pouco para o lado, meio inclinada como se olhasse algo no chão. Estava na penumbra também, de costas para mim, mas algo na forma de seus ombros me disse que eu estava olhando para o homem que jurara sua lealdade a Fuyuki mais cedo naquela mesma noite: o *chimpira*.

Pensei de um modo febril, surreal: *O que é isso? Por que eles estão aqui? É uma brincadeira?* Endireitei-me um pouco, e agora eu podia ver a parte de cima da cabeça e os ombros de Jason: ele estava com o rosto para baixo, preso ao chão pelo *chimpira*, cujo pé estava plantado diretamente na nuca dele. Bem naquele momento a Enfermeira moveu-se um pouco, assumindo uma posição sentada, seus joelhos enormes e musculosos sob as meias pretas de náilon bem abertos, na altura de seus ombros, os braços retos para baixo entre eles. Aquele som débil, horrível que eu ouvira era Jason implorando, lutando para se libertar. Ela o ignorava — continuava fazendo o que queria com uma concentração enervante, os ombros curvados, balançando-se calmamente para a frente e para trás. Suas mãos, que estavam um pouco abaixo do meu campo de visão, operavam em movimentos pequenos e controlados, como se ela estivesse realizando uma operação complexa e delicada. Não sei exatamente como eu soube, mas tive um instante de rara clareza: *Você está testemunhando um estupro. Ela o está estuprando.*

Meu transe se desfez. Um suor brotou ao longo das minhas costas e eu me levantei, abrindo a boca para falar. Como se tivesse me farejado no vento, a Enfermeira ergueu os olhos. Ela interrompeu o que estava fazendo. Então seus ombros enormes se ergueram, a peruca lustrosa deslizou em sua grande cabeça angular, que ela inclinou um pouco para trás, como se estivesse se levantando de uma refeição pausada na metade. Fiquei petrificada: era como se o mundo todo fosse um telescópio, tendo a Enfermeira numa ponta, e eu na outra. Mesmo agora me pergunto como devo ter aparecido para ela, o quanto ela viu: uma sombra se movendo, um par de olhos brilhando numa janela apagada do outro lado da casa — supostamente deserto.

Naquele momento o vento fez uma feroz investida no jardim, com um estrondo semelhante ao da turbina de um jato, e a casa se encheu com o barulho. A Enfermeira inclinou a cabeça e falou em voz baixa com o *chimpira*, que imediatamente se enrijeceu. Lentamente ele se recompôs e se virou para olhar para o corredor onde eu estava. Então ele pôs para trás os ombros e flexionou as mãos, e começou a caminhar casualmente na minha direção.

Eu me afastei da janela e me precipitei para o meu quarto, batendo a porta e a trancando, tropeçando e recuando de costas como um caranguejo, esbarrando nos livros e papéis no escuro, colidindo cegamente com as coisas. Fiquei de pé, encostada contra a parede, os olhos fixos na porta, meu peito tão apertado como se eu tivesse sido golpeada nas costelas. *Jason*, pensei febrilmente, *Jason, eles voltaram para pegar você. O que você andou aprontando com ela?*

A princípio, ninguém veio. Minutos pareceram passar — um intervalo de tempo em que eles poderiam ter feito qualquer coisa com Jason, um intervalo em que pensei que deveria abrir a porta, ir até o telefone, chamar a polícia. Então, bem quando eu achei que o *chimpira* não viria, que ele e a Enfermeira deviam ter ido embora em silêncio, eu ouvi distintamente, através do vento, os passos dele rangendo no corredor.

Pulei para a janela lateral, arranhando ensandecida as bordas da tela contra mosquitos, quebrando as unhas. Um dos fechos cedeu. Eu arranquei a tela, escancarei a janela e olhei para baixo. A pouco mais de 1 metro, um aparelho de ar-condicionado que poderia suportar meu peso projetava-se do prédio vizinho. Dali era mais um longo pulo para o espaço mínimo que havia entre as construções. Eu me virei e olhei para a porta. Os passos tinham parado, e, no silêncio terrível, o *chimpira* murmurou alguma coisa. Então um chute rachou a frágil porta. Eu o ouvi agarrar a esquadria, usando-a como apoio para chutar com mais firmeza.

Subi no parapeito. Tive tempo de ver seu braço enfiar-se pelo buraco, sua mão solitária no terno cor de alfazema tateando no escuro atrás do fecho, e então me joguei para fora, caindo ruidosamente no ar-condicionado, que tremeu com o meu peso, e algo feriu meu pé. Agachei-me desajeitadamente e me apoiei na barriga, minhas pernas ficando dependuradas na escuridão, meu pijama, agitado pelo vento, me chicoteando. Lancei-me de novo e caí direto no chão com um ruído abafado, dobrando-me um pouco para a frente, de modo que meu rosto bateu dolorosamente contra o revestimento de lâminas de plástico da casa vizinha.

Mais um som de algo se rompendo veio lá de cima — o ruído de algo metálico; um parafuso ou uma dobradiça, talvez, ricocheteando no quarto. Eu me ergui de um fôlego só e corri pela viela, mergulhando num espaço entre os dois prédios à frente, onde me agachei, o sangue latejando em minhas veias. Depois de um ou dois segundos me atrevi a avançar um pouco, as mãos nas paredes dos dois prédios, para espiar a casa, num horror mudo.

O *chimpira* estava em meu quarto. A luz que vinha por trás, do corredor, ampliava cada detalhe dele, como se eu o visse através de uma lente de aumento: cada cabelo no alto da cabeça, a luminária pendurada no teto balançando sobre ele. Puxei a gola do pijama por sobre a boca, segurando-a ali com os dois punhos cerrados, meus dentes batendo, olhando fixamente para ele com olhos tão vidrados e arregalados que parecia que haviam pingado adrenalina neles. Será que iria adivinhar como eu escapara? Será que conseguiria me ver?

Ele hesitou, e então sua cabeça apareceu. Eu me encolhi de novo no espaço exíguo. Ele dedicou minutos longos e pacientes a analisar a queda da janela. Quando por fim pôs a cabeça de novo para dentro, sua sombra vacilou um instante, e então ele desapareceu de vista, quase em câmera lenta, deixando o quarto quieto a não ser pela luminária balançando. Eu voltei a respirar.

Você pode ser corajoso e confiante quanto quiser, pode se convencer de que é intocável, de que sabe com o que está lidando. Você acha que a coisa nunca vai ficar séria demais — que haverá alguma espécie de aviso antes, talvez uma música de perigo tocando ao fundo, como acontece nos filmes. Mas parece que os desastres não são nada assim. Os desastres são as grandes emboscadas da vida: têm a capacidade de investir contra você quando seus olhos estão fixos em alguma outra coisa.

A Enfermeira e o *chimpira* ficaram em nossa casa por mais de uma hora. Eu os vi percorrendo os corredores, invadindo quartos, arrancando venezianas de suas dobradiças. Vidro se espatifava e portas eram rasgadas. Viraram a mobília e arrancaram o telefone da parede. E, durante todo o tempo em que fiquei ali agachada e gelada entre as duas construções, o pijama cobrindo a boca, tudo o que eu conseguia pensar era: *Shi Chongming, você não devia ter deixado eu me envolver com isso. Não devia ter me envolvido em algo tão perigoso.* Porque isso era mais, muito mais do que eu imaginara.

46

A forma como me lembro do resto daquela noite é como um desses filmes em velocidade acelerada em que às vezes você vê uma flor se abrindo, ou o sol se movendo no céu de um lado ao outro da rua — em solavancos, com as pessoas se deslocando subitamente. Exceto que meu filme é todo na cor explosiva do desastre e o som tem uma horrível qualidade retardada, como quando se propaga debaixo d'água, com o rangido pesado que você imagina que navios enormes fazem. *Zoom*, e lá está a sombra terrível da Enfermeira e de Jason, lembrando-me alguma coisa que eu vira num livro, *fera com duas costas/fera com duas costas,* e então *zoom!*, lá estou eu agachada entre os dois prédios, os olhos lacrimejando, os músculos das costas dando espasmos de fadiga. Estou vendo a Enfermeira e o *chimpira* saindo da casa, parando brevemente à porta para dar uma olhada na rua, o *chimpira* brincando com as chaves nos dedos, a Enfermeira apertando o cinto de sua capa de chuva, antes de sumirem na escuridão. Estou com o corpo todo congelado e entorpecido, e, quando toco meu rosto no ponto em que bateu na parede, não dói tanto quanto deveria. Há apenas um pouco de sangue saindo do meu nariz e um pouco mais na boca, pois mordi a língua. Então *zoom* de novo, e a Enfermeira não voltou — a viela está quieta há muito tempo, a porta da frente está escancarada, foi arrancada de suas dobradiças, e lá estou eu subindo pela escada, tremendo incontrolavelmente, hesitando a cada passo. Então me vejo no meu quarto, contemplando a destruição sem conseguir acreditar — minhas roupas espalhadas pelo chão, a porta derrubada e todas as gavetas abertas e remexidas. Então *zoom*... um terrível close-up em meu rosto. Estou parada no meio do quarto, olhando para uma bolsa vazia, meu ânimo se esvaindo porque essa é a bolsa em que eu guardava todo o dinheiro que ganhei nos últimos meses. Nunca me ocorreu, até agora, colocá-lo em algum lugar seguro, mas agora eu posso ver que a Enfermeira e o *chimpira* não vieram apenas para torturar Jason, mas também para saquear absolutamente tudo o que conseguissem desta casa desconjuntada.

Fiquei parada do lado de fora do meu quarto por um instante e olhei para o comprido corredor. Estava amanhecendo. A luz que entrava pelas janelas quebradas da galeria criava sombras recortadas no tatame empoeirado, e tudo estava parado e sinistramente silencioso, exceto pelo *plim plim plim* da torneira na cozinha. Todos os cômodos tinham sido saqueados: estavam todos de porta aberta e silenciosos, o ar gélido, pilhas de mobília velha e empoeirada espalhadas por toda parte. Era como se a bola de demolição das empreiteiras tivesse feito uma aparição mais cedo. Apenas o quarto de Jason não estava aberto. Aquela porta, lá longe no fim do corredor, atraía o olhar. Havia algo de vergonhoso e sinistro em relação a ela, fechada tão decididamente.

Em vez de bater à porta de Jason, fui até o quarto de Irina. Sou covarde a esse ponto. Quando abri a porta, dois corpos encolheram-se no escuro: Svetlana e Irina, balbuciando incompreensivelmente de tanto medo, recuando como se fossem subir pela parede como ratos.

— Sou eu — sussurrei, erguendo as mãos para acalmá-las. O quarto recendia a medo. — Sou eu.

Levou certo tempo até elas relaxarem, e sentaram no chão, abraçadas. Eu me abaixei junto a elas. Irina estava com uma aparência terrível, as bochechas marcadas pelas lágrimas, a maquiagem borrada por todo o rosto.

— Quero ir para casa — murmurou ela, o rosto se franzindo. — Quero ir para casa.

— O que aconteceu? O que ela fez?

Svetlana acariciou as costas de Irina.

— *Aquilo* — sibilou. — *Aquilo*, não ela. Aquilo entra aqui, tira a gente da frente, e o outro pega dinheiro. Todo o dinheiro.

— Ela machucou vocês?

Ela bufou ruidosamente. Dava para ver que era fingimento. Sua fanfarronice usual tinha sumido.

— Não. Mas aquilo não precisa tocar na gente para... *pssht*. — E com a mão imitou a si própria e a irmã se encurralando no canto do medo.

Irina enxugou as lágrimas na camiseta, erguendo-a até o rosto e pressionando-a sobre os olhos. Duas manchas pretas de rímel ficaram no tecido.

— Aquilo é monstro, estou dizendo. Um verdadeiro *tchabo*.

— Como sabiam que tínhamos dinheiro, hein? — Svetlana estava tentando acender um cigarro, mas suas mãos tremiam tanto que ela não conseguia controlar a chama do isqueiro. Desistiu e olhou para mim. — Você contou a alguém quanto dinheiro ganhamos?

— Eles não vieram por causa do dinheiro — falei.

— Claro que sim. Tudo é sempre por causa de dinheiro.

Não respondi. Mordi os dedos e olhei a porta atrás de mim, pensando: *Não. Vocês não entendem. Jason os trouxe aqui. O que quer que ele tenha feito ou dito para a Enfermeira na festa, estamos pagando o preço agora*. O silêncio vindo de seu quarto fazia meu sangue gelar. O que iríamos encontrar ao abrir a porta dele? E se — me lembrei da fotografia na pasta de Shi Chongming — ao abrirmos a porta encontrássemos...

Fiquei de pé.

— Precisamos ir ao quarto de Jason.

Svetlana e Irina ficaram em silêncio. Olharam para mim com um ar muito sério.

— O que foi?

— Você não ouviu o barulho que ele fez?

— Um pouco... Eu estava dormindo.

— Bom, nós... — Svetlana tinha conseguido acender seu cigarro. Ela manteve a fumaça nos pulmões, e a exalou entre os lábios apertados. — Nós ouvimos tudo. — Deu um relance a Irina, como que para confirmar. — Hmmm. E não somos *nós* que vamos lá ver.

Irina soluçou e balançou a cabeça.

— Não. Não nós.

Eu olhei de uma para a outra, consternada.

— Não — disse rudemente. — Claro que não. — Fui até a porta e olhei através do corredor para a porta de Jason. — Claro que tem que ser eu.

Svetlana levantou-se, veio até mim e pôs a mão no meu ombro. Ela espiou o corredor. Em frente ao quarto de Jason, uma mala estava aberta encostada à parede, seu conteúdo espalhado pelo chão; as roupas dele espalhadas por toda parte, seu passaporte, um envelope cheio de documentos.

— Meu Deus — sussurrou ela em meu ouvido. — Que bagunça.

— Eu sei.

— Você tem certeza que eles foram embora?

Dei uma olhada para a escada silenciosa.

— Tenho.

Irina se juntou a nós, ainda limpando o rosto, e ficamos as três ali amontoadas, olhando timidamente para o corredor. Havia um cheiro, um cheiro impossível de não sentir, e que me fez pensar, inexplicavelmente, em vísceras na vitrine de um açougueiro.

— Escutem... talvez tenhamos que... — Fiz uma pausa. — Que tal um médico? Talvez tenhamos que ir buscar um médico.

Svetlana mordeu o lábio, incomodada, e trocou um olhar com Irina.

— Levamos ele para o médico, Cinza, eles vão querer saber o que aconteceu e aí politsia vai vir, xeretando tudo, e aí...

— Imigração. — Irina estalou a língua no céu da boca. — Imigração.

— E quem vai pagar, hein? — Svetlana virou seu cigarro e olhou para a ponta, como se ele tivesse falado com ela. — Não sobra dinheiro. Dinheiro nenhum sobra nessa casa toda.

— *Davai.* — Irina pôs a mão na base de minhas costas, propelindo-me delicadamente para a frente. — Você vai ver. Vai ver, e aí conversamos.

Fui lentamente, desviando-me da mala, parando em frente à porta dele com as mãos rígidas ao longo do corpo, olhando fixo para a maçaneta, o silêncio terrível retinindo em meus ouvidos. E se eu não encontrasse o corpo dele? E se eu estivesse certa quanto a Fuyuki e seu remédio? A palavra "caça" veio à minha mente. Teria a Enfermeira ido até ali para *caçar*? Olhei de relance para trás no corredor; as russas estavam grudadas uma na outra à porta, Irina com as mãos nos ouvidos como se estivesse prestes a ouvir uma explosão.

— Certo — murmurei para mim mesma. Virei-me, coloquei a mão trêmula na porta e respirei fundo. — Certo.

Eu forcei a porta, mas não abria.

— O que foi? — sussurrou Svetlana.

— Não sei. — Eu a sacudi. — Está trancada. — Colei a boca na porta. — *Jason*?

Aguardei, atenta ao silêncio.

— *Jason... está me ouvindo?* — Bati na porta com os nós dos dedos. — Jason, está me ouvindo? Você está...

— *Cai fora.* — A voz dele estava abafada. Parecia que ele estava falando de baixo de um acolchoado. — *Some da minha porta e cai fora.*

Dei um passo para trás, apoiando a mão na parede para me equilibrar, os joelhos tremendo.

— Jason, você... — Respirei fundo algumas vezes. — Você precisa de um médico? Posso levá-lo até Roppongi se quiser...

— Eu *disse* pra cair fora.

— ... podemos ficar de pagar semana que vem...

— Você é *surda*, caralho?

— Não — falei, olhando pasma para a porta. — Não, não sou surda.

— Ele está bem? — sussurrou Svetlana.

Olhei para ela.

— O quê?

— Ele está bem?

— Hm — respondi, passando a mão no rosto e olhando em dúvida para a porta. — Bom, acho que sim, acho que ele está bem sim.

Levamos muito tempo para acreditar que a Enfermeira não ia voltar. E levamos ainda mais tempo para criar coragem e ir dar uma olhada na casa. Os estragos eram terríveis. Arrumamos um pouco as coisas e tomamos banho em turnos. Eu me lavei num aturdimento, movendo o pano rigidamente sobre meu rosto inchado. Havia arranhões em meu pé; deviam ter ocorrido quando eu pulei da janela. Coincidentemente, era exatamente onde o bebê do sonho me mordera. Poderiam ser as marcas dos dentes do bebê. Fiquei observando-as por muito, muito tempo, tremendo tanto que meus dentes tiritavam.

Irina descobrira algum dinheiro no bolso de um casaco que o *chimpira* deixara passar e concordou em me emprestar mil ienes. Quando saí do banho, arrumei meu quarto, varrendo cuidadosamente os cacos de vidro e as farpas da porta rachada, empilhando todos os livros no armário, guardando minhas anotações e pinturas meticulosamente. Depois, pus o dinheiro de Irina no bolso e peguei a linha Maranouchi para Hongo.

Encharcado de chuva, o campus estava muito diferente da última vez que eu estivera lá. A espessa cobertura de folhas se fora, de forma que agora dava para ver até mesmo o lago, o telhado ornamentado do ginásio sobressaindo-se atrás das árvores. Era cedo, mas Shi Chongming já estava atendendo a um estudante, um rapaz alto com espinhas usando um blusão de moletom que dizia "Macaco que toma banho" na frente. Os dois pararam de falar quando entrei, meu casaco abotoado até o topo. Meu rosto estava machucado, ainda havia crostas de sangue em minhas narinas, minhas mãos estavam bem apertadas, os braços ao longo do corpo, e eu tremia descontroladamente. Fiquei parada no meio da sala e apontei para Shi Chongming.

— O senhor me fez ir muito longe — falei. — O senhor me fez ir muito longe, mas eu não posso continuar. Está na hora de me dar o filme.

Shi Chongming levantou-se vagarosamente. Firmou-se com sua bengala e então ergueu a mão, indicando a porta para o estudante.

— Depressa, depressa — disse para o rapaz, que continuava na cadeira, imóvel, olhando fixo para mim. — *Vamos, saia agora, depressa.*

O jovem levantou-se cautelosamente. Sua expressão era séria e ele não tirou os olhos de mim enquanto ia até a porta muito cheio de precaução, saía e fechava a porta com um clique quase inaudível.

Shi Chongming não se voltou imediatamente. Ficou parado algum tempo com a mão na porta, de costas para mim. Quando fazia quase um minuto que estávamos ali sozinhos, e não havia chance de sermos interrompidos, ele se virou para mim.

— Bom, está mais calma agora?

— *Calma?* Sim, estou calma. Muito calma.

— Sente-se. Sente-se e me conte o que aconteceu.

47

Nanquim, 20 de dezembro de 1937

Não há nada tão doloroso, tão torturante quanto um homem orgulhoso admitir que se enganou. No caminho de volta da fábrica, tendo deixado para trás a criança morta na rua, Liu pôs a mão em meu braço ao chegarmos ao ponto onde iríamos nos separar.

— Vá para casa e espere por mim — sussurrou ele. — Irei vê-lo assim que tiver levado o jovem Liu de volta para casa. As coisas vão mudar.

Como prometido, menos de vinte minutos depois de eu chegar em casa, houve uma série de batidas combinadas na porta. Ao abrir, dei com ele ali parado com uma pasta de fibra de bambu debaixo do braço.

— Precisamos conversar — murmurou Liu, verificando se Shujin não podia nos escutar. — Tenho um plano.

Ele tirou os sapatos como um sinal de respeito e entrou na pequena sala do andar de baixo que usamos para ocasiões formais. Shujin a mantém arrumada o tempo todo, com cadeiras e uma mesa laqueada vermelha que tem um belo desenho de peônias e dragões em madrepérola incrustada. Sentamos à mesa, ajeitando nossos robes. Shujin não questionou a presença do velho Liu. Ela subiu para arrumar o cabelo, e depois de alguns minutos a ouvi ir à cozinha para pôr água para ferver.

— Há apenas chá e alguns dos bolinhos de trigo-sarraceno de sua mulher para lhe oferecer, Liu Runde — disse. — Nada mais. Sinto muito.

Ele fez uma mesura com a cabeça.

— Não é preciso se explicar.

Em sua pasta ele trazia um mapa de Nanquim que preparara com muitos detalhes. Devia estar trabalhando nele nos últimos dias. Depois que o bule de chá chegou e nossas xícaras foram cheias, ele abriu o mapa na minha frente.

— Aqui — fez um círculo com o dedo num ponto nos arredores de Chalukou — fica a casa de um velho amigo. Um comerciante de sal, muito rico; e a casa é grande, com um poço limpo, romãzeiras e dispensas bem providas. Não muito longe da Montanha Púrpura. E aqui — ele fez uma cruz algumas *li* na direção da cidade — está o portão de Taiping. Há informes de que a muralha foi gravemente bombardeada nessa região, e pode ser que, com a movimentação para o oeste, os japoneses não tenham designado homens suficientes para guardá-la nesse ponto. Supondo que consigamos passar, iremos andando a partir dali por ruas secundárias, ao longo da rua principal de Chalukou, chegando ao rio bem ao norte da cidade. Chalukou pode não ter importância estratégica para os japoneses, então, se tivermos sorte, encontraremos um barco, e dali desapareceremos para a província de Anhui, no interior. — Ficamos ambos em silêncio por um tempo, pensando sobre como conduzir nossas famílias por todos esses lugares perigosos. Depois de alguns momentos, como se eu tivesse lhe colocado uma dúvida, Liu assentiu. — Sim, eu sei. Depende de os japoneses estarem concentrados rio acima em Xiaguan e Meitan.

— O rádio diz que a qualquer momento haverá o anúncio do comitê de governo provisório.

Ele olhou para mim muito seriamente. Foi a expressão mais desarmada que eu já vira nele.

— Meu caro, caríssimo mestre Shi. Você sabe tão bem quanto eu que se ficarmos aqui seremos como ratos num ralo, esperando os japoneses nos encontrarem.

Coloquei os dedos na cabeça.

— Sim, de fato — murmurei.

Lágrimas subitamente apareceram em meus olhos, lágrimas que eu não queria que o velho Liu visse. Mas ele é muito velho e sábio. Ele soube imediatamente qual era o problema.

— Mestre Shi, não assuma essa culpa com peso demais, compreende? Eu mesmo não agi melhor do que você. Também pequei por orgulho.

Uma lágrima escorreu em minha face e caiu na mesa, acertando o olho de um dragão. Eu a olhei paralisado.

— O que foi que eu fiz? — sussurrei. — O que eu fiz para minha esposa? Meu filho?

O velho Liu veio sentou mais para a frente e cobriu minha mão com a dele.

— Nós cometemos um erro. Cometemos um erro, só isso. Fomos homens pequenos e ignorantes, nada mais. Só um pouco ignorantes, você e eu.

48

Às vezes as pessoas se esquecem de ser compreensivas e, em vez disso, culpam você por tudo, mesmo pelas coisas que você fez quando nem tinha ideia de que eram erradas. Quando expliquei o que acontecera na casa, a primeira coisa que Shi Chongming quis saber era se eu tinha colocado em risco sua pesquisa. Teria eu dito alguma coisa sobre o que ele estava procurando? Mesmo quando contei a ele uma versão editada, uma explicação vaga do que Jason fizera, como ele fizera a Enfermeira vir até nossa casa, Shi Chongming ainda não foi compreensivo como eu esperara. Ele queria saber mais.

— Que coisa mais estranha para o seu amigo fazer. O que ele estava pensando?

Não respondi. Se eu contasse a ele sobre Jason, sobre o que acontecera entre nós, seria como estar no hospital de novo, pessoas implicando com o meu comportamento, olhando para mim e pensando em selvagens enlameados copulando numa floresta.

— Você ouviu o que eu disse?

— Escute — falei, me levantando. — Vou explicar tudo muito calmamente. — Fui até a janela. Lá fora ainda estava chovendo; a água pingava das árvores, ensopando os alvos de palha empilhados do lado de fora do centro de arco e flecha. — O que o senhor me pediu para fazer foi muito, *muito* perigoso. Um de nós poderia ter morrido, e eu não estou exagerando. Agora vou lhe contar uma coisa muito importante... — Tive um calafrio, e esfreguei compulsivamente os pelos arrepiados em meus braços. — É muito mais sério até do que o senhor imaginou. Andei descobrindo coisas. Descobrindo coisas inacreditáveis. — Shi Chongming ficou sentado imóvel me ouvindo, seu rosto duro, tenso. — Há histórias sobre seres humanos — baixei a voz —, cadáveres humanos, cortados e usados como cura. Consumidos. Compreende o que estou dizendo? Compreende? — Tomei fôlego. — *Canibalismo.* — Esperei um momento para aquilo ser assimilado. Canibalismo. Canibalismo. Dava para sentir a palavra pronunciando-se por si própria, impregnando as paredes e manchando o tapete. — O senhor vai me dizer que estou louca, sei que vai, mas estou acostumada com isso e eu realmente não me importo, porque estou dizendo ao senhor: *esse tempo todo o que o senhor tem procurado, professor Shi, é carne humana.*

Uma expressão de extremo desconforto lentamente se espalhou pela face de Shi Chongming.

— Canibalismo — disse ele incisivamente, os dedos movendo-se compulsivamente sobre a mesa. — Foi isso o que você disse?

— Sim.

— Uma sugestão extraordinária.

— Eu não espero que o senhor acredite em mim; quero dizer, se a empresa de Hong Kong ficar sabendo, eles vão...

— Você tem provas disso, imagino.

— Eu tenho o que as pessoas me disseram. Fuyuki antigamente dirigia um mercado negro. O senhor já ouviu falar em *zanpan*? Todo mundo em Tóquio antigamente sabia que o cozido servido nesse mercado tinha...

— O que você realmente viu? Hein? Você viu Fuyuki bebendo sangue? Ele cheira mal? A pele dele é vermelha? É assim que se reconhece um canibal, você sabia? — Algo amargo insinuou-se na voz dele. — Será... será que o apartamento dele lembra as terríveis cozinhas de *Na borda da água*? Há membros pendurados por toda parte? Pele de gente esticada nas paredes pronta para ir para a panela?

— O senhor está zombando de mim.

Havia suor na testa dele. Sua garganta se movia incomodada sob o alto colarinho mandarim.

— Não zombe de mim — falei. — Por favor, não zombe de mim.
Ele respirou fundo e recostou-se na cadeira.

— Não — falou, tenso. — Não. Claro que não devo. Não devo. — Ele afastou a cadeira, levantou-se e foi até a pia, abriu a torneira e pôs as mãos em concha para levar água à boca. Ficou parado um momento de costas para mim, observando a água correndo. Então fechou a torneira, voltou para sua cadeira e sentou-se. A expressão em seu rosto se suavizara um pouco. — Peço desculpas. — Ele olhou um instante para as próprias mãos, tão frágeis, apoiadas na mesa. Estavam se contorcendo como se tivessem vida própria. — Bem — disse ele por fim —, *canibalismo*, é isso? Se é nisso que você acredita, vai me trazer alguma prova.

— O quê? O senhor não pode querer mais. Eu fiz *tudo*. Tudo que o senhor me disse para fazer. — Pensei na casa, na janela, nas portas despedaçadas, pensei em todo o dinheiro que fora levado. Pensei na sombra da Enfermeira no Prédio de Sal... fazendo o quê com Jason? *A fera com duas costas...* — O senhor não está mantendo a sua promessa. O senhor quebrou sua promessa. Quebrou sua promessa de novo!

— Fizemos um acordo. Eu preciso de uma prova, não de especulações.

— *Não foi isso o que o senhor disse!* — Fui até o projetor e tirei-o do canto, arrancando a cobertura de plástico, girando-o, tentando encontrar um lugar onde se pudesse esconder algo. — Eu preciso do filme. — Fui até as estantes, pegando livros, deixando-os cair no chão, enfiando as mãos nos espaços por trás. Empurrei pilhas de papéis no chão, e puxei de lado as cortinas. — Onde o colocou? *Onde está o filme?*

— Por favor, sente-se e conversaremos.

— Não, o senhor não compreende. O senhor é um mentiroso. — Cerrei os punhos e ergui a voz. — *O senhor* é um *mentiroso*.

— O filme está num lugar trancado. Não tenho a chave aqui. Não poderíamos pegá-lo nem mesmo se eu quisesse.

— Me dê o filme.

— *Chega!* — Ele se levantou subitamente, afogueado, respirando rápido, e apontou a bengala para mim. — *Não* — falou, o peito arfando — *não* me insulte até entender com o que está lidando. Agora, sente-se.

— O quê? — disse, pega de surpresa.

— Sente-se. Sente-se e ouça com atenção.

Eu o encarei em silêncio.

— Eu não compreendo o *senhor* — sussurrei, limpando o rosto com a manga da blusa e apontando o dedo para ele. — O *senhor*. Eu não entendo o *senhor*.

— Claro que não. Agora, *sente-se*.

Obedeci, olhando-o possessa.

— Agora, por favor. — Shi Chongming empurrou a cadeira e sentou-se, respirando fundo, tentando se recompor, ajeitando o paletó, como se essa ação pudesse fazer sua raiva passar. — Por favor. Você faria bem em aprender que às vezes vale a pena considerar as coisas de fora de sua esfera imediata de compreensão... — Ele tocou a testa. — Agora, permita-me que eu lhe faça uma pequena concessão.

Suspirei com impaciência.

— Não quero uma pequena concessão, eu quero o...

— *Escute!* — Ele ergueu a mão, trêmula. — Minha *concessão*... é lhe dizer que você está certa. Ou melhor, você está quase certa. Quando você sugere... quando você sugere que Fuyuki está consumindo... — Ele enfiou o lenço no bolso e pôs as mãos na mesa, olhando de uma para a outra como se isso fosse ajudá-lo a se concentrar. — Quando você sugere... — ele fez uma pausa, e então continuou em voz firme — ... *canibalismo*, você está quase correta.

— Não "quase"! Posso ver em seu rosto: eu estou certa, não estou?

Ele ergueu a mão.

— Você está certa sobre algumas coisas. Mas não tudo. Talvez até tenha razão quanto a esses boatos pavorosos, carne humana à venda nos mercados de Tóquio! Os deuses sabem que a *yakuza* fez coisas terríveis com os famintos desta grande cidade, e um cadáver não era coisa difícil de se encontrar em Tóquio naqueles dias. Mas canibalismo como remédio? — Ele pegou um clipe, entortando-o nervosamente. — Isso é algo diferente. Se isso existe no submundo japonês, então talvez tenha chegado a algumas partes da sociedade japonesa séculos atrás, ou talvez na década de 1940, após a Guerra do Pacífico. — Ele dobrou o clipe na forma de um grou e o colocou na escrivaninha, olhando-o atentamente. Então juntou as mãos e olhou para mim. — E é por isso que você precisa ouvir com atenção. Vou lhe dizer exatamente a razão pela qual *não posso* lhe dar o filme ainda.

Eu emiti um ruído impaciente e recostei na cadeira, os braços cruzados.

— Sabe de uma coisa, a sua voz me irrita — falei. — Às vezes eu realmente detesto ter que ouvi-la.

Shi Chongming me olhou por um longo tempo. Subitamente seu rosto desanuviou-se e um sorrisinho perpassou por seus lábios. Ele lançou o pássaro de clipe na lata de lixo, afastou a cadeira, levantou-se e tirou um molho de chaves de um organizador de mesa. De uma gaveta trancada, pegou um caderno. Encapado em couro fino e amarrado com um barbante, parecia bem antigo. Ele desamarrou o barbante, e folhas de papel amarelado caíram na escrivaninha. Estavam cobertos de escrita chinesa, minúscula e ilegível.

— Minhas memórias — disse ele. — Do tempo em que eu estive em Nanquim.

— De Nanquim?

— O que você está vendo?

Eu me inclinei para a frente, curiosa, franzindo a vista para a caligrafia minúscula, tentando decifrar alguma palavra ou frase.

— Eu perguntei: o que você está vendo?

Eu o olhei.

— Vejo uma lembrança.

Eu estendi a mão para os papéis, mas ele os puxou para trás, dobrando protetoramente o braço sobre o caderno.

— Não. Não, você não está vendo uma lembrança. Uma lembrança é um conceito, assim como uma história. Você não pode *ver* uma história. — Ele esfregou a primeira página entre seus dedos de veias muito visíveis. — O que é isso?

— Papel. Posso ler agora?

— Não. O que há no papel?

— O senhor vai me deixar ver?

— Escute-me. Estou tentando ajudar. O que há no papel?

— Escrita. Tinta.

— Exatamente. — A estranha luz cinza que vinha através da janela tornava a pele do rosto dele quase transparente. — Você vê papel, e você vê tinta. Mas ambos tornaram-se mais do que isso; deixaram de ser apenas papel e tinta. Foram transformados por minhas ideias e crenças. Tornaram-se minhas memórias.

— Nada sei sobre memórias e papel e tinta — falei, os olhos ainda fixos no diário. — Mas eu sei que estou certa. Fuyuki está fazendo experiências com canibalismo.

— Eu esqueci que os ocidentais não compreendem a arte de escutar. Se você tivesse escutado com atenção, se tivesse escutado menos como um ocidental, você saberia que eu não discordei de você.

Olhei para ele sem saber o que pensar. Estava a ponto de dizer "E...?" quando o que ele estava tentando me dizer irrompeu, completamente formado e bastante claro.

— Ah — disse, sem forças. — Ah, acho que...

— Você acha?

— Eu... — As palavras morreram em minha boca e eu fiquei parada por um instante, com a cabeça inclinada, minha boca movendo-se silenciosamente. Eu estava vendo imagem atrás de imagem dos meninos poro liberianos, agachados temivelmente sobre seus inimigos no mato; imagens da Sociedade dos Leopardos Humanos; de todas as pessoas mundo afora que comeram a carne de seus inimigos, algo transformado por suas ideias e crenças. O *kanji* para "poder" que eu pintara na noite anterior voltou à minha mente. — Eu acho... — falei lentamente — acho que... a carne pode ser transformada, não pode? Certa carne humana pode ter... uma espécie de poder...

— De fato.

— Uma espécie de poder... pode ser transformada por... por um processo? Ou por... — E subitamente eu entendi. Olhei para ele incisivamente. — Não é qualquer ser humano. O senhor quer dizer que é alguém específico. É alguém especial, especial para Fuyuki. Não é?

Shi Chongming reuniu as folhas do diário e o prendeu com elástico, seus lábios firmemente fechados.

— Isso — disse ele, sem olhar para mim — é o que você precisa descobrir.

49

Fiquei em silêncio, a cabeça apoiada nos dedos, enquanto voltava para casa no trem elevado que dá a volta bem acima da cidade, em meio aos anúncios em neon, aos arranha-céus reluzentes em seu branco e cromo, ao céu azul e à loucura. Eu via vagamente os escritórios dos andares altos, com suas secretárias de coxas bronzeadas e vestidas em suas blusas padronizadas, que olhavam de volta das janelas. Às vezes, pensei, Shi Chongming exigia demais de mim. Às vezes ele me dava uma dor de cabeça e tanto. Em Shinjuku o trem passou por um arranha-céu coberto com centenas de monitores de TV, cada um deles com a imagem de um homem num smoking dourado, berrando uma música para a câmera. Fiquei olhando vagamente aquilo por um instante. Então me dei conta.

Bison?

Eu me levantei, atravessei o trem e apoiei as mãos na janela, olhando para o prédio. Era ele, um Bison muito mais jovem e mais magro do que aquele que eu conhecia, a cabeça inclinada, a mão estendida para a câmera, sua imagem repetida e repetida, recriada e recriada, centenas de vezes, até ele cobrir o prédio, milhares de *doppelgängers* se movendo e falando em uníssono. No rodapé esquerdo de cada tela havia um logotipo que dizia *NHK Newswatch*. O noticiário. Bison estava no noticiário. Bem quando o arranha-céu estava prestes a ficar para trás, o rosto de Bison foi substituído por uma imagem enevoada de um carro de polícia parado em frente a uma casa qualquer de Tóquio. *Polícia*, pensei, apertando as mãos abertas contra a janela, olhando para trás, tentando ver o arranha-céu que desaparecia à medida que o trem avançava. Minha respiração embaçou o vidro. *Bison. Por que você está no noticiário?*

Estava escurecendo quando cheguei em casa, e não havia nenhuma luz acesa, exceto a da escada. Svetlana estava do lado de fora, olhando para alguma coisa no chão, a porta aberta atrás dela. Ela estava usando botas go-go e um casaco felpudo cor-de-rosa que ia até os joelhos, e segurava um saco de lixo cheio de roupas.

— Vocês viram o noticiário? — perguntei. — Estavam vendo TV?

— Está coberta de moscas.

— O quê?

— Veja.

A folhagem que usualmente cercava a casa tinha sido toda pisada. Talvez a Enfermeira e o *chimpira* tivessem ficado ali para olhar as nossas janelas. Svetlana usou a ponta de sua bota cor-de-rosa para apontar para onde havia um filhote de gato morto, o desenho da sola de um sapato carimbado em sua cabeça esmagada.

— *Suka*, piranha! Era só gatinha. Não perigosa. — Ela depositou a lixeira na calçada e voltou para a escada, limpando as mãos. — Piranha.

Entrei com ela em casa, involuntariamente me arrepiando. As lâmpadas quebradas e os pedaços de portas despedaçadas ainda estavam no chão. Olhei em desalento os corredores silenciosos.

— Vocês viram o noticiário? — perguntei de novo, indo para a sala. — A TV ainda está funcionando? — A TV tinha sido derrubada de lado, mas funcionou quando eu a endireitei e apertei o botão. — Bai-san acabou de aparecer na TV. — Eu me inclinei para o aparelho e apertei o botão que mudava os canais. Havia desenhos animados, anúncios de bebidas energéticas, garotas de biquíni. Até desenhos animados de esquilos cantando. Nada de Bison. Passei por todos os canais de novo, ficando impaciente. —

Alguma coisa aconteceu. Eu o vi vinte minutos atrás. Vocês não estavam assistindo... — Olhei para trás. Svetlana estava parada muito quieta na soleira da porta, os braços cruzados. Eu me endireitei. — O que foi?

— Estamos indo embora. — Ela fez um gesto com a mão, indicando a sala. — Veja.

Sacolas cinza e brancas do Matsuya, as pontas de pertences saindo delas, estavam encostadas por todo lado. Pude ver um monte de cabides, rolos de papel higiênico, um aquecedor numa delas. Havia mais sacos de lixo cheios de roupas no sofá. Eu não tinha nem percebido.

— Eu e Irina. Achamos novo clube. Em Hiroo.

Naquele momento Irina apareceu no corredor, arrastando uma trouxa de roupas embrulhadas em celofane. Ela também estava usando um casacão e tinha um cigarro russo fedido entre os dedos na mão livre. Ela largou as roupas e veio para trás de Svetlana, apoiando o queixo no ombro dela, dando-me um olhar taciturno.

— Um bom clube.

Eu fiquei perplexa.

— Vocês estão indo embora da casa? Onde vão morar?

— O apartamento que vamos ficar é no, como chama mesmo? No topo do clube? — Ela juntou os dedos, beijou as pontas e disse: — Alta classe.

— Mas como? — perguntei, aturdida. — Como vocês...

— Meu cliente ajudou. Ele leva a gente lá agora.

— Cinza, você não dizer *na-dha* para ninguém, hein? Não diz Mama Strawberry onde fomos, e nenhuma das garotas também. Tá?

— Tudo bem.

Houve uma pausa, e então Svetlana inclinou-se na minha direção, pôs a mão em meu ombro e fixou os olhos nos meus de um jeito que me fez sentir levemente ameaçada.

— Agora escuta, Cinza. Melhor falar com ele. — Ela fez um movimento com a cabeça para a porta de Jason, que estava firmemente fechada. — Alguma coisa séria.

Irina assentiu.

— Ele diz "*Não olhem para mim!*". Mas a gente viu.

— É. Vimos ele tentando se mover, tentando... como diz? Ratejar? Nas mãos? Como cachorro? Ratejar?

— Rastejar? — Uma sensação horrível perpassou minha pele. — Vocês querem dizer que ele está rastejando?

— É, *rastejar*. Ele tenta rastejar. — Ela deu a Irina um olhar incomodado. — Cinza, escuta. — Ela umedeceu os lábios. — É verdade. Ele precisa de médico. Ele diz que não quer, mas... — A voz dela fraquejou. — Alguma coisa ruim, coisa errada com ele. Ruim mesmo.

As garotas se foram, num Nissan branco com uma cadeirinha para crianças azul no banco traseiro e dirigido por um homem visivelmente nervoso. A casa pareceu então fria e abandonada, como se seus moradores tivessem ido passar o inverno em outra cidade. A porta de Jason estava fechada, uma nesga de luz vindo por baixo dela, mas nenhum som. Fiquei ali parada, a mão erguida para bater, tentando achar o que eu deveria dizer. Levei um bom tempo, e ainda assim não me decidi, de modo que acabei batendo assim mesmo. A princípio não houve resposta. Quando bati de novo eu ouvi um abafado "*Que é?*".

Abri a porta. O quarto estava gelado, iluminado apenas pelo azul tremeluzente da pequena TV, encostada na janela. À meia-luz, eu conseguia ver estranhos amontoados de coisas no chão, garrafas vazias, roupas largadas, e o que parecia ser a alta lixeira de pedal da cozinha. Na TV, uma japonesa em trajes de líder de torcida pulava entre ilhas flutuantes numa piscina, sua minissaia se levantando toda vez a cada pulo. Ela era o único sinal de vida. Empurrada até a porta para bloquear a entrada estava a escrivaninha.

— Passe por cima — disse ele. Sua voz parecia vir de dentro do armário.

Coloquei a cabeça dentro do quarto e estiquei o pescoço, tentando vê-lo.

— Cadê você?

— Passa por cima, porra.

Sentei na escrivaninha, ergui os joelhos, girei o corpo e coloquei os pés no chão do outro lado.

— Feche a porta.

Eu me inclinei sobre a escrivaninha, fechei a porta e acendi a luz.

— *Não! Apague!*

O chão estava coberto de punhados de lenços e toalhas de papel, todos amassados e empapados de sangue. Mais lenços de papel ensopados de vermelho transbordavam da lata de lixo. Aparecendo por debaixo do futton, eu podia ver o cabo amarelo de uma faca de carne, a ponta de uma chave de fenda, um conjunto de formões. Eu estava diante de um arsenal *ad hoc*. Jason se encontrava em estado de sítio.

— *Eu mandei apagar a luz! Você quer que ela nos veja aqui dentro?*

Eu fiz o que ele pediu e então houve um longo e sinistro silêncio.

— Jason, deixe-me chamar um médico para você. Vou ligar para a Clínica Internacional.

— Eu disse *não*! Não quero nenhum médico japa tocando em mim.

— Eu ligo para a embaixada do seu país.

— De jeito nenhum.

— Jason. — Dei um passo à frente. Eu sentia a aderência em meus pés no chão pegajoso. — Você está sangrando.

— E daí?

— Onde é que você está sangrando?

— Onde eu estou sangrando? Que porra de pergunta idiota é essa?

— Me diga o que é. Talvez seja sério.

— *Que merda é essa que você está dizendo?* — Ele martelou a porta do armário, fazendo as paredes tremerem. — Não sei o que você acha que aconteceu, mas seja o que for, *você está imaginando coisas.* — Ele fez uma pausa, arfando. — Você está inventando. Você e suas invenções idiotas. Sua cabeça *esquisita* de merda.

— Não há nada de errado com a minha cabeça — falei com firmeza. — Eu não invento coisas.

— Bom, queridinha, você está imaginando *isso*. Eu não fui *tocado*, se é isso que você está dizendo. — Eu podia vê-lo agora, dentro do armário, agachado contra a parede. Podia apenas distinguir sua silhueta, encolhido debaixo de um acolchoado. Ele parecia estar de lado, talvez tentando se manter aquecido. Era esquisito, estar ali à meia-luz, ouvindo sua voz abafada vindo do armário. — Eu não quero nem ouvir você sugerir isso... O QUE VOCÊ PENSA QUE ESTÁ FAZENDO? *NÃO CHEGUE PERTO DO ARMÁRIO!*

Eu recuei um passo.

— *Fique onde está. E não olhe para mim, porra!* — Eu podia ouvir a respiração dele agora, um som árduo, como se houvesse algo obstruindo suas vias aéreas. — Agora, escute. Você precisa arranjar alguém para me ajudar.

— Eu posso levá-lo a um médico e...

— Não! — Eu podia ouvi-lo tentando controlar a voz e ordenar os pensamentos. — Não. Escute. Tem um... Tem um número escrito ali na parede. Perto do interruptor da luz. Está vendo? É da... da minha mãe. Ligue para ela. Vá até uma cabine telefônica e ligue a cobrar. Diga a ela para mandar alguém vir me buscar. Diga a ela para não ser alguém de Boston, diga que tem que ser um dos homens da casa em Palm Springs. Fica mais perto.

Palm Springs? Eu encarei o armário. Jason, parte de uma família cheia de casas na Califórnia? Criados? Eu sempre pensara nele como o autêntico viajante, do tipo que eu vira no aeroporto: um *Lonely Planet* surrado debaixo do braço, um rolo de papel higiênico preso na parte de trás da mochila. Eu o imaginara lavando pratos, ensinando inglês, pernoitando numa praia com apenas um fogareiro a gás e um saco de dormir. Sempre acreditei que ele não tinha nada a perder — assim como o resto de nós.

— O que foi? O que foi que você não entendeu? Ainda está aí?

Um anúncio das varinhas de chocolate Pocky apareceu na TV. Eu fiquei assistindo por um ou dois segundos. Então suspirei e me virei para a porta.

— Ok — disse. — Vou ligar.

Eu nunca fizera uma ligação a cobrar antes, e quando a telefonista automática perguntou meu nome eu quase disse "Esquisitinha". No fim, disse "É da parte de Jason". Quando a mãe dele atendeu, ela ouviu em silêncio. Eu recitei tudo duas vezes: o endereço, como encontrar o lugar, que ele precisava de um médico urgentemente e, por favor — nesse pedaço eu hesitei, pensando no quanto era estranho estar falando sobre Jason desse jeito —, por favor mandar alguém da Costa Oeste que seria mais rápido. "E posso perguntar quem é você?" Ela tinha sotaque inglês, embora estivesse em Boston. "Poderia fazer a gentileza de me dar o seu nome?"

— É sério — falei, e desliguei.

Estava escuro agora, e quando voltei para casa não acendi muitas luzes; não conseguia deixar de pensar em como ficaria vista de fora, toda iluminada na vizinhança escura. Eu não conhecia nenhum cliente que pudesse me emprestar dinheiro, estava muito frio para dormir em parques, e eu não sabia se Mama Strawberry me daria um adiantamento; além disso, certamente não seria uma quantia suficiente para pagar um hotel. Eu não podia mendigar para Shi Chongming. Depois do clube eu talvez tivesse que voltar e dormir ali. Pensar nisso me fez gelar.

Não demorei muito para achar uma seleção de ferramentas nos quartos fechados — havia um monte de coisas naquela casa se você decidisse que precisava se defender: uma marreta, um formão, uma pesada panela de arroz que provavelmente podia ser jogada em alguém caso fosse necessário. Senti o peso da marreta em minha mão. Pareceu adequado e suficientemente pesado. Levei tudo para o meu quarto, depositei junto ao rodapé e então coloquei em minha bolsa de viagem algumas coisas: um suéter grande, todas as anotações e esboços de Nanquim, meu passaporte e o restante do dinheiro de Irina. Isso me lembrou os kits de terremoto que supostamente todos ali deveríamos ter — as poucas coisas de que você precisaria numa emergência. Fui até a janela e, segurando pela alça, dependurei-a para baixo, delicadamente, até meu braço ficar bem esticado. Então deixei que caísse. Foi parar com um *bump* bem modesto atrás do aparelho de ar-condicionado. Da rua, ninguém saberia que estava ali.

Quando eu estava na janela, subitamente, do nada, começou a nevar. Bom, pensei, olhando para cima, o Natal não está longe. Flocos leves giravam contra a estreita faixa de céu cinza entre as casas, obscurecendo o rosto de Mickey Rourke. Se o Natal estava perto, então logo faria dez anos da morte da minha menininha. Dez anos. Incrível como o tempo pode simplesmente se reduzir a nada, como um acordeão. Depois de um bom tempo eu fechei a janela. Embrulhei a mão numa sacola de plástico e saí na neve. Com a ponta das unhas por sob o plástico, catei a gatinha morta e a levei para o jardim, onde a enterrei sob um caquizeiro.

50

Nanquim, 20 de dezembro de 1937

Estou escrevendo isto à luz de uma vela. Minha mão direita está dolorida, uma queimadura fina atravessando-a, e eu estou encolhido na cama, os pés debaixo do corpo, as cortinas da cama bem fechadas para que não haja nenhuma possibilidade, absolutamente nenhuma possibilidade de qualquer luz escapar para a viela. Shujin está sentada à minha frente, mortalmente aterrorizada com o que aconteceu esta noite, segurando as cortinas fechadas e dando relances por sobre o ombro para a vela. Eu sei que ela preferiria que não tivesse nenhuma luz aqui dentro, mas esta noite, mais do que em todas as outras, eu preciso escrever. Tenho uma sensação avassaladora de que qualquer história escrita nestes dias, por pequena e irrelevante que pareça, um dia será importante. Cada voz será importante, porque nenhuma pessoa sozinha jamais conseguirá contar ou calibrar a história de Nanquim. A história fracassará, e não haverá a invasão definitiva de Nanquim.

Tudo aquilo em que eu pensava que acreditava se esvaiu — em meu coração há um buraco tão exposto e podre como o no corpo daquela criança em frente à fábrica, e tudo o que consigo pensar é o que esta ocupação realmente nos custou. Significa o fim de uma China que eu não valorizo há anos. É a morte de toda crença — o fim dos dialetos, dos templos, dos bolos de lua no outono e da pesca do cormorão no sopé de nossas montanhas. É a morte das belas pontes sobre lagos de lótus, a pedra amarela refletida na água silenciosa da noite. Shujin e eu somos os últimos elos na corrente. Estamos à beira do precipício, segurando a China, impedindo que ela caia no nada, e às vezes eu me sobressalto, como se tivesse sido acordado de um sonho, pensando que estou caindo e que toda a China — as planícies, as montanhas, os desertos, os túmulos antigos, as festas da Pura Claridade e da Chuva de Milho, os pagodes, os golfinhos brancos do Yang-tsé e o Templo do Céu —, tudo está caindo comigo.

Menos de dez minutos depois que o velho Liu saiu de nossa casa, antes mesmo de eu achar um jeito de contar a Shujin que iríamos partir, o barulho terrível de motores de motocicleta veio de uma rua em alguma parte à direita da nossa casa.

Fui até o hall e agarrei a barra de ferro, posicionando-me atrás da tela contra espíritos, os pés abertos, a barra sobre minha cabeça. Shujin veio da cozinha para se colocar ao meu lado, silenciosamente procurando respostas em meu rosto. Ficamos assim, meus braços trêmulos erguidos, os olhos de Shujin fixos nos meus, enquanto o pavoroso trovão dos motores afunilou-se na viela lá fora. O ruído cresceu cada vez mais, até ficar tão alto que o motor parecia estar dentro de nossas cabeças. Então, bem quando achei que viria direto para a nossa porta, invadindo a casa, houve um chocalhar engasgado, e o ruído começou a diminuir.

Shujin e eu ficamos nos olhando. O som se dirigiu para o sul, gradualmente desaparecendo ao longe, e o silêncio se fez. A única coisa perturbando a calmaria era o eco fantasmagórico de nossa própria respiração, pesada e arfante.

— O que...? — Shujin fez com a boca. — O que foi isso?

— Ssh. — Fiz um gesto para ela. — Fique para trás.

Dei a volta na tela contra espíritos e coloquei o ouvido na porta da frente. Os motores tinham desaparecido, mas eu podia ouvir alguma outra coisa ao longe — algo débil mas inconfundível: o crepitar e chiar do fogo. O *yanwangye* está se dedicando a suas atividades diabólicas, pensei. Em algum lugar, numa das ruas, não muito longe, alguma coisa queimava.

— Espere aqui. Não chegue perto da porta.

Fui até o andar de cima, subindo dois degraus por vez, ainda levando a barra de ferro. No quarto da frente, arranquei uma tábua solta e espiei a viela. O céu sobre as casas em frente estava vermelho: labaredas convulsas pulando 5, 10 metros no ar. Pequenas fagulhas pretas desciam flutuando, esturricadas como mariposas pretas. O *yanwangye* devia ter chegado muito perto de nossa casa.

— O que foi? — perguntou Shujin. Ela tinha subido as escadas e estava atrás de mim, os olhos arregalados. — O que está acontecendo?

— Eu não sei — falei, ausente, os olhos fixos na neve que caía. Os flocos estavam pontilhados de uma fuligem gordurosa, e, carregado pela fumaça preta, veio aquele cheiro de novo. O cheiro de carne sendo cozida. O cheiro que vinha me assombrando fazia dias. Mais cedo, havíamos enchido a barriga de macarrão de trigo-sarraceno, mas não houvera proteína na refeição, nenhum *cai* para o *fan* do macarrão, e eu ainda ansiava por carne. Eu inspirei uma abundante lufada do cheiro, minha boca irremediavelmente enchendo-se de saliva. Era muito mais forte dessa vez — contornava a casa, impregnando em tudo, tão pungente que quase se sobrepunha ao cheiro de madeira queimando.

— Eu não compreendo — murmurei. — Não pode ser possível.

— O que não pode ser possível?

— Alguém está cozinhando. — Eu me virei para ela. — Como pode ser? Não há ninguém mais na vizinhança; nem mesmo os Liu têm carne para cozinhar mais...

As palavras morreram em minha boca. A fumaça preta pairava diretamente sobre a viela onde Liu morava. Fiquei com os olhos fixos nela, num transe, sem falar, sem me mover, mal ousando respirar enquanto uma terrível e inominável suspeita galgou minha garganta.

51

Quando cheguei ao clube naquela noite, o elevador de cristal não estava no nível da rua: estava no quinquagésimo andar. Fiquei parada por um tempo junto à base vazia, minha bolsa debaixo do braço, olhando para cima, esperando o elevador descer. Foi só bem depois que eu percebi um aviso impresso em papel A4 e preso com fita adesiva na parede.

O Some Like It Hot está aberto!!!! Estamos à sua espera!!!!
Por favor, ligue para este número para ter acesso.

Fui até a cabine telefônica em frente e disquei o número. Enquanto esperava atenderem eu ergui os olhos para o clube, vendo flocos de neve se amontoarem na perna estendida de Marilyn. Acumulavam-se até formar um pequeno monte, até que, com a décima balançada ou por aí, o movimento os deslocava e eles despencavam, iluminados pelo neon, reluzindo como eu imaginava que neve de mentira caía do trenó do Papai Noel.

— *Moshi moshi?*

— Quem fala?

— Mama Strawberry. Quem é? Cinza-san?

— Sim.

— Strawberry está mandando elevador para baixo.

No quinquagésimo andar, saí do elevador com cautela. A mulher que recebia os casacos, em seu vestido amarelo e preto, estava sorridente, mas assim que passei pelas portas de alumínio eu soube que havia algo de muito errado. O aquecimento estava tão baixo que as poucas garotas espalhadas em volta das mesas tremiam em seus vestidos de noite e as flores estavam sofrendo, murchando deploravelmente no frio, a água nos vasos cheirando mal. Todos os clientes estavam de cara fechada, e Strawberry estava sentada curvada a sua mesa, vestindo um casaco branco e fino, de pele, que ia até o meio das pernas, uma garrafa de tequila junto ao cotovelo, olhando para uma lista de nomes de hostesses distraidamente. Sob os pequenos óculos de leitura diamanté de 1950, a maquiagem dela estava borrada. Parecia que ela estava bebendo fazia horas.

— O que está acontecendo?

Ela me encarou.

— Alguns clientes proibidos de frequentar este clube. *Proibidos*. Entende, moça?

— Quem proibiu?

— A Srta. Ogawa. — Ela bateu com a mão na mesa, fazendo a garrafa pular e todos os garçons e hostesses se virarem para olhar. — Eu *avisar*, não? O que eu disse, hã? — Ela apontou o dedo para mim, fazendo um furioso som de cuspir por trás dos dentes. — Lembra que eu disse a você Srta. Ogawa tem *chin chin* na calcinha? Bom, Cinza-san, más notícias! Tem rabo também. Você tira calcinha de Srta. Ogawa e primeiro... — Ela abriu os joelhos e apontou para entre as pernas. — Primeiro, você vê *chin chin* aqui. E *atrás*... — ela se virou de lado e deu uma palmada nas nádegas — você vê rabo. Porque ela *animal*. Simples. Ogawa, *animal*. — A voz dela teria continuado a subir de tom se algo não a tivesse feito parar. Ela pôs a caneta na mesa, puxou os óculos para a ponta do nariz e me olhou por cima das lentes. — Seu rosto? O que aconteceu com o seu rosto?

— Strawberry, ouça, Jason não vai vir trabalhar. E nem as russas. Elas pediram que eu lhe dissesse que elas foram embora. Para algum lugar, não sei onde.

— Meu Deus. — Os olhos dela ficaram fixos em meu machucado. — Agora, conte Strawberry verdade. — Ela verificou se não havia ninguém escutando. Então inclinou-se para a frente e disse: — Ogawa foi atrás de Cinza-san também, não foi?

Eu fiquei pasma.

— "Também"?

Ela serviu-se de mais uma dose de tequila e bebeu de um só trago. Seu rosto estava muito rosado sob a maquiagem.

— Ok — disse ela, dando tapinhas na boca com um lenço rendado. — Hora de falar claro. Sente. Sente. — Ela fez um gesto na direção da cadeira, acenando com a mão de forma imperiosa. Eu puxei a cadeira e me sentei, me sentindo entorpecida, os pés juntos, segurando a bolsa com força sobre os joelhos. — Cinza-san, olhe em volta. — Ela ergueu a mão para indicar as mesas vazias. — Olhe clube de Strawberry. Tantas das minhas meninas não aqui! Quer saber por quê, moça? Hmm? Quer saber por quê? Porque em casa! Chorando! — Ela pegou a lista de nomes, brandindo-a em minha direção, como se eu fosse a responsável pela ausência delas. — Todas as garotas que foram na festa de Fuyuki ontem de noite acordaram meio da noite, e veja você o que viram: Srta. Ogawa ou um dos gorilas de Fuyuki na casa. Você única garota que foi à festa ontem e veio trabalhar hoje.

— Mas... — Meu raciocínio se perdera. Eu não conseguia entender aquilo tudo. Pensamentos e imagens estavam se embaralhando e vindo numa ordem estranha. — Você precisa me explicar as coisas — disse em tom baixo. — Tem que me explicar bem devagar. Quer dizer que não foi só a nossa casa, não foi só o Jason...?

— Eu disse você! Ogawa *animal*. — Ela aproximou o rosto bruscamente do meu. — Ela ir atrás de *todo mundo* que estava na festa ontem. Deve estar achando que é Papai Noel.

— Mas... por quê? O que ela queria?

— Strawberry não sabe. — Ela pegou seu telefone de estilo antigo, do pedestal cor-de-rosa e dourado, e discou um número. Cobriu com a mão o bocal e sussurrou para mim: — A noite toda estou tentando descobrir.

Por volta das 22 horas naquela noite, um bando de corvos que se desviaram de seu curso foi jogado por uma lufada de vento contra a janela do clube. Ainda penso naqueles corvos, mesmo hoje. Era muito tarde para eles estarem longe de seus ninhos, e considerei aquilo uma dessas ocorrências que você se acha sensato demais para encarar como um sinal. Um deles atingiu o vidro com tanta força que fez quase todo mundo no clube dar um pulo de susto. Eu não; eu estava sentada em silêncio, observando vagamente o curso dos pássaros no céu, me perguntando quem no passado de Fuyuki poderia ter o poder transformador de que Shi Chongming falara. Devo ter sido a única pessoa no clube que não se assustou quando o pássaro bateu na janela, caindo do céu como uma bala de revólver.

Strawberry tinha me ajudado a cobrir meu machucado com maquiagem e me mandara para as mesas. Fiquei sentada num transe, sem ouvir nada, sem falar, só mexendo na comida que chegava à mesa. Então eu comia tudo o que conseguia, muito deliberada e discretamente, segurando um guardanapo na frente da boca para que ninguém pudesse ver a rapidez com que eu mastigava. Tinha sobrado muito pouco dinheiro depois que eu pagara as passagens para ver Shi Chongming, e nas últimas 24 horas eu só comera uma porçãozinha de *shabu shabu* e uma tigela de macarrão barato num quiosque vagabundo em Shinjuku.

Havia um clima tenso no clube. Muitos dos clientes, mesmo os habitués, sentiram isso e não ficaram muito tempo. Silêncios gélidos e insólitos pareciam se instalar, e às vezes ficava tudo tão quieto que eu podia ouvir o som do sistema de polias do balanço de Marilyn. Eu tinha certeza de que não era só porque tantas das hostesses tinham faltado. Tinha certeza de que as histórias da noite anterior estavam circulando e deixaram todo mundo nervoso.

Strawberry passou a maior parte da noite ao telefone, cercando seus contatos em busca de informações. Pensei sobre os grupos de policiais que às vezes iam ao clube no fim da noite — todo mundo sabia que ela era bem-relacionada. Mas por várias horas ela parecia não estar obtendo nenhuma informação sobre o que estava acontecendo e sobre o que desencadeara os ataques da Enfermeira. Acabou que fui eu a primeira pessoa no clube a ter alguma novidade.

Foi o *kanji* que chamou minha atenção, fulgurando na tela de vídeo do prédio em frente. Eu os reconheci imediatamente. *Satsujin-jiken.* Investigação de assassinato. Junto aos caracteres estava uma fotografia borrada de um rosto familiar: Bison sorrindo amplamente para o céu noturno.

Eu me levantei tão rápido que derrubei um copo. Meu cliente pulou para trás em sua cadeira, tentando se esquivar do uísque que derramou da mesa na calça dele. Não parei para lhe dar um guardanapo. Afastei-me da mesa e fui, como que hipnotizada, até a parede de vidro onde um Bison mais jovem, mais magro e com mais cabelos cantava, os braços estendidos para a câmera. Sob as imagens, mais *kanji* apareceram. Levei um bom tempo para decifrá-los, mas enfim compreendi: Bai-san morrera às 20h30. Apenas duas horas antes. A causa? Graves ferimentos internos.

Apoiei as mãos no vidro, minha respiração condensando-se no ar frio. A neve caía silenciosamente, captando as cores da tela, que apresentava imagens de arquivo de Bison: uma dele saindo de um tribunal, outra da época em que ele estava no auge — o rosto magro perto do microfone, uma camisa de babados e belos dentes americanos. Então a imagem de um hospital apareceu, um médico se dirigindo a uma multidão de repórteres, os flashes dos fotógrafos refletindo-se nas portas de vidro fumê. Fiquei assistindo boquiaberta, entendendo ocasionalmente um ou outro *kanji.* Cantor — galã — 47 anos — fez tour com os Spyders — número um nas paradas Oricon — escândalo do clube de golfe Bob Hope. Inclinei a cabeça. Bison?, pensei. Assassinado? E os homens de Fuyuki indo à casa de todas as garotas que estiveram na festa da noite anterior...

Atrás de mim um telefone tocou. Tive um sobressalto. Eu não tinha percebido quão silencioso o clube ficara, mas quando olhei para trás não havia conversa alguma: todos os olhos ali estavam fixos na tela de vídeo. Strawberry se levantara e estava de pé não muito longe de mim, em silêncio, todas as luzes se refletindo em seu rosto. Por um momento ela não percebeu a campainha do telefone — tocou três vezes até quebrar seu transe e ela voltar para sua mesa. Ela agarrou o fone e rosnou:

— *Moshi moshi?*

Todos os olhos no clube estavam fixos nela. Às vezes é possível quase ler as palavras que uma pessoa está ouvindo pela maneira como sua expressão fica tensa. Demorou muito tempo até ela falar alguma coisa, e quando o fez sua voz estava neutra e monocórdica.

— Você tem certeza? Tem certeza?

Ela escutou um pouco mais, então colocou o fone no gancho, toda a cor se esvaindo de seu rosto. Pousou as duas mãos na mesa, como se estivesse tentando se equilibrar. Então esfregou as têmporas, exausta, destrancou uma gaveta na escrivaninha, abriu a bandeja de dinheiro e tirou um maço de notas, que enfiou no bolso. Eu estava para me afastar da janela quando ela se endireitou e veio diretamente até mim, tão rápido que o casaco de pele branco se abriu em volta dela como um sino. Havia um tom cinza dramático em torno de sua boca, uma mancha de batom no colarinho do casaco.

— Por aqui. — Sem hesitar um passo, ela me pegou pelo braço e me puxou dali. Passamos por todas as mesas, todos nos encarando.

— O que *ela* fez? — ouvi um cliente murmurar.

Fui levada para fora das portas de alumínio, onde a recepcionista estava na ponta dos pés tentando ver o que acontecia lá dentro. Strawberry me guiou até o corredor que levava para o depósito ao lado dos banheiros. Passamos pelo masculino, onde alguém tentara disfarçar o cheiro de vômito com um esperançoso borrifar de desinfetante, e chegamos até o pequeno vestiário onde costumávamos nos maquiar. Então ela fechou a porta e ali ficamos, frente a frente. Ela tremia, respirando tão pesadamente que seus ombros subiam e desciam sob o casaco branco.

— Escute bem, moça.

— O que foi?

— Você precisa ir embora.

— O quê?

— Ir embora daqui. — Ela agarrou meu braço. — Você e Jason saiam da casa. Saiam de *Tóquio*. Não falem com polícia. Só vão embora. Strawberry não quer saber onde.

— Não — falei, balançando a cabeça. — Não, não. Eu não vou a parte alguma.

— Cinza-san, isso *muito* importante. Algo ruim acontecendo em Tóquio. E algo ruim espalhando. *Espalhando*. — Ela fez uma pausa, examinando minha expressão com curiosidade. — Cinza-san? Entende o que está acontecendo? Soube notícias?

Ela olhou rapidamente por sobre meu ombro para a porta fechada.

— Você se refere a Bai-san. Ao que aconteceu com ele. — Um longo arrepio subiu e desceu por meus braços. Eu estava pensando nos *kanji*. Ferimentos internos. — Foi Ogawa, não foi?

— Ssht! — Ela falou num monólogo rápido e baixo: — Escute bem. Bai-san recebeu visita. Foi parar no hospital, mas falou com a polícia antes de morrer. Talvez ficou maluco, falar com a polícia, ou talvez soubesse que ia morrer mesmo...

— Uma visita de Ogawa?

Ela tirou os óculos.

— Cinza-san, na festa do Sr. Fuyuki ontem havia ladrão.

— Ladrão?

— Por isso Ogawa doida. Um verme entrar na casa Sr. Fuyuki ontem e agora ela nada contente.

Uma estranha sensação me perpassou. Tive a insólita impressão de que alguma revelação terrível estava à espreita fora de vista logo ali, atrás dos arranha-céus, algo no estilo de Godzilla.

— O que roubaram?

— O que acha, Cinza? — Ela baixou o queixo para o peito e me olhou de baixo para cima com uma expressão presciente. — Hmmm? O que acha? Adivinha.

— Oh — sussurrei, toda a cor se esvaindo de meu rosto.

Ela assentiu.

— Sim. Alguém rouba remédio de Fuyuki.

Sentei na cadeira mais próxima, perdendo todo o fôlego de uma só vez.

— Ah... não. Isso... isso é... Isso não é o que eu esperava.

— E escute. — Strawberry chegou bem perto de mim. Eu podia sentir a tequila se misturando ao seu perfume cítrico. — O ladrão é alguém que estava na festa ontem. A Enfermeira foi na casa de todo mundo ontem de noite, olhou toda parte, mas Bai-san disse polícia que ela ainda *não* achou seu *sagashimono*. A coisa que procura. — Ela lambeu os dedos, alisou o cabelo e olhou de relance por sobre o ombro mais uma vez, como se alguém pudesse ter ido atrás de nós. — Você sabe — disse ela, muito baixo, aproximando-se ainda mais de mim, o rosto apontando na mesma direção que o meu, de modo que nossas faces se tocaram e eu podia ver sua boca vermelha se movendo próximo à minha. — Se eu Ogawa, e fico sabendo o que sai às vezes da sua boca grande... — em algum lugar, cinquenta andares lá embaixo, uma sirena uivou — ... eu pensar, Cinza-san, pensar que você ladrão...

— *Ninguém sabia que eu estava fazendo perguntas* — sussurrei, voltando meus olhos para ela. — Só você.

Ela se endireitou e ergueu as sobrancelhas sarcasticamente.

— Mesmo? Mesmo, Cinza? Isso é verdade?

Eu olhei para ela, subitamente gelada. Lembrei quão defensivo Fuyuki se mostrara quando eu quisera conhecer seu apartamento. Lembrei-me da Enfermeira vindo pelo corredor. Ela também me pegara tentando escapar quando Fuyuki estava engasgado. Quando você olha em retrospecto as coisas que faz, às vezes não consegue acreditar que conseguiu ser tão temerária ou tão estúpida.

— Sim — falei, trêmula. — Sim. Quer dizer, eu... — Coloquei a mão transtornada na cabeça. — Ninguém sabe. Eu... Tenho certeza.

— Cinza-san, ouça, Srta. Ogawa está ficando *maluca*. Vai voltar em todas as casas de novo até encontrar o ladrão. *Todas as casas*. E dessa vez não vai ser tão gentil.

— Mas eu... — Olhei vagamente para o batom no colarinho de Strawberry. Aquilo me lembrou sangue, animais caindo em armadilhas, raposas que passavam correndo e ganindo por trás da porta dos fundos de meu pai na temporada de caça. Pensei em quão silenciosamente a Enfermeira se insinuara em nossa casa. Pensei na mão com o relógio saindo do porta-malas do carro. Esfreguei os braços, porque estava toda arrepiada. — Não posso ir embora de Tóquio. Não posso. Você não compreende...

— Strawberry dizendo para você agora. Você vai embora de Tóquio. Você despedida. Ouviu? Você despedida. Não volte. — Ela enfiou a mão no bolso, tirou o maço de notas e o segurou sob meu nariz entre o dedo médio e o indicador. — Isso é adeus de Strawberry. Dê um pouco para Jason também. — Eu peguei o dinheiro, mas no momento em que botei nele os dedos ela o segurou com mais força. — Cinza-san. — Seus olhos se fixaram nos meus e eu pude ver meu rosto refletido nas suas lentes de contato azul-ártico. Quando ela falou foi em japonês, um japonês muito musical que teria soado belo em circunstâncias diferentes: — Você me compreende quando eu falo em japonês?

— Sim.

— Prometa-me uma coisa, sim? Prometa-me que um dia receberei uma carta sua. Uma boa carta, dizendo o quanto você está feliz. Escrita por você, que estará a salvo em outro país... — Ela fez uma pausa e observou minha reação. — Prometa.

Eu não respondi.

— Sim — continuou ela, ainda olhando para mim com deliberação, como se estivesse lendo minha mente. — Eu acho que você prometeu. — Ela soltou o dinheiro na minha mão e abriu a porta para mim. — Agora vá. Saia daqui. Pegue o seu casaco e vá embora. E, Cinza...

— Sim?

— Não pegue o elevador de vidro. Melhor usar o dos fundos.

52

Nanquim, 20 de dezembro de 1937

O fogo não demorou muito para se extinguir, seu furioso fulgor de dragão se esvaindo no céu. Quase imediatamente a neve voltou, angelical e absolvedora, passando preguiçosamente por mim; eu continuava ali de pé, enlameado e sem forças, em frente ao que restara da casa de Liu Runde, um lenço na boca, lágrimas nos olhos. O fogo devorara tudo em seu caminho, deixando apenas entulho exalando fumaça, um terrível esqueleto de madeira enegrecida. Agora que terminara, o inferno cessara com um gemido, reduzindo-se a nada além de uma pequena chama, muito reta e controlada, no chão, no centro da casa.

A viela estava em silêncio. Eu era a única vivalma que viera olhar os restos carbonizados. Talvez eu e Shujin sejamos as últimas vivalmas que restaram em Nanquim.

O cheiro de querosene permanecia — o *yanwangye* devia ter encharcado a casa antes de pôr fogo —, mas havia outro odor também: o odor que antes estava pairando em nossa viela, tantalizador, todos esses dias, o odor que eu agora reconhecia com desalento no coração. Enxuguei as lágrimas em meu rosto e dei a volta na lateral da casa. Os Liu ainda devem estar lá dentro, pensei. Se tivessem conseguido escapar, nós saberíamos — eles teriam ido direto para nossa casa. Deviam ter ficado presos no interior da casa: o *yanwangye* provavelmente se certificara disso.

Uma exalação de fumaça flutuou pela casa, obscurecendo-a por um breve instante. Quando se dissipou, eu os vi. Dois objetos, alinhados como troncos de árvore enegrecidos após um incêndio florestal, suas formas humanas derretidas a ponto de não terem ângulos reconhecíveis, só as silhuetas carbonizadas de duas figuras de capuz. Estavam de pé, apertados no pequeno vestíbulo junto à porta dos fundos, como se ainda tentassem escapar. Uma era grande, outra pequena. Não precisei olhar mais de perto para saber que eram Liu e seu filho. Reconheci os botões no paletó *zhongshan* queimado. A mulher de Liu não devia estar ali — provavelmente fora levada da casa para os propósitos do *yanwangye*.

Apertei o lenço contra as narinas e dei um passo à frente para ver melhor. O cheiro estava mais forte, provocava anseios insuportáveis em mim. Sob os corpos, poças de gordura se acumularam, já produzindo uma fina película branca na superfície nas partes que já esfriavam, como a gordura que eu às vezes vejo esfriando na wok quando Shujin cozinha carne. Apertei o lenço com mais força no nariz e soube que, daquele momento em diante, eu teria eternamente medo de uma coisa: eu soube que sempre teria medo do que estaria comendo. Engolir nunca mais seria algo confortável para mim.

Agora, apenas uma hora depois, estou aqui tremendo na cama, apertando numa das mãos a pena, e na outra tudo que ousei pegar de Liu Runde: um fiapo de seu cabelo, que saiu seco e duro em minha mão quando me inclinei para tocar seu corpo. Liu estava ainda tão quente que fez um buraco na minha luva e machucou minha mão. E no entanto, curiosamente, o cabelo permanece intacto — insolitamente perfeito.

Levo a mão trêmula à cabeça, meu corpo todo treme.

— O que foi? — sussurra Shujin, mas eu não posso responder porque estou me lembrando, repetidamente, do cheiro de Liu e de seu filho queimados. Do nada me vem à mente o rosto de um oficial japonês, seu sorriso visível à luz da fogueira do acampamento à noite. Sua face está gordurosa, devido às anfetaminas fornecidas pelo Exército e a alguma carne não identificada. Penso na carne tirada da menininha que encontramos perto da fábrica. Um troféu, como eu imaginara, ou será que há outras razões para remover carne humana? Mas o Exército Imperial é bem-alimentado — bem-alimentado e musculoso e bem-nutrido. Eles não têm razão nenhuma para comer carniça, como os abutres do Deserto de Gobi. E há algo mais em minha mente — algo em relação aos frascos de remédio que vimos na fábrica de seda...

Chega. Por ora é o bastante para ponderar. Aqui estou, meu diário nos joelhos, Shujin observando-me sem palavras com olhos que me culpam por tudo. Chegou a hora. Chegou a hora de dizer a ela o que faremos.

— Shujin. — Terminei de escrever e pousei a pena, pondo de lado a almofada de tinta e atravessando a cama até onde ela estava sentada. Seu rosto estava branco e inexpressivo, a vela tremeluzindo em seus traços. Ela não perguntou sobre o velho Liu, mas tenho certeza de que soube: pela expressão no meu rosto, e pelo cheiro dele em minhas roupas. Ajoelhei-me de frente para ela, bem perto, as mãos em meus joelhos.

— Shujin?

Hesitantemente eu toquei seus cabelos; estavam tão ásperos, tão pesados quanto a casca de uma árvore.

Ela não recuou. Olhou-me com firmeza.

— O que quer me dizer, Chongming?

Eu quero dizer que a amo, quero falar com você do jeito como os homens falam com suas esposas na Europa. Quero pedir desculpas. Quero pegar os ponteiros do relógio e fazê-los voltar.

— Por favor, não me olhe assim. — Ela tentou afastar minha mão. — O que você quer me dizer?

— Eu...

— Sim?

Eu suspirei e deixei cair a mão, baixando os olhos.

— Shujin. — Minha voz saiu como um sussurro. — Shujin. Você tinha razão. Deveríamos ter ido embora de Nanquim há muito tempo. Peço desculpas.

— Entendo.

— E... — hesitei — ... e eu acho que agora temos que fazer o melhor que pudermos. Temos que tentar escapar.

Ela me olhou com firmeza, e dessa vez eu nada pude esconder. Fiquei ali sem disfarces, desesperado e pedindo perdão, deixando-a ver cada pontinha de medo em meus olhos. Por fim ela fechou a boca e estendeu a mão por cima da cama, pegando a vela e a apagando.

— Ótimo — disse ela equilibradamente, pondo a mão sobre a minha. — Obrigada, Chongming, obrigada. — Ela abriu as cortinas da cama e pôs os pés no chão. — Vou fazer *guoba* e macarrão. Comeremos um pouco agora. Depois farei as malas.

Meu coração está pesado. Ela me perdoou. E no entanto tenho medo, um medo mortal, de esta ser a última vez que escrevo em meu diário. Tenho medo de me tornar o assassino dela. Que esperança temos? Que os deuses nos protejam. Que os deuses nos protejam.

53

Lá fora estava um gelo. A neve caía forte agora, quase uma nevasca, e no pouco tempo que eu ficara no clube tinha coberto a calçada e os carros estacionados. Parei sob o beiral do prédio, me abrigando atrás da porta do elevador como pude, e espiei os dois lados da rua. Conseguia ver apenas uns 20 metros entre os flocos de neve, mas dava para perceber que a rua estava incomumente quieta. Não havia ninguém nas calçadas, nenhum carro na rua, só a forma coberta de neve do corvo morto na sarjeta. Era como se Mama Strawberry tivesse razão — como se algo de ruim estivesse se infiltrando por Tóquio.

Catei o dinheiro e o contei. Minhas mãos tremiam, portanto precisei contar duas vezes, e mesmo assim achei que tinha errado. Fiquei parada um instante, olhando fixamente o que tinha nas mãos. Não era o pagamento da semana, como eu esperara. Strawberry me dera 300 mil ienes, cinco vezes o que ela me devia. Olhei para o clube, cinquenta andares acima, para onde Marilyn balançava. Fiquei pensando em Strawberry, em suas réplicas de vestidos de Monroe, passando a vida entre jovens garçons e gângsteres. Dei-me conta de que eu não sabia absolutamente nada sobre ela. Ela tinha a mãe morta e um marido morto, mas fora isso podia estar completamente sozinha no mundo, pelo que eu sabia. Eu nada tinha feito para que ela gostasse de mim. Talvez nunca tenhamos consciência de quem está cuidando de nós até os perdermos.

Na esquina, um carro passou cautelosamente, iluminando a neve com os faróis, o que fez parecer que os flocos desciam mais rápido. Eu me encolhi junto à parede, puxando para cima o colarinho, fechando bem o casaco fino em volta de mim, tremendo. O que Strawberry quisera dizer, não use o elevador de vidro? Será que ela realmente achava que os homens de Fuyuki estavam rondando as ruas? O carro desapareceu atrás dos prédios e a rua ficou quieta de novo. Espiei. Era importante pensar com calma. Pensar em etapas. Meu passaporte, todos os meus livros e anotações estavam na viela ao lado da casa. Eu não podia telefonar para Jason — a Enfermeira arrancara os fios. Eu tinha que voltar à casa. Só mais uma vez.

Contei depressa o dinheiro que Strawberry me dera e o dividi entre os dois bolsos do meu casaco, 150 mil em cada. Então enfiei as mãos nos bolsos e comecei a andar. Para ficar longe das ruas principais, percorri as secundárias e me descobri atravessando um mundo mágico: a neve caindo silenciosamente sobre aparelhos de ar-condicionado, amontoando-se nas caixas bento pretas e laqueadas que os moradores empilham em frente às portas dos fundos para serem recolhidas pelos motoristas de entrega em domicílio. Eu não estava vestida adequadamente: meu casaco era muito leve e meus saltos altos deixavam pegadas que eram curiosos pontos de exclamação atrás de mim. Eu nunca tinha andado na neve de salto alto antes.

Segui discretamente, atravessando o cruzamento perto do santuário Hanazono, com suas fantasmagóricas lanternas vermelhas, e voltei para as ruas secundárias. Passei por janelas acesas, dutos de aquecimento soltando vapor. Ouvi aparelhos de TV e conversa, mas durante todo o tempo que andei vi apenas uma ou duas pessoas nas ruas. Tóquio parecia ter fechado as portas. Alguém nesta cidade, pensei, alguém atrás de uma dessas portas tinha aquilo que eu estava buscando. Uma coisa não muito grande. Pequena o bastante para caber num tanque de vidro. Carne. Mas não um corpo inteiro. O pedaço de um corpo, talvez? Onde alguém esconderia um pedaço de carne humana? E por quê? Por que alguém o roubaria? Uma frase de um livro de muito tempo atrás me voltou à mente, talvez Robert Louis Stevenson: "O ladrão de cadáveres, longe de se ver repelido pelo respeito natural, era atraído pela facilidade e segurança da tarefa..."

Fiz um arco através de Takadanobaba de modo a chegar à casa pelos fundos, por uma pequena passagem entre dois prédios residenciais. Parei, parcialmente escondida atrás de uma máquina Calpis de vender bebidas, sua luz azul tremeluzindo espectralmente, e espiei cautelosamente pela esquina. A viela estava deserta. A neve caía silenciosamente, iluminada pelas lanternas do lado de fora do restaurante de *ramen*. À minha esquerda a casa se erguia, escura e fria, bloqueando a vista do céu. Eu nunca a tinha visto daquele ângulo — parecia ainda maior do que eu lembrava, monolítica, toda coberto de telhas, quase monstruosa. Vi que eu deixara as cortinas do meu quarto abertas e pensei em meu futton todo arrumado no cômodo silencioso, em minha pintura de Tóquio na parede, a imagem de Jason e eu de pé sob as galáxias de contas.

Catei as chaves no bolso. Dei uma olhada para trás, e então virei silenciosamente para a viela, me mantendo perto dos prédios. Parei no espaço entre as duas casas e dei uma olhada por sobre o aparelho de ar-condicionado. Minha bolsa ainda estava lá, abrigada na escuridão, neve se amontoando sobre ela. Continuei ao longo da casa, sob minha janela. A uns 10 metros da esquina, algo me fez parar. Olhei para meus pés.

Eu estava de pé sobre um intervalo na neve, um longo sulco preto de asfalto úmido. Fiquei aturdida. Por que o instinto me fizera parar ali? Então vi que, claro, era o rastro de um pneu. Eu estava parada no contorno cinzento deixado por um carro, estacionado ali pouco tempo antes. Adrenalina correu em minhas veias. As marcas se estendiam à minha volta. O carro devia ter ficado ali por um bom tempo, porque seu contorno estava nítido, e havia uma pilha de pontas úmidas de cigarro exatamente onde estaria a janela do motorista, como se tivessem ficado ali esperando alguma coisa. Recuei precipitadamente para as sombras da casa, minha pressão arterial num pico. Os rastros dos pneus seguiam diretamente adiante, até a rua Waseda, onde eu podia perceber um ou dois carros passando como de hábito, silenciosos, abafados pela neve. O resto da viela estava deserto. Soltei o ar nervosamente, e olhei para as janelas dos decrépitos apartamentos, alguns acesos em amarelo, formas se movendo nelas. Tudo estava como sempre. *Isso não quer dizer nada...*, falei para mim mesma, umedecendo meus lábios doloridos. *Não quer dizer nada.* As pessoas estavam sempre estacionando em vielas, era tão difícil ter privacidade em Tóquio.

Segui adiante cautelosamente, evitando a sombra do carro, como se fosse uma armadilha, e me mantendo perto da casa, meus ombros roçando na neve das grades de segurança no andar térreo. Na esquina eu me inclinei e espiei a porta da frente. Estava fechada, como se não tivesse se movido desde que eu saíra, a neve já tendo se amontoado contra ela, perfeita e lisa. Dei mais uma espiada na viela. Embora estivesse deserta, eu tremia quando avancei e apressadamente enfiei a chave na fechadura

A TV de Jason estava ligada. Uma luz azul tremeluzente vinha por baixo da porta, mas a lâmpada no alto da escada tinha sido quebrada pela Enfermeira, de forma que a casa estava inusitadamente escura. Subi os degraus vagarosamente, nervosa, o tempo todo imaginando algo rápido nas sombras investindo pelo corredor na minha direção. No alto da escada parei à exígua luz, respirando fundo, as lembranças da noite anterior como sombras se distanciando velozmente de mim ao longo das paredes. A casa estava em silêncio. Nenhum ranger do piso ou respiração. Mesmo o som usual das árvores farfalhando no jardim estava abafado pela neve.

Fui até o quarto de Jason, já batendo os dentes. Eu podia ouvi-lo respirando dentro do armário, um som congestionado de sangue que se acelerou quando eu abri a porta.

— Jason? — sussurrei. O quarto estava gélido e havia um desagradável odor orgânico no ar, como excremento animal. — Está me ouvindo?

— Sim. — Eu o ouvi se movendo doloridamente no armário. — Você falou com alguém?

— Estão a caminho — sussurrei, subindo na mesa e descendo silenciosamente no chão. — Mas você não pode ficar esperando,

Jason, você precisa sair daqui agora. A Enfermeira vai voltar. — Parei junto ao armário, coloquei a mão na porta. — Vamos. Vou ajudá-lo a descer as escadas e...

— *O que você está fazendo?* Puta mer... *Fique longe!* Fique longe do armário.

— *Jason!* Você precisa sair *agora.*

— *Você acha que eu não ouvi o que você disse? EU OUVI. Agora fique longe da porra da porta.*

— Não vou a parte alguma se você ficar gritando. Estou tentando ajudar.

Ele fez um som irritado, e eu o ouvi afundar de novo no armário, resfolegando. Depois de um instante, quando ele se acalmou um pouco, ele pôs a boca na porta do armário.

— Escute. Preste atenção.

— Não temos tempo para...

— Eu disse *escute*! Quero que você vá até a cozinha. Tem alguns trapos embaixo da pia. Traga todos os que encontrar; e pegue toalhas no banheiro também, tudo que você conseguir achar. — Ele estava se esforçando para se levantar. De dentro do armário, uma poça de algo viscoso, misturado com cabelo, tinha escorrido um pouco até o chão e congelado. Eu não conseguia tirar os olhos daquilo. — Depois pegue a minha bolsa no cabide, e a minha mala... Minha mala ainda está aqui em frente à minha porta?

— Sim.

— Pegue tudo da mala, e depois eu quero que você apague as luzes e vá embora da casa. Eu cuido do resto.

— Apagar as luzes?

— Isso não é um show de bizarrices. Não preciso de você me olhando.

Meu Deus, pensei, passando por cima da mesa novamente, *o que ela fez com você? Foi a mesma coisa que ela fez com Bison? Ele morreu. Bison morreu por causa do que ela lhe fez.* As venezianas estavam todas abertas e no jardim a neve ainda caía, flocos enormes e grossos do tamanho de mãos, circulando e colidindo uns com os outros, suas sombras se movendo no chão. A sacola de compras na árvore projetava uma sombra comprida na parede, na forma de uma lanterna. Eu não me lembrava de nenhuma outra vez que a casa tivesse estado assim tão fria: era como se o ar tivesse congelado em blocos. Na cozinha, catei um monte de trapos, depois algumas toalhas no banheiro. Pulei, trêmula, a mesa de novo.

— Coloque perto do armário. *Eu mandei não olhar para mim!*

— E *eu* mandei *não gritar.* — Pulei de volta para o corredor, empurrei a mala dele até a porta, ergui-a sobre a mesa e a empurrei para o chão do outro lado. Então fui até a fileira de cabides no alto da escada para pegar a bolsa dele, que ficava sempre ali pendurada debaixo dos casacos. Enquanto afastava casacos e jaquetas, eu mantinha os ouvidos atentos para a viela, o tempo todo imaginando a Enfermeira se esgueirando silenciosamente pelas ruas em nossa direção, de pé em frente à casa, olhando para as janelas e tentando decidir como...

Eu me detive.

A bolsa de Jason.

Fiquei completamente imóvel, olhando para a bolsa, só minhas costelas subindo e descendo sob o casaco. Uma ideia insólita estava aflorando em mim. A casa continuava silenciosa, só havia o *clic-clic-clic* das tábuas do piso se contraindo com o frio e os sons abafados de Jason se mexendo no armário. Ele estava carregando aquela bolsa na noite da festa de Fuyuki. Lentamente, aturdida, olhei ao longo do corredor silencioso se estendendo na escuridão, depois me virei rigidamente e encarei a porta dele. Jason?, pensei, o sangue em minhas veias frio como gelo. *Jason?*

Botei as mãos na bolsa, pensando. *Escute*, ele dissera quando fora ao meu quarto depois da festa. Ele estava segurando essa bolsa. Eu me lembrava de tudo claramente. *Ambos temos exatamente aquilo de que o outro precisa. Vou lhe contar uma coisa que você vai adorar.* Subitamente eu não estava mais imaginando a Enfermeira à espreita na viela — em vez disso, eu a via passando precipitadamente por uma piscina preta, o céu refletido na água, uma luz de emergência vermelha piscando acima da cabeça dela. Na noite anterior eu não tinha visto Jason com a Enfermeira novamente quando

Fuyuki se engasgara. Houvera alguns minutos, só uns poucos, em que, em meio à confusão, qualquer coisa poderia ter acontecido...

Com cuidado, devagar, um árduo centímetro de cada vez, abri o zíper da bolsa e pus os dedos dentro. Senti lenços de papel e maços de cigarro e um par de meias. Enfiei as mãos mais fundo. Um molho de chaves e um isqueiro. E, no canto, algo peludo. Parei. Era algo peludo e frio, e do tamanho de um rato. Fiquei imóvel, a pele em minha nuca se arrepiando. *Jason? O que é isso?* Passei os dedos sobre aquilo, sentindo as fibras de pelo de animal velho, e uma lembrança me veio. Respirei fundo, tirei o objeto e o olhei com uma surpresa muda. Era uma miniatura de urso — tinha uns 15 centímetros de altura. Havia um longo cordão trançado, em vermelho e dourado, amarrado na argolinha presa ao focinho, e no momento em que vi isso eu soube que era o urso lutador que Irina perdera. *Ele é estranho, aquele lá,* me lembrei dela murmurando um dia, fazia muito tempo. *Assiste aquele vídeo mau e é ladrão também. Sabia disso? Roubou meu ursinho, minha luva, até roubou foto de minha vovó, meu vovô...*

— Ei! — gritou Jason de repente. — O que está acontecendo aí, porra?

Não respondi. Rigidamente tirei a bolsa do cabide e voltei ao quarto dele. Parei em frente à porta e olhei para a mala jogada no chão. Estava me lembrando dele semanas antes, jogando a mão na direção do meu rosto imitando o dragão de Shi Chongming. Ele sabia que eu estava procurando alguma coisa. Mas... *Eu não tinha ideia de como você era perfeita até esta noite...*

Claro, Jason, pensei, as pernas bambas. *Claro. Se você tivesse encontrado o remédio de Fuyuki, seria exatamente o tipo de coisa que o atrairia... Você é um ladrão, não é? Alguém que rouba por nenhuma outra razão além da aventura.*

A mala não estava fechada direito: os pertences dele estavam para fora, um par de tênis, calça jeans, um cinto.

— Sim... — falei baixinho quando as peças começaram a se encaixar. — Já entendi.

Todas as perguntas e respostas combinavam direitinho, como num sonho. Algo mais estava me incomodando desde de manhã, algo quanto a todos os outros objetos que estavam espalhados no corredor: uma câmera, documentos, algumas fotos. O passaporte dele. *O passaporte dele?*

— Jason — murmurei —, por que todas essas... todas essas coisas.... — Levantei a mão, apontando vagamente para a mala. — Essas... Você estava *fazendo as malas* ontem à noite, não estava? Fazendo as malas. Por que você estaria fazendo as malas se não fosse por saber...

— Do que é que você está falando?

— ... *se não fosse por saber...* que ela poderia vir?

— Ponha tudo no chão e vá embora, só isso.

— É isso, não é? Você percebeu o que tinha feito. Você de repente percebeu o quanto era sério, que ela poderia vir atrás de você por causa do que você roubara...

— Eu *disse* ponha tudo...

— Porque você roubou. — Ergui a voz. — Você roubou o Fuyuki. Roubou, não roubou?

Eu quase podia ouvir a indecisão dele, seus lábios se movendo silenciosamente, murmurando sua fúria. Por um momento achei que ele fosse pular sobre mim, todo agressivo. Mas não; em vez disso, ele apenas disse, irritado:

— ... e daí? Não venha me passar sermão. Estou de saco cheio de você, pode acreditar. De saco cheio de você e de todos os seus malditos problemas e obsessões.

Deixei cair a bolsa e coloquei as mãos na cabeça.

— Você... — Tive que inspirar e expirar bem rápido. Meu corpo todo tremia. — Você... você... *Por quê? Por que você...*

— *Porque sim!* — disse ele, exasperado. — *Porque sim*, só isso. Porque estava *ali*. De repente essa porra dessa coisa que você... — Ele tomou fôlego. — Estava *ali*. Bem na frente do meu nariz e, acredite, eu *não fazia a menor ideia* da porra do fogo do inferno que ia cair sobre a minha cabeça só por ter pegado aquilo, e agora *não* é hora para ficar *me* julgando, portanto apenas coloque as *coisas* na porra do chão e...

— Meu Deus, Jason — falei, aturdida. — E o que é?

— Você realmente não vai querer saber. Agora ponha...

— Por favor, por favor, me diga o que é, onde você escondeu. — Eu me virei e olhei o corredor vazio se estendendo na escuridão. — Por favor, é muito importante para mim. Onde está?

— Ponha a bolsa no chão...

— ... onde está?

— E coloque as toalhas mais para perto do armário e...

— *Jason*, onde está?

— Eu mandei colocar as toalhas aqui perto do armário e...

— Me diga agora ou eu...

— *Cala a boca!* — Ele esmurrou a porta, fazendo-a chacoalhar nos trilhos. — Foda-se você, *foda-se,* e que *se foda* a sua ridícula caça ao tesouro de merda. Se você não vai me ajudar, então ou lute comigo... porque *eu vou* lutar com você, não tenho medo de bater em você... ou *vá embora* e *vai se foder.*

Fiquei ali parada por um momento, olhando para a porta do armário, meu coração disparado. Então me virei e olhei de novo para o corredor. A maioria das portas estava fechada. Ainda estava cheio de vidro quebrado e pedaços do pano que cobria as paredes.

— Tudo bem — falei. — Está certo, então. — Estendi cegamente as mãos para a frente, movendo os dedos, como se a textura do ar contivesse a resposta. — Eu vou encontrar. Não preciso de você. Você trouxe para cá ontem à noite e ainda deve estar aqui em algum lugar.

— *Cala a boca e apaga a porra das luzes!*

Meu transe se desfez. O suor começou a brotar em minha nuca. Tirei o maço de dinheiro de meu bolso direito e o joguei pelo quarto. As notas se soltaram e caíram pairando no escuro.

— Tome — falei. — Strawberry lhe mandou algum dinheiro. E, Jason...

— *O quê?*

— Boa sorte.

54

Certa manhã, alguns dias antes de a Enfermeira ir à nossa casa, eu acordei, abri a janela e vi lá embaixo na viela, de terno e chapéu, com uma prancheta na mão, um topógrafo, ou um engenheiro, olhando para a casa. Eu tinha ficado muito triste em pensar que aquela construção, depois de passar por guerra, terremoto e fome, depois de tudo, acabaria nas mãos de empreiteiras. Suas paredes finas como papel e sua estrutura de madeira foram projetadas para se desmantelar num terremoto, cair como palitos de fósforos para dar a seus ocupantes a chance de escapar. Quando viessem os homens para demoli-la, quando a embrulhassem com uma cobertura fina azul e colocassem em ação a bola de demolição, ela iria se acabar sem um sussurro, levando consigo todas as suas lembranças e segredos tão bem-guardados.

O topógrafo e eu nos olhamos por um longo tempo — ele no frio, eu toda aquecida envolta no acolchoado —, até que por fim minhas mãos ficaram frias, minhas faces vermelhas, e eu fechei a janela. Nesse dia eu pensei vagamente que a presença dele significava que nossa vida naquela casa estava próxima de acabar. Não me ocorrera que o fim poderia chegar de um jeito diferente, totalmente inesperado.

Peguei uma lanterna na cozinha e segui silenciosamente pelo corredor, apagando todas as luzes ao passar. Uma ou duas portas estavam abertas e não havia venezianas ou cortinas na maioria das janelas — vindo da rua, a luz do Mickey Rourke iluminava tudo o que acontecia naqueles cômodos delicados e silenciosos. Se tivesse alguém lá fora, veria tudo, então me movi depressa, agachada. Em meu quarto, fui até a janela lateral e me debrucei o máximo que ousei, até poder inclinar o pescoço e olhar a viela através do espaço na passagem. Estava deserta, a neve caindo silenciosamente, nenhum som de carros ou vozes. As marcas dos pneus e minhas pegadas já haviam desaparecido sob a neve contínua. Peguei o dinheiro no bolso do casaco e o joguei sobre a minha bolsa. O maço de notas pousou com um tremor silencioso, espalhando um pouco de neve. Voltei-me e troquei de roupa rapidamente, tateando no escuro, tirando o vestido que usava para o clube e colocando calça, sapato baixo, um suéter e uma jaqueta com zíper fechado até o pescoço.

Onde você colocou, Jason? Onde? Por onde devo começar?

Agachei-me na soleira da porta, a lanterna nas mãos, meus dentes batendo. Do quarto de Jason eu podia ouvir uma série de ruídos abafados — eu não queria nem começar a imaginar as manobras secretas, dolorosas, que ele estava fazendo. *Mas não. Não está no seu quarto, Jason; isso seria fácil demais.* O facho da lanterna passou sobre as outras portas silenciosas. Deixei-o parar no quarto ao lado do meu. Mesmo quando não se tem um mapa, quando não se tem pista nenhuma, é preciso começar em algum lugar. Inclinada desajeitadamente, fui até a porta, abrindo-a aos poucos, tomando cuidado para não fazer barulho. Espiei lá dentro. O quarto estava um caos. A Enfermeira e o *chimpira* tinham mexido em tudo, em todos os estofados em decomposição, todas as pilhas em frangalhos de seda comida por insetos, um estojo de fotos emolduradas, retratos posados em preto e branco de uma senhora idosa num quimono formal, atrás do vidro rachado. Agachei no meio do quarto e comecei a mexer nas coisas, uma panela de arroz, uma caixa de livros amarelados; ali estava um *obi* de seda, outrora prateado e azul, agora manchado de marrom em alguns lugares e repleto de furos de traças. Quando o toquei, ele se desfez na minha mão e flocos iridescentes de seda, como asas de borboleta, moveram-se numa nuvem, voejando para cima no ar frio.

Remexi em tudo, meu pânico aumentando, o suor umedecendo minhas roupas. Tinha percorrido já quase o quarto inteiro quando algo me faz parar e erguer os olhos. Faróis iluminaram o teto.

O medo se irradiou por toda a minha pele. Apaguei a lanterna e a guardei no bolso, apoiando os dedos no chão numa posição de corredor pronto para a partida, todos os meus músculos se retesando. Meus ouvidos se projetaram para fora do quarto, lá fora na viela, tentando adivinhar o que estava acontecendo ali. Os faróis desceram a parede, depois se moveram rapidamente numa linha reta, de lado, como as luzes de uma espaçonave. Da passagem lá embaixo veio um longo silêncio. Então, bem quando eu achei que ia parar de respirar, ouvi o carro mudar de marcha e partir. Luzes de freio apareceram, refletidas na janela, uma seta laranja piscou. O carro parara na neve, esperando para entrar à esquerda na rua Waseda. Fechei os olhos e escorreguei até ficar de cócoras junto à parede.

— Meu Deus, Jason — murmurei, os dedos na testa. — Isso vai acabar me matando.

Era inútil procurar às cegas desse jeito. A Enfermeira esquadrinhara todos os cômodos e não encontrara nada. Por que eu seria capaz de me sair melhor? Mas eu era esperta e determinada. Eu ia pensar o meu caminho pelas paredes, tetos e textura da casa. Olharia onde ela não procurara. *Tente*, pensei, pondo os dedos nas pálpebras, *tente imaginar esta casa por olhos diferentes*. Imagine-a através dos olhos de Jason na noite passada. Imagine sua estrutura. No que ele estaria pensando? Qual tinha sido a primeira coisa que ele vira quando chegara?

A imagem da casa girou em minha mente. Eu vi através de sua pele, vi vigas e rejuntes, uma estrutura de madeira presa com cabos. Vi as janelas. *As janelas*. As janelas na galeria estavam dizendo alguma coisa importante. Estavam dizendo — *pense bem agora* — estavam dizendo: *Lembre-se de Jason ontem à noite. Lembre-se dele em frente à porta do seu quarto*. Estávamos brigando. E depois? Ele foi embora. Estava furioso e ainda bêbado, e batia em todas as venezianas. Parou por um instante a fim de olhar o jardim — uma das janelas estava aberta quando eu saí do meu quarto: ele ficou ali parado, fumando um cigarro. Então ele se voltou e estava indo para seu quarto para começar a fazer as malas...

Abri os olhos. Pela veneziana aberta, eu via uma nevasca no jardim, a neve congelando e deixando tudo brilhante, até onde eu conseguia ver, fazendo uma topiaria branca de formas aleatórias. A sacola de plástico que eu vira pendurada nos galhos estava congelada quase como um sólido. Recuei um pouco em meus pensamentos e voltei para ela. Jason tinha parado na janela, segurando o que roubara e...

Eu o via claramente agora — abrindo a janela, estendendo a mão para trás e jogando uma sacola de plástico na noite tempestuosa. Voou sobre os galhos, girando e dando piruetas no vento, e caiu onde estava pendurada agora, enrolada e congelada. *Ah, Jason*, pensei, me apoiando nos joelhos, olhando para aquela sacola. *Claro*. Eu sabia onde estava. Estava naquela sacola.

Levantei-me e fui até a janela, pondo minhas mãos entorpecidas contra o vidro, minha pele se arrepiando, quase deslumbrada, bem quando, da escada, chegou até mim o discreto mas bem nítido som de alguém forçando a porta da frente.

55

Nanquim, 21 de dezembro de 1937 (19º dia do mês XI)

Em Nanquim nada se move a não ser as nuvens de neve — tudo, cada corrente de água, cada montanha, cada árvore, está exaurido por este inverno japonês e jaz inválido, perplexo. Mesmo o dragão enrodilhado que é o rio Yang-tsé está parado, estagnado e imóvel, represado por 100 mil corpos. E, no entanto, aqui está, o que achei que nunca iria escrever neste diário. Escrevo numa tarde luminosa na paz de minha casa, quando tudo acabou. Realmente é um milagre ver estas palavras no papel, minha mão marrom e forte, a linha fina de tinta aguada fluindo da ponta de meus dedos. É um milagre pôr a mão dentro do paletó e descobrir que meu coração continua batendo.

Em nossa bagagem, Shujin incluiu um pano dobrado em que ela embrulhou talheres: hashis, algumas colheres, uma ou duas facas. Ela o colocou num pequeno cofre de sândalo e acrescentou uma pulseira de bebê preta, com uma imagem do Buda pendurada. Tive que dissuadi-la de colocar os ovos pintados de vermelho.

— Shujin — falei, tentando ser gentil —, não vai haver *zuoyuezi* ou *man yue*.

Ela não respondeu. Mas tirou os ovos das bolsas e devolveu-os ao nosso quarto, onde arranjou os acolchoados em torno deles, de modo a ficarem em seu pequeno ninho na cama, esperando o dia em que voltaríamos para casa.

— Você está bem? — perguntei, olhando ansiosamente para seu rosto branco quando ela desceu. — Está se sentindo bem?

Ela assentiu em silêncio e vestiu luvas. Ela estava usando várias camadas de roupas: dois *cheongsams* comuns, uma calça de lã minha por baixo e botas forradas de pelo. Nossos rostos estavam enegrecidos, nossos certificados de refugiados presos em nossas roupas. Na porta paramos e olhamos um para o outro. Parecíamos desconhecidos. Por fim eu respirei fundo e disse:

— Vamos, então. Está na hora.

— Sim — respondeu ela, sobriamente. — Está na hora.

Lá fora caía uma neve fraca, mas a lua estava forte, brilhando nos flocos de modo que eles pareciam dançar alegremente. Chegamos à rua Zhongyang e paramos. Sem Liu Runde, o cavalo velho que sabia seu caminho, eu estava inseguro. A uns 100 metros eu podia ver um cachorro, deitado de costas na neve, esparramado como se suas quatro patas tivessem sido abertas à força ao máximo, como um banquinho de cabeça para baixo. Uma ou duas das casas tinham sido queimadas desde a última vez que eu estivera ali, mas não havia rastros na neve e a rua estava deserta. Eu não fazia ideia de como Liu planejara chegar ao portão de Taiping, não tinha nenhuma bússola instintiva ou intuição do que ele concebera mentalmente. O fiapo de seu cabelo estava dentro da minha luva, sobre a queimadura na palma da minha mão; fechei o punho, apertando os fios.

— Sim — falei com firmeza, puxando para cima o colarinho do paletó para bloquear a neve que se insinuava em volta. — Sim, por aqui. Este é o caminho certo.

Caminhamos em silêncio, a Montanha Púrpura se erguendo à nossa frente, terrível e bela contra as estrelas. As ruas estavam desertas, mas mesmo assim cada esquina merecia nossas suspeitas. Prosseguimos lentamente, perto das paredes, preparados para abandonar a carroça de mão e nos escondermos nos espaços entre as casas. Shujin estava totalmente quieta, e por muito tempo tudo o que eu ouvia eram nossos passos e meu coração batendo forte. Em dado momento escutei ao longe o ronco de um caminhão indo pela rua Zhongshan, mas foi só depois de termos passado pela região de Xuanwu que vimos nosso primeiro ser humano: um velho encurvado, avançando na neve com dificuldade em nossa direção, carregando dois pesados cestos numa canga de bambu. Ele parecia estar indo na direção de onde tínhamos vindo, e em cada um de seus cestos havia uma criança dormindo, os braços frouxos pendurados para fora dos cestos, a neve assentando-se em suas cabeças adormecidas. Ele pareceu não reparar absolutamente em nós, não piscou, acenou ou nos olhou, apenas continuou vindo em nossa direção. Quando chegou bem perto vimos que ele estava chorando.

Shujin parou imediatamente quando ele se aproximou.

— Olá, senhor — sussurrou ela quando ele ficou ao nosso lado. — O senhor está bem?

Ele não respondeu. Não diminuiu a velocidade de seus passos nem olhou para ela.

— Olá? — repetiu ela. — Suas crianças estão bem?

Foi como se ela não tivesse falado nada. O velho continuou mancando rua adiante, os olhos fixos em algum ponto na distância.

— Olá! — disse ela bem alto. — O senhor me ouviu? As crianças estão bem?

— Sssh! — Toquei o braço dela e a puxei para o lado da rua, receoso de ela ter falado alto demais. — Vamos embora.

O velho estava se distanciando em meio à neve. Ficamos parados, encostados numa porta, vendo-o claudicar sob o peso de sua carga, um espectro num casaco velho.

— Eu queria saber se os pequeninos estavam bem — murmurou ela.

— Eu sei, eu sei.

Ficamos, então, ambos em silêncio, sem nos olharmos nos olhos, porque vendo ali de trás a resposta para a pergunta ficava clara. Uma das crianças estava dormindo, mas a outra, um menino, afundado no cesto direito, não dormia; não mesmo. Fazia já algum tempo que estava morto. Não era preciso olhar duas vezes.

A meia-noite nos encontrou esgueirando-nos pelas vielas próximas à academia militar. Eu conhecia bem essa região. Costumava passar por ali quando ia ver os lagos de Xuanwu e sabia o quanto estávamos perto da muralha. Numa casa abandonada, achei um baú de roupas de jacarandá todo chamuscado, e percebi que, se subisse nele e espiasse pelas frestas entre as casas incendiadas, eu podia ter um relance do portão de Taiping.

Coloquei o dedo nos lábios e me inclinei um pouco mais, até poder ver uma extensão de 200 metros da muralha. Liu tinha razão. A muralha havia sido bombardeada e rompida em vários lugares em ambas as direções. Eu podia ver pilhas de tijolos e entulho se espalhando na noite. Onde o portão costumava ficar, havia dois sentinelas com quepes cáqui, eretos, iluminados apenas por lanternas do Exército posicionadas sobre sacos de areia empilhados. Além deles, do lado de fora da muralha, um tanque japonês estava parado em meio ao entulho, sua bandeira suja de cinzas.

Eu desci do baú.

— Vamos para o norte. — Limpei minhas luvas e apontei entre as casas. — Por ali. Vamos achar uma brecha na muralha mais acima.

E assim nos esgueiramos por uma rua secundária, movendo-nos em paralelo com a muralha. Essa era a parte mais perigosa de nossa jornada. Se ao menos conseguíssemos atravessar a muralha, teríamos superado o maior obstáculo. Se ao menos conseguíssemos atravessar a muralha...

— Aqui. Aqui é o lugar. — Uns 100 metros acima do portão aconteceu de eu olhar por uma cerca e ver, depois de um pedaço de terra queimada e devastada, um corte em forma de vale na muralha, pedras desmoronadas formando uma encosta. Peguei o braço de Shujin. — É aqui.

Esgueiramo-nos por entre as casas até a rua principal e colocamos a cabeça na abertura, espiando para os dois lados da extensão da muralha. Nada se movia. Podíamos ver o fraco brilho das lanternas das sentinelas ao sul. Ao norte a neve caía na escuridão, só o luar a iluminando.

— Eles vão estar do outro lado — sussurrou Shujin. Suas mãos agitavam-se inconscientemente em volta da barriga. — E se eles estiverem esperando do outro lado?

— Não — respondi, tentando manter a voz firme, tentando manter os olhos nos dela e não baixá-los para suas mãos. Estaria ela percebendo uma urgência que não estava me comunicando? — Eu lhe prometo isso. Eles não estão. Precisamos atravessar aqui.

Meio curvados para o chão, nos apressamos através do pedaço de terra descoberto, a carroça derrapando na terra e na neve revolvidas, fazendo-nos escorregar; quase perdermos o equilíbrio várias vezes. Quando chegamos à muralha, instintivamente nos agachamos atrás da carroça, ofegantes, espiando a neve silenciosa. Nada se movia. A neve dançava e se deslocava no ar, mas ninguém gritou conosco ou veio correndo em nossa direção.

Coloquei a mão no braço de Shujin e apontei para a encosta de entulho. Era uma subida pequena, que eu percorri com facilidade, virando-me de costas e pegando os puxadores da carroça. Ela se esforçou ao máximo, tentando fazê-la subir, tentando empurrá-la pelo aclive, mas era-lhe quase impossível, e eu tive que me dobrar e puxá-la com toda a minha força, meus pés escorregando implacavelmente no entulho, as pedras provocando uma avalanche, com um barulho que eu tinha certeza de que iria acordar cada soldado japonês em Nanquim.

Por fim cheguei ao topo da encosta. Dali, deixei a carroça descer sozinha o máximo possível no outro lado, até não conseguir me inclinar mais e ter que largá-la. A pequena carroça de mão resvalou nas pedras e caiu de lado, e todas as nossas coisas se espalharam na neve. Estendi a mão para Shujin, puxando-a para cima, seu peso considerável vindo lentamente, muito lentamente, os olhos dela o tempo todo nos meus. Meio rastejando, meio escorregando, descemos para o outro lado da muralha, onde caímos sobre nossas coisas, agarrando-as aos punhados, jogando tudo o que conseguimos de volta no carinho, e depois correndo cegamente até uns bordos, eu puxando a carroça de qualquer jeito, Shujin dobrada ao meio enquanto corria, uma trouxa de roupas apertada contra o peito.

— Conseguimos — falei, resfolegando. Escondemo-nos nas sombras das árvores. — Acho que conseguimos. — Espiei a escuridão em volta. À nossa direita havia alguns barracos, apagados e provavelmente desabitados. Uma trilha seguia na sombra da muralha e a uns 20 metros na direção do portão de Taiping havia um bode amarrado a uma árvore. Fora isso não havia ninguém à vista. Encostei a cabeça numa árvore e suspirei. — Sim, conseguimos. Conseguimos.

Shujin não respondeu. Seu rosto não estava soturno, mas anormalmente tenso e contido. Não era só o medo. Ela mal falara nas últimas horas.

— Shujin? Você está bem?

Ela assentiu, mas eu notei que ela evitou me encarar nos olhos. Minha sensação de desconforto aumentou. Era evidente para mim que não podíamos descansar ali; precisávamos chegar à casa do comerciante de sal o mais rápido possível.

— Vamos — falei, oferecendo-lhe a mão. — Precisamos seguir em frente.

Colocamos nossas coisas na carroça, saímos de perto das árvores e começamos a andar, olhando à nossa volta sem poder acreditar, atônitos de estarmos ali, como se fôssemos crianças adentrando um mundo mágico. As ruas ficavam mais estreitas, as casas mais esparsas, a pavimentação sob nossos pés cedendo lugar a terra. A Montanha Púrpura se erguia silenciosa à nossa direita, bloqueando a visão das estrelas, enquanto à esquerda a terra descia, levando de volta para as ruínas enegrecidas de nossa cidade. O alívio era estimulante: impulsionava-me para a frente, inebriado. Tínhamos nos libertado de Nanquim!

Andamos rapidamente, parando de vez em quando para prestar atenção ao silêncio. Além das cinco ilhotas nos lagos de Xuanwu um fogo brilhava nas árvores. Achamos que fosse um acampamento japonês, portanto decidimos sair da trilha e seguir pelo sopé da montanha, usando um dos muitos sulcos formados por tempestades. De tempos em tempos eu deixava Shujin e descia até a beira para confirmar se nos mantínhamos paralelos à estrada. Se prosseguíssemos naquele curso, acabaríamos chegando a Chalukou.

Não vimos ninguém — nenhum ser humano, nenhum animal —, mas agora havia outra inquietação em minha mente. Cada vez mais eu estava preocupado com Shujin. Ela parecia mais tensa do que nunca. De quando em quando permitia que a mão descesse à barriga.

— Ouça — falei, diminuindo o passo para falar com ela, em sussurros. — Da próxima vez que a neve amenizar um pouco, olhe para onde a estrada faz uma curva.

— O que é?

— Ali. Está vendo? As árvores?

Ela forçou a vista. Nos restos queimados de um campo de cana selvagem havia um fantasmagórico sarilho coberto de neve, instalado sobre um poço. Ao lado dele havia uma cerca — uma fileira de arbustos.

— Um pomar de amoreiras. Se chegarmos até ali conseguiremos ver os arredores de Chalukou. Estamos quase lá. Isso é tudo que você precisa percorrer, estes últimos metros...

Eu me interrompi.

— Chongming?

Coloquei o dedo nos lábios, olhando para a terra descendo na escuridão.

— Você ouviu alguma coisa?

Ela franziu o cenho, inclinando-se para a frente e se concentrando no silêncio. Depois de um momento olhou de volta para mim.

— O quê? O que você acha que ouviu?

Eu não respondi. Não podia dizer a ela que achava que tinha ouvido o som do diabo avançando nos arredores do campo escuro.

— O que foi?

Saindo das árvores à esquerda da trilha veio a luz de faróis, e um barulho ensurdecedor. A uns 200 metros uma motocicleta galgou a beira de um aclive, equilibrou-se na parte mais alta e fez uma curva, espalhando neve. Parou, parecendo ter se detido bem na nossa frente.

— Corra! — Agarrei o braço de Shujin e joguei-a para dentro das árvores sobre a trilha. Agarrei a carroça e me precipitei na encosta atrás dela. — Corra! Corra!

Atrás de mim, o piloto da motocicleta acelerou, fazendo o motor roncar. Eu não sabia se ele tinha nos visto, mas ele parecia dirigir a motocicleta para a trilha em que antes estávamos.

— Continue em frente, continue!

Eu a segui trôpego na neve espessa, a carroça emborcando atrás de mim, ameaçando derrubar sua carga.

— Para onde? — sussurrou Shujin lá de cima. — Para onde?

— Para cima! Continue subindo a montanha.

56

Quando os passos começaram seu progresso furtivo pelos degraus de metal, eu poderia ter ficado quieta. Poderia ter ido em silêncio para o meu quarto, saído pela janela, desaparecido na neve abafando meus movimentos e nunca ter descoberto o que havia no saco plástico. Mas não foi o que eu fiz. Em vez disso, martelei à porta de Jason, berrando o mais alto que podia:

— *Jason! JASON, FUJA!* — Quando a horrível sombra da Enfermeira apareceu da penumbra da escada, eu me precipitei para fora dali, derrapando, ainda gritando, despencando corredor abaixo de um jeito tão frenético que deve ter parecido exuberância, não medo, até a escada do jardim. — *JASON!* — Joguei-me degraus abaixo, meio escorregando, meio caindo, batendo na tela lá embaixo, mergulhando na neve da noite.

Lá fora eu parei, só por um segundo, resfolegante.

O jardim estava silencioso. Olhei através dos galhos para o portão que dava para a rua, depois de volta para a sacola de plástico, pendurada num galho bem acima da pedra não-passe-daqui. Olhei de novo para o portão, e para o saco, e então para a galeria lá em cima. Uma luz se acendeu, iluminando o jardim.

Vá em frente.

Lancei-me ao lado da soleira da porta, não através do túnel de glicínia mas na direção contrária ao portão, para onde a sacola estava, avançando agachada pelo mato rasteiro, junto à parede menos iluminada. Acima de mim os galhos balançavam, jogando neve para todos os lados. A sombra da sacola plástica tremeu sobre minha cabeça. Quando cheguei às sombras mais profundas e o mato rasteiro estava muito denso para prosseguir, eu me abaixei, arfando silenciosamente, meu pulso disparado latejando nas têmporas.

A sacola balançava indolentemente lá em cima, e mais atrás o vidro prateado do quarto de Jason devolvia o reflexo das árvores e dos flocos de neve que flutuavam. Alguns instantes de silêncio se passaram, e então algo na casa se destroçou com um ruído ensurdecedor — uma porta sendo arrancada das dobradiças, ou mobília sendo derrubada —, e quase em seguida veio um som que eu nunca esquecerei. Era o tipo de som que os ratos no jardim às vezes faziam à meia-noite, quando um gato os capturava. O som atravessou a casa como uma chicotada. Jason estava gritando, um grito terrível e penetrante que atravessou o jardim e se alojou em meu peito. Tapei os ouvidos, tremendo; não suportava ouvir aquilo. *Meu Deus. Meu Deus.* Tive que abrir a boca e sorver ar: enormes golfadas, em pânico, porque pela primeira vez na vida achei que iria desmaiar.

A sacola na árvore moveu-se na brisa, soltando um pouco de neve. Focalizei-a novamente, meus olhos lacrimejando de medo. Havia algo dentro da sacola, algo embrulhado em papel. Eu podia ver claramente agora. Os gritos de Jason evoluíram num crescendo, ecoando na noite, ricocheteando nas paredes. Eu não tinha muito tempo; precisava de ser agora. Concentre-se... *concentre-se.* Suando, tremendo descontroladamente, fiquei na ponta dos pés, agarrei o galho, puxei-o para baixo e estendi as pontas dos dedos, geladas, para a sacola. Um pouco de gelo caiu dela, o plástico crepitou na minha mão e por um momento eu recuei o braço instintivamente, aturdida por ter conseguido tocá-la. A sacola balançou um pouco. Respirei fundo, me estiquei e a peguei com mais firmeza, e justo nesse momento Jason parou de gritar e a casa ficou em silêncio.

Fiz força, puxando a sacola ao longo do galho com uma série de solavancos. Quando enfim saiu, o galho soltou-se para longe, balançando para cima e para baixo. Pingentes de gelo choveram sobre mim enquanto eu recuava tropeçando no escuro, encolhendo-me no mato rasteiro — segurando firme a sacola em minhas mãos entorpecidas. *Vocês me ouviram fazer isso?*, pensei, olhando para a galeria, perguntando-me onde ela estava, por que a casa ficara tão quieta. *Jason, por que se calou? Por que ela parou? E ela parou por que você disse a ela onde procurar?*

Uma janela foi escancarada. A horrível forma de cavalo da Enfermeira apareceu na galeria, seu rosto indistinto através das árvores. Eu podia perceber, por ela se encontrar parada tão atenta e imóvel, que ela estava considerando o jardim — talvez considerando os ecos que eu produzira, ricocheteando na escada. Ou talvez ela estivesse olhando para as árvores, se perguntando onde poderia haver um saco plástico pendurado. Girei a cabeça lentamente e vi a sombra do galho em que eu mexera, ampliada dez vezes e projetada contra o Prédio de Sal, sacudindo-a pelas partes brancas da parede. A Enfermeira ergueu o nariz no ar e farejou; seus estranhos olhos míopes eram apenas dois pontos borrados na sombra. Recuei um pouco mais no mato rasteiro, quebrando gravetos, tateando cegamente em busca de algo pesado para empunhar.

Ela se virou, rígida, e andou lentamente pelo corredor, batendo suas longas unhas em cada janela por que passava. Ela estava indo na direção da escada que dava para o jardim. Uma segunda figura pouco nítida a seguia — o *chimpira*. Junto ao meu pé, uma pedra de um bom tamanho estava afundada na terra úmida. Agarrei-a desesperadamente, fazendo meus dedos sangrarem, arrancando-a e apertando-a, junto com a sacola plástica, contra o peito. Tentei visualizar o jardim em volta. Mesmo que eu conseguisse passar pelos emaranhado de galhos, teria que correr por uns 15 segundos para chegar ao portão, através do jardim desprotegido. Eu estaria mais segura ali, onde meu rastro não poderia ser visto por causa do mato rasteiro, e se eu...

Parei de respirar. Eles encontraram a escada. Eu podia ouvir seus passos ecoando nos degraus. *Estão vindo atrás de mim*, pensei, todos os ossos do meu corpo se liquefazendo. *Sou a próxima.* Alguém começou a abrir a porta de tela e, antes que eu pudesse escapar, o perfil sombrio da Enfermeira emergiu atrás da filigrana congelada de galhos cobertos de neve. Ela curvou-se um pouco para entrar no túnel de glicínia e o atravessou rápida e agilmente, como se rolasse sobre trilhos invisíveis. No fim, ela saiu e ficou parada ereta, no escuro, em meio ao jardim de pedras coberto de neve, virando sua enorme cabeça em movimentos mínimos, como um garanhão farejando o ar. A respiração dela saía branca — sinal de que seu corpo estava quente, como se ela tivesse acabado de fazer algum esforço físico.

Eu prendia minha respiração. Ela perceberia se eu respirasse — estava tão sintonizada que perceberia meus pelos se arrepiando, o dilatar infinitesimal de uma artéria, talvez até mesmo a velocidade dos meus pensamentos. O *chimpira* ficou na soleira da porta, observando a Enfermeira, que virou a cabeça primeiro na minha direção, depois para esquadrinhar as árvores, e por fim na direção oposta — o portão. Depois de hesitar por um momento, ela continuou a atravessar o jardim, volta e meia parando para olhar ao redor com grande deliberação. Por um momento, ao entrar no túnel de glicínia, ela desapareceu na forte neve que caía, e então eu a ouvi experimentando o portão, abrindo-o com um longo e lento rangido. A neve amainou e eu pude vê-la, imóvel, prestando atenção, a mão ainda apoiada no fecho.

— Que foi? — sussurrou o *chimpira*, e eu julguei ter ouvido nervosismo na sua voz. — Está vendo alguma coisa?

A Enfermeira não respondeu. Esfregou os dedos no fecho, depois levou-os ao nariz e farejou, a boca um pouco aberta como que para deixar o cheiro percorrê-la. Ela colocou a cabeça para fora do portão e olhou para a rua, e então esta verdade me atingiu como um raio: *nenhuma pegada, não há nenhuma pegada na neve. Ela vai saber que eu não saí...*

Enfiei a sacola na minha jaqueta, coloquei a pedra no bolso e avancei silenciosamente, apenas mais uma sombra em torno das árvores, até o ponto em que a grade de segurança quebrada estava pendurada em seus fixadores. A janela estava exatamente como eu me lembrava, ligeiramente aberta, o vidro um tanto coberto de musgo. Inclinei-me o mais longe que ousei, segurando na esquadria para me equilibrar, e me ergui sobre a neve intocada, subindo num galho derrubado que caíra encostado na parede. Parei ali por um momento, oscilando, minha respiração quente, aterrorizada, voltando para mim, condensando-se no vidro. Quando o limpei, minha própria face apareceu nele, e, com o choque, quase voltei atrás. *Devagar, devagar, concentre-se.* Eu me virei e espiei através do mato. Ela não tinha se mexido — suas costas ainda estavam voltadas para mim, ela ainda estava considerando a rua daquela sua maneira sem pressa e distanciada. O *chimpira* saíra da soleira da porta e a observava, também de costas para mim.

Fui abrindo a janela aos pouquinhos, erguendo o vidro para evitar que rangesse, e naquele momento, como se tivesse me ouvido, ela se virou do portão e olhou de volta para a direção de onde viera, sua cabeça girando muito lentamente.

Eu não esperei. Enfiei a perna pela abertura e com um só movimento entrei na casa, me agachando na escuridão. Fiquei ali, chocada pelo barulho que eu fizera, as mãos no chão, esperando até o som ter se dissipado, ecoando nos velhos cômodos interditados. Em algum lugar no escuro à minha esquerda eu podia ouvir ratos se afastando. Peguei a lanterna no bolso, acendi-a e, cobrindo-a com a mão, permiti que um facho tímido iluminasse o chão. O quarto adquiriu uma tremeluzente vida à minha volta — pequeno, com um chão frio de lajes, e pilhas de tralha por toda parte. Menos de 1 metro à frente havia uma esquadria de porta vazia. O facho de luz passava por ela, reto e sem destacar nada, até bem longe, nas profundezas da casa. Apaguei a lanterna e rastejei feito um cachorro, em meio a teias de aranha e poeira, a cabeça primeiro passando pela porta sem porta, e então entrei na seguinte, cada vez mais para dentro a casa até estar tão longe no labirinto de cômodos que eu tinha certeza de que eles nunca iriam me achar.

Parei e olhei para trás, de onde eu viera. A única coisa que eu ouvia era o meu coração batendo forte. *Você me viu? Você me viu?* Só o silêncio respondia. De algum lugar na escuridão vinha um contínuo *ping ping ping* e havia também um odor, forte, turfoso, o cheiro mineral de água represada e podridão.

Agachei-me ali, respirando fundo, até que, quando um tempão parecia ter se passado e eu nada ouvia, ousei acender a lanterna. O facho de luz passou por pilhas de mobília, madeiras que tinham se quebrado do teto e caído, confetes de gesso e fiação. Eu poderia ficar escondida ali para sempre, se precisasse. Com as mãos trêmulas, tirei o pacote de dentro da jaqueta. Eu esperava algo mais pesado, semelhante a argila, mas aquilo era leve demais, como se contivesse cortiça ou osso seco. Enfiei os dedos e senti lá dentro algo embrulhado em fita adesiva, uma superfície lisa que tinha exatamente a textura de papel de açougueiro — grosso e brilhante. A superfície encerada não reteria sangue por muito tempo. Tive que ficar um tempo apoiada na parede, respirando fundo pela boca, porque pensar no que eu estava segurando era demais para mim. Cutuquei a fita, achei a ponta e puxei, e foi então que ouvi atrás de mim, bem longe lá trás na escuridão, um som inconfundível. Metal contra metal. Alguém estava empurrando a janela pela qual eu entrara.

57

Enfiei o pacote na jaqueta e avancei tropeçando cegamente, colidindo com objetos, e o ruídos que eu fazia, devido ao pânico, ecoavam nas paredes. De um cômodo para outro, depois para o seguinte, sem pensar nas coisas que ficavam para trás — quimonos pendurados enfileirados num canto, quietos como cadáveres, a mesa baixa na penumbra de uma sala, ainda posta para o jantar, como se tudo tivesse se congelado quando a mãe do senhorio morrera. Eu estava bem nas entranhas da casa, numa escuridão sem fim, quando me dei conta de que não podia avançar mais. Vi-me numa cozinha, com uma pia e um fogão em estilo ocidental numa das paredes. Na outra parede, diferentemente dos cômodos anteriores, havia um intervalo vazio, onde deveria ficar a porta que levaria adiante. Sem saída. Eu estava encurralada.

Com o medo arrepiando meu couro cabeludo, apontei a lanterna para as paredes, passando pelas teias de aranha, pelo teto de gesso descascando. O facho de luz iluminou uma frágil porta de armário num canto do cômodo. Fui até lá, procurando atabalhoadamente o fecho, machucando a ponta dos dedos, meus pés sapateando num medo frenético. A porta se abriu com um ruído que ecoou nos cômodos mais atrás.

Iluminei com a lanterna e vi que não era um armário, mas uma porta que se abria para uma escada podre que descia na escuridão. Entrei imediatamente na abertura, fechei a porta cuidadosamente e desci dois degraus, agarrada ao frágil corrimão. Me agachei e iluminei em volta com a lanterna. Era um pequeno porão, talvez uma despensa, de uns 2 metros por 3, as paredes de pedras grossas. Na altura da cabeça corriam prateleiras em braçadeiras enferrujadas, sobre as quais se apinhavam dezenas de potes de vidro velhos, com o conteúdo amarronzado. Debaixo disso havia uma silenciosa e espessa película de algas num tom cor-de-rosa claro. A escada dava direto num lago interno estagnado.

Olhei para trás, para a porta fechada mais acima, atentando para os sons que pudessem vir dos cômodos dos quais eu viera, todos com a luz apagada. Silêncio. Eu tinha trepado num galho — não poderia ter deixado rastro algum sob a janela, e minha pista seria impossível de seguir através de todo o mato rasteiro. Talvez eles não tivessem me ouvido. Talvez estivessem apenas verificando todas as janelas, por força do hábito. *Por favor, que seja isso,* pensei. *Por favor.* Eu me virei e apontei o facho de luz para o porão em volta. De uma pequena rachadura no reboco da parede direita escorria um fiozinho de água marrom — isso Jason me contara: os canos na rua tinham rachado num terremoto e inundaram os porões; marcas d'água verde e cobre indicavam os vários níveis da água atingidos com o passar dos anos. A lanterna me mostrou o vislumbre de um arco baixo de tijolos. Eu me inclinei para perto da película na água e estendi o braço, virando a luz para cima. Era um túnel, inundado até uns 3 centímetros do teto, e levava embora para as profundezas da casa. Seria impossível...

Eu me retesei. Um barulho alto ecoou pelos cômodos lá atrás, como se a grade solta na janela tivesse sido arrancada de sua base.

Comecei a ofegar de medo, a boca aberta como um cachorro. Segurando a lanterna na frente como uma arma, entrei na água, fazendo-a balançar à minha volta como se eu tivesse cutucado a barriga de algo adormecido, perturbando coisas que tinham ficado imóveis por anos. Estava gélida; me fez cerrar a mandíbula e pensar em dentes, misteriosas barbatanas e bocas, e na possibilidade de aquilo ser o lar de alguma coisa. Me lembrei da criatura vampiro japonesa, o Kappa, o predador aquático que agarrava pelos calcanhares os nadadores distraídos, sugava todo o sangue deles e descartava suas carcaças vazias e descoradas na margem do rio. Lágrimas de medo brotaram em meus olhos enquanto eu avançava na água.

Parei na parede oposta e me virei para olhar de onde eu tinha vindo. À minha volta, a água lentamente parou de se mover, e o silêncio voltou. O único som era o do pânico em minha respiração acelerada, que ecoava nas paredes.

Então outro estrondo veio romper o silêncio. Mais mobília sendo derrubada. Esquadrinhei desesperadamente o porão, o facho ondulante da lanterna fazendo o teto amarelado entrar e sair de foco. Não havia nenhum lugar para me esconder, nenhum lugar para... *O arco!* Dobrei os joelhos e afundei o corpo até meus ombros ficarem submersos e meu queixo quase tocar a superfície da água. Alguns dos potes em volta de mim romperam a superfície da água com um ruído elástico de deglutição, desaparecendo totalmente, levando consigo seus conteúdos escurecidos de ameixas em conserva, arroz e pequenos peixes sem olhos. Passei a mão pelas entranhas escuras do túnel, rolando-a de lado, abrindo e fechando os dedos de modo que raspassem contra o teto cheio de limo. Só quando estiquei ao máximo o braço lá dentro e minha bochecha estava pressionada contra a parede do túnel é que senti o teto se erguer, minha mão emergir no ar. Tirei o braço e o iluminei o túnel com a lanterna. Qual seria a distância até eu poder respirar? Sessenta, setenta centímetros, talvez? *Não era longe. Não muito.* Tremendo desesperadamente, olhei para a escada lá atrás, para a frágil porta pela qual eu chegara ali.

De algum lugar próximo, talvez até mesmo da cozinha, veio outro estrondo. Eu não tinha escolha. Peguei o pacote e amarrei as alças da sacola firmemente, selando-a por completo, e então a enfiei de volta na jaqueta, fechando o zíper até o pescoço. Ao fazer isso, deixei escapar a lanterna. Ela escorregou de meus dedos entorpecidos e caiu sobre a superfície da água, o facho de luz iluminando a parede próxima num oval distorcido. Tentei pegá-la, consegui, comecei a erguê-la, mas ela me escapou e caiu de novo.

A superfície cedeu dessa vez, inclinando a lanterna para a frente, fazendo-a chapinhar água abaixo, seu facho subindo e descendo em apodrecidas colônias de organismos cor-de-rosa, projetando nas paredes as sombras rendadas deles, como uma dança. Mergulhei atrás dela, tentando segurá-la, minha mão movendo-se em câmera lenta sob a água, provocando redemoinhos de sedimento sob a superfície, mas a lanterna afundou silenciosamente, numa lenta pirueta, seu fraco clarão amarelo reduzindo-se a apenas um débil lampejo. Então — *glup*. Bem perto de mim algo pequeno mas pesado mergulhou na água e saiu nadando.

Lágrimas de terror afloraram em meus olhos. A lanterna. A lanterna. *Não preciso dela. Não preciso dela. Você pode se virar sem luz.* O que é aquilo na água? *Nada. Um rato. Não pense nisso.* No alto da escada, uma luz tênue infiltrou-se pelas frestas da porta. Ouvi a voz de um homem, baixa e séria, e, ainda mais forte que a voz, a respiração equina e quente da Enfermeira, que se movia pela cozinha como se a estivesse inspecionando, tentando farejar o que passara por ali.

Pare para pensar e você vai morrer. Tomei bastante fôlego, coloquei as mãos na parede, dobrei os joelhos e mergulhei de cabeça no túnel negro como betume.

A água gelada encheu meus ouvidos, meu nariz. Estendi as mãos e tentei ficar de pé, colidindo com tijolos, aranhando os cotovelos, tropeçando na treva flutuante. Um som fantasmagórico reverberava dentro de mim, minha própria voz, gemendo de medo. *Para que lado? Para que lado?* Onde o arco terminava? Onde? Parecia continuar indefinidamente. Quando achei que ia ficar sem ar e tudo estava perdido, minha mão deu com o teto acima da água; fui na direção dele, arranhando a cabeça, indo desesperadamente para a frente, atrás da esperança de ar. Saí à tona, contendo o vômito, cuspindo, a cabeça dolorosamente apertada contra o teto. Eu não podia ficar de pé ereta, mas dobrei os joelhos e fiquei com o pescoço de lado, e havia o espaço mínimo para respirar — entre 10 e 15 centímetros entre a água e os tijolos.

Respire. Respire!

Não sei quanto tempo fiquei ali, ou em qual estado crítico meu corpo mergulhou — talvez eu tenha desmaiado, ou me retraído para um estado de fuga —, mas enquanto fiquei ali, tremendo, tendo como companhia só o insistente pulso da vida em meu coração, tão alto que soava centenas de vezes maior, tão grande quanto a própria casa, algo, o frio ou o medo, apoderou-se de minha consciência e a sugou lentamente para fora de meu alcance através de um túnel comprido e silencioso, até eu não ser nada, nada a não ser um pulso latejando, oco num lugar sem geografia, sem limites e sem nenhuma lei física. Flutuei num vácuo, sem nenhuma consciência do tempo ou da existência, balançando à deriva como um astronauta na eternidade, e mesmo quando, depois de um milênio, tive consciência de uma débil luz rosada vindo através da água à minha esquerda — a Enfermeira iluminando o túnel com a lanterna —, não entrei em pânico. Fiquei me observando de um lugar diferente, vendo meu rosto congelado flutuando nas algas, meus lábios azuis, minhas pálpebras semicerradas. Mesmo quando a luz se foi e por fim, depois de uma eternidade, passos indo embora ressoaram nos cômodos acima, eu fiquei completamente imóvel, uma Alice moderna, a cabeça entortada para um lado, confinada e tão desesperadamente gelada que eu pensei que meu coração iria congelar e parar e me fossilizar ali, vários metros debaixo da terra.

58

Ao amanhecer, quando a primeira luz alcançou o jardim, após a casa ter ficado em silêncio por horas, eu enfim cheguei à janela aberta. Estava tão entorpecida de frio que levara horas para rastejar de volta. Cada centímetro tinha sido uma batalha contra a sedutora letargia do frio, mas por fim eu havia chegado. Espiei lá fora com cuidado, meu coração batendo pesadamente, certa de que a Enfermeira viria me atacar, saída de algum covil oculto. Mas o jardim estava silencioso, um mundo insólito, cristalino, tão parado e quieto como um navio encalhado no gelo. Tudo estava coberto por pequenos diamantes de gotas congeladas contra a neve, surreais como colares espalhados pelas árvores.

Sair pela janela me exauriu. Deixei-me cair na neve e, por um longo tempo, sentia-me muito entorpecida para fazer qualquer coisa a não ser ficar ali onde caíra, largada, inebriada contra o galho com a sacola plástica a meus pés, e contemplar, ausente, aquele silencioso mundo invernal.

O que acontecera ali? O que acontecera? Todas as janelas da galeria haviam sido destruídas, os galhos nas árvores quebrados, uma veneziana estava pendurada nas dobradiças, ocasionalmente rangendo.

Que lindas as gotas nos galhos... À luz da aurora, minha mente funcionava com lentidão. *Tão lindas.* Olhei para as árvores em torno da lanterna de pedra, para a parte do jardim que tanto fascinara Shi Chongming. Um lento broto de reconhecimento estava se abrindo como num sonho dentro de mim. Gotas congeladas de sangue e tecido se espalhavam sobre os galhos, como se algo tivesse explodido ali. Drapejando-se sobre a lanterna de pedra, como uma desbotada serpentina, estava... Uma lembrança vaga de uma fotografia de jornal — uma vítima anônima japonesa, suas vísceras feito um carretel debaixo do carro.

Jason...

Fiquei olhando para o que sobrara dele pelo que pareceram horas, atônita com os desenhos que se formavam — tranças e babados, pequenos pergaminhos como enfeites de Natal. *Como podia ficar tão bonito?* Um vento soprou, fustigando os flocos de neve e fazendo-os dar piruetas, derrubando o sangue dos galhos. O vento fez com que as janelas quebradas chacoalhassem e invadiu o corredor. Imaginei a mim mesma do alto, olhando lá de cima o jardim, os caminhos e canteiros vermiformes, imaginei que aparência teria o sangue, um halo em volta da lanterna de pedra, e então, ao me distanciar mais, vi o telhado da casa, suas telhas vermelhas todas reluzindo à medida que a neve derretia, vi a pequena viela com uma solitária velha descendo em seus tamancos, vi o outdoor com Mickey Rourke, depois toda a Takadanobaba, o "pasto de cavalos lá no alto", e Tóquio brilhando e refletindo junto à baía, o Japão como uma libélula pousada no flanco da China. A grande China. Assim continuei, mais e mais longe, até ficar zonza e as nuvens chegarem, e fechei os olhos e deixei que o céu, ou o vento, ou a lua, me pegasse e me levasse para longe dali.

59

Nanquim, 21 de dezembro de 1937

Não sei por quanto tempo nós avançamos aos tropeços através das árvores em nossa fuga desesperada, a neve vindo em rajadas atrás de nós. Seguíamos sem jamais parar. Tive que puxar Shujin por boa parte do caminho, porque ela ficava rapidamente exausta e me pedia que parássemos. Mas eu fui implacável, puxando-a com uma das mãos, a carroça com a outra. Continuamos sem parar, floresta adentro, as estrelas brilhando por entre as árvores acima de nós. Em alguns minutos o barulho da motocicleta desaparecera e ficamos apenas com os sons de nossa respiração na montanha deserta, tão silenciosa quanto uma montanha fantasma. Mas eu não estava disposto a parar. Passamos por presenças volumosas na escuridão, as ruínas queimadas e abandonadas de belas mansões, os vastos terraços cobertos com *sasanaqua* saqueados e destruídos, um débil odor de suas cinzas pairando por entre as árvores. Continuamos andando, avançando na neve, perguntando-nos se os mortos também estavam ali na escuridão.

Então, depois de muito tempo, quando parecia que tínhamos cambaleado meio caminho para o céu, e o sol já estava enviando raios vermelhos da aurora sobre a montanha, Shujin me chamou atrás de mim. Eu me virei e dei com ela encostada contra uma canforeira, com as mãos na barriga.

— Por favor — sussurrou ela. — Por favor. Não consigo mais.

Deslizei pela encosta até ela, segurando-a pelo cotovelo quando seus joelhos cederam e ela se deixou cair na neve.

— Shujin? — sussurrei. — O que foi? Começou?

Ela fechou os olhos.

— Não sei dizer.

— Por favor. — Sacudi seu braço. — Isso não é hora para ficar tímida. Diga-me: está começando?

— Não sei dizer — ela repetiu ferozmente, abrindo os olhos e me encarando. — Porque eu não sei se é. Você não é a única pessoa aqui, meu marido, que nunca teve um filho antes. — A testa dela estava úmida de suor, sua respiração se condensando no ar. Ela fechou os braços em volta de si mesma na neve, criando um estranho ninho, encolhendo-se nele. — Preciso deitar um pouco — disse ela. — Por favor, me deixe deitar um pouco.

Eu larguei a carroça. Estávamos tão no alto que os incêndios em Nanquim nada mais eram do que uma mancha vermelha no céu do amanhecer. Tínhamos alcançado uma pequena área plana, escondida das encostas abaixo por densas nogueiras, castanheiras e carvalhos perenes. Voltei alguns metros e prestei atenção aos ruídos. Não ouvi nada. Nenhum motor de motocicleta, nenhum passo abafado pela neve, apenas o ar assobiando ao passar por minhas narinas e o estalar de minha mandíbula ao ranger os dentes. Subi a encosta e caminhei num grande círculo, parando a cada poucos passos para prestar atenção nos grandes silêncios envolventes em meio aos galhos desfolhados. Já estava ficando claro, e os raios fracos que se infiltravam por entre as árvores iluminaram alguma coisa uns 5 metros adiante na encosta, meio soterrada pelas folhas, esquecida e coberta de musgo. Era uma enorme estátua de pedra de uma tartaruga, seu focinho e sua carapaça cobertos de neve. O grande símbolo da longevidade masculina.

Meu ânimo reavivou-se. Devíamos estar perto do templo Linggu! Mesmo os japoneses têm consideração por um santuário sagrado — nenhuma bomba fora jogada em nossos locais de oração. Se aquele seria o lugar em que nosso filho viria ao mundo, era um dos mais auspiciosos. E talvez seguro.

— Venha cá, atrás dessas árvores. Vou construir um abrigo para você. — Virei a carroça de lado e busquei todos os cobertores, arrumando-os sob a carroça. Instalei Shujin ali dentro, alojando-a na cama improvisada, dando a ela pingentes de gelo tirados das árvores para matar-lhe a sede. Então dei a volta e, com os pés, acumulei neve sobre a carroça para que ninguém a visse. Quando Shujin estava ali instalada, me agachei junto ao abrigo por um tempo, roendo as unhas e olhando para as árvores, na direção em que amanhecia rapidamente. A encosta da montanha estava extremamente silenciosa.

— Shujin? — sussurrei, depois de um tempo. — Você está bem?

Ela não respondeu. Aproximei-me da carroça e prestei atenção. Ela estava ofegante, um chiado mínimo de ar, abafado por aquela sua cama na floresta. Tirei meu barrete e cheguei mais perto da carroça, amaldiçoando a mim mesmo por saber tão pouco sobre partos. Quando eu estava crescendo, isso era terreno das matriarcas, as severas irmãs de minha mãe. Ninguém nunca me disse nada. Sou um ignorante. O brilhante linguista moderno que nada sabe sobre nascimentos. Apoiei a mão na carroça e sussurrei:

— Por favor, me diga. Você acha que nosso bebê está...

Não terminei a frase. As palavras tinham saído de minha boca sem pensar. *Nosso bebê*, eu disse. Nosso bebê.

Shujin reagiu instantaneamente. Ela soltou um longo e desesperado grito.

— Não! — soluçou. — Não! Você disse. Você disse o que não podia! — Ela ergueu a carroça e pôs a cabeça para fora do abrigo: os cabelos desgrenhados, lágrimas nos olhos. — Vá embora! — gritou febrilmente. — Me deixe. Levante-se daí e vá embora. Vá embora.

— Mas eu...

— Não! Quanto azar você invocou para nossa alma da lua!

— Shujin, eu não quis...

— Vá embora, já!

— Por favor! Fale baixo.

Mas ela não estava escutando.

— *Vá embora com suas palavras perigosas! Leve suas maldições para longe de mim!*

— Mas...

— Já!

Cravei as unhas nas palmas das mãos e mordi o lábio. Que tolo fui. Que insensato da minha parte enfurecê-la! E justo naquele momento! Por fim suspirei.

— Muito bem, muito bem. — Recuei um pouco na direção das árvores. — Vou ficar aqui, aqui perto, caso você precise de mim.

Eu me virei, de modo a ficar de costas para ela, e tendo em frente o céu amanhecendo.

— Não! Mais! Afaste-se mais. Não quero vê-lo.

— Muito bem!

Relutantemente, dei mais alguns passos desajeitados pela neve, só até a encosta da montanha me esconder da vista dela. Deixei-me cair desalentado no chão, batendo com os nós dos dedos na testa. A floresta estava tão quieta, tão silenciosa... Baixei a mão e olhei em volta. Será que eu deveria tentar procurar ajuda? Talvez houvesse alguém numa das casas que pudesse nos oferecer abrigo. Mas os informes na rádio tinham dito que todas aquelas casas tinham sido saqueadas, até mesmo antes de o portão oriental ser invadido. As únicas pessoas que eu talvez encontrasse seriam oficiais do Exército japonês, posando de senhores das mansões abandonadas, bêbados com o que saquearam nas adegas.

Eu me endireitei e saí um pouco para fora das árvores, a fim de ter uma noção do que mais havia por perto. Empurrei de lado um galho, dei um passo à frente, e minha respiração deteve-se a meio caminho na garganta. Por um momento esqueci Shujin. Tínhamos subido tanto! O sol nascia por trás da montanha, rosado e pontilhado de cinzas de incêndios distantes, e mais abaixo nas encostas, aninhado entre as árvores, o intenso azul esmaltado do mausoléu de Sun Yat-sen brilhava contra a neve. Se eu me voltasse para o leste, podia ver por entre as montanhas as sedentas planícies amarelas do delta se estendendo até horizontes enevoados. Debaixo de onde eu estava, a bacia da cidade exalava fumaça como um vulcão, uma coluna de fumaça preta pairando sobre o Yang-tsé, e eu vi, com consternação, que estava tudo como eu imaginara: o rio em Meitan, um caos — eu podia ver barcos e sampanas bombardeados emborcados na lama. O velho Liu estava certo quando dissera que o leste era a direção a tomar.

Enquanto eu estava ali, com o sol em meus ombros e toda a planície de Jiangsu se estendendo lá embaixo, tive um súbito impulso de desafio, uma súbita determinação furiosa, sentindo que a China precisava sobreviver como a China em que eu cresci. Que as tolas e supersticiosas Festas do Orvalho Branco e da Chuva de Milho iriam continuar, que patos sempre seriam conduzidos pelos campos ao anoitecer, que todo verão as folhas dos lótus iriam aparecer, tão espessas que levaria a crer ser possível andar sobre os lagos equilibrando-se apenas nas folhas estendidas sobre a água. Que o povo chinês iria continuar — que o coração de meu filho seria para sempre chinês. Enquanto estava ali na montanha, nos primeiros raios da aurora, com um ímpeto de orgulho e fúria eu ergui a mão para o céu, desafiando qualquer espírito maligno que quisesse pegar meu filho. Meu filho, ele iria lutar como um tigre para preservar este país. Meu filho, ele seria mais forte do que eu jamais fui.

— Eu o desafio — sussurrei para o céu. — Sim, eu o desafio.

60

Nunca se pode saber o que vai sair nas manchetes. A maioria das provas na cena do crime em Takadanobaba apontava para um só culpado: Ogawa, também conhecida como a Fera de Saitama. Mesmo assim, por uma ou outra razão (talvez devêssemos perdoar o medo dos jornalistas envolvidos), esse detalhe nunca foi amplamente divulgado na imprensa. Ela foi convocada para interrogatório, mas libertaram-na rápida e misteriosamente, e ela até hoje vive em liberdade, em algum lugar em Tóquio, sendo ocasionalmente vista por trás da janela escura de uma limusine que passa veloz, ou entrando em algum prédio de madrugada. É um erro subestimar os elos entre a *yakuza* e a polícia japonesa.

Enquanto isso, o assassinato de Jason Wainwright — como vim a descobrir que era o nome inteiro dele — foi parar nos noticiários e lá permaneceu por meses. Isso porque ele era uma pessoa de instrução e um ocidental de boa aparência. Uma histeria apoderou-se do estado de sua mãe, Massachusetts. Houve acusações de incompetência policial, corrupção e influência da máfia, mas nada jamais chegou a parte alguma, muito menos a Fuyuki e à Fera de Saitama. Equipes de advogados da família, todos em seus ternos, foram enviadas em jatos da Thai Air, mas de nada adiantou todos os pauzinhos que tentaram mexer, todo o dinheiro que ofereceram — ninguém falou nada sobre a vida de Jason nos meses anteriores ao assassinato. Tampouco se localizou a misteriosa mulher que ligou para sua mãe no dia anterior à morte dele.

Mas provavelmente o que mais atraiu a imaginação do público foi o horror da cena do crime. Foi o que a Enfermeira usou para decorar a lanterna de pedra. Foi a imagem do homem enviado pela família Wainwright chegando direto de um avião vindo da Califórnia, batendo na porta, ainda com sua mala Samsonite, com uma escova de dentes de avião e um recibo do táxi no bolso, neve caindo em seu terno. Foi a ideia do que ele deve ter visto quando ninguém atendeu à porta e ele decidiu seguir alguns metros pela viela, onde os portões enferrujados de um jardim estavam abertos.

Eu fora embora da casa havia apenas meia hora. Tinha me esgueirado pelo portão, pegado minha bolsa na viela e ido para o banho público, no outro lado da rua Waseda. Enquanto o homem dos Wainwright estava tentando entender a serpentina em torno da lanterna de pedra, quando o sangue esvaiu-se de seu rosto e ele caiu de joelhos, procurando nos bolsos um lenço, eu estava a apenas uns 100 metros dali, agachada no banquinho verde de borracha na frente dos chuveiros na altura dos joelhos, tremendo tanto que minhas penas batiam uma na outra. Dez minutos depois, quando ele saiu cambaleante para a rua, estendendo a mão para chamar um táxi, eu estava noutro táxi a caminho de Hongo, sentada na pontinha do banco, o cabelo molhado, um cardigã todo apertado em volta do corpo.

Fiquei olhando pela janela do táxi, para a neve amontoada, para a estranha luz que refletia nos rostos das mulheres enquanto elas seguiam cuidadosamente ao longo das calçadas sob guarda-chuvas em tons pastel. Tive uma sensação avassaladora da solidão daquela cidade — 1 trilhão de almas em seus quartos, lá nas alturas, em seus penhascos de janelas. Pensei no que havia embaixo de tudo aquilo — pensei nos cabos de eletricidade, em vapor, água, fogo, nos carros do metrô e na lava nas entranhas da cidade, no ronco subterrâneo de trens e terremotos. Pensei nas almas mortas da guerra, cobertas pelo concreto. O mais alto e mais visitado prédio de Tóquio, o Sunshine Building, se erguia no local onde o primeiro-ministro do Japão e todos os seus criminosos de guerra foram executados. Pareceu-me muito estranho que ninguém soubesse o que acabara de acontecer comigo. Ninguém veio até mim e disse: "*Onde você esteve a noite toda? O que é isso na sua mochila? Por que você não foi à polícia?*" Observei os olhos do motorista do táxi pelo retrovisor, certo de que ele estava examinando meu rosto.

Cheguei à Todai pouco depois das 9 horas. A nevasca se intensificara e a neve agora cobria todos os carros estacionados e o topo dos postes de luz. O Akamon, o enorme portão laqueado em vermelho na entrada da Todai, estava visível apenas como uma oscilante mancha vermelha no branco, uma chama intermitente em meio à tempestade de neve. Um guarda de impermeável preto permitiu que o táxi passasse pelo portão, e avançamos até que, do branco, uma luz apareceu, e então outras mais, e por fim o Instituto de Ciências Sociais, erguendo-se à nossa frente, iluminado e ornamentado como um castelo de fadas.

Pedi ao motorista que parasse. Fechei bem o colarinho do meu casaco e desci, detendo-me um instante, olhando o prédio. Fazia quatro meses desde a primeira vez que eu viera ali. Quatro meses, e eu sabia muito mais agora. Eu sabia tudo — sabia o mundo inteiro.

Lentamente fui me dando conta de uma figura no escuro não muito longe de mim, pequena como uma criança, parada perfeitamente imóvel na neve, tão insubstancial e oscilante quanto um fantasma. Espiei melhor. Shi Chongming. Era como se meus pensamentos o tivessem conjurado, mas tivessem feito o serviço sem convicção, de modo que em vez do Shi Chongming real de carne e osso eu tivesse criado apenas aquela aguada semipessoa.

— Shi Chongming — sussurrei, e ele se virou, me olhou e sorriu. Veio na minha direção, lentamente se materializando do branco, como um fantasma evoluindo do limbo. Usava um casaco e seu chapéu de plástico de pescador puxado sobre os cabelos.

— Eu estava à sua espera — disse ele.

Sua pele sob aquela luz estranha parecia de papel e insuficiente: havia manchas de velhice do tamanho de moedas de um centavo em seu rosto e seu pescoço. Vi que seu paletó estava fechado bem justo em volta do pescoço.

— Como sabia?

Ele ergueu a mão para me calar.

— Não sei. Agora, venha e se aqueça. Não é bom ficar aí fora na neve por muito tempo.

Então o segui pelos degraus. Dentro, o prédio estava quente, aquecido até demais, e fomos deixando um rastro no chão de flocos de neve derretendo-se. Ele fechou a porta de sua sala, colocou os óculos e começou a ajeitar o lugar, tornando-o mais confortável. Ligou na tomada um aquecedor e me fez uma caneca de chá bem quente.

— Seus olhos — disse ele, enquanto eu largava a bolsa e me ajoelhava no chão, instintivamente adotando a posição *seiza*, como se isso fosse me aquecer, estar assim tão contida, envolvendo a caneca de chá quente com as duas mãos. — Você não está bem?

— Eu... eu estou viva. — Eu não conseguia fazer meus dentes pararem de bater. Aproximei o rosto do vapor doce. Um cheiro parecido com pipoca emanava do chá de arroz. Cheirava a Japão. Fiquei ali sentada por vários minutos, até que o tremor cedesse, e então ergui os olhos para ele e disse:

— Eu descobri.

Shi Chongming se deteve, uma colher no ar sobre o bule de chá.

— Por favor, diga isso de novo.

— Eu descobri. Eu sei.

Ele deixou a colher cair no bule de chá. Tirou os óculos e sentou-se a sua escrivaninha.

— Sim — falou, cansado. — Sim, achei que você tivesse descoberto.

— O senhor tinha razão. Tinha razão em tudo que me disse. O senhor devia saber o tempo todo. Mas eu não. Não era o que eu esperava. De forma alguma.

— Não?

— Não, é algo que Fuyuki tem há muito tempo. Talvez há anos. — Minha voz foi ficando cada vez mais baixa. — É um bebê. Um bebê mumificado.

Shi Chongming ficou em silêncio. Virou a cabeça para o lado e, por um momento, sua boca se moveu para cima e para baixo como se ele estivesse recitando um mantra. Por fim ele tossiu e guardou os óculos num estojo azul gasto.

— Sim — disse ele, enfim. — Sim, eu sei. É a minha filha.

61

Nanquim, 21 de dezembro de 1937

E é insuportável agora pensar nisso: pensar naquele único momento de nítida paz, nítida esperança. Quão completamente quieto tudo esteve naqueles poucos segundos antes de os gritos de Shujin ecoarem pela floresta.

Olhei em volta distraidamente, como se alguém tivesse casualmente mencionado meu nome; franzi o cenho, como se não soubesse o que tinha ouvido. Então ela gritou de novo, um berro curto, como um cachorro sendo surrado.

— Shujin? — Eu me voltei num transe, abrindo caminho por entre os galhos e passando por entre as árvores. Talvez o nascimento estivesse mais próximo do que eu esperara. — Shujin?

Nenhuma resposta. Comecei a andar. Subi uma encosta e ganhei velocidade, indo num trotar entorpecido ao lugar onde eu estivera sentado com ela.

— Shujin? — Silêncio. — Shujin? — Chamei mais alto agora, um tom de pânico se insinuando em minha voz. — Shujin. Responda.

Não houve nenhuma resposta, e então um medo de verdade se apoderou de mim. Saí correndo, saltando encosta acima.

— Shujin! — Meus pés escorregavam, pinheiros despejavam suas cargas macias de neve sobre mim. — *Shujin!*

Na base da árvore, a carroça tinha sido posta de pé, nossos cobertores e pertences espalhados em volta. Um conjunto de pegadas abafadas levava até as árvores. Eu as segui, meus olhos se enchendo de lágrimas, me desviando quando os galhos sem folhas se projetavam na direção do meu rosto. A pista seguia por mais alguns metros, e então se transformava. Detive-me, derrapando na neve e a espalhando, resfolegante, o coração disparado. Ali, as pegadas se tornavam mais confusas. Uma área de neve remexida se estendia em volta de mim por alguns metros, como se ela tivesse caído no chão de dor. Ou tivesse havido uma briga. Algo estava semissoterrado a meus pés. Agachei-me e catei o objeto, observando-o nas mãos. Um pedaço fino de fita, rasgado e desfiado. Meus pensamentos ficaram mais lentos, um pavor terrível apoderando-se de mim. Preso à fita havia duas chapas de identidade do Exército Imperial Japonês.

— *Shujin!* — Levantei-me instantaneamente. — SHU-JIN?

Aguardei. Nenhuma resposta. Eu estava sozinho nas árvores com apenas o som de meu arfar e meu pulso.

— *SHUJIN!* — A palavra reverberou pelas árvores e lentamente se desvaneceu na floresta. Procurei em volta, em busca de alguma pista. Eles estavam ali em algum lugar, os japoneses, segurando Shujin, agachados e afiando suas baionetas, mirando-me com seus olhos cheios de sangue, em algum lugar atrás de uma daquelas árvores...

Muito perto de mim alguém soltou a respiração no silêncio.

Eu imediatamente me virei e agachei, as mãos estendidas, pronto para saltar. Mas não havia nada, apenas as árvores, pretas e cobertas de musgo, pingentes de gelo pendurados nos galhos. Respirei pelo nariz, com os ouvidos em máxima atenção para algum som. Havia alguém ali. Muito perto. Ouvi o sussurro de uma folha seca, um farfalhar vindo de uma distância de 3 metros, onde o chão afundava, e então um galho quebrando, um som súbito, mecânico, e um soldado japonês saiu de trás de uma árvore.

Ele não estava vestido para combate — seu capacete de aço coberto com rede estava pendurado no cinto com os bolsos de munição, e seus emblemas de patente ainda estavam no lugar. Ele empunhava não um rifle, mas uma câmera cinematográfica, a lente apontada diretamente para o meu rosto. Estava zunindo, a manivela da corda girando sem parar. O câmera de Xangai. Eu soube que era ele no mesmo instante. O homem que filmara as proezas dos soldados em Xangai. Ele estava me filmando.

Ficamos parados alguns segundos em silêncio, eu o encarando, a lente me encarando impassível. Então eu avancei.

— *Cadê ela?*

Ele deu um passo para trás, a câmera firme em seu ombro, e naquele momento, vindo de mais adiante na trilha, ouvi a voz de Shujin, doce e frágil como porcelana.

— Chongming!

Por anos e anos eu me lembrarei daquele som. Sonharei com ele, e o ouvirei nos frios espaços brancos de meus sonhos futuros.

— Chongming!

Eu me afastei cambaleando do câmera, indo na direção das árvores, a neve quase na altura dos meus joelhos agora, seguindo cegamente a voz dela.

— SHUJIN!

Avancei com dificuldade, com lágrimas nos olhos, pronto para uma bala vir assobiando pelo ar. Mas a morte teria sido fácil comparada com o que aconteceu em seguida. De alguma parte à frente veio o som inconfundível de uma baioneta sendo encaixada, no ar gélido. E então eu os vi. Estavam 30 metros à frente na trilha de bodes, dois deles em seus sobretudos mostarda, de costas para mim, olhando alguma coisa no chão. Uma motocicleta estava encostada num velho pinheiro preto. Um dos homens se virou e olhou nervosamente para mim. Seu capuz estava puxado sobre um quepe de campo: ele também não estava vestido para combate, e no entanto sua baioneta estava armada no rifle. Havia uma linha de sangue em seu rosto, como se Shujin o tivesse arranhado durante a luta. Enquanto eu o olhava, ele baixou os olhos, envergonhado. Tive um breve relance do que ele era, não mais que um adolescente mantido acordado com anfetaminas, exaurido a ponto de não ser mais do que nervos expostos. Ele não queria estar ali.

Mas havia o outro homem. A princípio ele não se virou. Depois dele, contra uma árvore, Shujin estava deitada de costas no chão. Um dos sapatos dela se soltara, seu pé descalço estava azul na neve. Ela segurava uma pequena faca de cabo laqueado junto ao seio. Era uma afiada faquinha de frutas, para picar mangas, e ela a segurava com as duas mãos, apontando-a para os homens.

— Deixem-na em paz — falei. — Afastem-se dela.

Ao ouvir minha voz, o outro homem ficou completamente imóvel. Suas costas pareceram crescer — ganhar estatura. Bem lentamente, ele se voltou para me encarar. Não era alto, apenas da minha altura, mas seus olhos me pareceram extremamente terríveis. Reduzi a velocidade e logo apenas caminhava. A estrela solitária em seu quepe reluziu ao sol, seu sobretudo com gola de pele estava aberto, sua camisa rasgada, e então eu percebi que deviam ser as chapas de identidade dele que eu achara. Ele estava perto o bastante de mim para eu poder sentir o aroma doce do saquê da noite anterior em seu suor e o cheiro de algo contido e velho vindo de suas roupas. Seu rosto estava úmido, de um cinza suado e doentio.

E naquele momento eu soube tudo acerca dele. Tudo sobre os frascos manchados enfileirados na fábrica de seda. O pilão, o almofariz, a busca sem fim... Por uma cura. Aquele era o homem doente que não podia ser curado por remédios fornecidos pelo Exército, o homem doente que estava desesperado a ponto de tentar qualquer coisa — até canibalismo. O *yanwangye* de Nanquim.

62

A bebê não tivera muito tempo de vida quando morreu. Ainda havia 1 centímetro de cordão umbilical preso a ela. Seca e marrom e mumificada, ela era tão leve que eu a segurava com facilidade nas palmas das mãos, leve como um pássaro. Era minúscula. Tristemente pequena. O rosto amassado e marrom de um recém-nascido. Suas mãos estavam paradas num movimento — estendidas para o alto sobre a cabeça como se ela tivesse tentado alcançar alguém no momento em que seu mundo cessara.

Suas pernas não mais existiam, assim como a maior parte de sua metade inferior. O que sobrava tinha sido cortado, picado e raspado por Fuyuki e a Enfermeira. Boa parte dela se fora, porque um velho rico insistia em sua fantasia de imortalidade. Ela não podia escolher quem a olhava ou mexia nela. Não podia impedir que a guardassem num tanque, de frente para uma parede vazia, incapaz de se mover e esperando... o quê? Que alguém viesse e a virasse na direção da luz?

Se eu não a tivesse encontrado, o jardim poderia ter sido o lugar em que ela ficaria para sempre, sozinha na escuridão, tendo como companhia apenas os ratos e a cobertura de folhas mudando de acordo com as estações, congelada pela eternidade — voltada para a direção errada. Ela teria desaparecido sob a casa demolida, e um arranha-céu teria crescido sobre ela em vez de uma árvore, e essa teria sido sua sepultura final. No momento em que abri a sacola plástica e o pacote, eu tive certeza de que Shi Chongming tinha razão: o passado era um explosivo, e, uma vez que as farpas dele estão em você, sempre encontrarão o caminho para a superfície.

Fiquei sentada boquiaberta no escritório, os olhos fixos num ponto acima da cabeça de Chongming. O ar na sala parecia viciado e morto.

— Sua *filha?*

— Ele a pegou na guerra. Em Nanquim. — Ele limpou a garganta. — Quem você pensa que aparece no filme, se não Junzo Fuyuki e minha mulher?

— Sua mulher?

— É claro.

— Fuyuki? Ele estava *lá*? Em Nanquim?

Shi Chongming abriu a gaveta de sua escrivaninha e jogou algo sobre a mesa. Duas chapas de metal planas gravadas, presas a uma tira envelhecida, amarelada, de fita métrica. Como não estavam numa corrente, levei um tempinho para reconhecê-las como as chapas de identidade de um soldado. Peguei-as e esfreguei a superfície com o polegar. O *kanji* estava claro. Inverno; e uma árvore. Olhei para ele.

— Junzo Fuyuki.

Shi Chongming não respondeu. Ele abriu os armários que cobriam as paredes e os apontou. Cada estante estava atulhada de pilhas e mais pilhas de papéis amarelados, envelhecidos, presos juntos, com barbantes, fitas e clipes.

— O trabalho da minha vida. Minha única preocupação nos últimos cinquenta anos. Por fora, sou um professor de sociologia. Por dentro, trabalho apenas para encontrar minha filha.

— O senhor não esqueceu — murmurei, os olhos fixos nas pilhas de papel. — O senhor nunca esqueceu Nanquim.

— Nunca. Por que você acha que falo inglês tão bem, se não para encontrar minha filha e um dia contar ao mundo? — Ele pegou uma pilha de papéis e os jogou com estrondo sobre a mesa.

— Pode imaginar as aflições por que passei, o tempo que demorei para localizar Fuyuki? Pense nos milhares de velhos no Japão chamados Junzo Fuyuki. Aqui estou eu, um homem pequeno, respeitado internacionalmente pelo meu trabalho num campo que não tem o menor interesse para mim, nenhum mesmo, um campo cuja única distinção é o fato de ser a área que serve como boa cobertura para meu verdadeiro propósito e me permite o acesso a esses registros. — Ele pegou o papel no topo da pilha e o deu a mim. Uma fotocópia com o carimbo da biblioteca de história da guerra da Agência de Defesa Nacional. Eu me lembrei de ter visto o logotipo carimbado em alguns dos papéis da pasta que ele me dera semanas antes. — Registros das unidades do Exército Imperial. Cópias. Os originais, ao menos os que sobreviveram à transferência feita para os Estados Unidos durante a ocupação, estão muito bem protegidos. Mas eu tive sorte: após anos de solicitações, por fim me concederam acesso aos registros, e então encontrei o que precisava. — Ele assentiu. — Sim. Houve apenas um tenente Junzo Fuyuki em Nanquim em 1937. Só um. O *yanwangye* de Nanquim. O demônio, o guardião do inferno. O homem que caçava carne humana para se curar. — Ele esfregou a testa, deixando a pele corrugada. — Como todos os outros soldados, como quase todos os cidadãos japoneses que voltaram da China após a guerra, Fuyuki trouxe consigo uma caixa. — Shi Chongming estendeu as mãos para indicar a forma e o tamanho. — Pendurada no pescoço.

— Sim — assenti, sem forças. Eu me lembrava de tê-la visto. Uma caixa cerimonial branca, iluminada e exposta no corredor do apartamento próximo à Tokyo Tower. Deveria ter servido para trazer de volta ao Japão as cinzas de um companheiro soldado, mas a de Fuyuki fora usada para outra coisa.

— E com o bebê ele trouxe algo mais. — Shi Chongming olhou pesaroso as pilhas e mais pilhas de papel. — Trouxe o luto de um pai. Ele o arrastou com uma linha... uma linha saindo daqui — ele pôs a mão no coração — deste lugar para a eternidade. Uma linha que não poderia jamais ser cortada ou solta. Jamais.

Ficamos em silêncio por um longo tempo. Os únicos sons eram as árvores lá fora, movendo-se com o vento, ocasionalmente curvando-se para roçar os dedos de leve no vidro. Por fim Shi Chongming enxugou os olhos e se levantou, movendo-se vagarosamente, um tanto encurvado, por aquele espaço familiar, os caminhos bem conhecidos entre a pouca mobília. Ele trouxe o projetor de filmes para o centro da sala, ligou-o na tomada e foi desajeitadamente, sem sua bengala, até uma pequena tela portátil que havia junto à janela. Ele a desenrolou e a prendeu na base do suporte.

— Aqui está — disse ele enquanto destrancava uma gaveta mais baixa e tirava dali uma lata de filme enferrujada. Abriu-a. — A primeira vez que alguém o vê. Tenho certeza até hoje de que o homem que filmou isto se arrependeu. E tenho certeza de que ele teria distribuído esse filme ao voltar para o Japão; mesmo se significasse sua morte. E no entanto ele está morto e aqui está o filme. Protegido até hoje por mim. — Ele balançou a cabeça e sorriu amargamente. — Que ironia.

Como eu nada disse, ele deu um passo à frente e estendeu a lata para eu dar uma olhada dentro.

— O senhor vai me mostrar — sussurrei, os olhos fixos no filme. Enfim estava ali: a manifestação concreta das palavras que eu lera no livro laranja, o testemunho que eu procurara por todos aqueles anos, a prova de que eu não tinha inventado certa coisa; não tinha inventado certo detalhe, um detalhe singularmente importante.

— Você acha que sabe o que vai sentir quanto a esse filme, não? Você pesquisou Nanquim por anos, e leu todos os relatos disponíveis. Você passou esse filme na sua cabeça uma centena de vezes. Você acha que sabe o que vai ver, e acha que vai ser horrível o bastante. Não?

Eu assenti, muda.

— Bem, enganou-se. Você vai ver algo mais do que isso. — Ele pôs os óculos e colocou o filme no projetor, curvando-se para perto da máquina para fazer passar o filme pelas suas complexas engrenagens. — Você vai ver isso *e* mais. Por mais vil que você imagine o ato, por mais vil que o *yanwangye* de Nanquim seja, alguém neste filme é ainda mais vil.

— Quem? — perguntei, sem forças. — Quem é ainda pior?

— Eu. Você vai me ver, muito mais vil do que Fuyuki. — Ele pigarreou, foi até a parede e apagou as luzes. No escuro, eu o ouvi voltar ao projetor. — Essa é uma das verdadeiras razões para ninguém nunca ter visto este filme. Porque um velho que disse mil palavras sábias sobre enfrentar o passado não consegue, *não consegue* aceitar o seu próprio.

O mecanismo entrou em ação e o escritório foi preenchido pelo *flic-flic-flic-flic* do filme movendo-se pelo projetor.

Shi Chongming soubera como conservar seu filme: não havia decomposição, nenhum descascar ou desfazer dos polímeros. Nenhuma sombra ou mancha na imagem atrás da qual esconder os olhos.

Os primeiros quadros apareceram, a tela clareou-se e um homem apareceu: magro, parecendo aterrorizado, de pé no meio de uma floresta coberta de neve. Estava meio curvado, encarando a câmera com olhos ferozes como se fosse pular sobre ela. Minha nuca se arrepiou. Era Shi Chongming. Shi Chongming quando jovem. A um mundo de distância. Ele deu um passo na direção da câmera e gritou sem som para a lente. Parecia prestes a atacar, quando algo fora do quadro o distraiu. Ele se virou e correu na direção oposta. A câmera o seguiu, sacudindo silenciosamente por uma trilha, os braços de Shi Chongming se abrindo quando ele pulava galhos e sulcos. Ele era tão magro, eu via agora, um varapau, não muito maior que uma marionete em suas roupas folgadas, acolchoadas. À frente, mais adiante na trilha, duas figuras borradas apareceram, envoltas em sobretudos com golas e mangas de pelo, de costas para a câmera. Estavam de pé bem perto um do outro, os olhos baixos fitando uma forma no chão.

O projetor prosseguia ruidosamente, e, quando a câmera se aproximou da figura, a imagem dando um solavanco, um dos homens olhou em volta, surpreso. Com olhos franzidos sem expressão, ele se deu conta, primeiro, do homenzinho chinês correndo na direção dele com os braços estendidos e, depois, da câmera. Shi Chongming diminuiu a velocidade e o câmera deve ter baixado a filmadora ao correr porque nos quadros seguintes eu vi apenas neve, folhas e pés.

Acima do ruído do projetor eu podia imaginar os sons na encosta da montanha, as respirações ofegantes, o chacoalhar do equipamento, os gravetos se quebrando sob os pés. Então a câmera foi erguida de novo e dessa vez estava mais perto. Estava a apenas uns 30 centímetros atrás do segundo homem. Houve uma pausa, uma nítida hesitação. A câmera avançou um pouco, desafiadoramente, acercando-se dele, e ele subitamente se voltou, horrivelmente rápido, e encarou a lente. Uma estrela em seu quepe refletiu o brilho do sol por um instante.

Prendi a respiração. Era tão fácil reconhecer uma pessoa após mais de cinquenta anos! Uma face jovem, como que entalhada em madeira, e doente, muito doente. Cinzenta e suando. Mas os olhos eram os mesmos. Os olhos, e os dentes em miniatura, de gato, quando ele arreganhava a boca.

O mecanismo de corda da câmera devia ter falhado nesse momento, porque a imagem desapareceu, uma emenda incerta atravessou o projetor como um trem em vias de descarrilar, e subitamente estávamos num ângulo diferente, vendo Fuyuki de pé, suando, resfolegando, pequenas baforadas de vapor saindo de sua boca. Estava um pouco curvado, e quando a câmera recuou eu pude ver que ele estava colocando uma baioneta em seu rifle. A seus pés estava uma mulher deitada de costas, seu *qipao* puxado acima da cintura, sua calça rasgada mostrando o volume escuro de sua barriga.

— Minha esposa — disse Shi Chongming em voz baixa, os olhos fixos no filme como se estivesse assistindo a um sonho. — Essa era minha esposa.

Fuyuki estava gritando alguma coisa para a câmera. Ele acenava e sorria, revelando seus dentes de gato. A câmera pareceu se vergar, como que murchando ante o olhar dele. Ela recuou lentamente, e a tela se abriu num enquadramento mais amplo, incluindo na imagem o declive do terreno, mais árvores, uma motocicleta encostada numa delas. No canto do quadro eu vi o segundo soldado. Ele tirara o sobretudo e seus grandes braços seguravam Shi Chongming, cuja boca estava aberta num uivo silencioso, agoniado. Ele se contorcia e lutava, mas o soldado o mantinha preso firmemente. Ninguém estava interessado em suas súplicas. Todo mundo observava Fuyuki.

O que acontecia em seguida vivera dentro de mim por anos. Começara como apenas uma frase numa página de um livro na casa dos meus pais, mas agora eu estava vendo a realidade. Aquilo que todo mundo dissera que não passava de um produto da minha imaginação era agora uma verdade granulosa rastejando pela tela em pontos pretos e brancos. Era tudo muito diferente de como eu imaginara: em minha versão, as bordas eram nítidas, as figuras não eram borradas e tremidas, não se confundiam com a paisagem atrás delas. Em minha versão, o próprio ato em si tinha sido ágil e elegante — uma dança samurai: um floreio tradicional da espada, depois, para limpá-la do sangue. Um respingo escuro na neve, formando o desenho de uma cauda de pavão.

Mas aquilo era algo diferente. Aquilo era desajeitado e atabalhoado. Aquilo era a baioneta de Fuyuki presa em seu rifle; ele estava empunhando a arma nas duas mãos como uma pá, os cotovelos subindo e descendo atrás do corpo, grossos e escuros contra a neve, e aquilo era ele, o homem treinado no uso da baioneta desde menino, enfiando-a na barriga desprotegida de uma mulher com toda a sua força.

Foram necessários dois movimentos vigorosos. Ela se contorceu da primeira vez, erguendo os braços de uma maneira estranha, casual — da maneira como uma mulher às vezes move os braços para relaxar um músculo tenso no ombro —, deixando cair na neve a faquinha que segurava. Com o segundo golpe ela pareceu sentar-se, os braços para a frente como uma boneca. Mas, antes que pudesse se erguer por completo, suas forças se esvaíram e ela caiu para trás abruptamente, rolando um pouco para o lado. Então ficou imóvel, o único movimento sendo uma mancha escura abrindo as asas em volta dela como um anjo.

Foi tão súbito, tão inesperadamente cruel, que eu pude sentir o choque que tomou a floresta mesmo 53 anos depois. O rosto do segundo soldado ficou horrorizado, e o câmera devia ter caído de joelhos, porque a imagem deu um solavanco. Quando ele recobrou o controle e conseguiu se erguer, o tenente Fuyuki estava mexendo no horrível buraco que fizera. Ele extraiu um braço, depois o bebê inteiro, tirando-o intacto, soltando vapor, um pedaço de placenta vindo junto. Ele o largou a 1 ou 2 metros na neve e ficou de pé junto ao corpo da mãe, enfiando a baioneta indolentemente na barriga vazia dela, mordendo o lábio pensativamente como se pudesse haver mais alguma coisa ali dentro. Para o soldado mais jovem já tinha sido demais, ele pôs as mãos na garganta e se afastou cambaleante, soltando Shi Chongming, que se precipitou para a frente, jogando-se na neve escurecida. Ficou de quatro, agarrou sua filha em seu paletó acolchoado e arrastou-se desajeitadamente até sua mulher. Ficou a poucos centímetros dela, gritando para seu rosto, seus olhos sem vida. Então o câmera moveu-se um pouco, para o lado, revelando Fuyuki de pé acima de Shi Chongming, empunhando um pequeno revólver, um "*nambu* bebê", apontado diretamente para a cabeça dele.

Foi necessário um ou dois segundos para Shi Chongming perceber o que estava acontecendo. Quando ele sentiu a sombra cair sobre si, olhou para cima lentamente, em estágios. Fuyuki soltou a trava de segurança do revólver e estendeu a mão livre num gesto simples conhecido em todo o mundo. *Me dê.*

Me dê.

Shi Chongming fez um esforço para ficar de joelhos, o bebê apertado em seu peito, sem nunca tirar os olhos daquela mão estendida. Vagarosamente, vagarosamente, Fuyuki engatilhou o *nambu* e disparou. Shi Chongming recuou, seu corpo vergou-se, e 60 centímetros atrás dele a neve saltou uma vez. Ele não fora atingido, era só uma advertência, mas seus joelhos cederam — ele começou a tremer visivelmente. Fuyuki deu um passo à frente, pondo o cano de sua arma contra a cabeça dele. Tremendo, chorando, Shi Chongming olhou para o rosto de seu carrasco. Tudo estava ali em seus olhos, tudo estava ali em meio ao reflexo das árvores, a longa história sinuosa de sua mulher e do filho deles, a pergunta "Por que nós, por que agora, por que aqui?" Sua história desenrolando-se inteira ali.

De alguma maneira eu sabia o que ia acontecer em seguida. Senti tudo se acelerar. Subitamente compreendi por que Shi Chongming mantivera aquele filme em segredo por tantos anos. O que eu estava assistindo, me dei conta, era ele medindo e pesando a própria vida contra o valor do bebê em seus braços.

Ele olhou para a mão que o ameaçava por tanto tempo que a corda da câmera acabou, outra emenda passou, e quando a imagem voltou ele ainda estava com os olhos fixos. Uma lágrima escorria em seu rosto. Coloquei os dedos na testa, mal ousando respirar, consciente do velho Shi Chongming sentado em silêncio atrás de mim. Com uma única sentença que nada significava para ninguém a não ser ele mesmo, Shi Chongming ergueu o bebê e o depositou delicadamente nos braços de Fuyuki. Ele inclinou a cabeça, depois se colocou de pé e caminhou combalido na direção das árvores. Ninguém o deteve. Ele caminhou lentamente, mancando de leve, volta e meia sua mão procurando uma árvore para se firmar.

Ninguém se moveu. O segundo soldado estava a alguns metros na neve, a cabeça curvada, o rosto nas mãos. Mesmo Fuyuki estava imóvel. Então ele se virou, disse algo para o câmera e pegou o bebê por um pé — segurando a menininha para ser inspecionada como um coelho esfolado.

Parei de respirar. Era agora. Aquele era o momento crucial. Fuyuki olhou para o bebê com uma expressão estranha, intensa, como se ela fosse a resposta para uma pergunta importante. Então, com a mão livre, ele tirou seu cinto de borracha e o amarrou em volta dos tornozelos dela, prendendo-a firmemente na própria cintura, deixando-a balançando de cabeça para baixo, o rosto voltado para a perna dele. Ela girou ali por alguns momentos. Então suas mãos se flexionaram.

Agarrei os braços da cadeira. Sim. Eu estava certa. As mãos dela se moviam. Sua boca abriu-se algumas vezes, seu peito subia e descia e seu rosto se contorceu num berreiro. Ela estava viva. Ela se contorcia e estendia cegamente os braços, instintivamente tentando segurar a perna de Fuyuki. Quando ele se virou, ela o soltou e descreveu um arco a partir da cintura dele, como a saia de uma bailarina. Ele fez isso uma vez, duas vezes, se exibindo para a câmera, deixando o peso dela bater contra sua coxa uniformizada, sorrindo e dizendo alguma coisa. Quando ele parou de balançar o bebê, suas tentativas instintivas de segurá-lo recomeçaram.

O filme seguiu por suas guias e por fim ficou batendo no carretel, e parecia que um soco tinha me deixado sem fôlego. Caí para a frente, de joelhos, como uma suplicante. A tela estava vazia, apenas algumas sujeiras em forma de ameba e pelos se movendo na lente. Shi Chongming veio até o projetor, o desligou e ficou me olhando ali no chão. O único som na sala era o pesado *toc-toc-toc* do desajeitado relógio velho no consolo da lareira.

— Era o que você esperava?

Enxuguei o rosto com a manga da blusa.

— Sim — falei. — Ela estava viva. Era o que o livro dizia. Os bebês foram retirados vivos.

— Ah, sim — disse Shi Chongming, sua voz quase um sussurro. — Sim, ela estava viva.

— Por anos... — ergui o braço para enxugar os olhos — ... por anos eu pensei que... tinha imaginado essa parte. Todo mundo dizia que eu estava louca, que eu inventara isso, que nenhum bebê sobreviveria a... a isso. — Procurei no bolso um lenço de papel, amassei-o e sequei os olhos. — Agora sei que não inventei isso. Era tudo o que eu queria saber.

Eu o ouvi sentando-se à sua mesa. Quando ergui o rosto, ele estava olhando pela janela. Lá fora, os flocos de neve pareciam subitamente brilhantes, como se iluminados por baixo. Lembro-me de ter pensado que pareciam anjos minúsculos caindo na terra.

— Nunca saberei por quanto tempo ela sobreviveu — disse Shi Chongming. — Rezo para que não tenha sido por muito tempo. — Ele esfregou a testa e deu de ombros, olhando vagamente em volta da sala como se procurasse algum lugar seguro para deitar o olhar. — Disseram-me que Fuyuki ficou bom depois disso. Ele matou minha filha e me disseram que, pouco depois, seus sintomas desapareceram. Foi um efeito placebo, não mais que uma coincidência. A malária acabaria o abandonando, e com os anos as crises teriam diminuído ele tendo ou não minha...

Seus olhos pararam de passear pela sala e encontraram os meus, e ficamos nos olhando por um longo tempo. Ali naquele momento, como eu estava, no chão da sala de Shi Chongming, algo terrível e inescapável se ergueu em mim: percebi que não haveria uma saída tranquila. Vivas ou mortas, nossas filhas nos seguravam. Do mesmo modo que Shi Chongming, eu estaria eternamente conectada à minha filha morta. Shi Chongming devia ter 70 e tantos, eu tinha pouco mais de 20. Ela ficaria comigo para sempre.

Levantei-me e peguei a sacola. Coloquei-a sobre a mesa, na frente dele, e fiquei ali com as mãos sobre ela, a cabeça baixa.

— Minha filhinha também morreu — disse em voz baixa. — É por isso que eu estou aqui. O senhor sabia?

Lentamente Shi Chongming tirou os olhos da sacola e os ergueu para mim.

— Eu nunca soube por que você veio me procurar.

— Porque eu fiz isso, sabe. Fui eu. — Enxuguei as lágrimas com a mão. — Eu mesma a matei, minha filhinha, com uma faca.

Shi Chongming nada disse. Uma perplexidade horrível instalou-se em seus olhos.

— Eu sei. É terrível, e não tenho desculpas para... para lamentar. Eu sei. Mas eu não pretendia... matá-la. Pensei que ela sobreviveria. Eu tinha lido sobre os bebês de Nanquim, no livro laranja, e... não sei por que, mas eu pensei que talvez meu bebê também sobrevivesse, e então eu... — Deixei-me cair na cadeira, os olhos fixos em minhas mãos trêmulas. — Achei que ela ficaria bem e que a levariam embora e a esconderiam em algum lugar, em algum lugar que... em que meus pais não a encontrassem.

Shi Chongming deu a volta na mesa e pôs as mãos em minhas costas. Depois de um longo tempo ele suspirou e disse:

— Sabe de uma coisa? Considero-me um homem que conhece a tristeza muito bem. Mas eu... não tenho palavras para isso. Não tenho palavras.

— Não se preocupe. O senhor foi gentil, foi muito gentil em me dizer que a ignorância não era o mesmo que o mal, mas eu sei. — Enxuguei os olhos e tentei sorrir para ele. — Eu sei. Não se pode jamais perdoar de verdade alguém como eu.

63

Como se pode medir o poder que a mente exerce sobre o corpo? Fuyuki jamais teria acreditado que o minúsculo cadáver mumificado do bebê de Shi Chongming não continha o segredo da imortalidade. Ele jamais teria acreditado que o que ele cuidadosamente salvara e protegera por anos a fio, lentamente tirando pedacinhos, era apenas um placebo, e que o que realmente o mantivera vivo fora sua poderosa crença. Aqueles que o cercavam também acreditavam nisso. Quando ele morreu dormindo, apenas duas semanas após o roubo do bebê mumificado, eles acreditaram de coração que foi porque ele tinha perdido seu elixir secreto. Mas havia outros, os céticos, que se perguntaram secretamente se a morte de Fuyuki não fora ocasionada pelo súbito interesse por ele demonstrado por um grupo de trabalho agindo em nome do Departamento de Justiça americano.

Era uma equipe pequena e dedicada, especializada na investigação de criminosos de guerra, e seus membros ficaram deliciados ao ouvir falar de um certo Shi Chongming, ex-professor das universidades Jiangsu e Todai. Agora que recuperara os restos mortais de sua filha, Shi Chongming abriu-se como uma concha em água quente. Por 53 anos ele trabalhara para isso, tentando obter permissão para ir ao Japão, lutando com a burocracia da Agência de Defesa Territorial, mas, agora que ele a recuperara, tudo foi revelado: suas anotações; as chapas de identificação do soldado; uma coleção de registros da unidade de 1937; fotografias do tenente Fuyuki. Tudo foi posto num pacote e enviado para a Pennsylvania Avenue, em Washington D.C. Pouco depois, um filme 16mm cruzou o Pacífico, um filme granuloso em preto e branco com o qual a equipe pôde obter uma identificação positiva de Fuyuki.

Houve quem sussurrasse que faltava alguma coisa no filme, apontando para alguns pontos de edição aparentemente moderna. Disseram que certas partes tinham sido removidas recentemente. Tinha sido ideia minha extrair os poucos quadros que mostravam Shi Chongming dando seu bebê. Eu mesma fizera a edição, num quarto de hotel em Nanquim, grosseiramente, com tesoura e fita adesiva. Eu tomara a decisão por ele, passando por cima de sua vontade. Eu decidira que ele não iria se martirizar. Era simples assim.

Não copiei o filme antes de embrulhá-lo em plástico-bolha e meticulosamente endereçar o pacote com marcador preto. *Dr. Michael Burana, IAG, Departamento de Justiça.* Eu poderia tê-lo mandado para os médicos que me trataram na Inglaterra, suponho, talvez uma cópia para a enfermeira que costumava se curvar junto ao meu leito no escuro. Talvez uma cópia, com uma flor seca dentro, para a garota da ginga. Mas eu não precisava fazer isso — porque algo acontecera. Eu estava mais velha agora, sabia de muitas coisas. Sabia tanto que pesava em mim. Eu sabia instintivamente o que era produto da ignorância e o que era fruto da loucura. Eu não precisava mais provar nada para ninguém. Nem mesmo para mim.

— Mas agora acabou — disse Shi Chongming. — E, realmente, vejo que minha mulher estava certa em dizer que o tempo constantemente faz círculos, porque aqui estamos nós. Percorremos todo o caminho de volta para o começo.

Era uma manhã de dezembro azul e branca, o sol ofuscante refletindo na neve, e nós estávamos entre as árvores na Montanha Púrpura, acima de Nanquim. A nossos pés havia um buraco recente, raso, e em seus braços Shi Chongming tinha uma pequena trouxa de linho. Ele não levou muito tempo para encontrar o lugar em que abrira mão da própria filha. Algumas coisas na encosta da montanha tinham mudado naqueles 53 anos: agora, pequenos bondes reluziam vermelhos intermitentemente entre as árvores, levando turistas até o mausoléu; a cidade lá embaixo era uma cidade adulta do século XX, extraordinária em seus arranha-céus em meio à névoa e seus painéis eletrônicos. Mas outras coisas tinham mudado tão pouco que Shi Chongming ficou em silêncio ao vê-las: o sol refletindo no azimute de bronze, os pinheiros pretos se vergando com o peso da neve, a grande tartaruga de pedra ainda ali nas sombras, olhando impassível para as árvores que cresciam e semeavam as encostas, morriam e brotavam de novo, morriam e brotavam de novo.

Tínhamos envolvido os restos mortais do bebê em branco, e eu amarrei em diagonal um raminho de jasmim de inverno amarelo. Numa loja no Flower Rain Terrace eu comprara um *qipao* branco para poder me vestir tradicionalmente para o enterro. Era a primeira vez que eu usava branco, e achei que ficava bem em mim. Shi Chongming escolhera um terno com uma braçadeira preta. Ele disse que nenhum pai chinês deveria comparecer ao enterro do filho. Disse, ao pisar no buraco, que não deveria estar ali e certamente não deveria estar dentro da sepultura, colocando aquele trouxinha na terra. Deveria seguir a etiqueta, ficando à esquerda da sepultura, desviando o olhar.

— Mas — disse, muito baixinho — o que ainda é como deveria ser?

Fiquei em silêncio. Uma libélula estava nos observando. Pareceu-me estranho que um pequeno animal que não devia estar vivo no meio do inverno tivesse vindo e pousado num galho perto da sepultura para nos ver enterrar um bebê. Fiquei olhando-a até Shi Chongming tocar meu braço e dizer algo em voz baixa, ao que me voltei para a sepultura. Ele acendeu um pequeno incenso, enfiou-o no chão, e eu fiz o sinal da cruz cristão, porque não sabia que outra coisa fazer. Então, juntos, nós caminhamos por entre as árvores até o carro. Atrás de nós, a libélula levantou voo do galho e a fumaça do incenso pairou acima da fatsia, evoluindo num lento florescer para a beira da montanha, entre os plátanos, e para o azul.

Shi Chongming morreu seis semanas depois num hospital da rua Zhongshan. Eu estava ao lado de seu leito.

Nos últimos dias ele me perguntava repetidamente: "Diga-me, o que você acha que ela sentiu?" Eu não sabia o que dizer em resposta. Sempre foi claro para mim que o coração humano se vira do avesso para pertencer, se volta para o primeiro e mais próximo calor, então por que o coração de um bebê seria diferente? Mas eu não disse isso a Shi Chongming, porque eu tinha certeza de que em seus momentos mais lúgubres ele devia ter se perguntado se o único ser humano que sua filha tentara alcançar, se a única pessoa que ela amara, fora Junzo Fuyuki.

E, se eu não pude responder a Shi Chongming, terei eu alguma esperança de responder a você, minha filha sem nome, exceto dizer que agi por ignorância, exceto dizer que penso em você todos os dias, mesmo que eu nunca chegue a saber como medir sua vida, sua existência? Talvez você nem tenha chegado a ser uma alma — talvez não tenha nem chegado a isso. Talvez você tenha sido um espectro, ou um clarão de luz. Talvez uma pequena alma da lua.

Nunca deixarei de me perguntar onde você está — se você foi emergir num mundo diferente, se já fez isso, se agora vive em paz, com amor, num país longínquo que eu nunca visitarei. Mas de uma coisa tenho certeza: tenho certeza de que, se você retornar, a primeira coisa que fará será erguer a cabeça para o sol. Porque, meu bebê perdido, se você aprendeu alguma coisa, aprendeu que neste mundo nenhum de nós tem muito tempo.

Nota da autora

Em 1937, quatro anos antes de os EUA entrarem na Guerra do Pacífico, com o ataque a Pearl Harbor, forças japonesas avançaram na China continental e invadiram a capital, Nanquim. Os eventos que se seguiram excederam em muito os piores medos dos cidadãos chineses, porque o exército invasor embarcou por um mês num frenesi de estupros, torturas e mutilações.

O que levou um exército de resto disciplinado a se comportar dessa maneira vem sendo debatido há muito tempo (para uma excelente exploração da psique do soldado japonês, veja o clássico de Ruth Benedict, *O crisântemo e a espada*). Mas talvez a questão mais controversa seja o número de vítimas envolvidas. Há quem, na China, diga que 400 mil morreram naquele inverno; há quem, no Japão, insista que não foram mais do que um punhado. A história, repetidamente nos lembram, é escrita pelos vitoriosos, mas a história é *reescrita* por muitos outros grupos: revisionistas; políticos; acadêmicos sedentos de fama; e mesmo, em alguma medida, por americanos que procuraram mitigar as coisas para o Japão, reconhecendo em sua posição geográfica uma vantagem estratégica na luta contra o comunismo. A história pode mudar como um camaleão, refletindo a resposta que se requer dela; e, com cada parte envolvida alegando algo diferente, talvez haja pouca esperança de se chegar a um número de vítimas internacionalmente aceito.

Em uma vala comum parcialmente aberta no memorial oficial em Jiangdongmen, os visitantes de Nanquim podem inspecionar os restos mortais de cidadãos não identificados mortos na invasão de 1937. Olhando para esses ossos, tentando avaliar a extensão real do massacre, me ocorreu que, qualquer que seja o número verdadeiro de vítimas, seja grande ou pequeno, 400 mil ou dez, cada um desses cidadãos não lembrados e não reverenciados merece nosso reconhecimento pelo que representa: a tragédia enorme da vida humana comum.

As provas do massacre chegaram até nós em fragmentos: relatos de testemunhas, fotografias, alguns filmes 16mm borrados feitos pelo reverendo John Magee. O filme de Shi Chongming é ficcional, mas é inteiramente possível que mais filmes existam e não tenham ressurgido por medo das represálias daqueles que negam o holocausto japonês — com certeza, uma cópia do filme de Magee, levada por um civil para o Japão que tinha a intenção de distribuí-la, desapareceu rápida e misteriosamente sem deixar vestígios. Dadas essas provas espalhadas e circunstanciais, não é uma tarefa fácil, ao construir um relato ficcional do massacre, manter um curso seguro entre os sensacionalistas e os apaziguadores. Para uma mão que me desse firmeza nesse aspecto, contei amplamente com o trabalho de duas pessoas: Iris Chang, cujo livro *The Rape of Naking* foi a primeira tentativa séria de chamar a atenção de um público maior para o massacre, e, talvez com ainda mais importância, Katsuichi Honda.

Honda, jornalista japonês, vem trabalhando desde 1971 para levar a verdade a sua cética nação. Apesar de ter havido uma mudança considerável na percepção japonesa de seu passado — a invasão de Nanquim foi cautelosamente reintroduzida no currículo escolar, e ninguém que testemunhou o evento jamais esquecerá as lágrimas perplexas e chocadas de pais japoneses de meia-idade sabendo a verdade através de seus filhos —, Honda Katsuichi ainda assim vive anonimamente por medo de ataques direitistas. Sua coletânea de testemunhos *The Nanjing Massacre* contém vários relatos testemunhais da "montanha de corpos" em algum lugar na

Montanha do Tigre, incluindo a coluna humana viva tentando subir no ar para fugir. Contém também um quase insuportável relato em primeira mão de um bebê sendo tirado do útero de sua mãe por um oficial japonês.

Em complemento ao trabalho de Honda, também saqueei a erudição das seguintes pessoas: John Blake; Annie Blunt, da Bright Futures Mental Health Foundation; Jim Breen, da Universidade Monash (cuja excelente base de dados sobre os *kanji* pode ser encontrada em csse.monash.edu.au); Nick Burton; John Dower (*Embracing Defeat*); George Forty (*Japanese Army Handbook*); Hiro Hitomi; Hiroaki Kobayashi; Alistair Morrison; Chigusa Ogino; Anna Valdinger; e todo mundo do Consulado Britânico em Tóquio. Quaisquer erros remanescentes, reivindico-os como meus.

Obrigada à cidade de Tóquio por me permitir bulir com sua notável geografia, e também a Selina Walker e Broo Doherty, por sua fé e energia. O habitual brado altissonante de gratidão vai para: Linda e Laura Downing; Jane Gregory; Patrick Janson-Smith; Margaret O. W. O. Murphy; Lisanne Radice; Gilly Vaulkhard. Um sorriso especial para Mairi, a grande. E, sobretudo, obrigada aos apoios de sempre, os melhores que um coração pode esperar: Keith e Lotte Quinn.

Para maior clareza, todos os nomes japoneses foram apresentados segundo a tradição ocidental: nome pessoal seguido pelo nome de família. Os nomes chineses, entretanto, estão representados tradicionalmente, o nome de família precedendo o pessoal. Os nomes e termos chineses foram em sua maioria transliterados no sistema *pinyin* oficial da República Popular da China. Exceções são os nomes ou termos que são bem conhecidos no Ocidente em sua forma Wade-Giles. Estes incluem (com o *pinyin* entre parênteses) o clássico taoista I-Ching (Yijing), Sun Yat-sen (Sun Yixian), o Kuomintang (Guomindang), o Yang-tsé (Yangzi), Chiang Kai-shek (Jiang Jieshi) e, o mais importante, a cidade de Nanquim como era conhecida na década de 1930, agora conhecida em *pinyin* como Nanjing.

Este livro foi composto na tipologia Sabon LT Std,
em corpo 11,5/15,1, e impresso em papel off-white,
no Sistema Cameron da Divisão Gráfica
da Distribuidora Record.